KB118036

귀신
나방

귀신
나방

GHOST
MOTH

장용민
장편소설

엘릭시르

차례

다섯 발의 총성 **7**

사형수 **11**

아디헌터 **17**

하인리히 융케 **39**

신문광고 **75**

크리스틴 **97**

린츠에서 온 청년 **105**

연쇄살인마 부대 **153**

슈테르네케르브로이 모임 **165**

3인의 이사회 **185**

밀턴 **201**

거절할 수 없는 제안 **237**

에바 **273**

계산하는 자 **305**

긴 칼의 밤 **341**

부활 **369**

귀신나방 **389**

다섯 발의 총성

날이 저물고 있었다. 오토 바우만은 노을을 보며 쓴 입맛을 다셨다. 처음 찾은 뉴욕은 인공 향료를 잔뜩 넣은 막대사탕 같았다. 레몬이라고는 단 일 그램도 안 들어간 레몬 사탕. 하지만 그런 것 따위는 아무래도 상관없었다. 그가 이 먼 곳까지 온 이유는 단 하나였다.

"오늘이야말로 끝장을 내야 해."

바우만은 오랜 분노를 억누르며 주먹 쥔 손을 파르르 떨었다.

그가 있는 곳은 브로드웨이의 한 극장 앞이었다. 입소문을 탄 뮤지컬은 인기 만점이었다. 입장 시간이 되자 길게 늘어선 줄이 조금씩 움직이기 시작했다. 켜켜이 쌓여온 극장의 열기가 관람객들을 팝콘처럼 서서히 가열하고 있었다.

"귀빈석은 오른쪽 계단으로 올라가시면 됩니다."

직원이 티켓을 확인하며 말했다. 왁자지껄한 로비에 비해 2층은 한결 여유로웠다. 벽면을 장식한 수많은 트로피와 주연 배우의 사진들을 지나자 귀빈석 입구가 나타났다. 귀빈석은 모두 네 칸이었다. 바우먼의 좌석은 그중 두 번째 칸이었다.

"일행분은 안 오셨습니까?"

안내 직원이 물었다. 바우만은 여섯 장의 표를 들고 있었다. 귀빈석 한 칸을 통째로 산 것이다.

"가족들은 사정 때문에 못 왔소."

애초에 동행할 가족은 없었다. 귀빈석 한 칸을 모두 산 건 다른 목적 때문이었다.

"그것참 안타깝네요. 이렇게 좋은 자린데."

직원이 티켓을 돌려주며 말했다. 바우만은 대꾸 없이 좌석으로 향했다. 그때 또 다른 귀빈석의 임자가 나타났다. 이제 갓 사춘기를 넘긴 소년이었다. 명문 사립 고등학교 교복을 입고 있는 소년은 한눈에 보아도 훌륭한 집안 자제임을 알 수 있었다.

"일행분은……."

소년 역시 표 여섯 장을 내밀었지만 혼자였다.

"저뿐이에요. 그럼 안 되나요?"

"그럴 리가요. 들어가시죠."

직원이 비켜서자 소년은 좌석으로 향했다. 소년을 바라보는 바우만의 눈빛이 예사롭지 않았다. 수백 년간 영혼을 먹어치운 악마라도 마주친 양 날카롭게 노려보고 있었다. 매서운 시선을 눈치챈 소년이 반사적으로 돌아봤다. 그러자 바우만은 언제 그랬느냐는 듯 환한 눈인사를 건넸다.

좌석에서 내려다본 극장은 훌륭했다. 무대에는 소품 하나가 의미심장하게 흰 천으로 덮여 있었고 관람석은 흥분된 웅성거림으로 가득했다. 바우만은 옆 귀빈석을 살폈다. 발코니처럼 돌출되어 있는 귀빈석에서 관광객들이 연신 셔터를 눌러대고 있었다. 그 너머에 소년이 있었다. 귀빈석을 혼자 차지한 소년은 나이답지 않은 진지한 얼굴로 무대를 응시하고 있었다. 주위 소음이 사라지며 심장 소리가 귓가를 두드렸다.

'오늘은 반드시 끝을 봐야 한다. 이 오래된 전쟁을 더이상 끌어선 안 돼.'

불이 꺼지며 공연이 시작됐다.

뮤지컬 〈웨스트 사이드 스토리〉였다. 빈민가 뒷골목을 배경으로 앙숙인 두 조직의 남녀가 사랑에 빠지는 이야기였다. 무대에 조명이 들어오자 뉴욕의 뒷골목이 펼쳐졌다. 잠시 후 조직원들이 군무에 맞춰 등장했다. 그들은 손가락을 퉁기며 무대를 누볐다. 이윽고 상대편 조직원이 한 명 등장하자 조직원들이 춤으로 위협을 가했다.

소년은 미동도 않고 공연에 집중했다. 바우만은 깊이 심호흡을 하고 자리에서 일어섰다.

복도는 텅 비어 있었다. 바우만은 부실한 다리라도 건너듯 신중하게 발을 내디뎠다. 드디어 소년의 귀빈석 문 앞에 다다랐다.

서서히 긴장이 고조되던 무대에서 양쪽 조직원들이 정면으로 충돌하기 시작했다. 그와 함께 번스타인의 주제곡이 벼락처럼 극장을 집어삼켰다. 바우만은 뒤춤에 숨기고 있던 총을 꺼내 들었다. 그리고 천천히 소년을 향해 다가갔다. 공연에 심취해 있던 소년은 바우만의 존재를 전혀 눈치채지 못했다. 절정으로 치닫던 주제곡이 사라지자 조명이 들어왔다. 순간 바우만의 실루엣이 드러났다. 그제야 바우만을 발견한 소년이 움찔 물러섰다.

"뭐, 뭐예요?"

바우만이 의미심장하게 입을 열었다.

"아돌프 히틀러. 너를 내 부모와 형제, 그리고 인류의 이름으로 처단한다!"

뒤를 이어 차가운 총성이 극장 안에 울려 퍼졌다.

탕…… 탕…… 탕…… 탕…… 탕…….

사형수

1969년 9월, 뉴욕.

철컹. 문이 열리자 비현실적으로 곧게 뻗은 복도가 나타났다.

크리스틴 하퍼드는 선뜻 들어서지 못하고 망설였다. 그곳은 리커스 섬 교도소 중에서도 가장 흉악한 범죄자들이 수감된 감호동이었다. 사방이 막힌 복도, 우리를 연상시키는 철문, 그 너머에서 들리는 기분 나쁜 웅얼거림. 평소 자기집 지하실조차 들어가지 못하는 크리스틴에겐 지옥이나 다름없었다. 게다가 그녀는 자신이 왜 이런 고문을 당해야 하는지 이유조차 알지 못했다.

"걱정할 거 없어요. 면담이 끝날 때까지 우리가 옆에 있을 테니."

"이해할 수가 없군요. 뜬금없이 나를 선택한 그 사람이나 그 사람 말을 듣고 나를 여기까지 끌고 온 당신들이나."

마지못해 복도로 들어서며 크리스틴이 투덜거렸다.

"이유를 물었지만 대답을 않더군요. 분명한 건 그 사람, 당신을 잘 알고 있었소. 당신 칼럼을 외우다시피 했으니까."

그 말이 크리스틴을 더욱 불편하게 만들었다.

"그럼 내가 더이상 칼럼을 안 쓴다는 것도 알겠군요."

얼마 전까지만 해도 크리스틴은 유명 인사였다. 십이 년간 매주 목요일마다 《뉴욕 타임스》에 칼럼을 기고했으며 여덟 권의 책을 쓴 언론인이었다. 신보수주의자들과 방산업체의 관계에 관한 칼럼을 써서 퓰리처상을 받기도 했다. 맨해튼 한복판에서 누군가 사인을 부탁해도 전혀 놀라운 일이 아니었다. 하지만 이 년 전 사건 이후 그녀는 절필을 한 뒤 세상을 멀리하고 있었다.

지금 만나려는 사람은 브로드웨이 극장에서 열일곱 살 소년을 살해해 사형을 선고받은 범죄자였다.

"날 만나겠다는 인간에 대해 설명해봐요."

크리스틴이 차갑게 물었다.

"성명 오토 바우만. 나이 41세. 1928년 독일 바이스바덴 출생으로 하인츠츠바인 고등학교를 거쳐 슈투트가르트 대학 토목공학과를 중퇴했어요. 2차세계대전 직후 연합군 베를린 지휘부에서 통역가로 일하다가 1949년 미국으로 이민 왔어요. 그후 쭉 댈러스에서 경찰로 근무했고요."

"근무 당시 어땠죠? 총기 사고라든가 용의자를 고문해서 문제가 된 적은 없나요?"

"기록을 보면 상당히 착실한 경찰이었어요. 체포 경력도 화려

하지만 자신이 잡았던 범죄자들을 후원해서 시장 표창까지 받았더 군요."

"가족은요?"

"2차세계대전 때 부모와 형제를 잃고 평생 독신으로 살았습니 다. 이웃들 평판도 훌륭했어요. 옆집 싱글맘을 위해 아이를 학교에 데려다주기도 했다더군요."

크리스틴이 걸음을 멈추고 돌아섰다.

"그런 사람이 뉴욕까지 날아와서 아들뻘인 소년을 쐈다는 건가 요? 그것도 다섯 발이나."

"저희가 이 사건을 맡게 된 것도 그 때문입니다. 댈러스 경찰청 에서 직접 연락을 했어요. 시장 표창까지 탔던 모범 경찰이 아무런 이유도 없이 살인을 했으니 당황했겠죠. 문제는 이 사람이 통 입을 안 연다는 겁니다. 자기 변호사에게조차 살해 동기를 말을 안 해 요. 덕분에 공판 두 번 만에 사형을 언도받았죠. 현장에서 검거된 데다 증인이 족히 오백 명은 넘었거든요."

"그런데 사형 집행일을 사흘 앞두고 입을 열었군요."

"그래요. 당신을 데려오라고. 당신에게 마지막으로 하고 싶은 얘기가 있다고."

두 사람은 묵묵히 복도를 걸었다. 부담스러운 발걸음이 메아리 치며 감호동 저편으로 멀어져갔다.

"죽은 소년은 어떤 아이죠?"

"애덤 스펜서라는 지극히 평범한 아이예요. 보스턴의 우드랜드 사립 고등학교 졸업반이죠. 성적도 최상위권이고 집안도 부유해요.

아버지는 유명 출판사 대표고 어머니는 외과의사예요. 생일날 뮤지컬을 보러 뉴욕에 왔다가 봉변을 당한 거죠. 놀라운 건 오토와 애덤은 만난 적은 물론이고 연락을 주고받은 적도 없어요."

요원은 맨 끝 방으로 크리스틴을 안내했다. 면회실이었다.

"한마디로 동기가 전혀 없죠."

"나비효과……."

크리스틴이 면회실로 들어서며 중얼거렸다.

"그게 이 사건과 관계가 있다는 겁니까?"

요원이 물었다.

"그냥 문득……."

면회실은 텅 비어 있었다. 차가운 철제 의자와 탁자, 그리고 구석에 설치된 두 대의 감시 카메라만 보였다.

"곧 바우만이 올 겁니다. 당신은 왜 애덤을 살해했는지 이유를 물으면 돼요. 그리고 이야기를 들어주면 됩니다. 저는 모니터 룸에서 지켜보고 있겠습니다."

요원이 의자를 당겨주며 말했다.

"같이 있는 게 아니에요?"

"당신과 단둘이 얘기하고 싶다고 했어요. 걱정 마십시오. 섣부른 행동 못 하게 모든 조치를 취해놨으니까요."

이 말을 끝으로 요원은 사라졌다. 낯선 방안에서 크리스틴은 우주에 홀로 버려진 미아처럼 어색하게 서 있었다.

"젠장. 뭘 하자는 건지."

그때였다. 문이 열리며 세 남자가 들어왔다. 바우만과 호송 경찰이었다. 붉은 죄수복을 입은 바우만은 손과 발에 수갑을 차고 있었다. 호송 경찰들은 바우만을 의자에 앉힌 후 방을 빠져나갔다. 잠시 적막한 고요가 흘렀다.

"겁낼 거 없어요, 하퍼드 양. 나는 당신이 생각하는 것처럼 정신 나간 늙은이가 아니니까."

바우만이 정적을 깨며 입을 열었다. 그의 목소리는 부드럽고 편안했다. 크리스틴은 그제야 바우만의 얼굴을 살폈다. 그는 수염을 기르고 부드러운 눈매를 하고 있었다. 살인범이라고는 상상조차 할 수 없는 선한 인상이었다.

"겁내는 게 아니에요. 지금 상황이 불편할 뿐이에요."

크리스틴이 대답했다.

"충분히 이해합니다. 영문도 모른 채 이런 곳까지 끌려와서 살인범과 둘만 남았으니까요. 미안합니다. 다른 방도가 없었어요. 내 얘기를 들어줄 사람은, 아니 믿어줄 사람은 당신밖에 없었으니까."

바우만은 회한에 잠긴 눈으로 허공을 응시했다. 그 모습이 왠지 죽은 자식의 유품을 어루만지듯 슬퍼 보였다. 바우만은 예의 바른 사람이었다. 말투에는 상대방을 배려하는 따뜻함이 있었고 행동은 공손했다. 그리고 깊이를 헤아릴 수 없는 통한을 품고 있었다.

"왜 그렇게 생각하죠?"

"당신은 보이진 않지만 중요한 것을 찾는 사람이기 때문이지."

바우만이 단호하게 말했다.

"나는 이 거사를 준비하며 내 얘기를 전해줄 사람을 찾았어요. 그러다 당신 칼럼을 읽게 되었지. 그리고 결정했소. 당신이 내 얘기를 세상에 전해줄 유일한 사람이라고. 당신한테는 권력과 타협하지 않는, 타고난 강직함이 있어요. 어떤 위협에도 굴하지 않는 용기가 있고. 그런 사람은 흔치 않지요."

"고맙군요. 하지만 난 더는 글을 쓰지 않아요."

"알아요. 이 년 전 그 사건 때문이라는 거. 하지만 당신은 다시 글을 쓰게 될 거요. 당신의 피가 그냥 내버려두지 않을 테니까."

크리스틴은 시선을 피했다. 그의 말이 핵심을 건드렸다는 듯.

"마치 미래를 예측하는 듯한 말투군요. 방금 거사라고 했나요?"

"그렇소. 거사라고 했소."

크리스틴은 고개를 갸웃했다. 바우만은 스스로를 세상을 구원하고 죽음을 맞는 순교자쯤으로 생각하는 듯했다.

"왜 애덤을 죽였죠?"

"왜냐면 그 아이는, 아니 그놈은 대가를 치러야만 할 악마이기 때문이오."

"악마?"

"그렇소. 세상에 악마가 존재한다면 그놈일 거요."

"대체 그 소년이 무슨 짓을 저질렀기에 악마라고 부르는 거죠?"

크리스틴이 묻자 바우만의 숨결이 가늘게 떨렸다. 마치 가슴 깊이 묻어두었던 과거의 시체를 파내듯. 그리고 이야기를 시작했다.

"지금부터 내가 하는 말을 잘 들으시오, 하퍼드 양. 아주 오래된 이야기고 두 번 다시 들을 수 없을 테니까."

바우만은 수갑 찬 손으로 크리스틴을 이끌고 과거로 향했다.

아디헌터

1947년 11월, 베를린.

하르덴베르크 거리는 앙상한 해골 같았다.

전쟁이 끝난 지 일 년 가까이 지났지만 베를린은 거대한 잿더미로 남아 있었다. 도로변에는 음식을 구걸하는 사람들로 넘쳐났고 부모 잃은 아이들의 울음소리도 가득했다. 정치인들은 미군 고위층에 줄을 대기 바빴고 화폐가치는 폭락해서 십만 마르크를 줘도 통조림 하나 살 수 없었다. 패전 독일에 미래는 없어 보였다.

막 스물이 된 바우만은 자전거를 타고 폐허가 된 베를린 동물원을 지나고 있었다. 그 뒤를 깡통을 든 아이들이 쫓았다. 얼마 전까지만 해도 "하일 히틀러"를 외치던 아이들은 "기브 미 초콜릿"을 소리치고 있었다. 아이들은 바우만을 미군이라고 생각하는 모양이었다. 그도 그럴 것이 자전거는 미제였고 입고 있던 코트 역시 미군 보급품이었다. 뭔가를 주기 전에는 절대 포기하지 않을 게 분명했다. 그게 전쟁이 남긴 교훈이었다.

바우만은 언제나처럼 동전을 꺼내 아이들을 향해 던졌다. 그러자 도로 한복판에서 일 센트짜리 전쟁이 벌어졌다. 그사이 바우만은 베스텐스 극장을 향해 내달렸다.

한때 베를린 최고의 오페라 공연장이었던 베스텐스 극장은 연합군 본부로 쓰이고 있었다. 바우만은 그곳에서 통역관으로 근무했다. 그는 영어 실력이 유창한데다 그 외에도 여러 개의 언어를 구사할 수 있었다. 바우만이 일하던 곳은 시설복구팀이었다. 건물에서 가장 넓은 사무실이었는데 한마디로 거대한 혼란 덩어리였다. 수십 개의 전화벨이 갓난아이처럼 울어대는 곳에서 담당 군인과 기술자 들이 격렬하게 언쟁을 벌이고 있었다.

"뭘 꾸물대다 이제 온 거야, 바우만. 빨리 튀어와."

기술지원팀 솔트 상사가 바우만을 발견하고 소리쳤다.

"네, 갑니다."

바우만이 부리나케 달려갔다.

"대체 이 영감이 뭐라는 거냐?"

상사는 반쯤 남은 시가를 이리저리 굴려가며 독일 기술자를 상대하고 있었다. 바우만이 독일어로 질문을 하자 기술자가 뭔가를 열심히 설명했다.

"변압기가 미국제와 호환이 안 된답니다. 독일제 변압기를 구하기 전에는 발전소를 가동할 수 없답니다."

"그래서 어쩌라고. 마법이라도 부릴까? 이 난리통에 어디서 독일제 변압기를 구하란 말이야."

그때 기다렸다는 듯 건물 전체가 정전이 됐다. 하루에도 몇 번씩 있는 일이었다.

"젠장. 독일제건 러시아제건 상관없으니까 무슨 수를 써서라도 삼 일 안에 발전소를 돌리라고 해."

바우만이 곧바로 통역을 했다. 그러자 기술자가 난감한 표정으로 대답했다.

"여기서 백오십 킬로미터쯤 가면 폐쇄된 화력 발전소가 하나 있답니다. 거기 가면 쓸 만한 변압기가 있을지도 모른답니다."

바우만이 전했다. 상사는 잠시 생각에 잠기더니 입을 열었다.

"바우만, 너 운전할 줄 알지?"

"그게…… 어떻게 하는지는 알지만…….."

바우만이 머뭇거렸다.

"차 한 대 내줄 테니 같이 가. 명심해. 삼 일 안에 발전소를 돌려야 해. 닷새 후에 아이크가 온다."

쓸 만한 지프를 얻었지만 바우만은 십 분째 핸들만 잡고 있었다. 어깨너머로 본 게 전부일 뿐 실제로 차를 몰아본 적은 한 번도 없었다.

"시동을 걸고…… 클러치를 밟은 후, 기어를 넣는다…….."

조수석의 기술자는 지뢰를 깔고 앉은 얼굴이었다. 몇 번의 실수 끝에 간신히 지프가 움직이기 시작했다. 술 취한 당나귀마냥 덜컹

대며 천천히 입구로 향했다. 힘겹게 도착한 입구는 단단히 봉쇄되어 있었다. 중무장한 군인들이 삼엄한 경비를 펼치고 있었고 고위 장교들이 도열해 있었다. 패튼 장군이라도 오는 모양이다. 입구가 열릴 때까지 기다릴 수밖에 없었다.

잠시 후 바리케이드가 열리며 한 무리의 차량이 도착했다. 보닛 위에는 큼지막한 붉은 별이 그려져 있었다. 소련군이었다. 소련군 수송 트럭 한 대가 장갑차의 호위를 받으며 지휘부 앞에 멈춰 섰다. 이윽고 갈색 소련 군복을 입은 장교 한 명이 트럭에서 내렸다. 눈썹까지 새하얀 금발인 소련군 장교는 손을 대면 베일 것처럼 날카로운 인상이었다. 연합군 소령이 환영의 표시로 손을 내밀었다. 두 사람은 요단강을 건너온 사자들처럼 악수를 하더니 화물칸으로 향했다. 분위기로 보아 높은 등급의 기밀이 실려 있는 게 분명했다. 그런데 화물을 확인하려던 소령 앞을 소련군 장교가 막아섰다. 소련 장교는 심각한 표정으로 뭔가를 장황하게 설명했다. 연합군 측에는 통역 장교가 동행하고 있었다. 그런데 소련군 장교의 말을 듣던 통역 장교의 얼굴이 점점 굳어갔다. 문제가 생긴 것이다.

"여기서 잠깐 기다려요."

바우만은 지프에서 내려 트럭으로 다가갔다. 경비병들 때문에 가까이 접근할 수 없었지만 대화는 충분히 들렸다.

"그게 무슨 말이야? 통역이 안 된다니."

소령이 통역 장교에게 물었다.

"그게…… 저 장교는 벨라루스어를 쓰고 있습니다. 일종의 사투리죠."

"그럼 어쩌라는 건가."

"죄송합니다, 소령님. 전 도움이 안 될 것 같습니다."

소령이 난감하다는 듯 발을 굴렀다.

그때였다. 바리케이드 건너편에 있던 바우만이 소련 장교를 향해 소리쳤다. 그는 유창한 벨라루스어를 구사하고 있었다. 짧은 말이었지만 소련 장교는 즉각 반응했다. 갑자기 벌어진 상황에 소령을 비롯한 연합군 장교들은 멍하니 바라보고 있었다.

"소련 측에서 말하길 연합군 증거물을 먼저 확인한 후 자신들 물건을 열겠답니다."

이야기를 모두 들은 바우만이 소령에게 말했다.

"자넨 누군가?"

소령이 물었다.

"시설복구팀에서 근무하는 오토 바우만입니다."

"벨라루스어를 아는가?"

"네. 벨라루스어는 폴란드어와 상당히 흡사합니다."

"폴란드어도 할 줄 아나?"

"어느 정도는 할 수 있습니다."

소령은 잠시 바우만을 응시했다. 마치 속내를 간파하려는 듯. 그리고 입을 열었다.

"자네, 따라와."

소령이 데려간 곳은 본부 가장 깊은 곳이었다. 중앙 홀 계단을 지나 한참을 내려가자 이제까지와는 완전히 다른 공간이 나타났다. 로코코양식의 화려한 장식들은 온데간데없고 거무튀튀한 화강암 벽돌로 마감된 좁은 복도가 길게 이어졌다. 흡사 중세 지하 감옥을 연상케 하는 분위기였다. 얼마쯤 가자 복도가 끝나며 큼지막한 철문이 나타났다. 그 앞을 몇 명의 병사들이 지키고 있었다. 소령이 고개를 끄덕이자 병사 한 명이 철문을 열었다.

"이쪽으로."

소령이 지하방으로 안내하자 소련군 장교는 못마땅한 듯 주위를 쓱 훑더니 들어섰다. 뒤를 이어 병사들이 따랐다. 마지막으로 바우만이 들어가려던 순간이었다.

"내 말을 명심해, 바우만. 이제부터 보게 될 모든 걸 잊어야 한다. 듣게 될 말도 전부 머리에서 지워야 해. 애초에 여긴 오지 않은 거다. 만약 이 안에서 보고 들은 걸 발설할 시에는 네 목숨을 보장할 수 없다. 알아듣겠나?"

소령이 의미심장한 눈초리로 말하며 팔을 붙들었다. 바우만은 겁먹은 얼굴로 고개를 끄덕였다. 그제야 소령은 팔을 놓아줬다.

방안으로 들어서자 예상치도 못한, 거대한 공간이 펼쳐졌다. 그곳은 원형 방이었는데 천장은 둥그런 아치형이었고 온통 화강암 벽돌로 이루어져 있었다. 한마디로 중세 고문실을 떠올리게 했다.

한편으로 한쪽 벽면에 전혀 어울리지 않는 물건이 있었다. 냉동고였다. 대형 식당에서나 쓸 법한 커다란 냉동고 여러 대가 벽면을 따라 늘어서 있었다. 그리고 한가운데에 여러 개의 수술대와 수술용 조명 시설이 설치되어 있었다. 프랑켄슈타인이 여기서 태어났다고 해도 믿을 만한 장소였다. 그런 섬뜩한 공간으로 소령은 거침

없이 들어섰다.

"꺼내 와."

소령이 명령을 내리자 병사들이 냉동고 문을 열더니 뭔가를 끄집어냈다. 그러고는 중앙 수술대에 올려놓았다. 그것은 점심용 식재료 같은 게 아니었다. 검은 비닐에 덮인 시체였다. 병사들은 다른 냉동고에서 두 구의 시체를 더 꺼내 수술대에 올려놓았다. 일정한 간격을 두고 세 구의 시체가 나란히 늘어섰다. 소련군 장교는 가늘게 눈을 뜬 채 시체를 응시했다.

"내가 하는 말을 통역해."

소령이 바우만에게 말했다.

"네, 알겠습니다."

소령은 뜨거운 돌을 쥔 듯 손바닥을 펼쳐 보더니 입을 열었다.

"이제부터 이곳에서 벌어질 일은 일급 기밀입니다. 이 사실이 세상에 알려지면 엄청난 혼란을 야기할 것이기 때문입니다. 동의하십니까?"

소령이 계약서를 내밀 듯 차갑게 물었다.

"동의하오."

소련 장교가 응답했다.

"그럼 우리 측 증거물을 제시하겠습니다."

소령이 첫 번째 시체의 비닐을 벗겼다. 형체를 알아볼 수 없이 새까맣게 그은 사체가 드러났다. 불에 탄 살과 지방이 뼈에 들러붙어 있었고 눈꺼풀이 타들어가 고통에 일그러진 눈동자가 고스란히 보였다.

"첫 번째 증거물은 1945년 5월 12일 베를린 독수리 벙커 인근에서 발견된 사체입니다. 당신들 첩보 부대인 '스메르시'가 발견한 것과는 다른 사체죠. 발견 당시 주머니에서 이게 발견됐습니다."

소령이 신호를 주자 병사가 시가 상자 하나를 가져왔다. 안에는 낡은 독일군 훈장이 들어 있었다. 바우만이 통역을 마치자 소련군 장교가 훈장을 조심스럽게 집어 들었다.

"히틀러가 늘 차고 다녔던 철십자 훈장입니다. 1차세계대전 참전 당시 받은 거죠. 진품입니다. 하지만 검시 결과 이 사체는 히틀러가 아닌 것으로 판명됐습니다."

소령이 1급 기밀 도장이 찍힌 서류를 건넸다.

서류 안에는 두 장의 엑스레이 사진과 검사 기록이 들어 있었다.

"히틀러의 치과의였던 요하네스 블라슈케 박사가 증명한 히틀러의 치아 사진입니다. 소련 측도 갖고 있으리라 생각합니다. 보면 아시겠지만 확연히 다르죠."

소련군 장교는 두 개의 치아 사진을 번갈아 살폈다. 한쪽 사진은 대부분 건치였으나 다른 사진은 어금니 몇 개를 제외하곤 모두 의치였다.

"히틀러가 단걸 좋아해서 치아가 엉망이었던 건 유명하죠. 다음 사체입니다."

소령이 두 번째 비닐을 젖혔다. 이번에는 농부 복장을 한 사체가 모습을 드러냈다. 사체는 관자놀이에 난 커다란 총상을 제외하곤 온전했다. 그런데 사체의 얼굴을 알아본 바우만의 입에서 작은 신음 소리가 흘러 나왔다. 잘 빗어 넘긴 검은 머리와 특유의 콧수염, 그리고 옹골차게 다문 입. 히틀러였다.

"1945년 11월 20일 벨기에 항구 도시 오스탕드에서 발견한 사체입니다. 남미로 탈출할 준비를 하고 있었던 것으로 추측됩니다. 여러 개의 위조 여권이 함께 발견됐으니까요. 그런데 어떤 이유에선지 발견 당시 사망한 상태였습니다. 자살 같지만 누군가에 의해 살해당한 게 확실합니다."

소련군 장교가 매서운 눈으로 두 번째 사체에 다가섰다. 그는 눈동자 색깔을 확인하고 입을 벌려 치열을 살폈다.

"얼핏 보기에 진짜 히틀러라고 속을 만큼 훌륭한 솜씨죠. 심지어 치아까지 히틀러와 똑같이 수술을 했으니까요. 하지만 여길 보십시오."

소령이 사체의 턱 부분과 이마, 귀 뒤를 가리켰다. 옅은 봉합 자국이었다.

"성형수술 자국입니다. 아마도 독일 최고의 성형외과의의 솜씨겠죠."

소령이 설명을 마쳤지만 바우만은 넋을 잃은 채 사체를 바라볼 뿐이었다.

"바우만!"

소령이 소리치자 그제야 정신을 차린 바우만이 통역을 했다.

"히틀러가 젊게 보이기 위해 성형을 했다는 건 잘 알려진 사실이오."

소련군 장교가 말했다.

"치열을 잘 보세요."

소령이 또 다른 서류를 건넸다.

"21번 치아와 마지막 32번 치아. 자세히 보면 크기와 형태가 달라요. 제아무리 최고의 솜씨라고는 해도 여럿을 동시에 수술하기에는 시간이 부족했겠죠."

"여럿?"

소련군 장교가 고개를 갸웃했다. 소령이 세 번째 비닐을 걷어냈다.

"1946년 2월 16일 독일 로스토크에서 발견된 사체입니다."

사체는 회색 정장을 말끔하게 차려입고 있었는데 오른쪽 눈과 가슴에 커다란 총상이 나 있었다. 하지만 이전과 마찬가지로 히틀러와 똑같은 얼굴을 하고 있었다. 두 번째 사체와 나란히 누워 있으니 일란성쌍둥이 같았다.

"마지막 증거물은 발견 당시 생존해 있었습니다. 하지만 연합군에 쫓기자 격렬하게 반항하다가 결국 사살됐죠. 그리고 보시다시피……."

소령이 귀 뒤와 턱의 수술 자국을 가리켰다.

"같은 외과 의사 솜씨입니다."

소련군 장교는 두 사체를 번갈아 봤다.

"그러니까 당신 말은 히틀러가 가짜들을 미리 준비해두었고, 실체는 탈출해서 어딘가에 살아 있다…… 그건가요?"

"그건 소련 측도 같은 생각 아닌가요?"

소령이 받아쳤다.

"우린 이미 히틀러의 사체를 확인했다고 발표했소. 우리 말을 못 믿겠다는 거요?"

소련군 장교가 매섭게 노려봤다. 세 구의 시체가 나란히 놓여 있는 음습한 방에는 소련군 장교가 서류철로 손바닥을 내리치는 일정한 소리만이 가득했다. 그 사이에 외출을 타듯 바우만이 눈치를 보며 서 있었다.

"자, 이제 우리 증거물을 봤으니 이젠 소련군 측에서 답을 할 차례입니다."

소령이 서류철을 되돌려 받으며 말했다.

"유진 대위, 우리 물건을 가져와."

소련군 장교가 소리치자 동행한 소련군들이 일사불란하게 방을 빠져나갔다.

* * * * *

"잠시 후 소련군이 가져온 건 한 구의 사체였소. 불에 그을어 신원을 파악하기 힘든 사체였지. 하지만 그건 히틀러의 사체가 아니었어요. 히틀러의 정부였던 에바 브라운의 사체였소. 그와 함께 소련군 장교는 한 장의 엑스레이 사진을 건네줬는데 독일 대사관 웅덩이에서 소련군이 발견한 히틀러 사체의 치아 사진이었소. 조작된 사진이었지."

고요한 면회실에는 바우만의 낮은 목소리만이 울려 퍼졌다.

"히틀러 생존에 관한 음모론은 지겹도록 들었어요. 그런데 이 이야기가 이번 사건과 무슨 연관이 있는지 모르겠군요."

크리스틴이 지루한 듯 물었다.

"인내심을 가져요, 하퍼드 양. 내 이야기를 다 듣고 나면 모든 걸 이해하게 될 테니."

바우만은 버릇처럼 허공을 응시했다.

"결국 그날 양측의 회담은 결렬되고 말았소. 소련군은 에바 브라운의 사체를 가지고 떠났지. 회담이 끝난 후 소령은 내게 비밀 유지 서약서에 서명을 하게 한 후 돌아갔소. 그리고 그로부터 한 달쯤 지난 어느 날이었지."

* * * * *

줄은 끝이 보이지 않을 정도로 길게 이어져 있었다.

얼마 전 있었던 테러 때문이다. 연합군 본부로 배달된 소포 중에 사제 폭탄이 있었던 것이다. 어설프게 만들어진 폭탄은 상자를 열자 제대로 작동을 했고 한 명의 사망자를 포함해 열두 명의 희생자를 냈다. 덕분에 검문이 강화되어 외부 출입자뿐만 아니라 상주 군인들까지 신분증을 검사하고 있었다. 간단한 심부름을 다녀온 바우만 역시 이들 틈에서 십여 분째 차례를 기다리고 있었다.

"소문 들었어? 나치가 다시 규합하고 있대."

줄을 선 사람 중 하나가 수군거렸다.

"나치가?"

"흩어졌던 잔당들이 뮌헨을 중심으로 모이고 있대. 그중에는 선전부 장관이었던 요제프 괴벨스도 있대."

또 다른 사람이 끼어들었다.

"괴벨스는 가족들이랑 자살했다고 하지 않았어?"

"연합군에서 발표는 그렇게 했지. 하지만 그 말을 어떻게 믿어. 괴벨스뿐만 아니라 친위대 대장이었던 마르틴 보르만도 네오나치에 합류했다는 소문이야. 이번 테러도 놈들이 계획한 거래."

어느새 줄을 선 사람들 모두 대화에 귀를 기울이고 있었다.

"심지어 히틀러도 살아 있다는 얘기가 돌고 있어. 이러다가 다시 전쟁이 시작되는 건 아닌지 모르겠어."

이야기를 시작한 사람이 혀를 찼다.

조용히 얘기를 듣던 바우만은 한 달 전 목격했던 가짜 히틀러의 사체를 떠올렸다. 종전을 선언한 지 일 년이 넘었지만 아직도 독일 전역에서 산발적인 전투가 이어지고 있었다.

독일인 중에는 패전을 인정하지 못하는 이들이 상당수 존재했다. 그들 중에는 굴욕적으로 무장해제당한 친위대 장교들도 있고 골수 나치당원들도 있었다. 그들은 뜻을 같이하는 당원들을 모아 산발적으로 게릴라전을 펴고 있었다. 군수품 수송 트럭을 공격하기도 하고 휴가를 나온 미군 장교를 살해하기도 했다. 하지만 본부를 공격한 건 이번이 처음이었다. 그들은 스스로를 네오나치라고 칭하며 점차 세력을 갖추어나갔다. 연합군은 이 사실을 부인하고 있었지만 이들의 존재는 독일인들 사이에서 점차 실존하는 공포로 자리잡아가고 있었다. 바우만은 자신의 오른쪽 팔뚝을 바라봤다.

236 8943

수인 번호였다. 바우만은 아우슈비츠에서 살아남은 몇 안 되는 유태인이었다. 수용소에서 생활했던 일 년 반 동안 그가 겪은 일은 상상을 초월할 만큼 끔찍했다. 그는 인간이 인간에게 할 수 있는 가장 잔인한 일들을 모두 목격했다. 그가 구조됐을 때 몸무게는 사십 킬로그램이 채 안 됐다. 하지만 그를 괴롭힌 건 가족 중 유일하게 살아남았다는 사실이었다.

그는 요즘도 매일 밤 가족들의 주검을 마주하며 잠에서 깼다. 남은 생을 죄책감에 시달리며 깰 것이다. 그런데 모든 참상의 원흉인 히틀러가 아직도 살아 있다.

뒷사람이 바우만의 어깨를 툭 쳤다. 넋을 잃고 있는 사이 어느새 줄이 저만치 움직이고 있었다. 바우만은 앞사람을 쫓아 이동했다.

그때였다. 한 남자가 줄을 무시한 채 검문소로 향했다. 그는 수염을 덥수룩하게 기르고 쓰레기통에서 주운 듯한 트위드 재킷을 입고 있었는데 배를 움켜쥔 채 비틀비틀 걷고 있었다.

"거기 서!"

경비병이 소리쳤다. 하지만 남자는 경고를 무시한 채 검문소로 발걸음을 옮겼다.

"멈추지 않으면 발포한다!"

경비병들이 총을 겨누며 다시 소리쳤다. 그러자 남자가 손을 치켜들며 말했다.

"커티스 소령을 만나게 해줘. 급한 일이야."

남자가 말했다. 그가 사용하는 언어는 영어도 독일어도 아니었다. 남자가 손을 들자 배에 난 상처가 고스란히 드러났다. 남자는 아랫배에서 붉은 선혈을 흘리고 있었다.

"양손 들고 엎드려! 어서!"

검문소가 발칵 뒤집혔다. 사방에서 경비병들이 몰려들었다. 남자는 같은 말을 반복했다.

"커티스 소령을 불러줘. 시간이 없어."

말을 마치곤 남자가 쓰러졌다.

"젠장. 이놈이 뭐라는 거야! 독일어 하는 사람, 나와!"

경비병이 줄을 선 사람들을 향해 소리쳤다. 하지만 아무도 나서는 사람이 없었다.

"그 남자가 하는 말은 폴란드어입니다. 제가 할 줄 압니다."

바우만이 한 발 나서며 말했다.

"대체 뭐라고 지껄이는 거야?"

경비병이 총구를 겨누며 소리쳤다. 바우만은 다가가 남자를 부축했다.

"진정해요. 우선 상처를 봐야겠어요."

바우만이 남자의 복부를 살폈다. 상처는 심각했다. 총알이 관통한 배에서 연신 피가 뿜어져 나왔다.

"의사를 불러줘요, 어서!"

바우만이 경비병을 향해 소리쳤다. 그러자 경비병이 검문소 전화를 이용해 연락을 취했다. 남자의 몸은 서서히 식어갔다. 이미 피를 너무 많이 흘렸다. 가망이 없어 보였다.

"조금만 버텨요. 의사가 올 거요."

남자가 떨리는 손으로 바우만을 불렀다. 그리고 귓가에 속삭이

듯 말했다.

"커티스 소령한테…… 하인리히 융케가…… 오늘밤 B47 열차에 나타날 거라고……."

이 말을 남긴 채 남자는 고개를 떨궜다.

커티스 소령은 한 달 전 소련군과 히틀러의 시신을 검증했던 자였다. 바우만은 직감적으로 이 모든 일이 히틀러의 행적과 연관되어 있다는 걸 알 수 있었다. 군의관이 달려왔지만 남자는 숨을 거둔 후였다.

"대체 이 녀석이 뭐라고 한 거야?"

뒤늦게 경비병이 물었다. 그러자 바우만이 대답했다.

"커티스 소령님을 만나게 해주세요."

바우만은 텅 빈 방에 홀로 앉아 있었다. 창문은 모두 막아서 빛 한줄기 스며들지 않았다. 가구라고는 그가 앉은 의자가 전부였다.

일종의 신문실이었다. 커티스 소령과 면담을 요청하자 헌병들이 데려온 곳이다. 바우만은 여기에서 한 시간이 넘도록 소령을 기다렸다. 남자는 중요한 정보를 소령에게 전하려고 했고 그 정보는 고스란히 바우만 손에 넘어왔다. 이윽고 자물쇠를 여는 소리와 함께 한 남자가 들어왔다.

"그 친구 이름은 얀 자모이스키였네."

커티스 소령이었다. 그는 군인이 되기 위해 태어난 것처럼 군복이 잘 어울렸다. 바우만은 반사적으로 차려 자세를 취했다.

"자네 품에서 숨을 거뒀으니 이름이라도 알려주는 게 예의 같아서."

소령이 군화 특유의 굽 소리를 내며 다가왔다.

"목욕을 안 해서 냄새가 좀 나긴 했지만 좋은 친구였네. 빙 크로스비를 좋아했지. 이번 일만 끝나면 캘리포니아에 가서 포도나무를 심겠다고 했는데 말이야."

바우만 앞에 도착하자 소령이 버릇처럼 군화 뒷굽을 부딪쳤다. 딱 하는 둔탁한 소리가 방안에 울려 퍼졌다.

"얀이 자네한테 남긴 말이 있다고."

"네."

"뭐라고 했나?"

바우만은 대답하지 않았다. 소령이 의자 옆에 있던 조명을 켰다. 바늘처럼 따가운 빛줄기가 쏟아졌다.

"얀은 우리를 위해 아주 중요한 일을 하고 있었다. 하나도 빼놓지 말고 말해야 해. 자, 얀이 죽기 직전 뭐라고 했지?"

바우만은 잠시 머뭇거렸다.

"말씀드리겠습니다. 대신……."

"대신?"

바우만의 입술이 살짝 떨렸다.

"저를 소령님 팀에서 일하게 해주십시오."

"뭐라고?"

"소령님이 히틀러를 쫓고 있다는 걸 알고 있습니다. 저도 돕고 싶습니다."

당돌한 제안에 소령은 피식 웃었다.

"그 일은 무덤까지 가져가기로 한 걸로 아는데."

"그날 일은 아무에게도 발설하지 않았습니다. 앞으로도 그럴 테고요. 저는 폴란드어와 러시아어 외에 체코어와 프랑스어도 할 수 있습니다. 독일어는 물론이고요. 분명 도움이 될 겁니다."

"그 정도는 우리 팀원들도 할 수 있어."

"그런데 그날은 왜 통역이 안 됐죠?"

바우만이 날카롭게 물었다.

"소령님, 저를 팀에 합류시켜주십시오. 뭐든 하겠습니다."

"히틀러는 공식적으로 사망했다. 그러니 쓸데없는 소리 말고 얀이 남긴 메시지나 말해. 이건 명령이다!"

소령의 고함소리가 방안에 울려 퍼졌다. 바우만은 더이상 우겨봐도 소용이 없다는 걸 알았다.

"하인리히 융케가 오늘밤 B47 열차에 나타난다고 했습니다."

소령은 곧바로 수첩에 받아 적었다.

"그 외에는?"

"그게 전부였습니다."

소령은 내용을 확인한 후 주머니에 넣었다.

"오늘 일은……."

"오늘 일은 없었던 겁니다. 얀이란 인물도 존재하지 않고요."

바우만이 선수를 치자 소령이 보일 듯 말 듯 미소를 지었다.

"오늘밤은 이곳에서 지내야 할 거다. 침낭과 음식은 부관이 가져다줄 거야. 협조해줘서 고맙다."

소령이 방을 나서기 위해 문고리를 잡은 순간이었다.

"시체 타는 불에 담뱃불을 붙여보신 적 있으십니까?"

바우만이 낮은 목소리로 물었다. 소령이 돌아봤다.

"제게는 부모님과 여동생이 있었습니다. 천사 같은 사람들이었죠. 모두 이 년 전 수용소에서 죽었습니다. 가스실에서요. 저만 유일하게 살아남았죠. 제가 마지막으로 부모님과 여동생을 본 게 언제인지 아십니까? 시체 더미 속에서였습니다. 저는 가스실에서 죽은 시체들을 화장하는 일을 했습니다. 성냥개비를 쌓듯 시체를 차곡차곡 쌓은 후 석유를 붓고 불태우죠. 시체를 태우면 처음에는 석유 타는 냄새가 납니다. 하지만 시체에 불이 붙고 나면 점점 베이컨 굽는 냄새로 변합니다. 제대로 된 식사를 못 한 우리들은 그 냄새를 맡으며 자괴감에 빠집니다. 군침을 삼키는 자신을 보고는 구토를 하게 되죠. 그렇게 수백 구를 불태웠습니다. 그러던 어느 날 시체들 속에서 제 부모님과 여동생을 발견한 겁니다. 뼈만 앙상한 모습으로 장작처럼 겹쳐져 있었습니다. 더 괴로운 게 뭔지 아십니까. 부모님과 여동생의 주검을 보고도 나치가 무서워서 불태울 수밖에 없었다는 겁니다. 시체 더미 속에서 불타는 가족을 보며 얼마나 울었는지 상상도 못 할 겁니다. 더 충격적인 건 제 부모님의 시체를 태우는 불길에 독일군들이 담뱃불을 붙였던 겁니다. 시시덕대면서."

바우만의 눈에서 뼈처럼 굵은 눈물이 흘러내렸다.

"그때 다짐했습니다. 반드시 살아남아서 대가를 치르게 해주겠다고. 신이 하지 않는다면 내가 직접 그 인간들에게 천벌을 가하겠다고."

소령은 못 들은 척 문을 열고 방을 나섰다.

"절 팀에 넣어주십시오, 소령님. 제발, 함께 히틀러를 잡게 해주십시오."

하지만 방문은 굳게 닫히고 말았다.

어떤 이유에선지 소령은 바우만을 감금했고 화장실을 갈 때도 경비병이 따라왔다. 저녁이 되자 부관이 음식을 가져다줬지만 바우만은 손도 대지 않았다. 그의 머릿속에는 온통 다른 시체들 사이에서 타들어가던 부모님의 마지막 모습이 떠올랐다. 담뱃불을 붙이던 독일군의 얼굴이 맴돌았다. 바우만은 가슴을 움켜쥔 채 신음했다. 심장에 커다란 종양이 생긴 듯 욱신거렸다.

"차라리 그때 함께 죽었어야 해……."

눈물이 하염없이 흘러내렸다. 슬픔과 분노가 뒤섞인 눈물이.

그때였다.

철컹. 문이 열리며 사람들이 들어왔다. 그들은 사복을 입고 있었다.

"총을 쏴본 적 있나?"

소령이 물었다.

"없습니다……."

바우만이 대답했다.

"그런데 천벌을 내리겠다고."

팀원들이 어이없다는 듯 키득거렸다.

"이미 죽은 목숨, 한 번 더 목숨을 건다고 달라질 건 없겠지."

소령이 심중을 꿰뚫듯 날카롭게 노려봤다.

"우리는 아디헌터Ady Hunter다. 정식 명칭은 아니지만 다들 그렇게 부르지. 우리는 공식적으로 어디에도 존재하지 않는 팀이야. 우리가 벌이는 작전, 우리가 얻는 정보, 전부 영원히 공개되지 않는 일급 비밀이다. 전투중 죽는다 해도 훈장은커녕 제대로 된 장례식도 없어. 그게 이 팀을 만들 때 조건이었다. 아직도 히틀러를 잡고 싶나?"

"물론입니다!"

"그럼 따라와."

하인리히 융케

크리스틴은 옷깃을 여몄다. 초여름인데도 불구하고 건물 안은 늦가을처럼 서늘했다.

"아디란 아돌프 히틀러의 어릴 적 애칭이오. 그들은 히틀러를 잡기 위해 구성된 비밀 팀이었소. 팀원은 모두 여섯 명. 미군과 영국군에서 지원을 받아 선출한 최고의 대원들이었지."

바우만은 이야기를 하다 말고 반투명 유리에 비친 자신을 바라봤다. 또 다른 바우만은 실물보다 훨씬 늙어 보였다.

"그러니까 히틀러는 자살한 게 아니라 살아남아서 탈출했고, 연합군도 그 사실을 알고 있었다."

조금은 흥미가 생긴 듯 크리스틴이 물었다.

"그렇소."

"그런데 하인리히 융케가 누구죠? 히틀러의 측근 중 힘러나 괴벨스는 많이 들어봤지만 융케는 처음이군요."

바우만이 다시 크리스틴을 바라봤다.

"그는 히틀러의 비밀에 관해 가장 많이 알고 있던 인물이오."

* * * * *

팀을 태운 트럭은 곧장 베를린 역으로 향했다.

6시도 채 되지 않았지만 어느새 어둠이 도시를 점령하고 있었다. 가로등 불빛 하나 없는 거리에는 군용 차량만이 오갈 뿐이었다.

"하인리히 융케는 히틀러의 수석 보좌관이다. 히틀러의 수족 같은 존재지. 히틀러의 사생활에서부터 측근 관리까지 담당했던 개인 비서야. 히틀러의 행적을 알고 있을 가능성이 가장 큰 인물이다. 놈이 오늘밤 B47 열차에 탑승한다는 정보다."

커티스 소령이 사진 한 장을 팀원들에게 돌렸다.

"사진 속의 인물이 하인리히 융케다. 키는 178센티미터에 마른 체형이다. 인상착의를 잘 기억하도록."

금발에 군인이라고 하기에는 연약해 보이는 남자가 정면을 보고 있었다.

"히틀러가 살아 있다면 이미 독일을 탈출하지 않았을까요? 유보트를 타고 남아프리카나 아르헨티나로 갔다는 소문이 있던데."

바우만이 사진을 보며 물었다. 그러자 팀원들이 웃음을 터뜨렸다.

"어이, 신참. 그건 불가능해. 유보트로 남아프리카나 아르헨티나를 가려면 중간에 급유를 해야 하는데 어떤 정신 나간 놈이 대서

양 한복판에서 기다리고 있겠어. 설사 그런 놈이 있다고 한들 연합군 해군이 모를 리도 없고."

부대장 격인 밀러 상사였다. 우락부락한 얼굴의 상사는 장난감 다루듯 권총을 만지작거렸다.

"민간인으로 위장해서 비행기나 여객선으로 탈출할 수도 있지 않습니까?"

"물론 그랬을 가능성도 있다. 하지만 유럽에서 출발하는 모든 여객선과 비행기는 연합군의 수색을 받도록 되어 있어. 지금까지의 정보에 의하면 히틀러가 발견된 적은 없다. 우리는 그 정보를 바탕으로 작전을 짠다. 오늘밤 하인리히 융케를 체포하면 놈의 행적이 드러날 것이다. 그러니 무슨 일이 있더라도 융케를 생포한다. 알았나?"

"네!"

폭격으로 천장이 무너져 내린 베를린 역은 복구 작업이 한창이었다.

선로에는 늘어선 열차들에 짐을 싣고 있었고 플랫폼에는 사람들이 가족과 이별을 나누고 있었다. 구멍난 천장을 제외하면 전쟁 따위 오래전에 잊은 것 같았다.

팀원들은 곧장 B47 열차가 정차한 8번 플랫폼으로 향했다. 위장을 위해 사복을 입고 있었지만 전장에서 잔뼈가 굵어서인지 군인 냄새가 풀풀 났다. B47 열차는 오후 7시 정각에 함부르크로 출발할 예정이었다. 열차는 일반 승객이 타는 칸과 군용 칸으로 분리

되어 있었다. 커티스 소령은 곧장 군용 칸으로 향했다. 소령이 다가가자 경비병이 앞을 막아섰다.

"여긴 일반인 출입 금지 구역입니다."

소령이 신분증을 보여줬다.

"이 열차 책임자에게 안내해."

명령이 떨어지자 경비병은 소령을 열차 안으로 안내했다.

창문도 없이 사방이 막힌 군용 칸에는 금고처럼 철문이 설치되어 있었고 경비병이 입구를 지키고 있었다.

"나는 보안국에서 나온 커티스 소령이다. 자네가 여기 책임자인가?"

소령이 신분증을 보이며 물었다.

"네. 그렇습니다. 무슨 일이십니까?"

"이 열차에 뭐가 실려 있나? 뭘 수송하는 거지?"

경비병이 화물 내역서를 건네줬다.

아우슈비츠 수용소 생체 실험 보고서

화물칸에 실린 기밀의 내용이었다.

"생체 실험 보고서?"

소령은 고개를 갸웃했다.

사라진 지 일 년여 만에 등장한 하인리히 융케가 함부르크로 여행을 가기 위해 탑승할 리는 만무했다. 그가 위험을 무릅쓰고 열차에 탈 때는 중요한 이유가 있었다. 소령은 그것이 화물이라고 추측

했다. 그런데 생체 실험 보고서라니. 종전 후 치명적 생체 실험을 한 나치 전범들은 뉘른베르크 재판에서 실형을 선고받고 복역중이었다. 그중 실험을 주도했던 '죽음의 천사' 요제프 멩겔레와 하인리히 융케만 종적이 묘연한 상태였다. 이미 재판이 끝난 증거물을 없애기 위해 융케가 나타난다는 건 이상했다. 다른 뭔가가 있었다.

"어떤 내용이지?"

소령이 경비병에게 물었다.

"내용에 관해서는 알지 못합니다."

그때 열차가 움직이기 시작했다.

"함부르크까지 몇 개 역에서 정차하나?"

"이 열차는 함부르크 직행입니다."

"일반인들을 태운 객실이 몇 칸이지?"

"총 여덟 칸 중 여섯 칸입니다."

소령은 잠시 고민하다가 대원들을 바라봤다.

"지금부터 객실을 수색한다. 놈이 탈출할 수도 있으니 각자 칸을 분담한다. 밀러 상사는 히버트 일병과 맨 앞 칸을, 크리스 병장은 그라임스와 두 번째, 세 번째 칸을, 벤슨은 네 번째 칸을 맡는다. 나는 바우만과 다섯 번째와 마지막 칸을 맡겠다. 반드시 놈을 생포해야 한다. 알겠나?"

명령이 떨어지자 대원들은 각자 맡은 칸으로 이동했다.

커티스 소령은 열차가 완전히 속력을 낼 때까지 인내심을 갖고 기다렸다. 만약의 경우 열차 밖으로 도주하는 것을 막기 위해서였다.

"이걸 씹으면 도움이 될 거다."

커티스 소령이 껌 하나를 건네줬다. 바우만은 영하의 날씨인데도 식은땀을 흘리고 있었다.

"감사합니다."

바우만이 껌을 입에 넣으며 말했다.

"융케를 발견하면 곧장 내게 알려라. 섣불리 체포하려 할 경우 자살을 꾀할 가능성이 있다. 알았나?"

"네."

이윽고 베를린 시를 벗어나자 열차가 정속 주행을 시작했다.

"자, 들어간다."

객실은 승객들로 만원이었다. 좌석뿐만 아니라 복도에도 발 디딜 틈이 없었다. 두 사람은 좁은 복도를 지나며 승객들의 인상착의를 살폈다. 전쟁터에서 남자들을 잃은 탓에 대부분 여자와 노인이었다.

"변장을 했을 테니 여자와 노인도 잘 살펴라."

소령이 귀엣말로 말했다. 승객들은 대부분 두툼한 외투에 모자를 눌러쓰고 있었다. 그 탓에 얼굴을 확인하는 데 어려움이 있었다. 두 사람은 융케의 특징을 떠올리며 한 명씩 지나쳤다. 첫 번째 칸을 모두 확인했지만 융케와 흡사한 얼굴은 나타나지 않았다.

두 번째 객실 역시 만원이었다. 한 무리의 노인들이 아코디언을 연주하며 캐럴을 부르고 있었다. 거리의 악사 같은 느낌이었다. 덕분에 첫 번째 칸에 비해 활기가 있었다. 커티스 소령은 계속해서 사람들을 살폈다. 절반쯤 지났을 무렵 소령이 걸음을 멈췄다. 그는 창가석에 앉은 중년 남자를 응시했다. 중절모를 눌러쓰고 있는 남자는 다리를 다쳤는지 목발을 짚고 있었다. 가냘픈 턱이 융케를 닮았다.

"안녕하시오."

소령이 독일어로 말을 걸었다.

"전투중에 다쳤나 보군요. 나도 전투라면 이력이 났는데. 어떤 전투였소? 스탈린그라드? 벌지?"

소령의 질문에도 남자는 미동도 하지 않았다. 하지만 긴장한 기색이 역력했다. 소령은 먹이를 노리는 매처럼 조심스럽게 다가갔다. 중절모를 벗기려는 순간이었다. 갑자기 남자가 목발을 던지며 달아났다. 급작스러운 상황에도 소령은 능숙하게 목발을 퉁겨내고 뒤쫓기 시작했다. 남자는 복도의 승객들을 밀치며 출입구로 내달렸다. 목발도 위장이었던 것이다. 순식간에 열차는 아수라장으로 변했다. 남자가 출입구에 다다르는 순간 소령이 몸을 날렸다. 그리고 군더더기 없이 날렵하게 남자를 제압했다. 팔이 꺾인 남자가 비명을 질렀다.

"하인리히 융케!"

소령이 남자의 신원을 확인했다. 하지만 융케가 아니었다. 그는 눈물을 흘리며 알아들을 수 없는 말을 웅얼거렸다.

"이 남자는 고향에 가기 위해 무임승차한 폴란드인이에요."

뒤늦게 쫓아온 바우만이 통역을 했다. 소령은 남자를 풀어줬다. 한바탕 소란 덕분에 승객들의 시선이 모여 있었다.

"젠장!"

소령이 옷을 털며 일어섰다. 그때였다.

"소령님! 놈입니다."

밀러 상사가 가쁜 숨을 몰아쉬며 소리쳤다.

"어디야?"

"그게⋯⋯."

밀러 상사가 머뭇거렸다.

"앞장서!"

소령이 소리치자 밀러 상사가 달리기 시작했다.

상사가 향한 곳은 기밀을 운반중이던 군용 화물칸이었다.

금고를 등에 지고 선 다섯 명의 경비병이 한 남자를 향해 총을 겨누고 있었다. 남자는 검은 중절모에 검은 코트를 입고 사신처럼 출입구에 버티고 있었다.

"하인리히 융케!"

소령이 화물칸으로 들어서며 소리쳤다.

남자가 서서히 고개를 돌렸다. 가냘픈 턱선에 짙은 눈썹, 그리고 종잇장처럼 얇은 입술. 분명 하인리히 융케였다. 그런데 어딘지 이상했다. 그는 떨고 있었다. 마치 한겨울에 발가벗은 채로 길 한복판에 서 있는 것처럼.

"나는 연합군 본부 보안국 소속 커티스 소령이다. 너를 1급 전범 혐의로 체포한다. 천천히 손을 들고 바닥에 엎드려."

소령이 총을 겨누며 소리쳤다. 하지만 융케는 고개를 숙인 채 부들부들 떨기만 했다.

"바닥에 엎드리라니까!"

그때였다. 융케의 뺨을 타고 한줄기 눈물이 흘러내렸다. 그는 울고 있었다. 소령은 혼란스러웠다. 히틀러와 함께 세계를 피로 물들였던 융케가 어린아이처럼 눈물을 흘리다니. 순간 융케가 코트를 열어젖혔다. 은밀한 무기가 모습을 드러냈다. 폭탄이었다. 한 손에는 기폭 장치를 들고 온몸에 다이너마이트를 매달고 있었다. 열차한 칸을 날려버리고도 남을 양이었다. 놀란 경비병들이 총구를 바짝 들이밀었다.

"모두 섣부른 행동 말고 대기해."

소령은 총구를 내리고 융케를 살폈다. 그는 비정상적으로 몸을 떨고 있었다. 추위 때문이 아니었다. 간질 환자처럼 손목이 뒤틀리고 다리가 꼬여 있었다. 공포에 젖은 눈에서 연신 눈물이 뿜어져 나왔다. 뭔가 이상했다.

"이러는 이유가 뭐냐? 넌 삼류 선동가였던 히틀러를 독일 총통으로 만들고 괴링과 힘러를 맘대로 주물렀던 놈이다. 이제 와서 왜 적군 앞에서 눈물을 보이는 거냐?"

기폭 장치를 쥔 융케의 손이 더욱 떨리고 있었다.

"더욱 이해할 수 없는 건 왜 너지? 자살 공격 따위에 왜 너 같은 놈이 직접 나서는 거냐? 대체 이 안에 든 비밀이 뭐길래."

소령이 조심스럽게 한 발 다가서며 물었다.

"내가 선처를 부탁하마. 넌 우리가 원하는 비밀을 많이 알고 있다. 특히 히틀러에 관해서. 협조만 하면 걸맞은 대우를 해주겠다. 기폭 장치를 내려놔."

소령은 능수능란하게 구슬렸다.

융케의 눈빛이 소용돌이처럼 요동쳤다.

"우리가 원하는 정보는 하나야. 히틀러다. 놈의 행방을 알려주면 오 년 안에 석방시켜주마. 자, 기폭 장치를 내게 넘겨. 그것만이 살길이야."

소령이 손을 내밀었다. 융케의 심호흡이 조금씩 잦아들고 있었다. 드디어 기폭 장치를 건네받으려던 순간이었다.

"제3제국 만세! 하일 히틀러!"

융케가 버튼을 눌렀다.

"소령님! 피하세요!"

밀러 상사가 소령을 밀치고 융케에게 달려들었다.

뒤를 이어 거대한 불꽃이 열차 안을 덮쳤다.

* * * * *

당시 상황이 생생한 듯 바우만은 미간을 찌푸렸다.

"그날 테러로 여섯 명이 즉사했소. 열차는 반토막이 난 채 탈선했고 기밀문서는 전부 불탔지. 엄청난 폭발 속에서도 나는 경미한 부상만을 입었소. 커티스 소령은 고막이 터지고 손가락 두 개를 잃었지만 목숨을 건졌소. 밀러 상사 덕분이었지."

바우만은 왼팔에 난 흉터를 어루만졌다. 그때 얻은 상처인 듯했다.

"밀러 상사란 분 대단하군요. 그런 급박한 상황에서 망설임 없이 목숨을 바치다니."

크리스틴이 말했다.

"나 같은 인간은 엄두도 못 낼 일이지. 전승 기념일이면 밀러 상사의 무덤에 간다오. 한 해도 빠진 적이 없소."

"결국 히틀러의 행방은 알아내지 못했군요."

"아니, 진짜 이야기는 이제부터요."

바우만의 눈이 빛을 발했다.

* * * * *

임시 지휘소는 사건 현장에서 백여 미터 떨어진 감자밭에 세워졌다. 다섯 개의 천막 안에는 현장에서 수습한 시체 파편과 기밀문서 조각이 빼곡하게 널려 있었다. 커티스 소령은 이마와 손에 붕대를 감고 증거물들을 살폈다. 잘린 손가락을 봉합한 지 한 시간도 지나지 않아 현장으로 돌아온 것이다.

"소령님, 목적지는 랭글리의 CIA 본부였답니다."

크리스 병장이었다. 그는 밀러 상사의 뒤를 이어 현장 조사를 돕고 있었다.

"서류 내용은?"

소령은 통증이 심한지 진통제를 입에 물었다.

"기밀이라며 공개를 꺼리는 눈치였습니다."

"얼마나 대단한 내용이기에 우리한테까지 숨기는 거지."

서류는 삼만 페이지 분량이었다. 하지만 폭발 때문에 불에 타거나 산산조각이 나서 내용을 알아보는 건 불가능에 가까웠다. 소령은 서류 조각 하나를 집어 들었다. 끄트머리가 그슬린 파편에는 독일어로 된 의학 용어가 가득 적혀 있었다.

'대체 무슨 보고서이기에 거물인 융케가 목숨까지 바쳐가며 없앤 걸까.'

혼란스러웠던 건 융케의 마지막 모습이었다. 폭탄을 매달고 있던 융케는 두려움에 떠는 어린아이 같았다. 그는 2차세계대전의 시발점이었던 폴란드 침공을 배후에서 조종한 실력가였다.

히틀러의 오른팔이던 에른스트 룀을 제거하고 유태인 학살을 승인하게 만든 장본인이다. 그런 냉혈한이 적군 앞에서 사지를 떨며 눈물을 흘렸다. 뭔가 있었다.

"바우만!"

"네, 소령님."

잡일을 거들던 바우만이 달려왔다.

"이 서류들 중 알아볼 수 있는 것들을 번역해라."

"전부요?"

서류들은 천막을 가득채우고도 넘쳤다.

"네게 주는 첫 번째 임무다. 사흘 안에 끝내도록 해."

이 말을 남기고 소령은 현장으로 향했다.

다음날까지 천막 안에는 타이핑 소리가 울려 퍼졌다. 밤이면 영하 10도까지 내려갔지만 변변한 난로조차 없어 코트 하나로 버텨야 했다. 하지만 이틀이 지나도록 번역한 건 10분의 1도 되지 않았다. 바우만은 녹초가 돼서 지금까지 번역해놓은 내용을 살폈다. 이해할 수 없는 의학 용어들뿐이었다.

"내가 지금 뭘 하고 있는 거야. 난 히틀러를 잡고 싶다고."

바우만이 타자기에 얼굴을 박으며 중얼댔다.

"언 땅에 참호를 판다고 생각해."

누군가 커피를 건네주며 말했다. 크리스 병장이었다.

"아, 병장님. 감사합니다."

뜨거운 커피를 마시니 살 것 같았다.

"이런 날씨에 참호를 파면 돌아버리지. 땅이 돌덩어리 같거든. 하지만 막상 전투가 시작되면 어머니 품처럼 따뜻하지."

"명심하겠습니다."

위스콘신에서 온 크리스 병장은 푸근한 성격이었다.

"뭐라고 씌어 있는 거야?"

"워낙 전문용어가 많아서 정확히 알 수는 없지만 뇌수술에 관한 내용 같습니다."

바우만이 한숨을 내쉬었다. 그때였다.

"같습니다?"

커티스 소령이 모자에 쌓인 눈을 털며 들어왔다. 언제부턴가 함박눈이 내리고 있었다.

"소령님!"

바우만이 반사적으로 차려 자세를 취했다.

"입니다, 아닙니다, 둘 중 하나여야 해. 같습니다 따윈 없어."

소령은 작은 상자를 들고 있었다.

"너는 정찰병이나 다름없다. 네 판단에 부대원의 목숨이 걸려 있어. 자, 무슨 보고서인가?"

소령이 탁자 위에 상자를 올려놓으며 물었다.

"뇌수술에 관한 보고서입니다."

망설이던 바우만이 대답했다. 그러자 커티스 소령이 보일 듯 말 듯 미소를 지으며 상자를 열었다. 상자 안에는 두개골이 들어 있었다. 새까맣게 그을린 두개골은 조각을 이어 붙인 것이었다. 못 찾은 조각이 있는지 여기저기 구멍이 나 있었다.

"이게 뭡니까?"

크리스 병장이 물었다.

"하인리히 융케의 머리다. 여길 잘 봐라."

소령이 머리 부분을 가리켰다. 이마부터 뒤통수까지 둥그렇게 절개한 자국이 선명했다.

"이건……."

"그래. 뇌수술 자국이야."

"그 얘기는……."

바우만이 소령을 바라봤다.

"자네가 번역을 제대로 했다는 거지. 뇌수술을 한 융케가 뇌수술에 관한 생체 실험 보고서를 없애기 위해 자살 테러를 했다……."

소령은 대화를 시도하듯 두개골의 눈구멍을 응시했다. 수많은 퍼즐 조각이 눈동자 속을 떠다니고 있었다.

"정확히 어떤 내용이지?"

"그게…… 워낙 의학 용어가 많아서 정확한 내용을 말씀드리기가……."

"네 생각을 말해, 자신 있게."

그러자 바우만이 타자기 옆에 있던 보고서 한 장을 소령에게 건

냈다. 파편을 이어 붙인 것이었지만 온전히 내용을 알아볼 수 있었다. 거기에는 두 장의 사진이 포함되어 있었다.

"이 보고서는 모두 뇌 이식에 관한 내용입니다."

사진은 적출한 뇌를 피실험자의 머리에 이식하는 과정을 촬영한 것이었다.

* * * * *

"뇌 이식요?"

크리스틴이 되물었다.

"그렇소. 나는 한 달 반 동안 생체 실험 보고서를 복원하는 작업을 했소. 그리고 칠십 페이지에 달하는 보고서를 작성했지. 나치는 아우슈비츠 수용소의 유태인들을 대상으로 수많은 생체 실험을 했소. 그 보고서는 모두 뇌 이식에 관한 내용뿐이었지."

바우만은 목이 타는지 계속 마른침을 삼켰다.

"여기 물 한 잔 갖다주세요."

크리스틴이 CCTV 카메라를 향해 소리쳤다. 잠시 후 교도관이 물을 가지고 왔다. 바우만은 병을 들어 물을 들이켰다.

"고맙소."

"융케의 뇌수술 자국과 뇌 이식수술 보고서가 어떤 연관이 있었나요?"

어느 순간부터 크리스틴은 바우만의 이야기를 녹음하고 있었다. 바우만은 대답 대신 잇몸이 드러날 정도로 씩 웃었다.

"그로부터 보름 후의 일이오."

* * * * *

유조선의 내부는 거대한 미로였다.

배수량이 십만 톤에 달하는, 축구장 두 개 크기의 베네수엘라 국적 유조선은 원유를 하역하고 귀항을 준비중이었다. 아디헌터는 유조선 내부를 한 시간 넘게 수색하고 있었다. 수배중인 나치 수뇌부가 밀항을 한다는 정보 때문이었다.

"선수부터 선미까지 전부 뒤졌지만 아무것도 없습니다. 이제 남은 건 펌프실뿐입니다."

크리스 병장이 선박 설계도를 펼치며 말했다.

"원유 저장 탱크는 찾아봤나?"

커티스 소령이 물었다.

"벤슨하고 히버트 일병이 수색중입니다."

"나와 바우만, 그라임스는 펌프실을 수색할 테니 자네는 두 사람을 도와줘. 무슨 일이 있으면 무선으로 연락하고."

"알겠습니다."

크리스 병장은 곧장 탱크를 향해 달려갔다.

좁은 복도를 한참 지나자 펌프실이 나타났다. 철문 너머에는 극장만큼 커다란 공간이 있었다. 원유를 뽑아내는 펌프가 있는 곳이다. 자동차만 한 크기의 펌프들이 일렬로 늘어서 있고 그 주위엔 파이프들이 복잡하게 엉켜 있었다. 대원들은 손전등을 비추며 내

부를 수색하기 시작했다.

"사람이 들어갈 만한 공간이면 전부 뒤져라."

세 사람은 총을 앞세워 흩어졌다. 바우만과 그라임스 상병은 펌프들부터 훑어나갔고 소령은 계기판 너머를 뒤졌다.

"궁금한 게 있어요."

바우만이 낮은 목소리로 물었다.

"뭔데?"

"소령님 말입니다. 어떻게 이 팀을 맡게 되신 겁니까? 일하시는 걸 보면 단순히 임무 때문만은 아닌 것 같은데."

"가끔 보면 정신이 나간 것 같긴 하지."

"무슨 응어리 같은 게 느껴져요."

그라임스가 담배 한 대를 꺼내 물었다.

"이 팀에 온 사람들은 저마다 나치에 대한 증오를 안고 있어. 소령이 한이 있는 대원들만 뽑았거든. 하지만 정작 소령의 이야기는 아무도 알지 못해. 한 번도 얘기한 적이 없어. 대신 떠도는 소문은 몇 개 있지."

"소문요?"

"궁금하면 나중에 직접 물어봐."

마지막 펌프 너머까지 수색했지만 쥐새끼 한 마리 보이지 않았다.

"이번에도 허탕인가. 소령님, 여기도 없는 것 같습니다."

그라임스가 소리쳤다. 소령이 낭패한 얼굴로 다가왔다.

"정보원 녀석, 미끼만 먹고 튄 거 아닐까요?"

"아니, 이번 정보는 확실해."

그때 탱크를 수색하러 갔던 팀원들이 돌아왔다.

"어떻게 됐나?"

"탱크 여섯 개를 전부 뒤졌지만 기름 찌꺼기뿐이었습니다."

팀원들은 파이프에 걸터앉아 담배를 나눴다.

"그럴 리 없어. 어딘가 있다, 분명히."

소령은 설계도를 다시 살폈다. 그는 한 마리 쥐가 되어 미로에서 길을 찾았다. 그때였다. 퉁. 미세하지만 확실한 진동이 벽면 너머에서 울렸다.

"조용!"

소령이 말하자 모두 숨을 죽였다. 잠시 후 다시 퉁 하는 소리가 벽을 타고 전해졌다.

"이 너머에 뭐가 있지?"

"격벽 뒤엔 원유를 저장하는 탱크가 있습니다."

크리스 병장이 낮은 목소리로 대답했다.

"탱크와 벽 사이에 공간이 있나?"

두 사람은 설계도를 살폈다. 펌프실과 저장 탱크를 가르는 격벽은 두 겹으로 이루어져 있었다. 그 사이에 공간이 있다.

소령은 곧장 벽면을 살피기 시작했다. 두터운 철로 된 벽에는 사람이 출입할 공간은 없었다. 하지만 소령은 집요하게 벽면을 훑었다. 이윽고 소령이 멈춰 섰다. 성인 한 명이 들어갈 만한 크기의 용접 자국이었다.

"그라임스, 여기를 뚫어라."

"네!"

용접기에 불을 붙이자 슉 하는 소리와 함께 날카로운 불꽃이 일었다. 채 오 분도 되지 않아 두꺼운 벽에 벌겋게 녹아내린 입구가 생겼다.

"진입한다."

소령이 명령을 내리자 크리스 병장을 필두로 대원들이 들어섰다.

독특한 공간이었다. 천장은 끝이 보이지 않을 만큼 높았지만 폭은 서너 명이 들어서면 꽉 찰 만큼 좁았다. 대원들은 총과 손전등을 앞세우고 나아갔다. 저만치 구석에 인기척이 있었다. 대원들은 총구를 바짝 드밀며 전진했다.

"소령님, 이것 보십시오."

크리스 병장이 소리쳤다.

그곳에는 십여 명의 여자와 어린아이 들이 겁에 질린 채 웅크리고 있었다. 소령이 손전등으로 얼굴을 비췄다. 독일 상류층 여인들처럼 보였다.

"당신들은 누군가? 왜 밀항을 하려는 거지?"

소령이 물었지만 여인들은 떨고 있을 뿐이었다. 그때 무리 중한 명이 일어섰다. 유일한 남자인 그는 권총을 들고 있었다.

"당장 총을 내려놔! 아니면 발포하겠다!"

소령이 총을 겨누며 소리쳤다. 그러자 남자가 영어로 대답했다.

"이 사람들은 죄 없는 여자들과 아이들이오. 선처를 부탁하오."

말을 남기고 남자는 입에 총을 물더니 방아쇠를 당겼다. 날카로운 총성과 함께 남자가 꼬꾸라졌다. 여기저기서 비명이 터져 나왔다. 소령은 조심스럽게 남자를 살폈다. 낯이 익은 얼굴이었다.

"미하엘 시버, 나치 친위대의 이인자. 독일 장군들조차 벌벌 떨던 인간이 유조선 밑바닥에서 인생 종쳤군."

소령이 남자의 눈을 감겨줬다.

"남자는 시버뿐입니다. 나머지는 여자와 아이입니다."

크리스 병장이 말했다.

"갑판으로 내보내라. 상부에는 내가 연락하겠다."

소령이 총을 거두며 말했다.

명령이 떨어지자 대원들은 밀항자들을 통솔하기 시작했다.

그들은 저항하지 않고 지시에 따랐다. 마지막 밀항자가 밀실을 빠져나가자 소령은 다시 한번 밀실을 확인했다. 구석에 누군가 남아 있었다.

"갑판으로 가라는 말 못 들었나."

소령이 소리쳤다. 하지만 그는 가쁜 숨을 몰아쉴 뿐 꿈쩍도 않았다.

"당장 일어나서 갑판으로 가, 어서!"

소령의 명령에도 차가운 바닥에 웅크리고 있었다. 온몸을 부들부들 떨고 있었다. 마치 간질 환자처럼.

"이봐, 괜찮아?"

소령이 조심스럽게 물었다. 그자는 힘겹게 고개를 들었다. 열 몇 살쯤 되어 보이는 소년이었다.

"이런 세상에……"

소년은 흰자가 드러나도록 눈을 까뒤집고 있었고 코와 귀에서 피를 흘렸다. 고통에 찬 눈으로 떨던 소년은 전원이 꺼지듯 의식을 잃었다.

"위생병!"

소령의 고함소리가 벽을 타고 울려 퍼졌다.

소년은 곧장 군 통합 병원으로 옮겨졌다.

전례가 없던 조치였지만 소령이 강력하게 요구했다.

응급실로 옮겨진 소년은 여러 검사를 받았다. 검사가 진행되는 동안 소령은 대기실에서 초조하게 기다렸다. 소령이 소년에게 관심을 갖는 데는 이유가 있었다. 경련을 일으키던 소년에게서 얼마 전 자살 테러를 벌인 융케를 보았던 것이다. 단순한 직감이 아니었다. 소년의 소지품에서도 의심스러운 물건이 발견되었다.

"밀항자들은 헌병대에 넘겼습니다."

바우만이 대기실에 들어서며 말했다.

"신원 조사는?"

"진행중입니다. 끝나는 대로 알려주겠답니다."

소령은 나머지 밀항자에게는 관심이 없었다.

그렇게 삼십 분가량 지났을 무렵, 문이 열리며 담당 군의관이 나왔다.

"어떻게 됐습니까?"

소령이 벌떡 일어나며 물었다.

"직접 보셔야 할 것 같습니다."

군의관이 자신의 방으로 안내했다.

방에는 방금 현상한 엑스레이 사진이 걸려 있었다.

"병명이 뭡니까?"

소령이 단도직입적으로 물었다.

"정확한 건 검사 결과가 나와야 알 수 있지만 수술 후 스트레스 증후군으로 보입니다."

"그게 뭐죠?"

"큰 수술을 받은 후 몸이 스트레스를 감당 못 해서 생기는 증상이에요. 일종의 거부 증세죠."

군의관이 엑스레이 사진 한 장을 가리켰다. 두개골 부위를 여러 각도에서 찍은 것이었다.

"이 친구, 얼마 전 큰 뇌수술을 받았습니다. 절개한 자국이 보이시죠?"

사진에는 두개골을 절개한 자국과 철심으로 고정한 흔적이 선명했다.

"뇌수술요?"

소령이 가늘게 눈을 떴다. 호기심이 발동했을 때 버릇이었다.

"네. 흥미로운 건 뇌종양이나 혈전 제거 수술이 아니란 겁니다."

"그럼 어떤 수술을 받은 겁니까?"

"그게……."

의사가 머뭇거렸다.

"편하게 말씀하십시오."

"일반적으로 뇌수술은 개두술을 말합니다. 두개골에 필요한 만큼 구멍을 내거나 일부분을 제거하는 겁니다. 그런데 사진을 보면 두개골 전체를 개방했습니다. 이건 일반적인 방식이 아닙니다. 뿐만 아니라 연수와 뇌들보 사이에 출혈이 보이고 뇌척수와 목 척수 간에 신경을 연결한 흔적이 보입니다. 여기 보시면 숨뇌 밑동에 가골이 형성된 자국이 선명하죠. 게다가 척추와 숨뇌의 단면 크기가 달라요. 그러니까 제 말은……."

군의관은 자신이 없는 듯 말끝을 흐렸다.

"뇌 이식수술을 했다는 겁니까?"

소령이 선수를 쳤다.

"확신할 순 없습니다. 왜냐면 현재 의학 기술로 뇌 이식수술이 성공한 사례는 없거든요."

군의관이 믿을 수 없다는 눈으로 사진을 바라봤다.

"만약 뇌 이식수술을 했다면 말입니다. 저 뇌의 본래 주인은 몇 살 정도 됐습니까?"

군의관은 신중하게 사진 속 뇌를 응시했다.

"뇌는 신체 중 가장 늦게까지 성장합니다. 보통 스물다섯 살까지 자라죠. 성장이 끝나면 표면적을 늘리기 위해 주름을 늘리기 시작합니다. 여러 정황을 종합했을 때 뇌의 주인은 마흔 살 이상입니다."

두 사람은 뇌 사진을 사이에 둔 채 망연히 서 있었다.

"소년의 상태는 어떻습니까?"

"일단 경련을 진정시키기 위해서 에피네프린과 진정제를 투여했어요."

"볼 수 있을까요?"

"따라오시죠."

소년은 중환자실에서 의식을 잃은 채 산소호흡기를 물고 있었다.

그는 무의식중에도 팔과 다리를 심하게 떨고 있었다.

"왜 저렇게 떠는 겁니까?"

"신경 손상으로 인한 거부 증상입니다."

"언제쯤 깨어날까요?"

"알 수 없습니다. 한 달이 걸릴 수도 있고 영원히 혼수상태에 빠질 수도 있습니다."

이 말을 남기고 군의관은 자리를 떴다.

소령은 애처롭게 경련을 일으키는 소년을 한동안 바라봤다.

"바우만."

"네."

"생체 실험 보고서 중 성공한 사례가 있었나?"

"제가 해석한 내용 중에는 없었습니다."

"이식수술을 집도한 의사가 누구였지?"

"요제프 멩겔레였습니다."

이름을 듣자 소령의 눈동자가 흔들렸다.

요제프 멩겔레는 '죽음의 천사'로 불리며 아우슈비츠 수용소에서 수많은 생체 실험을 주도했던 인물이다. 인종 우생학을 신봉한 독일 최고의 외과 의사였으며 특히 뇌수술에 천재적인 재능을 보였다. 독일이 패전하자 연합군의 추적을 피해 도주했다.

"왜 저 소년에게 관심을 두는 겁니까?"

바우만이 물었다.

"소년의 소지품 중에 이게 있었다."

소령이 건넨 건 한 장의 낡은 사진이었다. 거실을 배경으로 찍은 단란한 독일인 가족이었다. 두 명의 아이와 어머니, 그리고 군복을 입은 아버지였다. 그런데 익숙한 얼굴이 보였다.

"설마 이 사람……."

바우만이 아버지를 가리켰다.

"하인리히 융케다."

두 사람은 할말을 잃고 소년을 바라봤다.

* * * * *

"현대 의학으로도 성공 못 한 뇌 이식수술을 몇십 년 전에 성공했다고요? 말도 안 돼요."

크리스틴이 단호하게 말했다. 면회실 철창밖에는 현대 뉴욕이 서 있었다.

"당신은 나치가 어떤 실험을 했는지 전혀 모르고 있소. 당시 외과 수술 기술은 현재에 비해 전혀 떨어지지 않았소. 오히려 전쟁이라는 극한 상황 때문에 엄청나게 발전했지. 현대 외과술은 그때 완성됐다고 해도 과언이 아니오. 그중에도 요제프 멩겔레는 당대 최고의 외과의였소. 그는 쌍둥이를 반으로 절개한 후 서로 이어 붙이는 수술을 집도하기도 했소. 놀랍게도 쌍둥이들은 열흘 넘게 생존했소. 의식이 있는 상태로 말이오. 그런 멩겔레가 뇌 이식 실험만 삼백여 차례나 집도했소."

"정말 뇌 이식수술이 성공했다는 말인가요?"

"그렇소. 멩겔레는 뇌 이식수술에 있어 최고의 권위자였소. 지금 존재하는 어떤 의학자보다도."

바우만은 바위처럼 단단했다.

그는 목을 축인 후 이야기를 이어갔다.

"그날 이후 소령은 매일 소년을 찾아갔소. 자식이라도 되는 양 상태를 체크하고 의식이 돌아오기를 기다렸지. 하지만 보름이 지나도록 소년은 깨어나지 않았소. 그러던 어느 날……."

* * * * *

중환자실에 도착한 소령은 한동안 숨을 골라야 했다.

"오늘 새벽에 깨어났어요. 사막을 건너온 것처럼 물부터 찾더군요."

담당 군의관이 손수건을 건넸다.

"상태가 어떤가요? 질문에 답할 수 있나요?"

소령이 물었다.

"장시간은 힘들겠지만 간단한 질문엔 답할 수 있을 겁니다."

소령은 곧장 중환자실로 들어갔다.

의식이 돌아온 소년은 태연하게 수프를 먹고 있었다. 아직 경련이 완전히 멈추지 않아 간호사가 떠먹여주고 있었다. 소령을 발견하자 소년은 해맑게 미소를 지었다. 마치 세상에 악 따윈 존재하지 않는 듯.

"자리 좀 비켜줄래요?"

소령이 부탁하자 간호사가 방을 나섰다. 이윽고 둘만 남자 소령은 군화 소리를 내며 다가갔다.

"많이 좋아진 것 같구나."

"쓰러져 있던 저를 소령님이 데려오셨다고 들었습니다. 감사합니다. 제 생명의 은인이세요."

소년은 훌륭한 가정교육을 받은 듯했다. 소령은 안주머니에서 수첩을 꺼냈다.

"몇 가지 물어볼 게 있다. 막시밀리안 베버. 네 이름이지?"

"네."

"1931년 4월 하노버 출생. 집안 대대로 세무사를 지냈고 아버지 훔볼트 베버 역시 세무사였지. 뷔르츠부르크 사립 고등학교 재학 중 징집돼서 베를린 소년 수호대 소속으로 전투에 참여했어. 맞나?"

"그렇습니다."

소년은 떨리는 손을 주물렀다.

"기록에 보면 작전 도중 넌 심한 부상으로 후송된 걸로 나와 있어. 네 부모님은 폭격으로 사망하셨고. 그런데 어떻게 밀항을 하게 됐지? 그것도 너 혼자."

"도와준 분이 있었습니다. 다친 저를 보살펴주고 배편을 마련해주셨죠."

소년이 대답했다. 그러자 소령이 수첩을 접었다.

"혹시 도움을 준 사람이 이 사람이냐?"

융케의 가족 사진이었다. 소령은 날카롭게 반응을 살폈다. 하지만 소년은 조금도 흔들리지 않았다.

"네 소지품 속에서 찾은 거다. 그 사람인가?"

"이분이 아닙니다. 절 도와주신 분은 유조선 밀실에서 돌아가셨습니다."

미하엘 시버를 말하는 것이다.

"그럼 이 사진은 어디서 난 거지?"

"제가 소속됐던 베를린 수호대는 포츠담 광장을 사수하라는 명령을 받았습니다. 베를린 주민들이 탈출할 시간을 버는 게 임무였죠. 하지만 제대로 된 훈련도 못 받은 우리가 소련군을 막는 건 불가능했습니다. 모두 죽은 목숨이나 다름없었죠. 전투가 벌어지기 직전 동료 하나가 제게 다가왔습니다. 그 친구의 이름은 카를 하인츠 융케였습니다. 만난 지 일주일도 안 된 사이였죠. 카를이 제게 사진을 보여주며 말했습니다. 만약 자기가 죽으면 이 사진을 가족에게 전해달라고. 얼마 후 전투가 벌어지자 소련군 전차가 밀려왔습니다. 그리고 한 시간도 되지 않아 저희 부대는 전멸했습니다. 저만 빼고요."

소년의 눈에서 굵은 눈물이 흘러내렸다.

"사진 속 남자가 누군지 아나?"

"네, 친위대 부사령관 하인리히 융케입니다. 카를의 아버지죠. 전쟁이 끝난 후 찾으려고 했지만 찾을 수 없었습니다. 그래서 보관하고 있던 겁니다."

소년이 사진을 보며 말했다.

"하인리히 융케는 얼마 전 사망했다. 기밀 수송 열차에 자살 테러를 감행했지."

소령의 말을 들은 소년은 고개를 떨궜다.

"그랬군요. 그런데 이 사진이 무슨 문제라도 있나요?"

소령이 군화 뒷굽을 부딪쳤다. 절묘한 타이밍에 손가락을 퉁기듯.

"왜냐면 열차에서 사망한 융케는 융케가 아니기 때문이다."

소년이 의아한 듯 고개를 갸웃했다.

"하인리히 융케는 살아 있다. 아주 멀쩡하게."

"무슨 말씀인지 모르겠군요. 방금 전 자살 테러로 사망했다고 하지 않으셨습니까?"

"그래. 분명 융케는 자폭해서 죽었다. 하지만 융케의 육체가 사라진 것뿐이야. 진짜 융케는 새로운 몸으로 다시 태어났어."

처음으로 소년의 표정이 굳었다.

"조사한 바에 의하면 막시밀리안 베버는 네 말대로 포츠담 광장 전투에서 큰 부상을 입었다. 곧장 후송되어 수술을 받았지만 사망했어. 이게 그 증거다."

소령은 한 장의 서류를 펼쳐 보였다. 독일 육군이 발행하는 전투중 사망증명서였다. 서류에는 베버의 군번과 이름, 그리고 사망 시간이 적혀 있었다.

"사망 이유는 포탄 피격에 의한 뇌 손상. 다른 장기에는 아무런 부상이 없었다. 재밌는 건 이제부터야. 얼마 전 사망한 하인리히 융케와 막시밀리안 베버의 혈액형, 항체 거부 조건, 뇌 용량 등이 놀랍게도 일치한다는 거지. 뇌 이식을 하기에 최적의 조건이었어."

이야기를 듣던 소년의 눈빛이 차갑게 변했다. 더이상 순진한 열

일곱 살의 눈매가 아니었다.

"뭘 말하고 싶은 겁니까?"

소령이 매섭게 노려봤다.

"넌 막시밀리안 베버가 아니야. 넌 베버의 몸에 네 뇌를 이식해서 부활한 하인리히 융케다."

영원처럼 긴 몇 초가 두 사람 사이를 갈랐다. 침묵을 깬 건 소년의 웃음소리였다. 소년은 병실이 떠나가게 웃음을 터뜨렸다.

"정말 재밌는 분이네요. 미국인은 현실적이고 합리적이라고 들었는데 소령님처럼 상상력이 풍부한 사람도 있군요. 소설이나 영화를 만드시면 멋진 작품이 나올 것 같은데요."

소령은 꿈쩍도 안 했다.

"네놈은 나치 중에도 최악이야, 하인리히 융케. 인류 역사를 피로 물들인 것도 모자라 달아나기 위해 어린아이의 몸을 이용했어."

그러자 소년이 웃음을 멈추고 날카롭게 노려봤다.

"당신 말이 맞는다고 칩시다. 뭐로 증명할 거지? 과연 누가 당신 말을 믿어줄까, 소령."

"아무도 믿지 않겠지. 하지만 넌 한 가지를 간과하고 있어. 넌 지금 연합군이 통치하는 독일에 있다. 내 권한이면 네놈 따위 지금 당장이라도 죽일 수 있어. 군 법정에는 보고서 몇 장이면 충분해. 부하들 몇 명이 증인이 되어주면 되니까. 하지만 난 그러지 않을 거야. 왜냐면 네놈 따위한텐 아무런 관심도 없으니까. 내가 원하는 건 히틀러다. 우린 지난 일 년 반 동안 히틀러의 행방을 추적했다. 하지만 놈은 유령이 된 것처럼 사라졌어. 그런데 네놈이 중요한 단서를 준 거야. 우리는 그동안 빈 껍데기를 쫓고 있었던 거다. 놈은 탈피를 했어. 싱싱하고 건강한 새 몸으로. 그리고 그 몸을 이용해 탈출했을 거다. 어때? 내 이론이 틀렸나?"

소령이 물었지만 소년은 대답하지 않았다. 하지만 정곡을 찔린 듯 눈동자가 흔들렸다.

"히틀러의 행방을 대라. 그럼 네놈 따위 어찌되든 상관 않겠다. 만약 거부한다면 네놈이 다시 태어난 걸 후회할 만큼 괴롭히다가 죽여주마."

팽팽한 긴장감이 대기를 짓눌렀다. 허풍이 아니란 걸 소년은 잘 알고 있었다. 소년의 입에서 옅은 한숨이 흘러나왔다.

"귀신나방이라고 들어봤나?"

소령은 대꾸하지 않았다.

"귀신나방에 대해 들은 건 일 년 반 전 총통의 결혼 피로연에서였다. 그날 비가 억수같이 쏟아졌지."

링거액이 떨어지는 소리와 함께 소년, 아니 융케는 1945년 4월 30일로 돌아갔다.

하인리히 융케는 히틀러 그리고 나치 최고 지도부와 함께 베를린 벙커에 있었다. 그들은 방금 전 거행된 히틀러와 에바 브라운의 결혼식을 축하하는 피로연을 열고 있었다.

융케는 마지막 남은 샴페인을 따며 독수리 둥지에서 있었던 파티를 떠올렸다. 붉은 카펫과 황금 엘리베이터, 알프스를 배경으로 펼쳐진 화려한 파티장. 하지만 지금 이들은 처참하게 변해버린 현실을 뼛속까지 느끼고 있었다. 화려한 대리석 기둥은 콘크리트로, 오스트리아제 은제 식기는 군용 법랑으로 바뀌어 있었다.

"하인리히, 뭘 하고 있는 건가. 어서 총통 각하 잔을 채워드리지 않고."

취기가 오른 보르만이 소리쳤다. 그제야 융케가 샴페인을 들고 히틀러에게 다가갔다.

"나는 됐어. 자네들이나 마시지."

히틀러는 알아볼 수 없을 정도로 노쇠해 있었다. 그것이 융케의 마음을 아프게 했다. 히틀러는 그의 전부였다. 아니, 독일의 모든 것이었다. 이제 그것이 사라지려 하고 있었다.

"나는 한잔해야겠어요."

에바 브라운이 잔을 내밀며 말했다. 그녀는 아름다웠다.

"알겠습니다. 브라운 양…… 아니, 영부인."

융케가 정중히 잔을 채웠다.

제3제국 총통의 결혼식이라곤 믿기지 않을 만큼 남루한 예식이었지만 그녀는 내내 행복한 얼굴을 하고 있었다.

그때였다. 쿵 하며 벙커가 진동했다.

"스탈린 녀석의 파이프오르간 연주가 시작됐군."

소련군의 다연장 로켓포였다. 이제 소련군은 베를린 외곽 십이 킬로미터 지점까지 진군해 있었다. 이곳까지 들이닥치는 건 시간 문제였다.

"자, 다들 잔을 채우고 각하와 영부인을 위해 축배를 듭시다."

마르틴 보르만이 잔을 높이 들자 모두가 뒤를 따랐다.

"위대한 아리안족의 영도자 총통 각하와 영부인 앞길에 무궁한 영광 있으라. 하일! 히틀러!"

모든 참석자가 구호를 외치며 잔을 부딪쳤다. 그때였다.

"각하, 지금이라도 늦지 않았습니다. 베를린을 탈출해야 합니다. 제가 전용기를 준비해놓겠습니다. 남아프리카든 일본이든 갈 수 있을 겁니다. 거기서……."

참다못한 융케가 자리를 박차고 일어났다.

"남아프리카에 가서 대체 뭘 하겠다는 거냐. 일본에 가선 뭘 할 거지."

히틀러는 냉정했다.

"이대로 무너질 순 없습니다. 총통께서 살아 계셔야 독일이 다시 일어날 수 있습니다. 각하는 저희들의 희망입니다."

융케는 절박했다. 다른 참석자들 역시 공감하고 있었다. 또다시 포탄 음이 침묵을 뒤흔들었다.

"귀신나방이라고 들어본 적 있나?"

히틀러의 낮은 목소리가 벙커 안으로 퍼져나갔다.

"귀신나방이라는 나방이 있다. 이놈은 인적이 드문 산속, 벼락을 맞고 부러진 나뭇등걸에 서식하지. 전 세계적으로 버마 북쪽 산림 지역에서만 발견되는 희귀종이다. 사람들은 이놈을 끔찍하게 생각해. 몰골이 흉측하거든. 날개는 지저분하고 더듬이는 소름 끼칠 만큼 커다랗지. 몸에서는 찐득한 점액질이 흘러내리고 거기에 역겨운 냄새까지 나지.

귀신나방에게는 신비한 습성이 있다. 귀신나방은 우기에 산란하는데 산란기가 되면 변신을 한다. 날개를 덮고 있던 지저분한 갈색은 비단처럼 반짝이는 보랏빛으로 바뀌지. 최고의 아름다움을 뽐내며 귀신나방은 산란을 시작한다. 그리고 이때 녀석의 괴이한 능력이 나타난다. 산란을 마친 귀신나방은 하늘이 먹구름으로 뒤덮이면 숲속을 분주하게 날아다니기 시작한다. 정말 굉장한 광경이야. 보랏빛 요정들이 추는 춤처럼 아름답지.

그렇게 무리 지어 날던 귀신나방은 천둥이 가까워오면 약속이나 한 것처럼 한 나무에 내려앉는다. 그러면 놀랍게도 그 나무에 벼락이 치는 거야. 꽈르릉. 녀석들은 벼락을 예측할 수 있는 능력을 지녔고 마지막 순간 죽음을 향해 비행한다. 그리고 우기가 끝나면 아침 햇살과 함께 부화한 유충들이 나타난다. 녀석들은 어미가 생을 마감했던 나뭇등걸로 모여든다. 그리고 그곳에 둥지를 틀지. 또다시 반복될 생애 가장 아름다운 죽음을 준비하며."

히틀러는 남은 샴페인을 들이켰다. 기묘한 미소를 지으며.

융케는 눈앞에 나방이 떠다니듯 허공을 응시했다.

"헛소리 말고 히틀러의 행방이나 대."

커티스 소령이 소리쳤다. 융케는 허탈한 미소를 지었다.

마치 생의 마지막 비행을 하는 것처럼.

"그분은 흉측한 나방에서 아름다운 보랏빛 날개로 탈피하셨다. 그리고 전생에 이루지 못한 꿈을 이룰 것이다. 반드시."

말을 마친 융케는 옆에 있던 포크로 자신의 경동맥을 찔렀다.

* * * * *

"잠깐만요!"

크리스틴이 외쳤다. 처음과는 달리 그녀의 얼굴은 상기되어 있었다.

"정리해봅시다. 그러니까 칠십 년 전 생체 실험을 했던 요제프 멩겔레가 뇌 이식수술에 성공했고 히틀러는 뇌를 이식한 후 새로운 몸으로 독일을 탈출했다는 말인가요?"

"정확하오."

"만약 당신 얘기가 사실이라면 엄청난 특종이에요."

"그런 건 상관없소. 세상에 진실을 알리는 것만으로 충분하오. 계속해도 되겠소?"

크리스틴이 시계를 힐끔거리자 바우만이 물었다.

"시간은 충분해요."

"융케는 응급실로 옮겼지만 사망하고 말았소. 소령은 히틀러가 새로운 몸으로 탈출했다는 확신을 갖고 백방으로 추적했지만 소용없었소. 시간이 흘러 1949년 연합군 군정이 끝나고 새로운 독일 정부가 들어섰소. 소련의 지원을 받은 동독과 연합군이 점령한 서독으로 나뉘게 되었지. 베를린장벽이 세워진 거요. 점령군이던 미군은 서독에 주둔했지만 병력의 상당 부분을 철수했소. 커티스 소령은 그때까지 조사한 내용을 정보국에 설명했지만 아무도 믿어주지 않았소. 당시 서독은 식량 문제와 전염병 등으로 총체적인 난국이었소. 히틀러는 안중에도 없었지. 결국 우리 팀은 해체되었소.

소령과 팀원들은 미국으로 돌아갔고, 나는 커티스 소령의 도움으로 미국에 이민을 오게 되었지. 혈혈단신으로 말이오. 아우슈비츠 수용소를 경험했던 나에게 미국은 천국과도 같았소. 미국에 도착한 나는 해병대 기지에서 군무원으로 일하다가 경찰이 되었소. 그렇게 십 년이 흐른 어느 날이었소."

신문광고

1962년, 미국 댈러스.

현장에는 경찰 1개 중대가 모여 있었다.

경찰차 경광등이 서커스 불빛처럼 동네를 비추었다. 호출을 받은 바우만은 서둘러 차를 세우고 현장으로 들어섰다. 그가 도착한 곳은 다운타운에 있는 식당이었다.

"병력이 이렇게 많은데 왜 부른 겁니까?"

반장을 만나자마자 바우만이 대뜸 물었다. 그는 기르지도 않던 콧수염을 기르고 있었다.

"범인이 알아들을 수 없는 말을 지껄여. 동유럽 놈인 것 같아."

바우만은 조심스럽게 식당 안을 살폈다. 이탈리아 요리로 유명한 식당 안에는 주인을 비롯해 여덟 명이 인질로 잡혀 있고 허름한 행색의 범인이 총을 든 채 서성이고 있었다. 범인은 꽤나 불안해 보였다.

"뭐든 말을 걸어봐."

반장이 확성기를 건네줬다. 바우만은 잠시 망설이다가 손에 들었다.

"난 댈러스 경찰 오토 바우만이다. 당신 이름이 뭔가?"

바우만이 폴란드어로 물었다.

"폴란드인인가?"

범인이 소리쳤다. 체코어였다.

"나는 독일에서 왔다. 이름이 뭔가?"

이번에는 체코어로 물었다. 범인이 불안만큼의 시간 차를 두고 대답했다.

"이름이 즈데넥이랍니다. 체코인이고요."

바우만이 반장에게 전했다.

"제기랄. 이름 따윈 관심 없어. 왜 저러는지나 물어봐. 원하는 게 뭐냐고."

"즈데넥, 당신 어떻게 미국에 왔지? 밀입국했나?"

그러자 범인이 크고 짧게 소리쳤다. 체코 욕이었다.

"종전 직후에 밀입국한 모양입니다."

"그딴 건 관심 없으니까 이유나 물어보라고."

반장이 경찰차 보닛을 내리치며 말했다.

"즈데넥, 이러는 이유가 뭔가?"

범인은 울고 있었다. 그는 눈물 사이사이 뭐라고 소리쳤지만 제대로 알아들을 수 없었다. 하지만 범인에게 살의가 없다는 걸 알수 있었다. 뭔가 사연이 있었다. 지켜보던 바우만이 차고 있던 권총을 내려놨다.

"즈데넥, 당신과 둘이 얘기를 하고 싶다. 식당 안으로 들어가겠다. 비무장으로. 쏘지 마라."

바우만이 천천히 식당으로 향했다.

"뭐하는 짓거리야. 바우만, 당장 돌아오지 못해!"

반장이 소리쳤지만 바우만은 멈추지 않았다. 당황한 건 반장뿐이 아니었다. 범인 역시 떨리는 손으로 총구를 겨눴다. 하지만 방아쇠를 당기진 않았다. 입구에 도착하자 바우만은 조심스럽게 문을 열고 들어섰다.

"이야기를 하고 싶어서 왔다. 난 당신을 도울 수 있다. 아니, 돕고 싶다."

"당신이. 날 어떻게 도와. 당신은 경찰이고 난 불법체류자라고."

범인은 연신 눈물을 훔쳐냈다.

"난 경찰이기 전에 같은 유럽인이야. 난 아우슈비츠에서 살아남은 몇 안 되는 사람이지. 거기서 봐선 안 될 것들을 봤어. 사람 목숨이 파리 목숨만도 못했지. 우리 부모님과 여동생도 그곳에서 죽었다. 그걸 목격하면서 내가 뭘 깨달은 줄 알아? 사람 목숨은 정말 소중하다는 거야. 당신도 봤을 거 아냐, 끔찍한 모습을. 그래서 목숨을 걸고 이 나라에 온 거잖아. 그러니 말해줘, 왜 이런 일을 벌였는지."

범인의 눈동자가 투명하게 흔들렸다.

"아내가 아파. 그런데 약을 살 수가 없어. 영어를 못하니 직장을 얻을 수도 없고 일도 할 수 없어. 그러니 이렇게라도 하는 수밖에."

범인은 앞이 안 보일 정도로 눈물을 흘렸다.

"얼마가 필요해?"

"뭐?"

"약값이 얼마냐고?"

"이십오 달러."

"그 돈을 훔쳤나?"

"그럼 내가 여기 왜 온 거 같아! 돈만 가지고 나갈 생각이었어. 그런데 젠장!"

범인은 총을 이리저리 휘두르며 안절부절못했다.

"지금 당장 그 돈을 주인에게 돌려줘. 내가 하라는 대로 해야 당신이 살아. 당신뿐만 아니라 당신 아내도."

범인은 정확히 이십오 달러를 들고 있었다. 그는 쥐고 있던 돈을 선뜻 놓지 못했다. 마치 아내의 생명이라도 되는 양.

"전쟁터에서 살아남으려면 적군이든 아군이든 무조건 믿어야 할 때가 있어. 지금은 날 믿어야 돼. 나만이 당신과 아내를 살릴 수 있어. 그 돈을 내려놔, 어서."

범인은 눈을 질끈 감더니 돈을 탁자 위에 내려놨다.

"자, 이제 난 나갔다가 돌아올 거야. 그사이 아무 짓도 하지 말고 있어야 해, 알았지?"

바우만은 뒷걸음질로 천천히 식당을 나섰다.

그는 곧장 반장에게 달려갔다.

"너 제정신이냐? 그러다가 범인이 인질이라도 쏘면 어쩌려고 그래!"

반장이 다그쳤다. 하지만 바우만은 아랑곳 않고 지갑을 확인했다. 십일 달러가 있었다.

"반장님, 얼마 있어요?"

"그건 왜 묻는데?"

"십사 달러만 빌려주세요, 어서요."

"이런 환장할 노릇이 있나."

반장이 영문도 모른 채 돈을 줬다. 바우만은 다시 식당으로 달렸다. 범인과 인질, 경찰들의 시선이 모두 바우만에게 쏠려 있었다.

"이십오 달러야. 이건 네 돈이야. 내가 주는 거야. 갚을 필요도 없어. 이 돈으로 약을 사면 돼. 그러니 총을 내려놔, 즈데넥."

"지금 장난해? 내가 잡히면 아내한텐 누가 약을 사다 줄 건데?"

"내가 사다 준다. 필요하면 병원까지 데려가지. 약속해. 아우슈비츠에서 돌아가신 우리 부모님의 이름을 걸고."

아우슈비츠란 말이 범인의 마음을 움직였다. 결국 범인은 총을 바닥에 던졌다. 바우만은 범인을 데리고 식당을 나왔다.

인질은 무사했지만 범인은 철창 신세를 져야만 했다. 살인미수와 강도 등 중죄가 적용되어야 했지만 바우만 덕분에 추방 선에서 마무리될 수 있었다. 검찰에 인도한 후 바우만은 곧바로 범인의 아내를 찾아갔다. 아내는 폐결핵을 앓고 있었다. 약으로 해결할 수 없는 상태였다. 바우만은 약속대로 아내를 병원으로 데려갔다.

바우만이 집으로 돌아온 건 밤 10시가 넘어서였다.

그는 오자마자 냉장고를 열었다. 하루 종일 제대로 된 식사를 못 했다. 냉장고에는 돌처럼 딱딱해진 베이글과 먹다 남은 닭고기가 있었다. 바우만은 닭고기를 오븐에 넣고 서재로 향했다. 문을 열자 벽면 가득 도배되다시피 한 메모와 자료가 나타났다.

히틀러가 옆집에 살고 있다

히틀러 목에 현상금을 건 사람들

남미에서 재건을 꿈꾸는 나치

이런 제목의 기사들이 빼곡히 붙어 있었다. 모두 히틀러에 관한 자료다. 아디헌터는 해체되었지만 바우만은 포기하지 않았다. 그는 미국에 온 후에도 계속 히틀러의 행방을 추적하고 있었다. 바우만은 가판대에서 사 온 신문과 잡지를 책상에 던졌다. 히틀러에 관한 기사를 정리하는 것이 하루 일과의 마무리였다.

"케네디가 골치 좀 아프겠군."

전 세계는 쿠바 미사일 사태로 패닉에 빠져 있었다.

케네디 대통령은 소련이 쿠바에 미사일을 배치하면 핵전쟁도 불사하겠다고 선언한 터였다. 여차하면 핵전쟁이 터질지도 모르는 상황이었다. 하지만 바우만의 관심사는 아니었다. 오븐 알람음이 울리자 식탁으로 신문을 들고 갔다. 스탈린의 뒤를 이은 소련 서기장 흐루쇼프, 영화 〈로마의 휴일〉로 아카데미 여우주연상을 받은 오드리 헵번 등등.

저마다 헤드라인을 장식한 기사는 비슷했다. 바우만은 허기진 배를 채우며 사회면으로 넘어갔다.

고양이에게 전 재산을 남긴 백만장자, 치정 때문에 아내를 죽인 교사, 늘 사회면을 장식하는 진부한 내용들이었다.

신문을 접고 타블로이드 잡지로 넘어가려던 순간이었다. 사회면 구석의 광고 하나가 시선을 붙잡았다. 광고 내용은 단순했다.

베스텐스 극장 지하의 시체

이것이 전부였다. 사진이나 그림도 없었다. 하지만 바우만의 호기심을 끌기에는 충분했다.

"대체 이게 왜 여기……."

베스텐스 극장은 연합군 본부가 있던 장소였다. 문제는 그다음 문구였다. 극장 지하의 시체. 그것은 어느 모로 보나 가짜 히틀러의 시체를 의미하는 것이었다. 이 내용을 아는 사람은 아디헌터와 보안국 일부 요원뿐이었다. 누군가 일급 기밀을 신문에 떡하니 광고한 것이다.

"누구지? 왜 이 내용을 광고로 내보냈지?"

바우만은 곰곰이 추리를 해보았다. 가장 먼저 든 생각은 누군가 아디헌터를 찾고 있을지 모른다는 것이다. 이유는 알 수 없다. 하지만 상품 광고도 아니고 특정 인물들만 아는 내용을 광고에 싣는 목적은 그들을 찾는 것 외에는 없었다. 부고와 비슷한 셈이다. 그렇다면 광고주는 아디헌터 중 한 명일 가능성이 있었다.

바우만은 오래된 전화번호부를 펼쳐서 아디헌터들의 전화번호를 찾았다. 미국에 건너온 후 연락을 유지한 건 커티스 소령뿐이었다. 소령은 바우만이 미국으로 이민 올 수 있도록 도움을 준 은인이다. 하지만 마지막으로 연락을 한 건 칠 년 전 경찰이 된 직후였다. 다행히 번호가 있었다. 바우만은 지체없이 다이얼을 돌렸다.

"여보세요."

여자 목소리였다. 소령은 미혼이었다.

"안녕하십니까. 커티스 소령님과 통화를 하고 싶은데요. 저는 바우만이라고 합니다."

"그런 사람 없어요."

"혹시 전화번호가 553-××××아닌가요?"

"번호는 맞는데 그런 사람 없어요."

여자는 귀찮다는 듯 전화를 끊었다.

소령은 이사를 한 모양이었다. 더이상 아는 번호가 없었다. 바우만은 전화번호부를 덮었다. 그리고 배를 채웠다.

다음날 아침 바우만은 언제나처럼 8시에 집을 나섰다.

그리고 변함없이 집 앞 가판대에 들러 신문을 샀다.

신문을 한아름 안고 차에 오른 바우만은 시동을 걸다 말고 멈칫했다.

아디헌터의 실수 중 하나는 소령의 교만이다

또 다른 광고였다. 이번엔 1면에 큼지막하게 자리잡고 있었다. 바우만은 망치로 뒤통수를 얻어맞은 기분이었다. 새로운 광고는 어제와는 뉘앙스가 달랐다. 누군가 도발을 하고 있었다. 미지의 인물은 아디헌터에 관해 속속들이 알고 있었다.

바우만은 출근을 포기하고 공중전화 부스를 찾았다. 길 건너편에 있었다. 바우만은 신호도 무시하고 도로를 가로질렀다. 부스 안으로 들어서자마자 전화번호부를 펼쳤다.

"크리스 보빈스키……."

크리스 병장의 풀네임이었다. 병장은 댈러스 시에 사는 유일한 아디헌터였다. 전화번호부의 크리스 보빈스키는 모두 여덟 명이었다. 바우만은 동전을 넣고 한 명씩 전화를 걸기 시작했다.

첫 번째…… 두 번째…… 세 번째…… 모두 아니었다. 그리고 네 번째.

"여보세요?"

젊은 여자였다.

"안녕하세요. 혹시 크리스 보빈스키 씨 전화번호가 맞습니까?"

"그렇습니다만, 누구시죠?"

목소리 한구석에 슬픔이 배어 있었다.

"저는 오토 바우만이라고 합니다. 오래전 함께 군에서 복무했죠. 보빈스키 씨와 통화할 수 있을까요?"

잠시 침묵이 흘렀다. 손으로 퍼 올릴 수 있을 만큼 짙은.

"남편은 보름 전 세상을 떠났습니다."

"어쩌다가……."

"퇴근길에 뺑소니를 당했어요."

"뺑소니요? 범인은 잡았나요?"

"아니요. 조사중입니다."

불길한 직감.

"보빈스키 부인, 저는 경찰입니다. 여쭤보고 싶은 게 있는데 찾아봬도 될까요?"

크리스 병장의 집은 도시 외곽의 베드타운이었다.

찍어낸 듯 비슷하게 생긴 집들을 지나자 부인이 말한 주소가 나타났다.

어디서도 볼 수 있는 평범한 단층 주택이었다. 벨을 누르자 잠시 후 부인이 나타났다.

"바우만 씨?"

부인은 이십 대 후반이었는데 수척했다.

"부인, 뭐라고 위로의 말을 해야 할지……."

"경찰이시라고요."

"네. 이 일을 한 지 벌써 오 년이나 됐네요."

바우만이 배지를 보여주며 말했다.

"들어오세요."

부인이 문을 열어주었다.

"남편과는 군에서 같이 근무하셨다고요."

"네. 베를린 본부에서 함께 일했습니다. 부족한 저를 따뜻하게 대해주셨죠. 좋은 분이셨습니다."

바우만이 집안을 둘러보며 대답했다. 가구들은 전부 새것이었다.

"두 분, 결혼하신 지 얼마 안 됐나 봅니다."

"올해 삼월요."

"아직 신혼인데……."

바우만이 크리스 병장의 영정을 보며 말했다.

"정확한 사건 경위를 말씀해주세요."

"남편은 보험 회사에서 근무했어요. 그날 회계 마감이라 늦을 거라면서 먼저 저녁을 먹으라더군요. 그런데 밤 10시쯤 경찰에서 전화가 왔어요. 남편이 뺑소니를 당했다고. 병원으로 옮길 겨를도 없이 그 자리에서 숨졌다고요."

부인은 흐느껴 울었다.

"사고 장소가 어디였습니까? 회사 근처였나요?"

"아니요. 회사에서 한참 떨어진 곳이었어요. 레이크사이드 공원 근처요."

"회사는 어디죠?"

"다운타운 커머스 스트리트요."

다운타운과 레이크사이드 공원은 상당히 먼 거리였다. 게다가 우범 지역이었다. 10시가 넘은 시간에 그곳을 어슬렁대는 사람은 둘 중 하나다. 불량배거나 노숙자. 그런데 연고도 없는 보험 설계사가 뺑소니 사고를 당한 것이다.

"그 시간에 왜 거길 갔을까요?"

"저도 모르겠어요. 평소 자주 가던 곳도 아니거든요."

"사고당하기 전 뭔가 특이한 정황은 없었나요? 누군가한테서 전화가 왔다거나 이유 없이 불안해한다거나."

"아니요. 특별히……."

사건 이면에 깊은 수렁이 도사리고 있었다.

"서재를 살펴봐도 될까요?"

"그러세요."

부인이 서재로 안내했다.

서재는 평범했다. 잡다한 서적이 꽂혀 있는 책장과 작은 책상이 있었다. 벽에는 메모판이 걸려 있었다. 바우만은 세심하게 방을 살폈다. 크리스 병장은 과학소설을 좋아하는 모양이었다. 고전부터 최신작까지 다양한 과학소설이 책장을 가득 메우고 있었다. 그런데 메모장에 바우만의 시선을 잡는 것이 있었다.

베스텐스 극장 지하의 시체
아디헌터의 실수 중 하나는 소령의 교만이다

익숙한 신문광고. 하지만 그게 전부가 아니었다.

열차의 하인리히는 과연 누구일까?
귀신나방은 실제로 존재할까?
뇌 이식은 가능한 걸까?

같은 문구의 광고가 메모판 가득 붙어 있었다. 문구는 일주일 단위로 반복되고 있었다. 각각의 광고에는 날짜가 적혀 있었다. 바우만은 크리스 병장의 죽음과 광고가 연관되어 있음을 직감했다. 그렇다면 아디헌터 모두 위험에 빠져 있다는 이야기다.

"부인, 전화 좀 쓸 수 있을까요?"

바우만은 경찰서로 전화를 걸었다.

"나 오토야. 지금부터 내가 말하는 사람들의 연락처와 생사 여부를 알아봐줘. 모두 네 명이야. 커티스 고든, 히버트 알론소, 피터 그라임스, 그리고 벤슨 키플링. 모두 1949년 베를린 연합군 본부 보안국에서 근무했어. 최대한 빨리 부탁해."

바우만은 전화를 끊었다.

전화벨이 울린 건 그로부터 한 시간 후였다.

"오토. 자네가 부탁한 거 조사해봤어. 그런데……."

"그런데?"

"커티스 고든을 제외하고 모두 사망했어."

불길한 예감은 언제나 적중했다.

"히버트 알론소는 보름 전 워싱턴 포토맥 강 하류에서 시체로 발견됐고 피터 그라임스는 술집 화장실에서 심장마비로 죽었어. 벤슨 키플링은 실종된 지 석 달 만에 캘리포니아 존슨 밸리 인근 사막에서 시체로 발견됐어. 모두 수사중이야."

누군가 아디헌터를 살해하고 있다. 대체 누가, 무슨 이유로 이런 일을 벌이는 걸까. 그것도 팀이 해체된 지 십여 년이 지난 지금 와서.

"커티스 소령은?"

그는 유일하게 살아남은 팀원이었다. 그리고 유일한 희망이었다.

"행방이 묘연해. 평생 근무해온 육군 보안국에서도 육 개월 전 갑자기 사라졌어. 기지에서도 이유를 몰라. 전역 희망서를 제출한 적도 없고 낌새도 없었대. 그야말로 사라진 거야."

"연락처도 없어?"

"전혀. 마지막으로 부대 근처 아파트에서 목격된 후 종적을 감췄어. 연락할 가족도, 친척도 없어. 부대에 있을 때도 늘 혼자 지냈대. 뭔가에 홀린 사람처럼."

소령은 뭔가 알고 있었다. 그리고 사건 배후에는 아디헌터의 비밀을 묻으려는 의도가 도사리고 있었다. 바우만은 예고되지 않은 거대한 태풍의 끝자락에 서 있었다. 진원지는 2차세계대전의 시발점인 독일이었다.

"커티스 소령의 행방을 계속 추적해줘. 어떤 방법을 동원해서라도 반드시 찾아야 돼."

"대체 이 사건이 너랑 무슨 상관인데 이러는 거야?"

동료 형사가 물었다.

"이건 내 인생과 인류의 정의가 걸린 문제야."

"인류의 정의?"

"그래. 인류의 정의."

바우만은 수화기를 내려놓았다.

십 년 전 역사의 뒤편으로 사라졌던 거대한 사건이 다시 고개를 들고 있었다. 바우만은 아디헌터의 주검과 함께 중심부로 빨려들고 있었다. 도망칠 생각은 추호도 없었다. 이번엔 끝장을 볼 생각이었다. 심장 소리가 들렸다. 아주 오랜만에.

"이제 어쩔 거냐, 오토."

바우만은 차분히 정리했다.

가장 먼저 떠오른 건 광고였다. 작은 신문광고가 사건의 발단이었다. 바우만은 망설이지 않고 광고를 게재한 신문사로 차를 몰았다.

광고주는 에밀 카스티에라는 사람이었다.

전화로 광고를 의뢰했고 비용은 우편으로 지불했다. 특별한 요구 사항은 물론 직접 찾아온 적도 없었다. 다행히도 광고비를 담은 봉투에 주소가 적혀 있었다.

피어스 스트리트 142번지, 오크클리프

오크클리프는 위험한 지역이었다. 한 달에 다섯 명 이상이 총기 사고로 사망하는 곳이었다.

"에밀 카스티에……."

바우만은 주소로 차를 몰면서 계속 이름을 중얼댔다. 하지만 아무리 기억을 뒤져도 떠오르는 얼굴이 없었다.

"대체 누굴까? 어떤 놈인데 아디헌터의 비밀을 알고 있는 거지?"

바우만은 흑인 거주 지역으로 들어섰다.

대낮이었지만 지나는 차량이 많지 않았다. 남루한 복장의 흑인들이 외계 생명체라도 본 듯 바우만의 차를 뚫어져라 응시했다.

주소지는 낡은 아파트였다. 바우만은 차에서 내리기 전 총을 챙겼다. 이제껏 한 번도 쏜 적 없는 총이다. 하지만 오늘은 확신할 수 없었다. 탄창을 확인하고 차에서 내리려던 순간이었다.

쿵쿵쿵. 누군가 차창을 두드렸다. 놀란 바우만은 반사적으로 총을 겨눴다. 차창 밖에 덥수룩하게 수염을 기른 남자가 있었다.

"차문 열어, 바우만. 어서!"

낯익은 목소리였다.

"커티스 소령님?"

"차문 열라고."

바우만이 서둘러 잠금장치를 풀자 남자가 조수석에 올라탔다. 커티스 소령은 못 알아볼 정도로 망가져 있었다.

"소령님이 어떻게 여기를……."

"빨리 여기를 빠져나가."

"하지만 저 아파트에 아디헌터를 살해한 범인이 있을지도……."

"밟으라니까! 명령이야!"

소령의 고함소리에 바우만은 액셀러레이터를 밟았다.

"대체 무슨 일이 벌어지고 있는 겁니까? 제가 여기 있는지 어떻게 아셨어요?"

"잘 지냈느냐는 인사도 없이 본론인가?"

소령한테서 악취가 진동했다.

"뭐가 어떻게 돌아가는 거냐고요! 소령님 몰골은 이게 뭡니까?"

바우만이 코를 틀어막으며 물었다.

"일단 먹을 걸 좀 사줘. 이틀을 굶었어."

바우만은 한숨을 내쉬었다.

소령은 게걸스럽게 먹어댔다.

치즈버거를 한입에 해치운 것도 모자라 파스타를 두 그릇째 비우고 있었다. 바우만은 배를 채우기를 조용히 기다렸다.

이윽고 식사를 마치자 소령이 큼지막한 소리를 내며 트림을 했다. 주위 사람들이 돌아볼 정도였다.

"자, 이제 말씀해보시죠. 무슨 일이 벌어지고 있는 겁니까?"

"어디까지 알고 있나?"

소령이 이쑤시개를 씹으며 물었다.

"소령님을 제외한 아디헌터들이 모두 사망했습니다. 단서라고는 이 광고뿐이고요."

바우만이 신문광고를 탁자에 펼쳤다. 소령은 불태울 기세로 광고를 노려봤다.

"나치가 부활하고 있다. 여기 미국에서."

충격적인 대답이었다.

"그리고 중심엔 히틀러가 있다."

"예상대로 히틀러는 살아 있군요."

"그래. 이십 대의 몸으로 부활했지."

사건은 다시 2차세계대전의 원흉으로부터 시작되고 있었다.

"아디헌터를 살해한 것도 나치 잔당인가요?"

"그렇다고 할 수 있지. 하지만 그렇게 간단한 문제가 아니야."

소령의 말에서 사건의 뿌리가 깊다는 걸 느낄 수 있었다.

"소령님이 알고 계신 걸 듣고 싶습니다."

소령은 위스키를 한 잔 시켰다.

"나는 아디헌터가 해체된 후에도 계속 히틀러의 행적을 추적했어. 시작은 하인리히 융케가 없애려 했던 아우슈비츠의 생체 실험 문서였지. 나는 오래된 CIA 연줄을 이용해 문서들이 이송된 위치를 파악했어. 놀랍게도 문서들은 국방 연구소가 아닌 개인 회사들로 보내졌지. 글로벌 제약 회사, 화학약품 기업, 군사 기업 등이었지. 그들은 생체 실험 보고서를 새로운 제품을 만드는 데 이용하고 있었어. 나는 모든 수단과 방법을 동원해서 그 회사들을 설득했고 간신히 보고서를 열람할 수 있었어. 보고서는 실로 충격적이었지. 인간의 신체로 할 수 있는 모든 실험이 행해졌고 그 과정이 상세히 적혀 있었으니까. 읽는 동안 몇 번이나 게워 냈는지 몰라. 양도 어마어마해서 제목만 읽는 데만 몇 달이 걸렸지.

그러던 중 예상치 못한 대어를 낚았어. 융케가 잿더미로 만든 보고서의 복사본이 존재한다는 걸 알게 된 거야. 원본을 복사했던 거지. 나는 정신없이 내용을 읽어나갔어. 예상대로 요제프 멩겔레는 뇌 이식수술에 성공했어. 엄청난 부작용 때문에 수술 후 눈도 못 뜨고 죽어간 실험체가 수십 명에 달했어. 멩겔레는 주도면밀하게 과정을 지켜봤지. 실험체도 성별과 연령에 따라 다양했어. 그렇게 수백 차례 실험을 거친 결과 부작용은 줄어들고 생존율은 높아졌지. 그리고 드디어 성공을 거두게 돼. 세 명의 피실험자가 살아남은 거야. 간질과 편두통 같은 약간의 부작용이 있었지만 생존에는 전혀 지장이 없었지. 모두 십 대 소년이었어. 그런데 세 명 중에

익히 알고 있는 이름이 있었지."

"막시밀리안 베버."

바우만이 홀린 듯 중얼거렸다.

"그래. 융케의 뇌를 이식한 소년."

"그렇다면 나머지 두 명 중 하나는……."

"히틀러일 가능성이 있었지. 문제는 전후 혼란기라 행방을 추적하는 데 한계가 있다는 것이었어. 나는 백방으로 소년들의 행방을 수소문했어. 그러던 중 행운이 찾아들었지. 마지막 시술자가 1947년 9월 아르헨티나로 이민을 간 게 연합군 서류에 남아 있었던 거야. 흥미로운 건 그 소년의 혈액형 등이 히틀러와 정확히 일치한다는 점이었어."

이야기가 점차 태풍의 중심으로 이동했다.

"그래서 어떻게 됐나요?"

"나는 소년이 정착한 곳을 수소문했어. 다행히 아르헨티나 이민국에 기록이 남아 있더군. 바릴로체였어. 나는 곧바로 바릴로체로 날아갔지. 그런데……."

그때였다. 두 사람을 응시하는 시선이 있었다. 소령은 반사적으로 시선의 주인을 찾았다. 길 건너편에 삼십 대 중반의 남자가 담배를 피우며 두 사람을 바라보고 있었다. 훤칠한 키에 마른 체형이었는데 구순열이었다. 윗입술 가운데가 갈라져 있었다. 그는 소령과 눈이 마주치자 기괴한 미소를 지었다.

"자리를 옮기자."

소령이 다급하게 일어났다.

"무슨 일입니까?"

"여길 나가자니까."

소령이 황급히 레스토랑을 벗어났다.

바우만은 영문도 모른 채 계산을 하고 뒤를 쫓았다. 거리는 점심 식사를 위해 나온 사람들로 북적였다.

"누가 우릴 쫓고 있나요?"

소령은 인파 속에서 길 건너편을 응시하고 있었다. 하지만 남자는 사라지고 없었다.

"방심하면 안 돼. 놈들이 우리를 노리고 있어. 크리스도, 히버트도 놈들 손에 당했어. 남은 건 우리뿐이다."

소령은 빠르게 걷기 시작했다.

"그래서 소년은 찾으셨습니까?"

바우만이 뒤쫓으며 물었다.

"소년은 바릴로체의 독일인 거주 지역에 살았는데 다른 독일인 두 명과 함께 이사를 왔더군."

"다른 두 명?"

"사십 대 초반의 남자들이었어. 이웃들 말에 의하면 가족은 아니었어. 일종의 공동체 같았다고 했지. 여러 정황으로 볼 때 두 명 중 한 명은 데미안 크뢰멜이라고 추측돼."

"데미안 크뢰멜이라면 하인리히 융케와 함께 히틀러를 보좌했던 친위대 아닙니까?"

"자네도 계속 조사하고 있었군."

바우만이 멋쩍게 미소를 지었다.

"맞아. 히틀러의 오른팔이었지."

"소년을 만났습니까?"

소령은 고개를 저었다.

"이미 일 년 반 전에 떠난 후였어. 아르헨티나는 최종 목적지로 가기 위한 중간 정거장이었던 거야. 소년과 두 명의 독일인이 향한 곳은 미국이었어. 적국의 심장으로 날아든 셈이지."

두 사람은 이야기에 푹 빠져 있었다. 덕분에 조여드는 위험을 인지하지 못했다. 인파 속에 몸을 숨긴 채 한 남자가 다가오고 있었다. 방금 전 길 건너편에서 눈이 마주친 남자였다. 남자는 소령과 가까워지자 날렵하게 달려들었다. 그리고 치명적인 쇠붙이를 찔러넣었다. 소령의 입에서 작은 신음 소리가 흘러나왔다.

"소령님!"

범인은 마치 아무 일도 없었다는 듯 순식간에 인파 속으로 스며들었다.

"너 이 새끼, 거기 서!"

바우만이 뒤쫓으려 했다. 그때 소령이 바우만의 팔을 움켜쥐었다.

상처에서 흘러나온 피가 바닥을 흥건하게 적셨다.

"소령님. 버티세요. 여기 구급차 좀 불러줘요!"

소령이 바우만의 귀에 대고 말했다.

"애덤…… 휘슬러……."

"네?"

"애덤 휘슬러를…… 찾아라……."

이 말을 남기고 소령은 고개를 떨어뜨렸다.

* * * * *

언제부턴가 면회실 대기 속에 기묘한 흥분이 녹아 있었다.

크리스틴과 바우만은 팔 년 전 댈러스 거리에 있었다. 소령의 주검을 응시하며.

"애덤 휘슬러…… 애덤 스펜서……."

크리스틴이 읊조렸다. 바우만은 그제야 현실로 돌아왔다.

"이름이 같네요. 두 소년은 연관이 있겠죠?"

크리스틴이 물었다.

"역시 날카롭군요. 소령은 고향인 뉴저지의 작은 교회 앞에 묻혔소. 장례식은 조촐했소. 소령의 말처럼 어떤 훈장도 축포도 없었지. 이제 남은 건 나뿐이었소. 우리 부모의 죽음뿐 아니라 전우들의 죽음까지 내 몫이 된 거요."

두 사람 사이에 숙연한 정적이 흘렀다.

그때 문이 열리며 교도관이 들어왔다.

"면회 시간 끝났습니다."

크리스틴은 시계를 바라봤다. 어느새 한 시간이 지나고 있었다.

바우만은 교도관을 따라 자리에서 일어섰다.

"내일도 와주시겠소?"

바우만이 문을 나서기 직전 물었다.

"생각해보죠."

크리스틴

교도소를 나선 크리스틴은 요원의 차를 타고 도심으로 향했다.
요원은 가는 내내 침묵을 지켰다. 불편한 정적이 차 안을 메웠다.
"바우만의 말을 어떻게 생각하십니까?"
브루클린 다리를 건너며 요원이 처음으로 입을 열었다.
"그의 말을 믿으시나요?"
"그 사람 말이 진실이냐고 묻는 건가요?"
"네."
크리스틴은 잠시 창밖을 바라봤다.
"지난 십이 년간 기사를 쓰면서 깨달은 건 진실 따위 존재하지
않는다는 거예요. 그저 벌어진 사실이 존재할 뿐이죠. 그리고 그
사실은 보는 사람의 입장에 따라 달라요."
차가 소호로 방향을 틀었다.

"안 믿는다는 건가요?"

요원이 백미러로 바라보며 물었다.

"내가 믿고 안 믿고는 중요하지 않아요. 중요한 건 그 사실로 누가 이득을 보고 누가 목숨을 잃느냐예요."

"목숨을 잃는다……."

요원은 더이상 묻지 않았다.

이윽고 소호에 들어서자 차가 멈췄다. 크리스틴은 인사도 없이 내렸다.

"내일 같은 시간에 데리러 오겠습니다."

말을 마치고 요원은 사라졌다.

"퉁명스럽긴. 누가 FBI 아니랄까 봐."

크리스틴은 선글라스를 끼고 모자를 눌러썼다. 그리고 주변을 살폈다. 레스토랑이 즐비한 거리에는 오랜만의 햇살을 만끽하는 사람들로 가득했다. 그녀에게 관심을 두는 사람은 없었다. 그제야 크리스틴은 집으로 향했다.

그녀의 집은 소호에 있는 아파트였다. 입구에 도착하자 크리스틴은 다시 주위를 살폈다. 아무도 없는 걸 확인하고 재빨리 입구로 들어섰다. 그녀의 집은 꼭대기 층이었다. 엘리베이터가 있지만 크리스틴은 계단을 택했다. 사람들과 마주치는 게 싫었다. 가쁜 숨을 몰아쉬며 마지막 계단을 넘고는 열쇠 꾸러미를 꺼냈다. 문에는 자물쇠가 무려 다섯 개나 달려 있었다. 자물쇠 해체되는 소리가 연속적으로 울려 퍼졌다. 집에 들어서서야 크리스틴은 비로소 안도의 한숨을 쉬었다. 거실에는 아직 풀지 않은 이삿짐들이 가득했다. 이

번이 뉴욕에 온 후 열두 번째 집이었다. 그녀는 정기적으로 이사를 했다. 이웃과 교류도 없었다. 그리고 그녀가 그토록 열정을 쏟았던 칼럼도 더이상 쓰지 않았다. 이 년 전 있었던 사건 때문이다.

이 년 전 크리스틴은 최고의 나날을 보내고 있었다.

얼마 전 썼던 칼럼으로 두 번째 퓰리처상 후보에 올랐던 것이다.

평소 상에는 관심이 없던 그녀였지만 이번 후보 지명은 의미가 깊었다. 이 바닥에서 퓰리처를 두 번 거머쥔 기자는 전설의 반열에 오른다. 크리스틴은 단골 레스토랑에서 조촐하게 자축하고 집으로 돌아오는 길이었다. 아파트 입구에서 누군가 그녀를 불러 세웠다.

"크리스틴 하퍼드 양?"

잘 손질된 회색 양복을 입은 노인이었다.

"누구시죠?"

크리스틴이 취기 오른 목소리로 대답했다.

"짐 맥과이어를 기억하십니까?"

"기억이 날 것도 같고. 왜 그러시죠?"

남자의 미간이 보일 듯 말 듯 일그러졌다.

"당신 기사가 얼마나 정확하다고 생각하시오?"

"글쎄요. 갑자기 그건 왜……."

"다시 한번 묻겠습니다. 당신의 기사가 얼마나 정확하다고 생각하십니까?"

남자는 단호했다. 취기가 가셨다.

"전 최선을 다해 객관적이려고 노력합니다. 답변이 됐나요? 그럼 이젠 당신이 누군지 말해봐요."

남자가 단검을 삼키듯 작은 한숨을 내쉬었다.

"나는 짐 맥과이어의 아버지 헨리 맥과이어요. 이 이름을 반드시 기억하시오."

이 말을 남기고 남자는 어둠속으로 사라졌다.

"뭐야, 어깨에 힘이 잔뜩 들어가선."

크리스틴은 대수롭지 않게 집으로 향했다.

사건이 터진 건 일주일 후였다. 다음 기사 내용을 상의하기 위해 신문사에 들른 크리스틴은 사람들의 시선이 심상치 않음을 느꼈다. 영문도 모른 채 그녀는 편집장실에 들어섰다.

"무슨 일이에요? 벌써 수상자가 발표됐나요?"

크리스틴이 편집장에게 물었다.

"자네 아무것도 모르나?"

편집장은 심각했다.

"뭔데요?"

크리스틴이 되묻자 편집장은 오늘자 신문을 던져줬다.

기사를 읽은 크리스틴은 태어나 처음으로 나락으로 떨어지는 기분을 맛봤다. 그것은 자살한 퇴역 장군에 관한 기사였다. 육군에서 사십 년을 복무했던 장군은 아들의 무고를 입증하는 자료와 편지를 신문사에 보낸 후 권총으로 자살했다. 장군의 이름은 헨리 맥과이어였다. 사건의 발단은 크리스틴의 칼럼이었다.

반년 전 크리스틴은 〈이제 미국의 대통령은 봉건시대처럼 세습되는 건가〉라는 칼럼을 게재했다. 내용은 이러했다. 미국의 건국 정신이 녹아 있는 수정 헌법과는 달리 현재 미국은 자본가들과 정치 가문의 결탁으로 권력이 세습화되고 있다는 것이다. 크리스틴은 이 칼럼을 쓰기 위해 오랜 시간 자료를 모았다. 미국에서 내로라하는 정치 가문과 이들을 후원하는 기업, 이들이 제공한 정치자금 내역과 당선 후 정치적인 지원 등등. 자료를 모으기 위해 크리스틴은 모든 인맥을 동원했다. 그런데 그중 한 명이 짐 맥과이어였다.

크리스틴은 짐 맥과이어에게서 선거 자금 내역과 당선 후 암암리에 진행된 정치적 지원을 확인했다. 물론 기사화하지 않겠다는 전제하에. 하지만 칼럼의 신빙성을 위해 일부 내용이 기사에 포함되었다. 당시 크리스틴은 정보 제공자를 익명으로 처리하면 문제되지 않으리라 안일하게 생각했다. 하지만 칼럼이 게재된 후 짐 맥과이어는 사회적으로 매장당했고 이에 좌절하여 끝내 자살하고 말았다. 이 사실을 알게 된 아버지 헨리 맥과이어는 칼럼을 반박하는 자료를 신문사에 보내고 자식의 뒤를 따랐던 것이다.

이 사건이 있은 후 크리스틴은 퓰리처상 후보에서 제외됐음은 물론 더이상 칼럼을 실을 수도 없게 되었다. 이 일로 크리스틴의 신념은 완전히 무너져 내렸다. 자신의 칼럼으로 인해 무고한 사람 둘이 자살을 했다.

그후로 크리스틴은 세상과 담을 쌓은 채 살았다.

"진실 따위 개나 줘버려."

침을 뱉듯 내뱉고 크리스틴은 이삿짐을 정리하기 시작했다.

박스에 들어 있는 대부분이 책이었다. 크리스틴은 꼼꼼하게 분류했다. 알파벳 순서로 정렬을 하되 중요한 자료들은 따로 책장에 넣었다. 그렇게 몇 개의 박스를 정리했다. 부지런하게 움직이던 크리스틴의 손이 멈췄다. 기자 시절 동료들이 생일 선물로 준 사진첩이었다. 안에는 옛날 사진과 그녀가 쓴 칼럼이 날짜순으로 나열되어 있었다.

올해의 퓰리처상 수상자 크리스틴 하퍼드

오래전 상을 받았을 때 기사다. 트로피를 든 예전 그녀가 사진 속에서 활짝 웃고 있었다.

"저는 신을 믿지 않지만 만약 있다면 진실 속에 있다고 생각합니다."

크리스틴의 인터뷰 내용이었다. 그 시절 그녀는 자신만만했다.

진실을 쫓아 불속이라도 뛰어들 기세였다. 하지만 지금의 그녀는 무너진 폐허였다. 크리스틴은 기사를 꺼내 불을 붙였다. 작은 불꽃은 이내 메마른 종이를 집어삼켰다. 크리스틴은 휴지통 속에서 사그라져가는 과거를 물끄러미 지켜봤다.

그때 전화벨이 울렸다.

"여보세요?"

"하퍼드 양, 곧 소포가 도착할 겁니다. 확인해주십시오."

FBI 요원이었다.

"무슨 소포죠?"

"보시면 압니다."

말을 마치자 요원은 전화를 끊었다.

딩동. 바로 초인종이 울리고 소포가 도착했다.

소포에는 메모가 적혀 있었다.

오토 바우만의 진술 내용을 조사한 자료입니다.

자료를 읽던 크리스틴의 얼굴에 점점 굳어갔다.

자료는 바우만의 이야기가 사실임을 입증하고 있었다.

린츠에서 온 청년

다음날 같은 시간 크리스틴은 교도소를 찾았다.

"다시 와줘서 고맙소."

기다리고 있었는지 바우만은 곧바로 면회실에 나타났다.

그에겐 친척이나 친구가 없는 모양이었다. 내일이 사형 집행일
인데도 찾아오는 사람 하나 없었다. 크리스틴은 준비한 보온병을
꺼냈다.

"원래 이런 거 싸 오는 타입이 아닌데."

크리스틴이 어색하게 내용물을 컵에 따라주었다. 감자 크림수
프였다. 구수한 수프 냄새가 방안 가득 퍼졌다.

"직접 만든 거요?"

바우만이 미소를 지었다.

"당연히 아니죠. 집 근처에 쓸 만한 식당이 있어요. 싫으면 안 먹

어도 돼요."

크리스틴이 보온병을 도로 닫으려 했다.

"아니오. 먹겠소."

면회실에는 한동안 수프 먹는 소리가 울렸다.

"정말 맛있었소. 고맙소."

이윽고 컵 바닥을 보자 바우만이 말했다.

"내일이면 이 세상과 작별인데 담담하군요."

크리스틴이 보온병을 가방에 넣으며 말했다.

"난 이승에서 할 일을 다한 사람이오. 미련은 없소."

"당신 이야기를 FBI에서 조사했는데 사실이었어요."

"난 거짓말은 하지 않소."

바우만은 잠시 눈을 감고 침묵을 즐겼다. 마치 수프 향을 타고 전해진 삶을 음미하듯이.

"어디까지 했죠?"

바우만이 물었다.

"애덤 휘슬러를 찾아라."

크리스틴이 녹음기를 켜며 말했다.

"장례식을 마치자 나는 곧바로 애덤 휘슬러에 관해 조사하기 시작했소."

* * * * *

휘슬러는 28세로 벨기에 브뤼셀 출신이었다. 전쟁이 끝난 후 아르헨티나로 간 휘슬러는 일 년 후 미국으로 건너왔다. 커티스 소령의 말대로였다. 방문 목적은 학업이었다. 그는 뉴욕의 컬럼비아 대학 경제학과에 입학한 상태였다. 바우만은 곧장 컬럼비아 대학으로 향했다.

"한 학기를 마치자마자 휴학을 했네요."

교직원이 학적부를 뒤적이며 말했다.

"좀 볼 수 있을까요?"

교직원은 순순히 학적부를 내줬다.

휘슬러는 잘생긴 금발의 청년이었다. 키는 180센티미터 정도였고 호리호리한 몸에 호감 가는 인상이었다. 성적도 우수한 편이었다. 그 외에 특이한 사항은 없었다. 반전 데모에서 화염병을 던진 적도, 막스 베버 토론회에서 참가한 적도 없었다.

"혹시 이 학생이 다시 나타나면 연락 주시오."

바우만은 교직원에게 명함을 건넸다.

"이 학생이 무슨 문제라도 일으켰나요?"

"지금 조사하는 사건의 중요한 용의자예요."

마르크스 책만 들고 다녀도 FBI가 나타나던 시절인지라 직원은 대수롭지 않게 여겼다.

다음으로 바우만은 같은 과 학생들을 탐문했다.

"글쎄요. 같이 수업을 듣긴 했는데 잘 몰라요. 말도 없고 늘 혼자 다녔거든요. 신입생 환영회에도 안 왔어요."

학생 한 명이 말했다.

"수업 시간 외에는 대부분 도서관에서 지내는 것 같던데. 도서

관에 갈 때마다 봤거든요. 슘페터나 케인스가 쓴 경제학 책을 읽고
있었어요."

"같이 다니던 친구는 없었어요? 기숙사 방을 같이 쓰는 친구라
든가. 술친구라도."

바우만이 물었지만 학생들을 고개를 저을 뿐이었다.

바우만은 도서관으로 가서 휘슬러가 대여했던 책들을 살폈다.

휘슬러는 학생들 말대로 전문가 수준의 경제학 서적을 읽고 있
었다. 양도 엄청났다. 한 학기 동안 빌린 책이 무려 백팔십여 권에
달했다. 따분한 학술 서적을 하루에 한 권 독파한 것이다. 게다가
모두 미국 자본주의에 관한 책들이었다. 그는 마치 한이라도 맺힌
듯 자본주의를 파고 있었다. 이후 바우만은 휘슬러가 지냈던 아파
트 이웃들을 탐문했지만 건질 만한 건 없었다. 그는 유령처럼 조용
히 지냈고 소리 없이 사라졌다.

휘슬러의 행방을 알게 된 건 그로부터 한 달쯤 후였다.

바우만은 여느 때처럼 전국에서 발행된 신문을 읽고 있었다. 그
런데 캔자스 주에서 발행된 신문 한 켠에 다음과 같은 광고가 게재
되어 있었다.

사람을 찾습니다. 성명 애덤 휘슬러. 나이 28세. 키 180센티미터. 금발
에 호남형이며 컬럼비아 대학교 경제학과 재학중. 위 사람을 발견하신 분
은 다음 주소나 전화번호로 연락하시면 사례하겠습니다.

광고에는 연락처와 함께 휘슬러의 몽타주가 실려 있었다.

바우만은 주소를 살폈다.

캔자스 주, 린츠

도시 이름을 보는 순간 바우만은 자리에서 벌떡 일어났다.

린츠Linz는 오스트리아와 독일 국경의 작은 도시로 히틀러가 유년기를 보낸 곳이다. 히틀러는 린츠를 마음의 고향으로 여겨 제3제국 총통이 된 후 그곳에 수도를 건설하려고 했다. 그런데 또 다른 린츠에서 사례금까지 걸고 휘슬러를 찾고 있었다.

도시 이름만으로도 깊은 연관이 느껴졌다. 바우만은 곧바로 광고에 적힌 연락처로 전화를 걸었다. 신호가 갔다. 이윽고…….

"여보세요?"

걸걸한 목소리의 남자였다.

"광고 보고 전화했습니다. 애덤 휘슬러를 찾는다고요."

"애덤이 어디 있는지 아시오?"

절박한 목소리였다. 벼랑 끝에 서 있는 듯.

"아뇨. 나도 애덤을 찾고 있습니다. 전화를 건 것은 대체 무슨 일 때문에……."

말을 다 잇기도 전에 상대방이 전화를 끊었다. 바우만은 다시 다이얼을 돌렸지만 어쩐 일인지 받지 않았다. 확인할 필요가 있었다. 바우만은 린츠로 차를 몰았다.

린츠는 캔자스 대평원 중앙에 위치한 작은 마을이었다.

인구는 칠백 명 정도로 밀 농사를 주업으로 삼는 전형적인 농촌이었다. 교통편이라고는 하루에 세 번 경유하는 고속버스가 전부였다.

열 시간 가까이 운전해서 도착한 마을은 초라했다. 다운타운이라고 해봐야 허름한 모텔과 상점, 술집이 전부였다. 주변으로는 끝도 없는 벌판이 펼쳐져 있었다.

"대체 이런 촌구석에서 뭘 한 거지?"

바우만은 목을 축이기 위해 가까운 식당으로 향했다.

오랜만에 외지인이 나타나자 마을 사람들 모두가 쳐다봤다. 그런데 사람들의 표정이 심상치 않았다. 전쟁 밑바닥에서 살아남은 이들처럼 짙은 그늘이 드리워져 있었다. 바우만은 식당으로 향했다.

점심시간이 한참 지난 식당에는 노인 몇 명이 커피를 마시고 있을 뿐이었다. 창가에 자리를 잡자 종업원이 다가왔다.

"뭐 드릴까요?"

"맥주 한 잔 주시오. 그리고 여기 경찰서가 어디 있소?"

"경찰서는 왜요?"

"사람을 찾고 있소."

"말해봐요. 이 마을 사람은 전부 아니까."

바우만은 광고를 꺼내 보여줬다.

"이 친구를 찾고 있소. 애덤 휘슬러."

순간 식당 안의 모든 시선이 바우만을 향했다. 입에 담아선 안 될 불경스러운 단어를 내뱉은 것처럼. 한 남자가 다가왔다. 트럭만

큼이나 커다란 사내였다. 그가 바우만 앞에 버티고 서더니 다짜고
짜 물었다.

"애덤을 왜 찾는 거요?"

"애덤을 알고 있소?"

"왜 찾냐고 묻잖아!"

남자가 부술 듯 탁자를 내리쳤다. 하지만 바우만은 동요하지 않
고 총과 경찰 배지를 꺼냈다.

"사건을 수사중이오. 애덤 휘슬러는 중요한 용의자고. 진정하고
대답하시오. 애덤을 알고 있소?"

덩치는 경찰 배지를 보자 기세가 한풀 꺾였다.

"잘 알지, 알고말고. 놈을 찾으면 이 손으로 박살을 낼 테니까."

이 말을 남기고 남자는 식당을 떠났다.

경찰서를 찾았지만 비슷한 반응이었다.

"그놈은 여기 없소. 그러니 헛수고 말고 돌아가시오."

보안관이 무심하게 대답했다.

"대체 무슨 일이 있었던 거죠? 주민들이 애덤이라는 이름만 들
어도 치를 떨던데."

"이 마을에서 애덤에 대해 캐고 다녀봐야 좋을 거 없소. 그러니
다른 데 가서 찾아보시오."

휘슬러와 마을 사이엔 깊은 골이 있었다. 거기엔 근본적인 악의
같은 것이 도사리고 있었다.

"이 주소가 어딘지 알려줄 수 있죠?"

바우만이 광고를 보여주며 물었다.

"바로 여기요. 하지만 난 이런 광고 낸 적 없소. 이제 됐소?"

보안관과는 더이상 할 말이 없었다.

경찰서를 나온 바우만은 시내 호텔로 향했다. 내막을 알아낼 때까지 머무를 생각이었다. 호텔이라고 해봐야 투숙객은 바우만이 유일했다. 덕분에 가장 전망 좋은 방을 받았다. 고작 낡은 침대와 소파뿐이었지만. 바우만은 커튼을 걷고 창밖을 내다봤다. 신호등도 없는 사거리에는 먼지 바람이 지나고 있었다. 황량하기 그지없는 마을이었다.

"이런 마을에서 무슨 짓을 한 거냐, 애덤."

이럴 땐 무슨 일이 일어나길 기다리는 게 최선이었다. 바우만은 뒤집어쓴 흙먼지를 씻기 위해 샤워실로 향했다.

누군가 찾아온 것은 그날 밤 10시경이었다. 똑똑똑.

문을 열자 두 명의 남자가 있었다. 둘 다 지긋한 나이였다.

"무슨 일이죠?"

"나는 이 마을 이장이오. 이쪽은 마을 조합장이고. 잠깐 들어가도 되겠소?"

바우만은 문을 열어주었다.

"애덤 휘슬러를 찾는다고 들었소. 무슨 이유로 찾는 거요?"

"왜 날 찾아왔는지 밝히는 게 먼저 아닌가요?"

그러자 이장이 말했다.

"내가 광고를 낸 사람이오."

"당신이군요, 내 전화를 끊은 게."

"이제 당신 차례요."

이장은 왠지 초조해 보였다.

바우만은 자초지종을 설명해줬다. 전우들의 죽음과 소령의 유언까지. 히틀러에 관한 내용은 언급하지 않았다. 어차피 믿지도 않을 테니까. 이야기를 들은 이장과 마을 조합장은 심각했다.

"자, 이제 대답해보시죠. 애덤이 무슨 짓을 한 겁니까? 왜 다들 애덤이라는 이름만 들으면 죽일 듯이 덤비는 겁니까?"

이장은 한숨을 내쉬었다.

"말해주지. 대신 그놈을 찾으면 반드시 내게 알려주게."

"왜, 죽이기라도 할 겁니까?"

"그건 자네가 상관할 바 아니야. 어쩔 텐가?"

"좋습니다. 대체 무슨 일이 있었던 겁니까?"

이장이 이야기를 시작했다.

"우리 마을은 평화로운 곳이었네. 백 년 넘게 더불어 살아온 사람들이라 가족 같은 사이였지. 누구네 집의 포크가 몇 개인지 다 알 정도야. 그런데 놈이 온 후 모든 게 변했네."

창밖에는 도려낸 듯 반이 잘린 달이 밀밭을 비추고 있었다.

"애덤이 온 건 지금으로부터 일 년 전일세."

* * * * *

하루에 세 번 도착하는 버스는 한 시간이나 연착했다.

하지만 승객 중 누구도 불평하는 사람은 없었다.

"린츠입니다. 정차 시간은 십 분입니다. 화장실 다녀오실 분 다녀오세요."

버스에서 내린 사람은 단 한 명이었다. 금발의 청년 휘슬러.

그는 청바지 차림에 보스턴백 하나를 둘러매고 있었다. 흙먼지를 뒤집어쓴 건물들 사이로 회전초가 굴러갔다.

"서부영화나 찍으면 딱이겠군."

휘슬러는 마을을 둘러봤다. 상점에는 변변한 물건 하나 없었고 가끔씩 노인들이 눈에 띌 뿐이었다. 휘슬러는 식당으로 향했다. 늦은 오후라 식당은 텅 비어 있었다. 휘슬러는 창가에 앉아 거리를 바라봤다. 포장도 안 된 도로엔 작은 먼지 토네이도가 지나갔다.

"뭐 드릴까, 젊은이?"

종업원은 희귀 동물을 본 듯한 표정을 지었다.

"제일 자신 있는 게 뭐죠?"

"다들 치즈버거를 먹지. 그나마 제일 나아."

"치즈버거 부탁해요. 그리고 혹시 근처에 방 빌릴 만한 곳이 있을까요."

주문을 적던 종업원이 돌아봤다.

"얼마나 있으려고."

"글쎄요. 한 육 개월 정도?"

"여기 뭐 볼 게 있다고. 온통 밀밭뿐인데."

"전 맘에 드는데요. 특히 마을 이름이."

"별난 젊은이일세."

잠시 후 종업원은 치즈버거와 함께 메모지 한 장을 건네줬다.

"157번 도로를 타고 가다 보면 큼지막한 떡갈나무 집이 보일 거야. 집주인이 마거릿이란 여잔데 지낼 만해. 이걸 주면서 내가 보냈다고 하면 알 거야."

종업원이 소개해준 집은 벌판 한복판에 덩그러니 놓여 있었다. 이층집이었는데 바람을 따라 창문이 울렸고 지붕은 당장이라도 무너져 내릴 것 같았다. 마거릿은 전쟁에서 남편을 잃고 딸 월마와 둘이 살고 있었다. 그녀는 낮에는 식료품 가게에서 일하고 저녁이 되어서야 돌아왔다. 마거릿은 처음 본 순간부터 휘슬러에게 호감을 가졌다.

"컬럼비아 대학? 아니, 그렇게 좋은 대학 다니는 학생이 이 촌구석에는 뭔 일이래?"

저녁 식사를 건네주며 마거릿이 물었다. 그녀는 새 식구가 왔다며 오랜만에 스테이크를 준비했다. 맞은편에는 딸 월마가 앉아 있었다. 이제 열세 살이 된 월마는 휘슬러에게서 눈을 떼지 못했다.

"일종의 실험 때문에 왔습니다."

휘슬러가 월마에게 미소를 지으며 대답했다.

"실험?"

"거창한 실험은 아니고요. 사람에 대한…… 돈에 대한 실험이죠."

"뭔진 모르지만 잘됐으면 좋겠네. 우리 딸도 자네처럼 좋은 대학을 갈 수 있으면 좋으련만."

남자 식구가 생겨서 마거릿은 신이 나 있었다.

"갈 수 있습니다. 조금만 도와주면……."

"에이, 설마. 쟤는 공부랑은 담쌓은 아이인걸."

"엄마는 정말!"

사춘기로 접어든 윌마가 짜증을 냈다.

"공부라는 건 목표가 있어야 합니다. 그게 생기면 모든 게 바뀝니다. 윌마는 나중에 뭐가 되고 싶니?"

휘슬러가 물었다.

"전 디자이너가 될 거예요."

윌마가 자신 있게 말했다.

"숙제나 제때 하시지."

마거릿이 비아냥댔다. 화가 난 윌마가 자리를 박차고 일어나려 했다.

"윌마는 훌륭한 디자이너가 될 겁니다."

휘슬러의 말에 두 사람 모두 그를 바라봤다. 그의 말에는 묘한 힘이 있었다.

"정말 그렇게 생각해요?"

"신념은 절대 배신하지 않습니다. 시간이 걸릴 뿐이죠."

휘슬러는 질긴 스테이크를 맛있게 먹었다.

다음날부터 휘슬러는 시간이 날 때마다 윌마를 가르쳤다.

뿐만 아니라 마거릿이 없는 동안 집안일을 도왔다. 쓰레기를 버리고 울타리와 지붕을 고쳤다. 그러는 사이 자연스럽게 한 가족이 되어갔다.

* * * * *

　이장은 물잔을 계속 만지작거렸다. 긴장하면 나오는 버릇인 모양이었다.

　"시작은 나쁘지 않았지. 뉴욕 출신에 가방끈 긴 녀석치곤 쓸 만했어. 순수한 구석도 있어 보였고 마거릿한테도 잘했거든. 처음 한 달간은 녀석이 있는 줄도 몰랐지. 있는 듯 없는 듯. 이제 와 생각해보면 정찰을 하고 있었던 거야. 하지만 그 와중에도 마을은 변하기 시작했어. 보이진 않지만 조금씩."

　바우만은 서서히 이장의 이야기에 빠져들었다.

* * * * *

　마거릿과 윌마가 집을 나서면 휘슬러는 산책을 했다. 차가 없었기에 윌마의 자전거를 빌렸다. 그는 지도를 만들었다. 워낙 작고 복잡할 것 없는 마을이라 특별히 어렵지는 않았다. 하지만 지도에는 기존에 없던 특별한 내용들이 채워졌다. 사람들에 관한 것이었다. 빨랫줄에 널린 옷, 집을 꾸민 취향, 정원의 크기 등. 간접적으로 주민들에 관한 정보를 모았다.

　그날도 애덤은 마을회관 근처를 산책하고 있었다.

　"애덤 오빠, 여기요."

　학교에서 돌아온 윌마가 휘슬러를 알아보고 달려왔다. 애덤이 온 후로 윌마는 외모도 바뀌어가고 있었다.

"오빠는 일 킬로미터 밖에서도 알아볼 수 있어요."

"어떻게?"

"그만큼 특별하니까. 이 동네 사람들하고는 근본적으로 달라. 광채가 난다고 해야 하나. 근데 뭐하고 있어요?"

"마을을 둘러보고 있어."

두 사람은 나란히 길을 걸었다. 주위에는 나지막한 집들이 늘어서 있었다.

"뭐 볼 게 있다고. 난 크면 여길 떠날 거예요. 오빠처럼 뉴욕으로 갈 거야. 가면 연락해도 되죠?"

윌마가 늘어진 나뭇가지에서 이파리를 떼며 물었다.

"물론이지. 그런데 윌마, 이 동네에는 어떤 사람들이 살지?"

"그냥 시시한 농부들이죠. 왜요?"

"지나다 보니까 문패 이름들이 비슷비슷해서."

휘슬러가 어느 집 우편함을 가리키며 물었다. 우편함에는 "펠트만"이라고 적혀 있었다.

"맞아요. 이 마을 사람들은 둘 중 하나예요. 펠트만 아니면 딩월."

"펠트만이면 네덜란드 가문이고 딩월은 스코틀랜드 가문인데."

휘슬러는 메모지에 이름을 적었다.

"어떻게 그런 걸 알아요? 대학에선 그런 것도 가르치나?"

"한때 인종학에 관심이 많았거든."

"인종학? 그게 뭔데?"

"인간을 공부하는 학문이야."

휘슬러가 환하게 웃으며 말했다. 그때였다. 애덤의 인기척을 느낀 개가 짖기 시작했다. 검은 셰퍼드였는데 애덤을 물어 죽일 듯 짖어댔다.

"조용히 해, 거스."

월마가 말렸지만 개는 계속 짖어댔다.

"이상하네. 원래 벙어리처럼 조용한 녀석인데."

"낯설어서 그래. 혹시 먹을 거 없니?"

월마가 먹다 남은 파이 조각을 건네줬다. 휘슬러는 파이를 들고 조심스럽게 다가갔다.

"네 이름이 거스구나. 난 적이 아니야. 이거 먹을래?"

파이를 내밀자 개가 관심을 보였다.

"그렇지. 괜찮아, 먹어봐."

휘슬러는 개를 다루는 데 능숙했다. 개도 조금씩 파이를 향해 다가왔다. 하지만 갑자기 달려들어 휘슬러의 팔을 물려 했다. 휘슬러가 반사적으로 피했지만 손등에 상처가 났다.

"저리 가, 이 나쁜 개! 꺼져!"

월마가 쫓자 개는 저만치 달아났다. 소란을 듣고 집주인이 나타났다. 사십 대 중반의 여인이었는데 어딘지 기괴했다. 한여름인데도 바닥까지 내려오는 검은 드레스에 산발을 하고 있었다. 집주인은 휘슬러를 기분 나쁘게 노려봤다. 불길한 부적이라도 본 듯.

"개가 오빠를 물었어요."

월마가 소리쳤지만 집주인은 대꾸하지 않았다. 그녀는 한동안 휘슬러를 노려보다가 집안으로 사라졌다.

"누가 마녀 아니랄까 봐. 괜찮아요? 병원에 가야겠어요."

윌마가 상처를 보며 말했다.

"누구니?"

"오드리 딩월이라고 정신이 나간 여자예요. 집밖으로 나오질 않아요. 교회도 안 다니고 사람들하고 말도 안 해요. 우린 마녀라고 부르죠. 병원에 가요. 데려다줄게요."

휘슬러는 윌마를 따라 병원으로 향했다. 그 모습을 오드리가 커튼 너머에서 지켜보고 있었다.

마을에 병원은 하나뿐이었다. 대대로 의사 집안인 덴 펠트만이 운영하는 병원이었다. 덴은 사십 대 초반이었는데 미혼으로 간호사 한 명과 진료를 보고 있었다.

"이 마을에서 개한테 물린 사람은 자네가 처음이군."

소독약을 바르며 덴이 말했다.

"오드리 아줌마네 거스가 물었어요. 평소엔 얌전한 앤데. 주인 닮아서 미쳤나 봐요."

윌마가 퉁명스럽게 말했다.

"그런 말 하면 못 써, 윌마. 소독은 다 했지만 만약을 대비해서 파상풍 주사를 맞자고."

덴은 주사를 준비하기 위해 일어섰다. 그는 오른쪽 다리를 절었다. 잠시 후 의사는 파상풍 주사를 들고 돌아왔다.

"이거면 문제없을 거야. 이틀 후 한 번 더 들르게. 경과를 보자고."

주사를 놓은 후 의사가 말했다.

"감사합니다. 그런데 다리는 어쩌다 다치신 겁니까?"

"아, 이 다리. 전쟁에서 다쳤네."

덴이 다리의 상처를 보여줬다. 무릎 부위에 깊은 상흔이 남아 있었다.

"어떤 전투였습니까? 바스토뉴? 아니면 벌지?"

"휘르트겐 전투였네. 최악이었지. 사상자만 삼만 명에 달했으니까. 난 연대 병원에서 복무했는데 부상병들이 물밀듯이 몰려들었어. 지금 생각해도 끔찍해. 사방이 신음 소리와 피로 뒤덮였거든. 하루에도 수술을 수십 차례나 했어. 그중 대부분이 목숨을 잃었지. 이건 의약품을 보급받기 위해 사단으로 가던 중 입은 상처야."

당시의 모습이 지금도 생생한 듯했다.

"전쟁 최고의 고비였죠. 휘르트겐. 마지막 전력을 쏟아부었지만 역부족이었죠."

휘슬러가 상념에 잠긴 듯 허공을 응시하며 말했다.

"역부족? 그 전투에서 우린 승리했어."

덴이 고개를 갸웃했다.

"그래요, 우리가 이겼죠."

휘슬러가 어색한 미소를 지었다.

"그런데 어린 친구가 어떻게 알지? 휘르트겐 전투를."

"워낙 유명한 전투니까요. 그럼 이틀 후에 뵙겠습니다."

휘슬러는 서둘러 진료실을 나섰다.

펠트만과 딩월은 린츠가 형성될 때 정착한 가문이었다. 그들은 18세기에 이민 와서 대대로 농사를 짓고 있었다. 워낙 작은 마을이고 오랜 시간 함께 살아온 터라 두 가문은 형제처럼 사이가 좋았다. 지금까지 백 년이 넘도록 사건이라고는 일어난 적이 없는 마을이었다. 살인은 물론이고 흔한 도난 사건도 없었다. 그렇다고 갈등이 전혀 없는 것은 아니었다.

휘슬러는 자전거를 타고 밀밭 사이로 난 도로를 달렸다.

마을에서부터 거의 십여 킬로미터를 달려왔지만 밀밭은 끝날 기미가 보이지 않았다. 그러다 흥미로운 사실을 깨달았다. 도로를 사이에 두고 왼편은 황금빛 밀밭이 펼쳐져 있었지만 오른편은 시커먼 황무지였다. 휘슬러는 자전거를 멈추고 황무지의 흙을 살펴보았다.

토양에는 모래가 잔뜩 섞여 있었다. 밀을 경작하기에는 적당하지 않았다. 그때 지나던 트럭 한 대가 멈췄다.

"당신 뭐야? 왜 남의 땅에서 얼쩡대는 거야?"

밀짚모자를 눌러쓴 노인이었다.

"이 땅 주인이십니까?"

휘슬러가 물었다.

"그러네만. 자넨 누군가? 처음 보는데."

"저는 마거릿 아주머니 댁에 묵고 있는 애덤이라고 합니다."

"아, 도시에서 대학생이 왔다더니 자네였구먼. 근데 여기서 뭐 하는 건가?"

"혹시 성함이 딩월이십니까?"

"맞아. 제이슨 딩월이네."

그러자 휘슬러가 반대편 밀밭을 가리켰다.

"그렇다면 저 밀밭은 펠트만 가문 땅이겠군요?"

"그래. 그놈들 땅이지."

휘슬러는 한동안 펠트만 가문의 풍요로운 밀밭을 바라봤다.

"어떻게 펠트만 가문 땅은 저토록 비옥한데 딩월 가문 땅은 척박한 걸까요?"

"속도 모르는 소리. 펠트만 놈들 땅이 비옥한 게 아니라 그놈들이 우리 땅 중에 비옥한 땅을 야금야금 먹은 거야."

제이슨 영감이 돌멩이를 걷어차며 말했다.

"사연이 있었군요."

휘슬러는 도로 한가운데서 양손을 펼쳤다. 마치 저울을 든 재판관처럼.

저녁 메뉴는 로스트 치킨이었다. 휘슬러가 준비한 식사였다.

"애덤 오빠가 온 후로 매일 크리스마스 같아."

윌마가 큼지막한 조각을 집으며 말했다.

"이럴 것까지 없는데. 요리 솜씨도 보통이 아니네."

마거릿은 만면에 미소가 가득했다.

"매일 얻어먹기만 해서요. 입에 맞으면 좋겠는데."

두 사람은 한입 크게 물더니 동시에 엄지를 치켜들었다.

"그런데…… 부탁이 있습니다."

휘슬러가 조심스럽게 말했다.

"뭔데?"

"생활비가 떨어져서요. 제가 일할 만한 곳이 없을까요? 기왕이면 마을 분들과 친해질 수 있는 곳이면 좋겠습니다."

"마을 사람이라……. 그러면 데이브 바에서 일해보면 어떨까. 데이브 바에는 동네 남자라면 죄다 오거든."

"거기가 좋을 것 같네요."

휘슬러가 소스를 건네며 말했다.

다음날 마거릿은 휘슬러를 술집 주인 데이브에게 소개했다.

처음에는 허드렛일을 했다. 설거지를 하고 쓰레기를 버렸다. 휘슬러는 군말 않고 맡은 일을 해냈다. 바는 저녁 시간을 제외하면 대부분 한가했다. 단골들은 거의 매일 출근하다시피 했지만 그게 전부였다. 덕분에 매출이 그다지 좋진 않았다. 하지만 데이브는 개의치 않는 눈치였다. 덕분에 휘슬러는 특별히 바쁠 일이 없었다.

그렇게 몇 주가 지나자 휘슬러가 바를 지키기 시작했다. 데이브는 휘슬러에게 바를 맡기고 출근을 안 하는 일이 잦아졌다. 그만큼 휘슬러는 성실했다. 그때부터 휘슬러는 이전에는 없던 새로운 메뉴를 선보이기 시작했다.

단골 중에는 마을에서 가장 큰 농장을 운영하는 조엘 펠트만이 있었다. 그는 일이 끝나면 매일 바에 들러 위스키를 마셨다. 그날도 조엘은 바가 문을 열자마자 첫손님으로 들어섰다. 그는 사십 대 중반이었는데 남성우월주의자의 냄새를 풀풀 풍기는 남자였다.

"위스키 더블로 한 잔."

조엘이 제집마냥 바에 걸터앉으며 소리쳤다.

"힘든 하루였나 봐요?"

휘슬러가 친절하게 물었다.

"농사일이 만만한 게 아니야. 자네 같은 도시 샌님들은 하루도 못 버틸걸."

"가장 중요한 일이죠. 늘 대단하다고 생각합니다."

휘슬러가 주문한 술을 대령하며 말했다.

"하루 일과를 끝내고 마시는 위스키야말로 최고지."

한입 마신 조엘이 도로 내려놨다.

"이거 뭐야? 마시던 게 아니잖아."

"칵테일입니다. 위스키에 진저에일과 올리브를 첨가한 거예요. 드셔보세요. 제가 사는 겁니다."

"이런 건 여자나 마시는 거지. 됐어, 마시던 거 줘."

그러자 휘슬러가 말했다.

"그거 아십니까. 칵테일에는 저마다 사연이 있다는 거. 이 칵테일의 이름은 '빅 콕*'. 영국에선 남자가 사랑하는 여인을 얻은 첫날밤 이 칵테일을 마신답니다. 조엘 씨와 어울릴 것 같아서 만들어봤습니다."

"내 어디가 어울린다는 거지?"

조엘이 씩 웃으며 물었다.

"조엘 씨는 원하는 게 있으면 반드시 얻는 분이니까요. 여자든 사업이든. 물론 그것도 칵테일과 어울릴 것 같고요."

---

* Big Cock. 커다란 남자 성기.

조엘이 박장대소했다.

"이 친구 샌님인 줄 알았더니 사람 보는 눈이 있군. 맘에 들어."

조엘은 단숨에 칵테일을 들이켰다.

"한 잔 더!"

다음날부터 휘슬러는 오는 손님마다 그 손님에 맞는 칵테일을 내놨다. 깃든 사연과 함께. 그의 시도는 보기 좋게 적중했다. 손님들이 휘슬러가 권한 칵테일을 주문하기 시작한 것이다. 그렇게 한 달이 지나자 바에는 빈자리를 찾아볼 수가 없었다. 마을 남자들 대부분이 데이브 바로 모였고 칵테일은 불티나게 팔렸다. 덕분에 휘슬러는 마을 남자들과 순식간에 친해졌다.

얼마 후 밀 수확기가 다가왔다. 그 시기가 되면 마을 사람들은 다른 일을 멈추고 밀 수확에 매달린다. 학교도 문을 닫고 교회 목사도 밀밭에 나가 거든다. 마을의 오랜 전통이었다. 휘슬러도 주민들과 함께 추수를 도왔다. 올해는 강수량이 적당해서 작황이 좋았다. 덕분에 마을 창고는 수확한 밀 포대로 가득찼다. 그렇게 이 주가량이 지나자 밀 수확이 마무리됐다. 사람들은 본업으로 돌아갔고 데이브의 바도 다시 문을 열었다.

"풍년이면 뭐하나. 밀값이 똥값인데. 염병할 카길 놈들. 가격을 지들 맘대로 정하니."

"그러게 말이야. 조합은 뭐하나 몰라. 이럴 때 힘을 써야 되는 거 아냐? 조합비는 꼬박꼬박 받아가면서 말이야. 젠장."

사람들의 관심은 온통 밀 가격에 쏠려 있었다.

수확량은 많았지만 밀 가격이 떨어진 것이다. 문제는 가격 결정권이 카길이라는 농산물 유통 회사에게 있다는 것이었다. 카길은 농산물 유통을 거머쥔 거대 기업이었다. 이들의 힘은 막강했다.

"애덤, 여기 한 잔 더."

조엘 펠트만이었다. 그 역시 밀 가격에 불만이 많았다.

"거대 유통사와 협상하려면 담합을 하는 수밖에 없습니다."

이야기를 듣던 휘슬러가 잔을 채우며 말했다.

"그게 무슨 소리야?"

"카길처럼 큰 회사가 가장 두려워하는 건 생산자들의 담합입니다. 마을 조합이라고 해봐야 이 마을 농장주가 전부잖아요. 그것만으로 카길과 협상을 해서 이익을 만들 수 없습니다. 힘이 약하니까요. 하지만 다른 조합과 담합을 하면 얘기가 다르죠. 그땐 카길도 함부로 할 수 없을 겁니다."

"그러고 보니 이 친구 뉴욕에서 경제를 공부했다고 했지."

마을 사람들이 휘슬러의 말을 듣고 웅성댔다.

"조합장을 찾아가서 요구하세요. 다른 조합과 연합을 하라고."

그날 밤 농장주들은 회의를 열었다. 그리고 다음날 아침 조합장을 찾아갔다. 조합장은 노이만이라는 사람으로 마을에서 유일하게 두 가문 출신이 아닌 농장주였다. 농장주들은 합의한 내용을 조합장에게 전달했다. 하지만 조합장은 난색을 표했다. 담합을 할 경우 오히려 카길과의 관계만 나빠질 수 있다는 이유였다.

아예 수확한 밀을 판매조차 못 할 수도 있다고 으름장을 놓았다. 사람들은 다시 휘슬러를 찾아왔다.

"이제 어쩌면 좋겠나?"

조엘 펠트만이 자초지종을 이야기한 후 물었다.

휘슬러는 조용히 잔을 닦고 있었다.

"조합장은 아마 카길 사람일 겁니다."

"그게 무슨 말이야."

"제가 만약 카길이라면 무슨 수를 써서라도 조합장들을 내 편으로 만들 겁니다."

"그 말은 조합장이 매수라도 됐다는 건가?"

휘슬러는 대답 대신 묘한 미소를 지었다.

"답답하구먼. 그래서 어쩌라는 거야?"

펠트만은 초조했다.

"혹시 조합의 조례를 읽어보신 적 있습니까?"

휘슬러가 뜬금없이 물었다. 사람들은 머뭇거렸다. 누구도 온전히 조례를 읽어본 적이 없었다. 그러자 휘슬러가 조례집을 가져왔다.

"조례집에 보면 이런 조항이 있습니다. 조합원 절반 이상이 서명을 한 사안은 조합장이 거부권을 행사할 수 없다."

"이리 줘보게."

펠트만이 조례집을 가로챘다.

다음날 조엘은 조합원을 상대로 서명을 받기 시작했다. 며칠 지나지 않아 거의 모든 조합원이 동의를 했다. 사람들의 서명을 가져가자 조합장은 사퇴를 했다. 조엘이 새로운 조합장으로 선출됐다. 그는 곧바로 인근 마을 조합들과 접촉하기 시작했다. 조엘의 설명을 들은 이웃 조합들은 기다렸다는 듯 연합을 맺었다. 뿐만 아니라

이 소식을 들은 다른 마을의 조합들도 앞을 다투어 찾아왔다. 생산자 연맹은 순식간에 커져갔다.

이 내용은 곧바로 카길사社에 전달됐다. 그들은 사건의 심각성을 깨닫고 이사진을 급파했다. 이들은 협상을 시작했고 새로운 계약안을 내놓았다. 결국 밀 가격은 기존의 두 배 이상으로 올랐다.

* * * * *

밤이 깊어지자 밀밭을 스치는 바람 소리밖에 들리지 않았다.

"그 사건을 계기로 휘슬러는 마을 사람들의 신임을 얻게 됐소. 한마디로 유명 인사가 되었지."

이장은 목이 타는지 연신 물을 마셨다.

"그럴 만하네요."

바우만이 대화 내용을 녹음하며 말했다.

"문제는 사람들이 지나치게 신임을 하기 시작했다는 거요. 무슨 일만 생기면 사람들은 휘슬러를 찾아갔소. 그리고 속내를 털어놓으며 의견을 물었지. 그게 모든 사건의 발단이 된 거요."

* * * * *

휘슬러는 조엘 펠트만의 식사 초대를 받았다.

밀값 사태 대책에 대한 감사의 표시였다. 농장 한가운데 위치한 조엘의 집은 마을에서 가장 크고 화려했다. 농장을 한참 가로질러가자 그의 저택이 나타났다. 조엘은 마당에서 캔자스식 바비큐를 잔뜩 준비했다.

"어서 와, 샘님. 아니, 이젠 은인이라고 해야 하나. 편하게 들라고. 여기 이 친구들은 우리 펠트만 가문 형제들이야. 인사해."

초대받은 사람은 휘슬러뿐이 아니었다. 펠트만 가문 남자들이 모두 모여 있었다. 조엘은 친척들에게 휘슬러를 소개시켰다.

"자네가 뉴욕에서 온 친구로구먼. 얘기 많이 들었네. 덕분에 밀 가격을 제대로 받았다고."

가문 남자들이 악수를 청하며 말했다.

"도움이 됐다니 다행입니다."

그중에는 덴 박사도 있었다. 그는 조엘 펠트만과 사촌지간으로 비슷한 연배였다.

"선생님도 오셨네요."

"오랜만이군, 애덤. 상처는 괜찮지?"

"네, 덕분에요."

두 사람은 반갑게 악수를 나눴다.

"두 사람 아는 사인가?"

조엘이 끼어들었다.

"네, 지난번에 상처를 치료해주셨습니다."

"그랬구먼. 자, 오늘은 애덤을 위한 자리니 애덤을 위해 건배하자고."

펠트만 가문 사람들 모두 잔을 들었다.

분위기는 흥겨웠다. 풍족한 주머니 덕에 사람들 마음도 넉넉했다.

한창 술자리가 무르익을 즈음이었다. 한 여인이 나타났다. 마을에서 보기 드문 미인이었다. 동네와는 어울리지 않을 만큼 우아해 보였다. 그녀는 사람들과 인사를 하며 안줏거리와 술이 떨어졌는지 확인했다.

"저분은 누군가요?"

휘슬러가 덴에게 물었다.

"헬렌이라고 조엘의 부인이야."

"상당한 미인이네요."

"이 마을 최고 미인이지. 외모뿐 아니라 마음씨도 비단결이야. 조엘에게는 분에 넘치는 여자지."

어쩐지 덴의 말투에서 앙금이 느껴졌다. 그때 부인이 다가왔다.

"당신이 애덤이군요. 말씀 많이 들었어요."

부인은 인상만큼이나 목소리도 우아했다.

"안녕하세요, 부인. 초대해주셔서 감사합니다."

부인은 어쩐 일인지 똑바로 쳐다보지 못했다.

"즐겁게 놀다 가세요."

인사를 마친 부인은 덴을 바라봤다.

"안녕, 덴. 오랜만이네."

"헬렌, 여전히 아름답구나."

덴의 눈이 흔들렸다. 서로를 바라보는 두 사람의 시선이 심상치 않았다. 둘 사이에는 친척 관계 이상의 무언가가 있었다.

"고마워. 말만이라도……."

부인의 눈가에는 슬픔이 맺혀 있었다. 그때 조엘이 부인을 발견했다.

"당신 뭐하러 온 거야? 여긴 남자들이 사업 얘기하는 자리야. 당신이 낄 데가 아니라고."

조엘은 이미 술에 취해 있었다.

"또 봐, 덴."

이 말을 남기고 부인은 집안으로 사라졌다. 덴은 부인의 뒷모습을 애잔하게 바라봤다.

"나 먼저 갈 테니 놀다 가게."

덴은 낙심한 얼굴로 자리를 떴다. 휘슬러는 덴의 뒷모습을 의미심장한 얼굴로 응시했다. 그때였다.

"너희는 악마의 꿀을 받아먹고 정신이 혼미해져 있어. 저놈은 악마야. 저놈을 당장 이 마을에서 쫓아내야 해. 안 그러면 마을 전체가 지옥의 불구덩이 속으로 빠지게 될 거야."

언제 나타났는지 오드리 딩월이 휘슬러를 가리키며 소리쳤다. 그녀는 지난번 보았던 개를 데리고 있었다. 개 역시 휘슬러를 향해 미친듯이 짖어댔다.

"저 여자는 어떻게 알고 온 거야. 누가 쟤 좀 치워, 빨리."

조엘이 말하자 펠트만 사람들이 오드리를 끌어냈다.

"저놈은 악마야. 사람의 영혼을 빨아먹는 악마라고. 악마를 멀리하라. 아니면 이 마을에 저주가 내릴 거야. 명심해."

오드리는 끌려 나가면서도 말을 멈추지 않았다.

"미안하네. 원래 멀쩡했는데 아버지가 돌아가신 후로 이상해졌어."

조엘이 대신 사과를 했다.

"괜찮습니다. 그런데 저분 아버님이 어떻게 돌아가셨나요?"

"십 년 전 실종됐어. 몇 년이 지나도록 시신도 못 찾았지. 그때부터 저 모양이야."

"안됐네요."

휘슬러가 부드러운 목소리로 대답했다. 하지만 그의 눈은 오드리를 매섭게 바라보고 있었다.

그날 이후 덴은 자주 바를 찾았다. 그는 혼자 와서 조용히 술을 마시고는 돌아갔다. 그날도 훌쩍 나타나 술을 주문했다.

"버번 위스키 한 잔 주게."

"알겠습니다."

휘슬러가 술을 준비하는 사이 덴은 냅킨에 뭔가를 적었다.

"이 술 한번 드셔보시죠, 선생님."

휘슬러가 자신이 만든 칵테일을 권했다.

"이게 뭔가?"

칵테일은 연분홍빛을 띠고 있었다.

"영원한 사랑이라는 칵테일입니다."

"거창한 이름이군. 자네가 만든 칵테일에는 사연이 있다고 들었는데. 이건 어떤 사연이 있지?"

의사가 물었다.

"이건 제가 사랑했던 여인이 좋아했던 칵테일입니다."

"사랑했던 여인?"

"네. 그녀는 지금까지 제가 만난 여인 중 가장 아름답고 사랑스러운 여인이었습니다. 부드러운 금발에 에메랄드처럼 푸른 눈을 가졌죠. 그녀가 웃으면 세상이 온통 빛으로 가득했죠. 그만큼 사랑스러운 여인이었습니다."

"왠지 슬픈 사연 같은데."

"그녀는 저 때문에 세상을 떠났습니다."

휘슬러의 눈가가 촉촉하게 젖었다.

"미안. 괜한 걸 물었군. 아직 젊은 나인데 상처가 컸겠네."

두 사람은 잠시 칵테일을 바라봤다.

"왜 이 칵테일을 내게 주는 거지?"

"왜냐면 진정한 사랑은 쉽게 찾아오지 않거든요. 진정한 사랑이 왔는데도 바라만 보고 있다면 그건 사랑에 대한 모독이죠. 아니, 인생에 대한 모독이죠."

휘슬러의 말에 덴의 표정이 굳었다.

"그 여인이 다른 남자의 아내더라도?"

"그녀가 불행하다면요. 그녀의 사랑은 불행 속에 묻혀버려도 되는 건가요?"

덴이 칵테일을 단숨에 비웠다.

"오늘은 이만 가겠네."

덴은 계산을 한 후 바를 나서려 했다.

"세상에 쉬운 사랑은 없어요. 중요한 건 그런 사랑은 두 번 다시 오지 않는다는 거죠."

휘슬러가 말했지만 덴을 잡을 순 없었다.

그로부터 며칠 후. 휘슬러는 퇴근길에 밀밭에 나란히 서 있는 덴과 펠트만 부인을 보았다. 비가 억수같이 쏟아지는 밤이었다. 두 사람은 서로를 한참 동안 바라보다가 이내 뜨거운 키스를 나누었다. 휘슬러는 그런 두 사람을 잠시 바라보다가 돌아섰다.

제이슨 영감은 딩월 가문 안에서 토지가 많은 편은 아니었다. 하지만 자기 땅에 대한 애착이 강해서 함부로 그의 땅을 밟았다가는 혼쭐이 났다. 그날도 제이슨 영감은 땅을 순찰하고 있었다.

절반쯤 둘러봤을 때였다. 한 부류의 사람들이 그의 땅에서 어른거리고 있었다.

"당신들 뭐야? 여긴 내 땅이야. 함부로 들어오면 안 돼!"

제이슨 영감이 정체불명의 사람들에게 소리쳤다. 그러자 한 남자가 다가왔다. 그는 회사 로고가 새겨진 안전모를 쓰고 있었다.

"이 땅 주인이십니까?"

"그렇소만."

남자가 명함 한 장을 건넸다.

"저희는 텍사코에서 온 사람들입니다."

"텍사코라면 석유 회사 아니오. 여긴 무슨 일이쇼?"

제이슨 영감이 명함을 보며 물었다.

"저희는 이 지역 토양을 조사하는 중입니다. 허락하시면 이 땅의 샘플을 채취해서 분석을 하고 싶은데요. 절대 나쁜 일이 아닙니다."

"그렇게 하쇼. 흙 좀 퍼 간다고 어떻게 되는 것도 아니니."

허락이 떨어지자 남자들은 표본을 채취했다. 그렇게 몇 군데서 흙을 모으더니 떠났다.

그로부터 보름 후였다. 누군가 제이슨 영감의 문을 두드렸다.

"누구요?"

잠이 덜 깬 제이슨 영감이 퉁명스럽게 문을 열었다.

얼마 전 흙을 채취했던 텍사코 직원이었다.

"제이슨 딩월 씨죠? 잠깐 들어가도 되겠습니까?"

"무슨 일인데 꼭두새벽부터 난리요?"

제이슨 영감은 찢어지게 하품을 했다.

"잠깐 얘기 좀 하시죠."

직원이 의자에 앉으며 말했다.

"무슨 일이오? 내 땅에서 석유라도 터진 거요?"

제이슨 영감이 농담처럼 물었다. 그러자 남자가 의미심장한 미소를 지었다.

"저희는 선생님 토양을 세밀하게 분석했습니다. 그 결과 규소와 탄화수소 등이 함유된 유기물이 다량으로 검출됐습니다."

"알아듣게 얘기하쇼."

"선생님 땅 지하에 원유가 매장되어 있을 가능성이 큽니다. 그 것도 엄청난 양이 말입니다."

"정말 우리 땅에 석유가 묻혀 있단 말이오?"

"저희 회사는 선생님과 계약을 맺고 싶습니다. 채굴권을 저희한 테 파시면 채굴한 원유의 금액에서 십 퍼센트를 드리겠습니다. 물 론 채굴에 드는 모든 비용은 저희 회사에서 지불합니다."

직원이 봉투에 들어 있던 서류 한 장을 내밀었다. 계약서였다.

제이슨 영감은 너무 기쁜 나머지 까무러치고 말았다.

텍사코는 제이슨의 토지뿐만 아니라 인근 딩월 사람들과도 계약을 체결했다. 이제껏 불모지였던 딩월 가문의 땅이 순식간에 금싸라기로 바뀐 것이다. 이 소식은 순식간에 마을로 퍼졌다.

마을 사람들은 벼락부자가 된 제이슨 영감과 딩월 가문을 축하했다. 펠트만 가문도 마찬가지였다. 하지만 그 일로 가려져 있던 두 가문의 갈등이 표면에 드러나고 있었다.

계약을 체결한 딩월 가문은 매일 데이브 바에서 파티를 벌였다. 그들은 예전에는 손도 못 대던 고급 위스키로 축배를 들었다.

"감자나 캐던 놈들이 돈 좀 벌었다고 꼴사납게 구는구먼."

지켜보던 조엘 펠트만이 중얼댔다.

"그래서 얼마나 번다는 거야?"

같은 펠트만 가문 사람이 물었다.

"오천만 달러에서 많으면 일억 달러도 가능하대."

"일억 달러! 돈벼락 맞았네, 젠장."

그들은 투덜대며 술을 마셨다. 휘슬러가 그 모습을 흥미롭게 지켜보고 있었다.

"만약 매장된 원유 지도가 여러분 땅까지 이어져 있으면 어떻게 되나요?"

휘슬러가 넌지시 던졌다.

"그게 무슨 말이야?"

펠트만 사람들이 솔깃해서 물었다.

"제이슨 영감님 땅의 석유가 여러분 땅에도 걸쳐 있다면 그 석유는 여러분 게 아닌가요?"

그 말에 펠트만 사람들이 서로를 바라봤다.

"그야 당연히 우리 석유지."

펠트만 사람들은 곧바로 가문 회의를 열었다.

며칠 후 펠트만 가문의 밀밭에 굴삭기가 들어서기 시작했다. 수십 개의 굴삭기가 딩월 가문 땅을 마주보며 파들어갔다.

여느 때처럼 자기 땅을 둘러보던 제이슨 영감이 굴삭기를 발견했다.

"염병할 것들!"

제이슨 영감은 한달음에 조엘 펠트만의 집에 다다랐다.

부술 듯 문을 두드리자 펠트만 가문 사람들이 나타났다. 그들은 조합장 조엘 펠트만 집에 모여 있었다.

"무슨 일이오?"

조엘 펠트만이 시치미를 뗐다.

"그걸 몰라서 묻는 거야? 왜 멀쩡한 밀밭을 밀어버리고 땅을 파는 거냐?"

제이슨 영감이 바짝 드밀며 물었다.

"내 땅을 내가 파는데 당신이 뭔 상관이야."

"내 석유를 훔치겠다는 속셈 아니냐 말이야."

"그게 왜 당신 석유야. 내 땅에서 나면 내 석유지!"

"그걸 말이라고 해!"

분을 못 참고 제이슨 영감이 달려들었다. 두 가문 사이에 주먹다짐이 벌어졌다. 보안관이 나타나 간신히 마무리되긴 했지만 그 사건으로 두 가문은 원수지간으로 돌변했다.

그후 마을에는 긴장감이 맴돌았다. 펠트만과 딩월 가문의 땅에서는 여전히 굴삭기가 돌아가고 있었다. 데이브 바에서도 두 가문은 각자의 영역에서 술을 마셨다. 몇 번이고 두 가문은 패싸움을 벌였다. 그후로 바 입구에는 경고문이 붙었다. 더이상 주먹다짐은 일어나지 않았지만 두 가문의 골은 굴삭기가 파는 깊이만큼 벌어져갔다. 휘슬러는 중립 지역에서 두 가문을 관찰했다. 그러던 어느 날이었다.

제이슨 영감은 자기 땅에서 펠트만의 굴삭기를 노려보고 있었다.

딩월 가문 중에도 제이슨 영감이 가장 화가 나 있었다. 그는 도시 변호사까지 찾아갔지만 법적으로 제재할 방법이 없었다.

"저것들을 요절내야 하는데."

제이슨은 분을 참지 못하고 돌을 집어던졌다. 그때였다.

"딩월 가문은 스코틀랜드에서 존경받는 가문이었습니다. 로마군이 쳐들어왔을 때 가장 앞장서서 싸웠고 2차세계대전 때도 수많은 공을 세웠던 유서 깊은 가문이죠."

언제 나타났는지 휘슬러가 나란히 굴삭기를 바라보고 있었다.

"그렇고말고. 여왕에게 작위를 받은 기사만 스무 명이 넘어. 그런 가문은 스코틀랜드에서 우리뿐일걸."

"그에 반해 펠트만 가문은 네덜란드에서 장사를 하던 가문이었습니다. 매점매석을 통해 성장한 가문이죠. 네덜란드전쟁 땐 적국인 프랑스에게 화약을 밀매하기도 했죠."

"자네가 어떻게 그런 걸……."

"영감님 말씀이 맞더군요. 펠트만 가문이 딩월 가문으로부터 사들인 땅은 모두 비옥한 땅이었습니다. 문제는 시세보다 한참 낮은 가격에 사들였다는 겁니다. 딩월 가문이 경제적으로 어려운 점을 이용해서요."

제이슨 영감의 주먹이 부르르 떨렸다.

"피는 변하지 않습니다. 장사치들의 근본은 남의 이익을 빼앗아 오는 겁니다. 언제나 그랬고 앞으로도 그럴 겁니다."

이 말을 남기고 휘슬러는 사라졌다.

"쓰레기 같은 장사치 새끼들."

제이슨 영감이 굴삭기를 노려보며 중얼댔다.

사건이 터진 건 다음날이었다. 마을이 발칵 뒤집혔다.

펠트만의 굴삭기가 모두 고장났다. 누군가 고의로 굴삭기를 부순 것이다. 부서진 굴삭기를 보자 조엘 펠트만의 분노가 폭발했다. 그는 펠트만 사람들을 데리고 딩월 가문으로 쳐들어갔다. 딩월 가문은 조합 회관에서 스코틀랜드 전통 기념일을 준비중이었다. 그들은 전통 음식인 해기스를 요리하고 있었다. 펠트만 가문이 문을 박차고 들어섰다.

"누구 짓이냐?"

조엘 펠트만이 낮은 목소리로 물었다.

"뭔 소리야?"

"어차피 누구 짓인지 뻔하지. 하지만 순순히 자백을 하면 옛정을 생각해서 이번만은 눈감아주겠다. 당신이지? 제이슨, 당신이 내 굴삭기를 고장냈지?"

제이슨 영감이 바닥에 침을 뱉었다.

"니들 법 좋아하지? 그럼 하나 묻자. 내가 했다는 증거 있냐?"

"이런 염병할 늙은이!"

조엘 펠트만이 제이슨의 멱살을 잡았다. 순간 양쪽 가문이 바짝 다가섰다. 일촉즉발이었다.

"그만들 하시죠."

보안관이었다. 누군가 보안관에게 연락을 한 것이다.

"그만하고 돌아가세요. 조사중이니 조만간 범인이 밝혀질 겁니다."

보안관이 양쪽을 갈라놓고 나서야 두 가문은 물러섰다.

"반드시 잡아낼 테니 두고 보쇼. 반드시."

"얼마든지 해봐라."

불씨를 남겨둔 채 두 가문은 흩어졌다.

보안관은 현장을 조사했지만 특별한 단서를 찾을 수 없었다.

늦은 밤 황량한 밀밭에서 벌어진 일이라 목격자도 없었다.

사건은 미궁으로 치달았고 마을은 시한폭탄 위에 놓여 있었다.

그렇게 며칠이 흐른 어느 날이었다.

조엘 펠트만은 고장난 굴삭기를 수리하고 있었다.

그때 펠트만 가문 한 무리가 트럭을 타고 달려왔다.

"조엘 어른, 보셔야 할 게 있습니다."

펠트만 무리들이 차에 있던 남자 한 명을 데려왔다. 그는 떠돌이로 추수철 때면 일을 거들고 돈을 받는 일용직 인부였다.

"이 녀석이 사건 전날 본 게 있답니다. 말씀드려."

십 달러를 쥐여주자 인부가 입을 열었다.

"그날 저는 코니 씨 댁 하수도를 치우고 돌아가는 길이었습니다. 제이슨 영감이 어르신 굴삭기에 대고 욕을 하고 있더라고요. 그런데 그때 누가 나타났습니다."

"누가?"

조엘 펠트만의 미간이 좁아졌다.

"데이브 바에서 일하는 애덤이었습니다. 둘이 굴삭기를 보면서 한참 얘기하더라고요. 그러더니 제이슨 영감이 망치를 들고 도로를 건넜습니다."

"애덤……!"

조엘 펠트만은 무리를 거느리고 데이브 바로 향했다.

휘슬러는 저녁 장사를 준비중이었다. 펠트만 가문이 들이닥쳤다.

"아직 영업 시작 안 했어요."

조엘 펠트만은 막무가내였다.

"사건 전날 제이슨 영감을 찾아갔었지?"

"그런데요?"

"그 영감이랑 무슨 얘기를 했지?"

"특별한 건 없어요."

"제대로 말 안 하면 네놈부터 아작을 낼 테다. 어서 불어!"

조엘 펠트만이 휘슬러의 멱살을 잡으며 물었다. 그의 손에는 샷건이 들려 있었다.

"가문에 대해 이야기했어요."

"헛소리 마!"

조엘 펠트만이 윽박질렀지만 휘슬러는 꿈쩍도 안했다.

"증인을 서라면 서겠습니다. 삼자대면을 하라면 하죠. 하지만 이런 식이면 아무것도 얻을 수 없을 겁니다. 그러니 진정하고 총부터 치우시죠."

그제야 펠트만은 한 발자국 물러섰다.

"뭐라고 했는지 한 자도 빼지 말고 말해."

휘슬러가 위스키 한 잔을 들이켰다.

"펠트만 가문은 네덜란드에서 온 장사치로 돈을 벌기 위해서라면 나라도 팔아먹을 놈들이라고 했습니다."

"뭐야?"

"그리고 그 피는 어디 가지 않는다고 했습니다."

"내 이놈을 당장!"

조엘 펠트만은 분을 참지 못하고 뛰쳐나갔다. 펠트만 무리가 휘슬러와 함께 그 뒤를 따랐다.

제이슨 영감은 딩월 사람들과 함께 울타리를 수선하고 있었다.

저멀리서 펠트만의 트럭들이 요란한 소리를 내며 다가오고 있었다.

"가서 내 총을 가져오너라."

트럭을 발견한 제이슨이 말했다.

이윽고 조엘 펠트만이 졸개들과 트럭에서 내렸다.

그들 손에는 총이 들려 있었다. 하지만 제이슨 영감은 전혀 위축되지 않았다. 그 역시 대대로 전해오는 장총을 들고 있었다.

"거기 서라. 내 땅에 한 발이라도 들여놓으면 쏘겠다."

제이슨 영감이 장총을 겨누며 말했다. 조엘 펠트만이 도롯가에 멈춰 섰다.

"네놈이 내 땅에는 무슨 일이냐, 이 도둑놈아."

"도둑놈은 당신이야. 당신이 내 굴삭기를 부쉈다는 걸 증명해줄 증인을 데려왔다."

펠트만 무리가 휘슬러를 데려왔다.

"쟤가 어쨌다는 거냐?"

"어서 말해. 사건 전날 저 영감이 내 굴삭기를 부수는 걸 봤잖아!"

조엘 펠트만이 휘슬러에게 소리쳤다. 그러자 휘슬러가 차분히 대답했다.

"저는 부수는 건 보지 못했습니다."

"이제 와서 무슨 소리야? 아까는 증인을 서겠다고 했잖아."

당황한 펠트만이 물었다.

"네, 증인을 서라면 선다고 했죠. 하지만 저는 제이슨 영감님이 굴삭기를 부수는 건 보지 못했습니다. 다만……."

"다만 뭐야?"

거기 있는 모든 이가 휘슬러의 입을 응시했다. 그의 한마디에 다섯 개의 총구가 불을 뿜을 수도 있었다.

"가문에 관해 이야기했다고만 했습니다."

휘슬러의 말에 조엘 펠트만의 얼굴이 일그러졌다.

"꼴좋구나. 저걸 증인이라고. 네놈이 하는 짓거리가 그렇지. 네 덜란드 장사치 새끼."

제이슨 영감이 비아냥댔다. 그 말에 펠트만 무리가 총알을 장전했다. 철컥. 그러자 제이슨 영감을 비롯해 딩월 무리가 장전을 했다. 양쪽 가문이 서로에게 총을 겨눴다. 순식간에 긴장감은 최고조에 달했다. 휘슬러는 한 발자국 물러서서 그 광경을 지켜보았다.

"다시 한번 말해봐, 이 스코틀랜드 촌놈아."

조엘 펠트만이 간신히 분을 억누르며 말했다.

그러자 제이슨 영감이 또박또박 말을 이었다.

"나라도 팔아먹는 네덜란드 장사치 새끼……."

순간 조엘 펠트만의 총구가 불을 뿜었다. 뒤를 이어 제이슨 영감을 비롯해 딩월 가문과 펠트만 가문의 모든 총구에서 탄환이 발사됐다.

* * * * *

육 개월이 지났지만 그날의 충격은 여전한 모양이었다. 이장은 넋이 나가 있었다.

"여섯 명이 그 자리에서 목숨을 잃었네. 이 마을이 생긴 이래 처음 벌어진 살인이었지."

"굴착기를 고장낸 사람은 휘슬러였군요."

바우만이 물었다. 그러자 이장이 난처한 표정을 지었다.

"그럼 다른 사람이었단 말입니까?"

"사건이 터지고 며칠 후 캔자스시티의 한 호텔에서 한 남녀가 음독자살을 했네. 텐과 조엘의 아내 헬렌이었어. 두 사람은 자살하기 전 한 통의 유서를 남겼는데 거기에는 굴착기를 고장낸 장본인이 자신들이라고 적혀 있었어. 사건이 이렇게 커질 줄 몰랐고 마을 사람들에게 죄송하다고 씌어 있었지."

"그 두 사람이 왜 굴착기를 고장냈죠? 그럴 만한 동기가……."

순간 바우만의 뇌리에 휘슬러의 얼굴이 지나쳤다.

* * * * *

덴과 헬렌은 차 안에서 나란히 누워 있었다. 한 달이 넘게 사랑을 나누었지만 마음 한구석에는 채워질 수 없는 빈 공간이 남아 있었다.

"언제까지 이렇게 지낼 수 있을까?"

헬렌이 덴의 가슴에 얼굴을 묻은 채 물었다.

"세상이 이렇게 넓은데 어딘가 우리를 위한 장소가 있지 않을까."

"달아나자는 거야?"

덴이 깊은 한숨을 내쉬었다.

"계속 이렇게 지낼 순 없어. 언젠가 조엘이 눈치챌 거야. 지금은 석유 때문에 정신이 나가 있지만 조만간 우리 관계를 알게 될 거야."

"그렇겠지."

"우리를 죽일지도 몰라."

"내가 그렇게 두진 않을 거야."

두 사람은 서로를 꼭 끌어안았다. 그 순간 어둠 저편에서 두 사람을 지켜보는 은밀한 시선이 느껴졌다.

"저기 누가 있어, 덴."

헬렌이 옷을 추스르며 말했다. 덴은 반사적으로 주위를 살폈다.

"여기 있어."

덴은 차에서 내려 시선이 느껴지는 곳으로 조심스럽게 다가갔다. 어둠 속에 누군가 있었다. 덴은 손전등을 비췄다.

"너는!"

휘슬러였다.

"언제부터 여기 있었던 거야?"

덴이 물었다. 그러나 휘슬러는 대답 대신 묘한 미소를 짓고는 어둠 속으로 사라졌다.

다음날 오후 덴은 휘슬러를 찾아갔다. 영업 시작 전이라 바에는 휘슬러 외에는 아무도 없었다. 덴은 말없이 카운터에 앉았다.

"오셨어요, 선생님."

휘슬러가 아무 일도 없었던 듯 인사를 건넸다.

"한 잔 주게."

"영원한 사랑?"

"위스키 스트레이트로 줘."

휘슬러는 잔에 술을 따라주었다.

"언제 우리 사이를 알았나?"

의사가 위스키를 한입 마시곤 물었다.

"제가 아는 게 중요합니까?"

휘슬러가 잔을 닦으며 대답했다.

"부탁이네. 마음을 정리할 때까지……."

"걱정 마십시오. 아무한테도 말하지 않겠습니다."

"고맙네."

휘슬러는 다시 잔을 채워주었다.

"그런데 언제까지 그렇게 지내실 겁니까?"

"모르겠네. 나도 모르겠어."

덴은 다시 잔을 비웠다. 휘슬러는 덴을 뚫어지게 응시했다.

"조엘이 죽길 바라시죠?"

순간 덴이 얼음처럼 굳었다.

"무슨 소리! 난 의사야. 제아무리 부적절한 관계를 맺고 있다고
해도 그런⋯⋯."

휘슬러가 슥 다가오며 물었다.

"만약 방법이 있다면 어쩌시겠습니까?"

휘슬러의 질문은 정확히 의사의 심중을 뚫고 지나갔다.

* * * * *

바우만은 등골이 오싹했다.

"결국 덴은 휘슬러의 말에 이끌려서 굴착기를 고장냈고 덕분에
조엘을 포함해서 여섯 명이 목숨을 잃게 된 거군요. 사건이 커지자
죄책감을 느낀 덴과 헬렌은 자살했고요."

이장이 고개를 무겁게 끄덕였다.

"결국 그 사건으로 여덟 명이 목숨을 잃었군요."

"하지만 일은 거기서 끝나지 않았어. 두 가문은 갈 때까지 가서

여차하면 싸움이 일어났지. 나중에는 양쪽 가문 아이들까지 싸워 댔어. 결국 한 아이가 칼에 찔렸지. 그것도 학교에서 말이야. 평화롭던 마을이 쑥대밭이 된 거야."

방안에는 숙연한 기운이 감돌았다.

"놀라운 사실은 텍사코 직원이 가짜였다는 거야. 그 일이 있은 후 시추하던 직원들은 물론 시추기도 하루아침에 사라졌지. 텍사코에 전화를 해봤지만 그런 직원은 없었어. 석유 같은 건 애초부터 존재하지 않았던 거지."

"그것도 휘슬러가 꾸민 짓이라는 겁니까?"

이장이 다이어리 하나를 건네줬다. 겉표지에는 아무것도 적혀 있지 않았다. 바우만은 첫 장을 펼쳤다.

첫 번째 실험 : 자본은 자본을 인식하는 사람들에게만 영향력을 발휘한다.

린츠의 사람들은 자본을 전혀 인식하지 못하는 부류다. 자신들이 자본과는 상관이 없다고 생각하기 때문이다. 이들에게 자본이 내 것이 될 수 있다는 기대감을 심어주는 것부터 실험을 시작할 것이다.

두 번째 실험 : 자본의 맛을 느낀 사람은 더 많은 자본을 추구하게 된다.

자본은 권력을 동반한다. 고로 작은 자본들을 각성시켜 이들을 연합시킬 수 있다면 새로운 권력을 탄생시킬 수 있다. 새로운 권력이 오래된 권력과 대결하게 만들 것이다.

카길사와의 대결은 흥미로웠다. 이번 밀 가격 협상으로 인해 린츠의 소자본가들은 자신들이 얼마나 성장할 수 있는지 깨달았을 것이다. 그로 인해 더 많은 자본과 권력을 추구하게 될 것이다. 그것이 자본의 치명적인 매력이자 함정이니까.

(중략)

열두 번째 실험 : 자본이 폭력성을 띠기 위해선 그들의 취약한 근본을 건드려야 한다.

린츠의 뿌리는 두 개의 가문이다. 딩월과 펠트만. 이들은 백 년 전부터 이곳에 뿌리를 내린 가문으로 공존을 선택했다. 이들이 공존할 수 있었던 것은 이곳의 환경 때문이다. 척박한 농토, 한정된 노동 인력. 이들은 살아남기 위해서 서로를 도와야만 했다. 하지만 만약 이들 앞에 거대한 자본의 원천이 나타난다면 어떻게 될까. 서로가 필요치 않고 오히려 자본을 나눠야만 한다면, 그래도 이들이 공존을 선택할까.

평범한 일기장이 아니었다. 일종의 실험 일지였다.
"녀석은 사건이 벌어지고 며칠 후 사라졌네. 그 일지는 놈이 떠나고 난 뒤 책상 위에 있었어. 마치 우리를 조롱하듯."
바우만은 다이어리에서 눈을 뗄 수 없었다.

"휘슬러는 자본주의의 약점을 실험하기 위해 이 마을을 선택했던 거군요."

무서운 일이었다. 휘슬러는 몇 개의 조건을 바꿈으로써 선량하고 평화로운 마을을 지옥으로 만들었다. 단 육 개월 만에.

"대체 놈의 정체가 뭔가? 어떤 놈이기에 이런 짓을 저지르는 건가."

"인류 역사상 최고의 악마라고 해두죠."

"제2의 히틀러라도 되는 듯이 말하는군."

이장과 마을 조합장이 피식하고 웃었다.

"그럴지도 모르죠."

바우만은 휘슬러 몸속에서 꿈틀거리는 히틀러의 영혼을 상상했다. 어느새 밤이 깊었다.

"휘슬러가 묵었던 마거릿 부인의 집을 확인하고 싶습니다."

범인이 오랜 시간 머문 곳엔 일종의 체취가 남아 있었다.

"157번 도로를 따라 쭉 가다 보면 집채만 한 떡갈나무가 보일 걸세. 아무도 없으니 마음대로 살펴보게."

"이 다이어리, 제가 가져가도 되겠습니까? 수사에 도움이 될 겁니다."

"그러게나."

바우만은 다이어리를 챙긴 후 곧장 마거릿 부인의 집으로 향했다.

연쇄살인마 부대

떡갈나무를 찾는 건 쉬웠다. 이정표처럼 우뚝 서 있었다. 윌마가 타고 놀았던 나무 그네가 바람에 흔들리고 있었다. 집은 텅 비어 있었다. 그 사건의 충격으로 마거릿은 마을을 떠났다. 바우만은 집 안으로 들어갔다. 가재도구는 그대로 남아 있었다. 마거릿 부인은 간단한 옷가지만 챙겨 평생 살던 집을 떠났다. 바우만은 휘슬러가 머물렀던 2층 방으로 향했다. 방은 본래 아무도 안 살았던 것처럼 을씨년스러웠다. 바우만은 휘슬러의 흔적을 찾았지만 아무것도 느껴지지 않았다. 마치 그런 인간은 존재하지 않는 듯. 그 순간이었다. 뒤에서 섬뜩한 인기척이 느껴졌다. 반사적으로 돌아서려는데 누군가 바우만의 코와 입을 수건으로 틀어막았다. 클로로포름이었다. 바우만은 반항하려 했지만 이내 의식을 잃었다.

정신이 돌아왔을 때 바우만은 의자에 묶여 있었다.

저만치 어둠 속에서 누군가 바우만을 응시하고 있었다.

"명단에 너는 없었는데."

지극히 평범한 목소리. 남자가 다가왔다. 달빛에 남자의 얼굴이 드러났다. 윗입술이 갈라진 자였다.

"너 이 새끼! 네가 내 전우들을 죽였지?"

커티스 소령을 살해한 범인이다.

"넌 명단에 없었는데. 넌 누구지? 아니, 상관없어. 넌 내가 임의로 해치워야겠다. 그분께 방해가 될 테니."

"그분이라니? 애덤을 말하는 거냐?"

범인이 씩 웃었다. 그는 대답 대신 가방을 열었다. 그러자 내용물이 쏟아졌다. 가축 도살에 쓰는 칼과 기구였다. 뼈를 부수는 도끼부터 힘줄을 자르는 칼까지.

"너는 마지막 작품이니 심혈을 기울여주마. 피 한 방울 낭비하지 않을 거야."

일반적인 암살범이 아니었다. 숙련된 도살자처럼 아무런 감정도 느껴지지 않았다.

"네놈은 누군데 애덤을 따르는 거냐?"

바우만이 물었다.

"청소부. 그분 방을 깨끗이 치우지."

남자는 큼지막한 칼을 들고 다가왔다. 위기의 순간이었다. 시간을 벌어야 했다. 그때 나방 한 마리가 창문에 부딪혔다. 타닥타닥.

"귀신나방이라고 들어봤나?"

남자가 움찔 멈췄다.

"귀신나방이라는 나방이 있다. 버마의 산림에 서식하는 나방이지. 평소 녀석은 흉측한 몰골을 하고 있다. 하지만 산란기가 되면 녀석은 보랏빛 날개로 변신을 한다."

말을 하는 한편 바우만은 밧줄을 은밀히 풀기 시작했다. 그사이 남자는 넋을 잃고 이야기를 들었다.

"……그 순간 나무에 벼락이 떨어진다. 마치 운명처럼."

"네가 귀신나방을 어떻게 알지?"

남자가 물었다.

"왜냐면 애덤이 귀신나방이니까!"

순간 바우만이 주먹을 날렸다. 한바탕 난투극이 벌어졌다. 둘은 엎치락뒤치락하며 서로를 공격했다. 결정적인 순간 남자가 치명적인 일격을 가했다. 결국 바우만은 바닥에 쓰러졌다.

"예쁘게 죽여주려고 했는데."

남자가 바우만의 목에 칼을 꽂으려던 순간이었다. 갑자기 그가 꼬꾸라졌다. 어둠 속에 또 다른 인기척이 느껴졌다. 한 명이 아니었다.

"니들은 또 뭐야?"

그러자 한 사람이 손을 내밀었다.

"당신처럼 애덤을 쫓는 사람들이오."

그들은 이스라엘 첩보 기관 모사드의 요원들이었다.

모사드 요원들은 바우만과 살인범을 태우고 어디론가 향했다.

"날 미행한 거요?"

바우만이 물었다.

"당신이 아니라 저놈을 따라온 거요."

팀장으로 보이는 요원이 대답했다.

"애덤에 관해 얼마나 알고 있소?"

"적어도 당신보다는 많이."

요원들이 데려간 곳은 허름한 창고였다.

그들은 살인범을 골방에 가둔 후 한 시간에 걸쳐 고문했다. 질문도 하지 않았고 그저 흠씬 두들겨 팼다. 모사드 팀장과 바우만은 방 밖에서 그 소리를 듣고 있었다.

"한 가지 물어봅시다."

바우만이 입을 열었다.

"애덤의 목적이 뭐요? 왜 이런 실험을 한 거요?"

"자본주의의 몰락."

"자본주의?"

"미국을 몰락시키려는 거요."

충격적인 대답이었다. 한동안 살인범의 비명소리가 이어졌다.

"당신은 저놈이 어떤 놈이라고 생각하시오?"

모사드 팀장이 물었다.

"한 가지 분명한 건 살인에 익숙한 놈이란 사실이오."

바우만이 대답했다. 모사드 팀장이 몇 장의 사진과 기사를 꺼내 건네줬다. 처참하게 살해된 젊은 여자들의 사진이었다. 여자들은 토막이 난 채 땅에 묻혀 있었다. 모두 열두 명이었다. 바우만은 기사를 읽었다.

또 다른 희생자. 같은 수법으로 살해된 여성은 21세 대학생.

12번째 희생자로 동일 연쇄살인범의 소행으로 보인다.

하지만 경찰은 이렇다 할 단서조차 찾지 못하고 있다.

"저놈이 연쇄살인범이란 말이오?"

모사드 팀장이 미소를 지었다.

"이름은 오티스 툴. 무려 열여덟 명을 죽였지."

그때 비명소리가 멈췄다.

"오 분을 주겠소. 저놈에게 하고 싶었던 질문을 하시오."

바우만은 살인범이 있는 방으로 들어갔다.

살인범은 의자에 묶인 채 피투성이로 변해 있었다. 바우만이 맞
은편에 의자를 끌어와 앉았다. 엉망으로 맞고도 그는 히죽거렸다.

"오티스 툴."

"이름도 알았으니 이제 뭘 할까. 연애라도 할까?"

"열두 명을 죽였더군. 아니, 내 전우들까지 합하면 열여덟 명이
지."

바우만이 한 발자국 다가갔다.

"애덤을 어떻게 만났나?"

그러자 그가 웃음을 멈췄다.

"나도 그게 참 궁금하단 말이야. 어떻게 날 찾았을까."

"애덤이 널 찾아왔나? 어떻게?"

"그러게. 십 년간 안 잡혔는데. FBI가 찾아와도 눈 하나 깜짝 안 했는데 말이야."

"말 돌리지 말고 똑바로 대답해!"

바우만이 소리쳤다.

"어차피 너나 나나 죽은 목숨이니 말해주지. 담배 하나 줘."

바우만이 담배에 불을 붙여줬다. 그는 한 모금 깊이 빨아들였다. 푸른 연기가 백열등 주위에서 일렁이다가 흩어졌다.

"그날 나는 열두 번째 계집을 작업하고 있었어. 힘들게 손에 넣은 계집이라 정성 들여 해체하고 있었지. 그런데 누가 문을 두드리는 거야."

* * * * *

쿵쿵쿵. 누군가 문을 두드렸다.

그는 지하실에 있었다. 어두운 지하에는 열두 번째 희생자가 팔과 다리가 묶인 채 수술대에 누워 있었다. 의식을 잃은 상태였다. 그는 여자의 장기를 정교하게 들어내고 있었다. 실내에는 모차르트의 〈마술피리〉가 흘렀다. 쿵쿵쿵. 다시 노크 소리가 울렸다. 그는 무시하고 하던 일을 계속했다. 들어낸 장기를 조심스럽게 포르말린 병에 넣었다. 쿵쿵쿵. 집을 찾아온 자는 포기할 생각이 없었다.

"제기랄. 어떤 놈인지 포를 떠주마."

그는 어쩔 수 없이 일어섰다. 손과 얼굴에 묻은 피를 씻은 후 거실로 향했다. 방문자는 계속 노크를 했다.

"나간다고."

그가 문을 열었다. 만약을 대비해 한 손에는 칼을 들고 있었다. 문을 두드린 사람은 잘생긴 청년이었다. 혼자였다.

"오티스 툴 씨?"

"그런데? 무슨 일이오?"

그는 칼을 움켜쥐었다. 여차하면 내리칠 기세로.

"나는 당신의 작업을 존중하는 사람이오."

"뭐?"

"갈수록 정교해지더군요. 이번이 열두 번째 작품이죠?"

그가 휘슬러의 멱살을 잡고 칼로 내리치려는 순간에도 휘슬러는 차분했다.

"당신이 왜 이런 일을 하는지 알고 있소."

범인이 멈칫했다.

"균열이 필요한 거지. 지나치게 평온한 세상에."

휘슬러가 범인의 눈을 응시했다. 조금의 흔들림도 없이.

* * * * *

그의 눈이 빛나고 있었다. 마치 신을 영접한 순간을 떠올리듯.

"그 눈빛을 지금도 잊지 못해. 그건 진심으로 날 이해하는 눈이었어. 내가 왜 사람을 죽여야만 하는지. 왜 그것만이 날 구원해주는지. 심지어 나조차도 내 행동을 이해 못 했는데 그 눈을 본 순간

이유를 안 거야."

"애덤은 어떻게 널 찾았지? FBI도 못 찾은 널."

"그건 나도 몰라. 하지만 애덤은 내가 한 일들을 정확히 알고 있었어. 언제 어디서 어떻게 납치했으며 어떻게 죽였는지. 왜 그 여자여야만 했으며 왜 그렇게 죽어야 했는지. 열두 명을 하나도 빠짐없이 말이야."

"그래서 어떻게 됐나?"

"내게 제안을 했다."

* * * * *

휘슬러와 오티스 툴은 난롯가에 나란히 앉았다. 한 손에 핫초코가 든 머그잔을 들고. 납치된 여인이 지하실에서 살려달라고 울부짖었다. 하지만 두 사람은 아랑곳 않고 차분히 핫초코를 마셨다.

"왜 날 찾아온 거냐?"

오티스 툴은 문득 생각난 듯 물었다.

"균열을 만들어주겠다. 당신 같은 사람들이 마음껏 호흡할 수 있는 숨구멍을."

"그게 무슨 말이야?"

그러자 휘슬러가 허공을 응시했다. 과거와 연결된 웜홀이라도 있는 듯.

"당신은 한 민족을 말살해본 적 있는가?"

"그게 말이 돼? 히틀러도 아니고."

히틀러라는 말에 휘슬러가 미소를 머금었다.

"일종의 청소야. 방을 정리하는 것과 비슷한 거야. 주위를 오염시키는 쓰레기를 치우고 먼지를 닦아내는 거지."

휘슬러는 저멀리 아우슈비츠를 바라보고 있었다.

"나는 다시 방을 청소할 거야. 하지만 나 혼자로는 부족해. 당신 같은 사람들이 필요하지. 그들을 전부 청소하려면. 내가 그 방을 마련해주겠다. 그러면 당신은 청소를 하면 되는 거야. 사람들의 눈을 피해 지하실에 숨지 않아도 돼. 단지 청소를 하면 돼. 따뜻한 햇살을 받으면서."

* * * * *

툴은 진심으로 휘슬러를 존경하고 있었다.

"애덤은 함께 일하고 싶다면 찾아오라며 연락처를 남기고 갔어. 친구 집에 들른 것처럼 평화롭게 내 집을 나섰지."

"네 범행을 전부 알고 있는 사람을 그냥 보내줬다는 거냐?"

바우만이 물었다.

"평소 같으면 그냥 보냈을 리 없지. 그런데 어쩐 일인지 애덤은 해치고 싶지 않았어. 뭐랄까, 일종의 동지 의식 같은 게 있었어. 넌 이해 못 할 거야. 그로부터 며칠간 애덤의 말이 머릿속에서 떠나질 않았어. 궁금해서 견딜 수가 없었어. 대체 대청소란 게 뭘까. 결국 애덤이 알려준 주소로 찾아갔어. 엄청난 곳에 살고 있더군. 왕들이나 살 법한 대저택에 살고 있었어. 수많은 하인을 거느리고 말이야. 애덤은 날 기다렸다며 반겨줬어. 우리는 함께 식사를 했지. 야구장만큼 커다란 식당에서 단둘이 말이야. 우리는 이런저런 얘기를 했어. 오랜만에 만난 친구처럼. 이윽고 식사가 끝나자 내가 물었어. 계획이 뭐냐고. 그러자 애덤은 계획에 대해 자세히 얘기해줬어. 아주 구체적으로. 그때 난 알았어. 이 사람은 세상을 거머쥘 사람이구나. 이 사람이 내 주인이구나."

담배꽁초가 마지막 불꽃을 내더니 꺼졌다.

"놈의 계획이 뭐지? 대청소란 게 뭐야?"

바우만이 다그쳤다. 그러자 범인이 씩 웃으며 말했다.

"애덤은 사람들을 모으고 있다. 나 같은 부류의……. 네놈들은 시작에 불과해. 조만간 청소가 시작될 거야. 대청소가 말이야."

말을 마치자 툴은 자신의 혀를 깨물었다. 입에서 붉은 피가 솟구쳤다.

"도와줘!"

바우만이 소리치자 모사드 요원이 달려왔지만 툴은 죽고 말았다.

"힘들게 잡은 놈이었는데."

모사드 팀장이 죽은 툴을 보며 말했다.

"놈이 뭐라고 했소?"

바우만이 대답했다.

"애덤은 군대를 만들고 있소. 연쇄살인범으로 구성된 군대를."

모사드 요원은 바우만을 공항까지 데려다주었다.

"그는 애덤에게 계획이 있다고 말했소. 곧 대청소가 있을 거라고 했소. 애덤의 계획에 관해 알고 있소?"

바우만이 물었다.

"우리도 조사중이오. 한 가지 확실한 건 오래전부터 품고 있던 계획을 실행하고 있다는 거요."

"그 말은 제3제국을 다시 건설하고 있단 거요?"

"아마도. 하지만 전과는 다르오. 2차세계대전 때처럼 전쟁을 일으켜서 제국을 확장하는 방식이 아니란 거요."

"그럼 어떤?"

"그건 우리도 모르오."

모사드 요원들은 바우만을 공항까지 데려다줬다.

"어떻게 당신들과 연락할 수 있지? 우리는 정보를 공유해야 하오."

바우만이 차에서 내리며 말했다.

"우리가 접촉할 거요."

이 말을 남기고 모사드는 사라졌다.

슈테르네케르브로이 모임

면회실에는 녹음기 돌아가는 소리만 이어졌다.

"한 마을을 쑥대밭으로 만들고 연쇄살인범으로 구성된 군대를 만들고. 분명 엄청난 놈인 건 맞네요. 하지만 제아무리 히틀러라도 모든 걸 혼자 할 수는 없을 텐데요."

크리스틴이 날카롭게 지적했다.

"나도 그게 궁금했소. 그래서 배후를 추적하기 시작했지."

"배후라 함은……."

"히틀러와 함께 탈출한 수하."

"나치 친위대장 데미안 크뢰멜."

"그렇소. 나는 아르헨티나 이민국의 도움을 받아 데미안 크뢰멜의 행적을 추적했소. 하지만 놈을 찾는 것은 쉽지 않았소. 놈은 이름을 바꾸고 여권도 위조한 채 사라진 것이오. 그런데 놈을 찾던 중 놀라운 사실을 알게 됐소. 미국에 2차세계대전 이전부터 나치의 추종자들이 존재했다는 것이오. 그중에는 엄청난 거물도 있었소. 자동차 왕 헨리 포드 같은 인물이지. 이들은 전쟁 전부터 엄청난 금액을 나치에 기부해왔소. 뿐만 아니라 나치를 기리는 정기 모임을 갖고 있었소. 나는 이들이 애덤과 연관되어 있으리라 확신했소. 그래서 모든 정보력을 동원해 뒤를 캐기 시작했지."

* * * * *

그곳은 뉴저지 국도변에 있는 허름한 모텔이었다.

떠돌이 여행객을 상대하는 곳으로 변변한 식당조차 없었다.

그곳에 사람들이 모이고 있었다. 그들은 평범해 보이는 외모에 낡은 렌터카를 타고 왔지만 한때 연합군 첩보 부대가 뒤쫓던 인물들이었다.

그들은 각자 방을 잡고 해가 질 때를 기다렸다. 서로를 잘 알고 있었지만 마주쳐도 인사조차 나누지 않았다.

드디어 6시가 되자 한방에 모였다. 모텔에서 가장 큰 방으로 예약되어 있었다. 처음 방에 들어선 사람은 콧수염을 기른 노인이었다. 그의 이름은 요제프 디트리히. 나치 친위대 SS 상급대장을 지낸 인물로 수많은 비밀 무기 개발에 관여했던 인물이었다. 두 번째로 나타난 인물은 루돌프 융이었다. 나치 초창기 시절부터 히틀러를 지지했던 지휘부 당원으로 나치(민족사회주의독일노동자당)라는 당명을 지은 장본인이었다.

세 번째는 프란츠 할더였다. 전쟁 당시 독일 최대의 군수업체 하인켈의 최고 경영자였다. 그리고 마지막은 그 유명한 알베르트 슈페어였다. 히틀러의 총애를 받았던 건축가로 베를린 올림픽 스타디움을 비롯해 수많은 나치의 건축물을 설계한 인물이었다. 전쟁 말기에는 군수장관을 역임하기도 했다.

한마디로 나치의 주축들이 모두 모인 것이다. 그들이 한자리에 모인 것은 전쟁 후 처음이었다.

"잘들 지냈나?"

디트리히가 먼저 인사를 건넸다.

"오랜만이군. 십 년 만인가?"

융이 대답했다.

"십 년도 넘었지. 뉘른베르크 재판소에서 만난 이후 처음이니까."

할더가 대답했다. 비록 인사를 나눴지만 불편한 기색이 역력했다.

"자네들도 크뢰멜의 편지 때문에 왔군."

슈페어가 정적을 깼다.

"대체 우리를 왜 여기로 부른 거지? 미국 정부가 우리를 감시한다는 것도 모르나?"

디트리히는 불편한 심기를 드러냈다.

"그러게 말일세. 난 우리가 전부 모일 줄은 상상도 못 했어. 이건 위험한 생각이야."

"정작 우리를 부른 크뢰멜은 왜 안 나타는 거야?"

또다시 무거운 침묵이 짓눌렀다.

"혹시 그 소문 들었나?"

융이 입을 열었다.

"어떤 소문?"

"총통이 살아 있다는 소문. 심지어 이곳 미국으로 넘어왔다는 소문⋯⋯."

서로 눈치를 살폈다. 다들 아는 분위기였다.

"말도 안 돼. 총통이 살아 있다고 해도 미국에 왔을 리 없잖나. 제정신이 아니고서야."

"난 돌아가겠어. 여기 있다가 잘못되는 날엔 추방만으로 끝나지 않아."

슈페어가 자리를 박차고 일어났다. 그때였다. 누군가 들어왔다.

데미안 크뢰멜이었다. 그는 혼자가 아니었다. 동행은 금발의 청년, 휘슬러였다.

"늦어서 미안하네. 준비할 게 많아서 좀 늦었어. 잘들 지냈나. 좋아 보이는군."

크뢰멜이 인사를 건넸다. 하지만 모두 굳은 표정이었다.

"대체 우리를 모은 이유가 뭔가? 전쟁이 끝났다고는 해도 아직 미 정부가 감시하고 있다는 걸 잊었나?"

요제프가 단도직입적으로 물었다.

"급한 성질은 여전하군, 요제프. 나 역시 잘 알고 있어. 하지만 위험을 무릅쓰고 자네들을 부른 덴 이유가 있지."

크뢰멜이 외투를 벗으며 대답했다.

"대체 그 이유가 뭐냔 말이야? 그리고 그 청년은 누군가? 왜 이 자리에 데려온 거지?"

슈페어가 휘슬러를 가리켰다. 그러자 크뢰멜이 씩 웃었다.

"이 친구는 천천히 소개하지. 우선 자네들을 모은 이유부터 말해주겠네."

모두 크뢰멜에게 귀를 기울였다.

"나치를 다시 부활시키려 하네. 바로 이곳 미국에서."

그의 말은 모두를 충격에 빠뜨리기에 충분했다.

"자네 제정신인가? 독일도, 제3국도 아닌 미국에서 나치를 부활시키겠다고?"

"난 가겠어. 더이상 못 들어주겠군."

슈페어가 방을 나서려 했다. 그러자 크뢰멜이 말했다.

"그 중심에는 우리 총통이 계시네."

슈페어가 멈칫했다.

"난 그분의 의지를 전한 것뿐이야."

"정말 총통이 살아 계시다는 건가?"

"물론이야. 여기 미국에 계시네."

방안이 술렁이기 시작했다.

"소문이 사실이었군. 지금 어디 계신가?"

"어떻게 미국에 들어오신 거지? 내가 알기론 지금도 KGB와 CIA가 아직도 총통을 추적하고 있는 걸로 아는데."

그러자 크뢰멜이 의미심장하게 물었다.

"총통이 함께하신다면 계획에 동참할 텐가?"

모두 대답을 못 하고 머뭇거렸다.

"총통을 만난 후 결정하겠네. 이건 단순한 문제가 아니야."

"그래. 총통을 만나게 해줘."

이제껏 지켜보고 있던 휘슬러가 자리에서 일어섰다.

"슈테르네케르브로이."

모두 휘슬러를 바라봤다. 휘슬러가 뒷짐을 진 채 다가왔다. 그리고 유창한 독일어로 말했다.

"그날 안톤 드렉슬러는 돌로미트 호텔을 빌리려 했지만 그렇게 못 했지. 당원이 서른 명도 안 되는 정당에 라운지를 빌려줄 호텔은 없었거든. 결국 슈테르네케르브로이 맥줏집에서 집회를 열 수밖에 없었어. 그런 허접한 당 집회에 참여하게 된 건 순전히 당명 때문이었다. 독일노동자당. 내가 창당하려던 당의 이름이었거든. 난 궁금했지. 그런 훌륭한 당명을 가진 당의 회원들은 어떤 사람들일까. 거기서 드렉슬러는 자신의 책을 나눠주며 연설을 했어. 바이에른의 독립이 어쩌고, 독일 노동자들의 각성이 어쩌고. 녀석은 뻔한 얘기를 한 시간이나 떠들어댔지. 하지만 녀석의 연설에서 비전이라고는 눈곱만큼도 찾아볼 수 없었어."

휘슬러의 말투가 어느새 히틀러와 닮아 있었다. 일 분이 채 되지 않았지만 사람들은 이미 감화되어 있었다.

"자넨 누군가?"

융이 물었지만 휘슬러는 말을 이었다.

"위대한 시간이 시작되었다. 독일은 이제 눈을 떴다. 우리는 승리했으며 이제는 독일 인민들이 승리해야 할 차례다. 나는 알고 있다, 나의 동지들이여. 그대들의 고뇌의 시간이 계속되리라는 것을. 그대들이 바란 혁명은 그들로부터 오지 않는다는 것을. 그래서 우리는 몇 번이든 다시 소리치지 않으면 안 된다. 무력 혁명을!"

어느새 휘슬러는 히틀러에 완벽히 빙의되어 있었다. 그는 방안을 완전히 장악했다.

"그건 총통이 폴란드 침공 후 베를린에서 한 연설인데. 그걸 자네가 어떻게……."

디트리히가 떨리는 목소리로 물었다. 그러자 휘슬러가 그를 뚫어지게 쳐다봤다.

"연설이 끝나고 자네가 물었어. 어디까지 진격하실 겁니까, 총통? 헝가리? 아님 체코? 그래서 내가 대답했지. 지구본의 끝은 어디냐, 요제프. 나는 지구본 끝까지 가려 한다."

휘슬러의 말에 디트리히가 움찔 물러섰다.

"말도 안 돼. 불가능한 일이야."

슈페어가 소리쳤다.

"자넨 내 농담을 좋아했지, 알베르트. 그중에도 가장 좋아했던 건 괴링에 관한 거였어. 기억하나."

슈페어는 벙어리가 된 듯 말을 잃었다.

"내가 해주지. 어느 날 괴링의 아내 에미가 침실에 갔더니 괴링이 팬티 바람으로 지휘봉을 휘두르고 있었어. 에미가 물었어. 지금 뭐하는 거예요? 그러자 괴링이 뭐라고 했는지 아나?"

슈페어가 뒤를 이었다.

"지금 내 팬티를 군복 바지로 승격시키고 있는 중이야……. 그럴 리가…… 정말 자네가……."

휘슬러가 다가가 슈페어의 어깨를 쓰다듬었다.

"나다, 알베르트. 너의 총통 아돌프."

어느새 슈페어는 휘슬러 앞에 무릎을 꿇고 있었다.

크뢰멜은 뇌 이식수술과 독일 탈출, 그리고 미국에 들어오게 된 과정을 자세히 설명했다. 사람들은 조용히 경청했다. 이윽고 이야기가 끝나자 짧은 침묵이 이어졌다. 비록 이성적으로 이해가 간다 하더라도 받아들이기 힘든 모양이었다.

"자네들이 믿을 수 없다면 이 방을 나가도 좋아. 원망하진 않겠다."

휘슬러가 말했다.

"그래서 어쩌실 겁니까? 계획을 알고 싶습니다."

요제프 디트리히가 물었다.

"계획을 말하기 전에 나를 믿는 게 먼저야. 자, 처음이자 마지막으로 묻겠네. 내가 총통이라는 걸 믿나?"

휘슬러가 모두를 바라보며 물었다. 묘한 긴장감이 흘렀다.

"전 함께하겠습니다, 총통."

루돌프 융이 처음으로 대답했다.

"다시 만나 봬서 기쁩니다."

프란츠 할더가 뒤를 이었다. 남은 건 디트리히와 슈페어였다. 디트리히가 깊은 한숨을 쉬고 대답했다.

"저는 지난 십 년간 항복 문서에 서명하던 순간을 단 하루도 잊은 적이 없었습니다. 끝까지 가시죠, 총통."

"고맙네, 요제프."

휘슬러가 미소를 지어 보였다.

"자넨 어쩔 텐가, 알베르트."

휘슬러가 슈페어에게 물었다. 그는 심하게 불안해 보였다.

"편하게 말해, 알베르트. 이미 자네는 충분히 충성했어. 빠진다고 해도 원망하진 않아."

휘슬러가 부드럽게 말했다. 그러자 슈페어가 입을 열었다.

"총통을 못 믿는 건 아닙니다. 하지만 저는 형기를 마친 지 얼마 안 됐습니다. 그래서 제 주변에는 늘 시선이 따라다니고 있습니다. 제가 참여하게 되면 분명 부담이 될 겁니다. 그리고 이젠 건축가로서 평범한 삶을 살고 싶습니다. 죄송합니다."

슈페어는 휘슬러를 쳐다보지 못했다.

"알았네, 알베르트. 하지만 오늘 이후 두 번 다시 보지 못할 거야. 대신 명심하게. 오늘 일은 절대 비밀에 부쳐야 할 걸세."

"물론입니다."

"그동안 고마웠네. 잘 가게."

휘슬러는 슈페어를 안아주었다. 슈페어는 포옹을 한 후 방을 나섰다. 그가 차를 몰고 모텔을 빠져나갈 동안 휘슬러와 크뢰멜은 그를 지켜봤다. 이윽고 슈페어의 차가 사라지자 크뢰멜이 물었다.

"정말 이대로 보내실 겁니까?"

"사람을 붙여라. 일거수일투족을 감시해. 하지만 섣부른 짓은 하지 마라. 함께 전쟁을 치른 동료니까."

"알겠습니다."

휘슬러가 자리에 앉자 모두 둘러앉았다.

"이제 계획을 말씀해주시죠."

융이 물었다.

"계획을 말하기 전 자네들의 맹세가 필요해. 이제부터 이 자리에 있는 사람들은 새로운 나치의 제1당원이야. 제2의 슈테르네케르브로이 모임인 거지. 그러기 위해선 자네들의 완전한 신임과 지원이 필요해. 여기 피로 서명하게."

크뢰멜이 서약서를 돌렸다. 서약서에는 제1당원으로 휘슬러에게 충성을 다할 것이라는 내용이 적혀 있었다. 사람들은 두말 않고 서명을 했다. 모두 서명을 완료하자 휘슬러가 이야기를 시작했다.

"나는 오래전부터 꿈꿔왔던 세계가 있다. 완전한 문명 세계지. 알다시피 이십 년 전 나는 완전한 세계를 만들기 위해 혁명을 일으켰지만 실패했어. 이유가 뭔지 아나? 한 가지를 과소평가했거든. 바로 자본주의야."

"당시 우리 독일도 자본주의였잖습니까?"

디트리히가 물었다.

"내가 말하는 자본주의는 인간 본성에 가까운, 동물 같은 자본주의다. 바로 미국의 자본주의지."

갑자기 휘슬러의 얼굴이 어두워졌다. 수십 년은 더 늙어 보였다.

"십칠 년 전 그날 나는 내 결혼식장이었던 독수리 벙커에서 모든 걸 잃었다. 나의 조국, 나의 동지, 그리고 나의 아내."

휘슬러는 본래의 영혼과 함께 과거로 넘어갔다.

* * * * *

1945년 4월 30일, 베를린 독수리 벙커.

 결혼 피로연을 마친 히틀러는 아내 에바 브라운과 함께 자신의
방에서 나란히 누워 있었다. 벙커 벽에 걸려 있던 프리드리히 대
왕의 초상화가 두 사람을 굽어보고 있었다. 오늘따라 대왕의 근엄
한 눈매가 질책하듯 매서워 보였다. 대왕은 독일의 초석을 다진 위
대한 왕이다. 히틀러는 독일을 인류 역사상 최고의 제국으로 만들
고 싶었다. 하지만 전쟁이 종국에 다다른 지금 베를린마저 함락되
기 직전이었다. 그에게는 채 반나절도 안 되는 시간만이 남아 있었
다. 히틀러는 부관이 건네준 치명적인 알약을 꺼내 들었다.
 "이제 시간이 된 건가요?"
 화관을 쓴 채 옆에 누워 있던 에바가 물었다. 그녀는 시종일관
차분했다. 히틀러는 이 순간처럼 그녀가 소중하게 느껴진 적이 없
었다. 히틀러는 말없이 고개를 끄덕였다. 최후를 재촉하듯 소련군
의 포탄이 벙커를 흔들었다. 히틀러는 작별 인사를 하듯 살며시 그
녀의 손을 잡았다. 그리고 독약을 쥐여주었다.
 "고통은 없을 거야. 우리의 주검이 놈들에게 넘어가지 않도록
손을 써두었다."
 "고통은 두렵지 않아요. 당신과 함께라면."
 에바의 눈가에 눈물이 고였다. 히틀러는 마음이 아팠다. 그녀는
아직 젊었다. 그런 그녀가 함께 죽음을 선택한 것이다. 히틀러는

화장이 번지지 않도록 조심스럽게 눈물을 닦아주었다. 그때였다.

"총통 각하, 제발 간청합니다. 베를린을 떠나세요. 저희를 버리지 말아주세요. 제 말 들리세요?"

괴벨스의 부인 마그다였다. 그녀가 문을 두드리며 처절하게 외치고 있었다. 하지만 히틀러는 대답하지 않았다. 잠시 후 부관이 나타나 그녀를 진정시켰다. 마그다의 애절한 절규가 점점 멀어지더니 이윽고 사라졌다.

"마지막으로 묻고 싶은 게 있다, 에바."

"말씀하세요."

"나는 너에게 어떤 사람이었느냐."

그녀가 대답했다.

"당신은 저의 총통이자 아버지였고, 제 스승이자 친구였습니다. 그리고 제 유일한 사랑입니다."

그녀의 눈망울이 일말의 거짓도 없음을 증명하고 있었다. 히틀러는 그녀에게 키스를 했다. 그것은 그가 이루려 했던 제국의 꿈보다도 찬란했다. 그리고 어떤 위로보다도 따스하게 그의 영혼을 어루만져주었다.

"전 당신께 어떤 사람이었습니까?"

에바가 물었다.

"넌 나의 유일한 안식처였다, 에바."

에바의 눈에서 눈물이 흘러내리고 있었다.

"당신과 함께할 수 있어서 행복했어요, 내 사랑."

그녀가 두 번 다시 놓치지 않겠다는 듯 히틀러의 손을 꼭 잡았다. 그리고 두 사람은 동시에 알약을 삼켰다.

　그로부터 네 시간 후. 히틀러는 눈을 떴다. 그가 누워 있던 곳은 베를린 외곽의 허름한 농가였다. 하지만 단순한 집이 아니었다. 겉은 낡은 주택이었지만 내부에는 최신 의료 장비들로 가득차 있었다.

　"깨셨습니까, 총통."

　지옥의 천사 요제프 멩겔레였다. 그는 얼마 전 아우슈비츠를 떠나 이곳에서 수술에 필요한 준비를 하고 있었다. 두통이 심한지 히틀러는 머리를 움켜쥐었다.

　"아까 드셨던 약은 베트로톡신이란 성분으로 전갈의 독에서 추출한 겁니다. 일시적으로 심장박동을 멈추게 하죠. 이걸 드십시오. 좀 나아지실 겁니다."

　멩겔레는 진통제를 줬다.

　"준비는?"

　"모두 끝났습니다."

　"누군지 볼 수 있나?"

　멩겔레는 히틀러를 데리고 지하실로 향했다. 농기구로 채워져 있던 지하에는 완벽한 수술 시설이 갖춰져 있었고 두 개의 수술대가 놓여 있었다. 그중 하나에는 십 대로 보이는 어린 소년이 의식을 잃은 상태로 누워 있었다. 히틀러는 소년을 유심히 살폈다. 소년은 금발에 갓 태어난 듯 뽀얀 피부를 하고 있었다.

　"이름이 뭔가?"

　"노아 휘슬러란 아이로 이제 열여섯 살이 됐습니다. 연합군의

폭격으로 뇌를 다쳤지만 그 외는 완벽합니다. 혈액형, 항체 반응과 뇌 용량, 모든 조건이 총통과 일치합니다."

"앞으론 이 몸으로 살아야 한다니 기분이 이상하군."

히틀러는 거울 속 자신을 바라봤다. 늙고 병든 히틀러가 서 있었다. 지난 반세기를 함께한 자신의 몸을 보니 감회가 새로웠다.

"서둘러야 합니다. 소련군이 코앞까지 왔습니다."

멩겔레가 수술용 장갑을 끼며 말했다.

"시작하지."

히틀러가 수술대에 누웠다.

"마취를 하겠습니다."

멩겔레가 히틀러의 팔에 마취약을 주사했다. 정면에 떠 있는 수술 조명이 일렁이기 시작했다.

"열을 세면 잠에 빠지실 겁니다. 열…… 아홉…… 여덟……."

점점 의식이 멀어져갔다. 이윽고…….

"둘…… 하나. 이제 눈을 뜨시면 새로운 인생이 시작될 겁니다, 총통."

멩겔레의 목소리가 동굴 저편에서 울리듯 멀어졌다. 뒤이어 히틀러는 고개를 떨어뜨렸다.

수술은 열 시간이 넘게 걸렸다. 그리고 성공적이었다.

멩겔레가 아우슈비츠에서 벌였던 수백 번의 실험은 이 순간을 위한 준비였다. 수술을 마치자마자 히틀러는 회복할 여유도 없이 측근들과 베를린을 탈출해야 했다. 베를린은 소련군 손에 넘어갔다. 히틀러 일행은 낡은 트럭을 타고 항구 도시 브레머하펜으로 향했다. 가는 도중 연합군의 검문을 만났지만 준비해둔 나치 당원들의 도움으로 우회할 수 있었다. 브레머하펜은 아직 연합군이 점령하지 못한 유일한 항구였다. 일행이 선택한 탈출 방법은 어선이었다. 청어잡이 어선으로 삼십 톤도 안 되는 작은 배였다. 그들은 그 작은 어선으로 대서양을 건넜다.

대서양에는 수많은 연합군 폭격기들이 유보트를 찾기 위해 혈안이 되어 있었다. 그러나 작은 어선에 관심을 두는 정찰기는 없었다. 중간에 거대한 폭풍을 만나 난파당할 위기에 처하기도 했다.

베테랑 선장이 키를 잡고 있었지만 무사히 도착한다는 보장은 없었다. 히틀러의 의식이 돌아온 건 그때였다. 히틀러는 고통을 못 이기고 심한 경련을 일으켰다. 간질 환자처럼.

"거부 증상이에요. 버티셔야 합니다."

멩겔레가 약을 주사하고 입에 재갈을 물렸다. 어린 몸의 히틀러는 비명을 질렀지만 그 소리는 폭풍에 가려 퍼져나가지 못했다.

천신만고 끝에 도착한 곳은 아르헨티나의 항구 도시 라보카였다. 마을 전체가 총천연색인 아름다운 도시였다.

그들은 라보카에 방을 얻었다. 본래 목적지는 바릴로체였지만 히틀러는 긴 여행을 버틸 수 없었다. 경련이 진정되긴 했지만 아직도 생사의 갈림길을 오가고 있었다. 의식이 돌아왔다가도 고통을 못 이기고 이내 정신을 잃었다. 하루에도 몇 번씩 그런 상태를 반복했다. 멩겔레는 지옥의 천사답게 냉정하게 치료를 해나갔다. 그렇게 한 달가량이 지나자 히틀러는 조금씩 회복했다.

경련은 멈추고 지독한 두통도 잦아들었다. 멩겔레는 상태를 주시하며 회복을 도왔다. 상태가 호전되자 일행은 곧장 바릴로체로 향했다. 그곳은 아르헨티나 제2의 도시로 필요한 의약품을 구할 수 있었다. 육 개월이 지나자 히틀러의 몸은 완전해졌다.

그는 매일 아침 산책을 하고 책을 읽었다. 아르헨티나의 맑은 공기와 좋은 날씨는 회복하는 데 더할 나위 없었다. 미각을 못 느끼던 혀도 정상으로 돌아왔다. 입맛도 달라져 채식 위주였던 식사는 육식으로 바뀌었다. 크뢰멜은 매일 훌륭한 식사를 준비했다.

"이름은 어쩌실 겁니까?"

식사를 하다 말고 크뢰멜이 물었다. 젊은 몸의 히틀러는 벌써 바비큐를 네 조각이나 해치우고 있었다.

"애덤(아담)이 어떨까? 새로운 인류, 새로운 인생. 애덤 휘슬러."

그러자 크뢰멜이 잔을 가져다가 포도주를 따랐다.

"새로운 인생, 애덤을 위하여!"

히틀러가 미소를 지으며 잔을 부딪쳤다.

애덤으로 이름을 바꾼 히틀러가 미국으로 건너온 건 그로부터 일 년 후였다. 그가 도착한 곳은 뉴욕이었다. 공항에 도착한 히틀러는 입국 심사대 앞에 섰다. 히틀러는 단 한 번도 북미에 발을 디딘 적이 없었다. 비록 몸을 바꿨지만 적국의 심장에 들어서니 식은 땀이 흘렀다.

"입국 목적은?"

심사관이 물었다.

"유학입니다. 컬럼비아 대학에 입학했습니다."

히틀러의 목소리가 떨리고 있었다. 그의 영어에는 독일어 악센트가 남아 있었다. 그러자 심사관이 의심스러운 눈초리로 바라봤다.

"신고할 물건은?"

"없습니다. 이게 전부입니다."

히틀러가 가방을 보여주며 말했다. 심사관이 귀찮다는 듯 여권에 도장을 찍었다.

"다음!"

너무도 쉽게 통과하자 조금 허탈했다.

공항을 나서자 미국 하늘이 펼쳐졌다. 처음으로 딛는 미국 땅이었다.

히틀러는 미국의 공기를 가슴 깊이 들이마셨다. 적국이었지만 나쁘지 않았다. 오히려 편하게 느껴졌다. 공항 입구에는 택시들이 손님을 기다리고 있었다.

"맨해튼?"

택시 기사 한 명이 다가와 말했다. 히틀러의 목적지는 대학 기숙사였다. 하지만 맨해튼은 충분히 매력적이었다.

"맨해튼, 오케이."

히틀러가 택시에 오르며 말했다.

택시는 빠르게 뉴저지 턴파이크를 통과해 뉴욕으로 들어섰다. 다리를 건너자 뉴욕의 마천루가 모습을 드러냈다. 가는 내내 히틀러는 어린아이처럼 창밖을 바라보았다.

"뉴욕은 처음이신가?"

택시 기사가 물었다.

"미국이 처음입니다."

고층 빌딩을 바라보며 말했다.

"처음 보면 다들 그런 표정을 짓죠. 웰컴 투 뉴욕!"

택시 기사는 맨해튼의 중심 타임스스퀘어에 내려주었다.

광장 한가운데 선 히틀러는 넋을 잃고 말았다. 이제껏 유럽을 벗어난 적 없던 히틀러에게 맨해튼은 충격 그 자체였다. 주위에는 높은 빌딩들이 하늘을 찌를 듯 서 있고 휘황찬란한 네온사인이 번쩍였다. 그 아래 뉴요커들이 분주하게 움직이고 있었다. 히틀러는 거대한 뉴욕에 압도된 채 석상처럼 굳어 있었다.

* * * * *

휘슬러는 도착한 첫날을 회상했다.

"끝이 안 보이는 마천루와 화려한 불빛. 그 순간 깨달았다. 내가 왜 질 수밖에 없었는지. 바로 미국식 자본주의였어. 가장 인간 본성에 가까운, 아니 짐승에 가까운 자본주의. 궁극의 탐욕을 추구하게 만드는 자본주의. 어마어마한 자본을 양산한 그 짐승 앞에 우린 무릎을 꿇은 거야. 그래서 난 미국에 도착한 순간부터 미국식 자본주의를 공부했다. 그리고 깨달았지. 이 짐승을 이기려는 것은 어리석은 짓이다. 차라리 내 것으로 만들자. 이놈을 통해 세상을 내 손에 넣자."

휘슬러의 눈동자 속에는 미국이라는 거대한 짐승이 울부짖고 있었다.

"나는 미국을 내 것으로 만들 것이다. 그리고 그 위에 이루지 못했던 세계를 지을 것이다. 완전한 세계를."

휘슬러는 잠시 숨을 골랐다.

"어떻게 미국을 손에 넣으실 겁니까, 총통?"

디트리히가 날카롭게 물었다.

"연방준비은행을 손에 넣는다."

휘슬러가 조금의 망설임도 없이 대답했다.

"연방준비은행이라면 미국의 통화정책을 결정하는 곳 아닙니까?"

"맞다. 미국 정부를 대리해서 재무를 관리하고 달러를 발행하는 곳이지. 미국 정부가 국채를 발행한다는 것은 연방준비은행으로부터 돈을 빌린다는 의미지. 한마디로 미국의 자본을 관리하는 곳이다."

"그곳을 어떻게 손에 넣는단 말입니까?"

디트리히가 물었다. 그러자 이제껏 잠자코 있던 크뢰멜이 입을 열었다.

"연방준비은행이 미 정부 소유라면 힘들겠지. 하지만 놀랍게도 연방준비은행은 민간 기업이야. 전화번호부에도 공공기업이 아닌 민간 기업으로 분류되어 있으니까. 그래서 연방준비위원회 이사와 의장은 대통령이나 재무 장관이 아닌 연준위 주주들이 선출하고 임명한다. 대통령은 그저 형식적으로 임명장만 주는 거야.

그 말은 곧 연준위 주식을 소유한 대주주가 존재한다는 뜻이지.

내가 조사한 바로 연준위 주식 중 사십 퍼센트는 미 정부가 소유하고 나머지 육십 퍼센트는 연방준비은행을 만들었던 초기 금융가들이 소유하고 있다. 그중에도 세 명의 금융가가 대부분을 소유하고 있다. 현재는 후계자들이 갖고 있지."

"우리는 그 세 명을 포섭해서 연방준비은행의 1대 주주가 된다."

휘슬러의 입가에 예사롭지 않은 미소가 떠올랐다.

언제부턴가 뉴저지 하늘에 먹구름이 끼어 있었다.

3인의 이사회

휘슬러와 크뢰멜은 뉴욕으로 향했다. 모임은 간단한 식사도 않고 곧바로 해산했다. 주변 시선을 의식한 결정이었다. 어느새 밤이 깊어 있었다.

"금은 어떻게 됐나?"

휘슬러가 침묵을 깨고 물었다.

"이달 말이면 전량 수입될 겁니다."

크뢰멜이 운전을 하며 대답했다.

"전부 얼마지?"

"총 800톤가량 됩니다."

"세관은 어떻게 통과했나? 나중에 문제되진 않겠지?"

"아르헨티나에 세워둔 회사를 통해 수입하고 있습니다. 아연과 니켈 등과 섞어서 들여오기 때문에 문제없습니다."

맞은편에서 나타난 헤드라이트가 빠르게 지나쳤다.

"은행은?"

"현재 수속을 준비중입니다. 조만간 연방준비은행에서 실사를 나올 겁니다. 허버트 상원 의원 같은 미국 동지들이 도와주고 있기 때문에 설립에 아무런 문제가 없습니다. 허가가 나는 대로 영업을 시작하겠습니다."

두 사람을 태운 자동차는 뉴욕으로 들어서고 있었다.

"정말 금을 전부 넘기실 겁니까?"

크뢰멜이 대뜸 물었다.

"그렇다."

"그럴 만한 가치가 있을까요?"

휘슬러가 크뢰멜을 바라봤다.

"그 금의 가치가 얼마지?"

"시가 760억 달러 정도 됩니다. 작은 나라를 사고도 남을 금액이죠."

"그렇다면 연방준비은행의 가치는 얼마냐?"

휘슬러가 날카롭게 물었다.

"제 말은……."

크뢰멜은 말을 잇지 못했다.

"걱정마라. 그 금을 씨앗으로 우린 미국을 손에 넣게 될 거다."

"네, 총통."

낡은 포드는 브루클린 다리를 건너 맨해튼에 들어섰다.

* * * * *

"금괴 800톤이라고요?"

크리스틴의 목소리가 면회실에 쩌렁쩌렁 울렸다.

"그렇소. 정확히는 865톤이오."

바우만이 대답했다.

"대체 휘슬러는 그런 엄청난 양의 금괴를 어디서 구한 겁니까?"

크리스틴이 믿을 수 없다는 듯 물었다.

"'늑대의 눈물'이라고 들어본 적 있소?"

"아니요."

"늑대의 눈물은 나치가 전쟁 동안 긁어모은 어마어마한 양의 보물을 칭하는 말이오. 당시 나치의 정무장관이었던 마르틴 보르만은 유럽을 점령하면서 엄청난 양의 보물들을 수탈했소. 각국의 문화재뿐만 아니라 보석, 금, 미술품 등을 닥치는 대로 긁어모았지. 그중에는 유태인들의 재산도 포함되오. 심지어 유태인들의 금니까지도 약탈했으니까. 그 양은 상상을 초월하오. 그 금액이 11조 5000억 마르크에 달한다는 설도 있소. 지금 돈으로 환산하면 40조 달러가량 되는 금액이오. 현재 미국 일 년 예산의 열 배에 달하는 돈이지."

바우만은 진지했다.

"상상이 안 가는군요. 그 금괴를 어떻게 빼돌린 겁니까? 연합군의 감시가 엄청났을 텐데요?"

"정확한 경로는 확인된 바 없소. 어떤 설에는 그 보물을 금과 다이아몬드로 바꾼 뒤 일부는 스위스 은행에, 나머지는 바티칸 교황청에 숨겼다는 얘기도 있소. 또 다른 설에서는 금괴를 유보트에 실어 아르헨티나 정부로 보냈다는 얘기도 있소. 당시 아르헨티나는 나치에 상당히 호의적이었소. 전쟁이 끝난 후 그중 절반을 아르헨티나 정부에 주고 나머지를 들여왔다고 하지. 중요한 것은 이들이 보물 중 일부인 800톤의 금괴를 실제로 아르헨티나를 통해 미국으로 밀수입했다는 사실이오. 놈들은 아르헨티나에 유령 회사를 설립한 후 아연과 니켈 등 광석에 금괴를 섞어 미국 내로 들여왔소. 그리고 그 금괴를 자금으로 은행을 설립하오."

* * * * *

회사명은 '멘슨 앤드 휘슬러 투자은행'이었다.

크뢰멜의 미국식 이름인 데미안 멘슨과 애덤 휘슬러의 성을 따서 지은 이름이었다. 명목상으론 광물 선물 시장에서 가치 있는 광물에 투자하여 이득을 남기는 게 사업 목적이었다. 하지만 진짜 목적은 연방준비은행의 이목을 끄는 것이었다. 무엇보다도 연방준비은행 대주주 3인의 관심을 집중시키는 것이었다. 그 세 명은 고든 체이서, 윌리엄 사울레스, 그리고 밀턴 프리드먼이었다. 이들이 소유한 주식은 미국 정부보다도 많은 오십일 퍼센트였다. 연방준비은행은 이들 세 명에 의해 움직이고 있었다.

연방준비은행에서 관리하는 것 중 하나가 금이었다. 미국은 본래 금본위제를 채택했기 때문에 금은 자본시장의 중요한 요소였다.

때문에 금 시세는 연방준비은행이 직접 관리하고 있었다.

연방준비위원회 이사 중 금을 관리하는 인물은 고든 체이서였다. 그는 이사회를 좌지우지하는 대주주 중 한 명으로 세 번째로 주식을 많이 소유한 인물이었다. 휘슬러는 그의 이목을 집중시키기 위해 은행을 통해 금 시세를 농락하기 시작한다.

방법은 간단했다. 금 가격이 일정 금액 이하로 떨어지면 연방준비은행은 달러를 풀어 금을 사들인다. 반대로 금 시세가 지나치게 폭등하면 보유하고 있던 금을 풀어 가격이 일정 수준을 벗어나지 않게 조정하는 것이다. 이를 통해 금시장의 건전성을 유지하고 안정되게 만드는 것이다. 그런데 휘슬러는 이것을 이용해 시장을 혼란시킨다. 자신의 은행이 보유한 금을 연준위와는 정반대로 시장에 유통시킨 것이다.

금 가격이 폭락하면 연준위는 금을 사들인다. 그런데 이때 휘슬러는 엄청난 양의 금을 시장에 풀어버렸다. 그러면 상승하던 금 가격이 연준위의 의도와는 달리 다시 급락하게 된다. 그와 반대로 자금이 금시장으로 몰리면 연준위는 시장을 안정시키기 위해 보유하고 있던 금을 푼다. 이때 휘슬러는 엄청난 자금을 들여 금을 매수했다. 그러면 금은 다시 폭등한다. 휘슬러의 은행이 시장에 나타난 후 금시장은 폭등과 폭락을 수차례 반복했다. 이는 금시장뿐만 아니라 자본시장을 뒤흔들었다.

그렇게 석 달가량이 지나자 미국뿐 아니라 전 세계 자본시장이 혼란에 빠졌다. 주식은 폭락하고 달러화는 천정부지로 올랐다. 그러자 연방준비은행은 원인을 조사하기 시작했다. 그리고 얼마 후 모든 것이 휘슬러의 은행으로부터 시작됐다는 사실을 알게 되었다. 결국 휘슬러의 의도대로 연준위로부터 소환장이 날아들었다.

연방준비은행 본사는 뉴욕 로어맨해튼에 위치하고 있었다.

건물은 거대한 요새 같았다. 크뢰멜과 휘슬러는 곧장 7층 조사실로 향했다. 엘리베이터에서 내리자 똑같은 문들이 끝도 없이 늘어섰다. 두 사람은 소환장에 적힌 방으로 들어갔다. 방은 커다란 회의 탁자와 의자만이 놓여 있었다. 창밖으론 맨해튼 거리가 내려다보였다. 두 사람은 의자에 앉아 조사관이 오길 기다렸다. 일 분도 되지 않아 조사관이 나타났다. 두 명이었는데 쌍둥이처럼 검은 양복에 검은 타이를 매고 있었다.

"소환에 응해주셔서 감사합니다, 멘슨 씨."

조사관이 자료를 펼치며 말했다.

"저희가 왜 소환했는지는 알고 계시죠?"

또 다른 조사관이 물었다.

"아니요, 전혀 모르겠군요. 우리 은행이 무슨 문제라도 일으켰습니까?"

크뢰멜이 대답했다. 조사관은 난처하다는 듯 볼펜을 탁탁 두드렸다.

"저희 연방준비은행은 지난 석 달간 금시장에서 벌어진 일련의 혼란을 조사했습니다. 그러던 중 흥미로운 사실을 발견했죠. 한 회사가 시장 논리와는 정반대로 투자를 하고 있었어요. 큰 손실을 입으면서도 말입니다. 바로 당신네 은행이었습니다. 당신들은 금 가격이 폭락했을 때 엄청난 양의 금을 시중에 풀어 폭락을 부추겼고 금 시세가 활황일 땐 자금을 풀어 금을 사들였습니다. 덕분에 시장은 예측 가능한 수치를 넘어서 기능을 상실했죠. 우리가 조사한 바로 당신들이 지난 석 달간 입은 손해는 무려 17억 달러예요. 대체 이유가 뭡니까? 왜 엄청난 손해를 보면서도 시장을 뒤흔드는 거죠?"

조사관이 자료를 살피며 말했다.

"한 가지 물어보죠. 우리 은행이 연방은행법을 어긴 적이 있나요?"

크뢰멜이 당당하게 물었다.

"없습니다."

"우리 은행이 이 나라의 헌법을 어긴 게 있습니까?"

"아니요, 없어요."

조사관이 난감한 듯 한숨을 쉬었다.

"그런데 왜 우릴 소환한 겁니까?"

"당신들의 말도 안 되는 투자 방식 때문에 시장이 흔들리고 있어요. 계속 이럴 경우 연방은행법 37항에 근거해서 당신들 은행의 영업을 정지시킬 수 있습니다."

조사관이 자료를 덮으며 따졌다.

"만약 그런다면 우리는 법원에 연방준비은행을 고소하겠습니다. 법원의 판결이 날 때까지 우리는 영업을 계속할 수 있을 겁니다."

조사관들은 어이가 없다는 듯 서로를 바라봤다.

"대체 이러는 이유가 뭐요? 왜 엄청난 손해를 보면서도 시장을 흔드는 거요?"

조사관이 물었다. 그러자 이제껏 잠자코 있던 휘슬러가 입을 열었다.

"이유가 궁금하십니까?"

"그렇소."

"그럼 우리를 고든 체이서에게 데려가시오. 그분에게 이유를 말하겠소."

휘슬러의 눈빛에서 기묘한 살기가 느껴졌다.

고든 체이서를 만나기 위해서는 일주일을 기다려야 했다.

고든 체이서에 관해 알려진 건 거의 없었다. 미국 최초의 은행인 체이서 은행의 창립자이자 연방준비은행의 설립자 중 한 명인 헨리 체이서의 4대손이라는 것과 지독한 원칙주의자라는 것뿐이었다.

휘슬러가 엄청난 손실을 감당하면서도 고든을 만나려는 데는 이유가 있었다. 그는 일종의 문지기였다. 3인의 이사회 중 최고 결정권자인 밀턴 프리드먼을 만나기 위해선 그의 추천이 있어야만 했다.

휘슬러와 크뢰멜은 고든 체이서의 사무실 앞에서 삼십 분째 차례를 기다리고 있었다. 연방준비은행 건물 최상층에는 단 세 개의 사무실만이 있었다. 이사회 3인의 사무실이었다.

고든은 그중 가장 오른편 사무실에 있었다. 이윽고 문이 열리더니 비서가 나타났다.

"두 분, 들어오시죠."

두 사람은 비서를 따라 고든의 방으로 들어갔다.

방은 19세기로 넘어온 듯 고색창연했다. 벽은 온통 오크로 되어 있었고 바로크식 가구가 놓여 있었다. 벽에는 체이서 가문의 선대들이 그려진 초상화가 붙어 있었다. 그 한가운데 고든 체이서가 앉아 있었다. 그 역시 19세기에서 건너온 것 같았다. 새하얀 구레나룻을 기르고 동그란 돋보기안경에 회색 정장을 입고 있었다. 체구는 크지도 작지도 않았다. 그는 자신의 책상에 앉아 서류를 검토하고 있었다. 휘슬러와 크뢰멜은 그가 일을 마칠 때까지 기다렸다.

"왜 내 관심을 끌었지?"

고든이 문득 떠오른 듯 물었다. 그는 서류를 덮고 처음으로 두 사람을 바라봤다. 육십 대 중반의 그는 시계 같은 사람이었다. 스스로 규칙과 질서를 만들고 그것을 완벽하게 지키는 부류.

"그게 목적이었다면 어느 정도 성공했어. 당신들이 누군지 궁금해졌거든."

고든이 두 사람에게 다가왔다.

"만나게 되서 영광입니다. 고든 씨."

크뢰멜이 악수를 청했다. 하지만 고든은 무시했다.

"당신들에게 주어진 시간은 오 분이야. 그 안에 날 설득시키지 못하면 자네들 은행은 문을 닫게 될 거야. 당신들은 두 번 다시 이 바닥에 발을 못 디디게 될 거고."

고든이 파이프 담배에 불을 붙이며 말했다. 크뢰멜이 휘슬러를 바라봤다. 마치 허락을 받듯. 그러자 휘슬러가 고개를 끄덕였다. 크뢰멜은 잠시 생각을 정리한 후 입을 열었다.

"은행 따위 문 닫아도 상관없습니다."

고든의 입에서 진한 담배 연기가 흘러나왔다.

"은행은 당신을 만나기 위해서 설립한 거니까요."

고든이 흥미롭다는 듯 미소를 지었다.

"이유는?"

"연방준비은행 지하 금고에 보관된 금괴의 양이 총 3000톤가량인 것으로 알고 있습니다. 시가로 1800억 달러 상당이죠."

"그런데?"

크뢰멜이 잠시 쉼표를 찍었다.

"저희에게 금괴 800여 톤이 있습니다. 정확히 835톤이죠. 순도 99.9퍼센트 순금입니다. 그걸 드리겠습니다."

고든이 멈칫했다.

"대신?"

"대신 이 친구를 회장이신 밀턴 프리드먼 씨 비서로 넣어주십시오. 그게 조건입니다."

한동안 어색한 정적이 방안을 메웠다. 이윽고 고든이 웃음을 터뜨렸다. 그의 호탕한 웃음소리가 복도까지 흘러나갔다.

"별 정신 나간 소리 다 듣겠군. 자네들은 날 설득시키는 데 실패했어. 가서 폐업 준비나 해."

고든이 자리로 돌아가며 말했다. 그때였다.

"금괴를 연방준비은행에 넘기겠다는 말이 아닙니다. 당신에게 넘기겠다는 겁니다."

휘슬러가 소리쳤다. 그러자 고든이 멈칫했다.

"지금 당장 확인시켜드릴 수 있습니다."

그 말에 고든이 다시 돌아섰다.

"뭘 말인가?"

"금괴 말입니다."

고든의 표정이 굳었다.

그들이 도착한 곳은 뉴저지 에디슨 시 외곽에 있는 한 창고 건물이었다. 오래전 문을 닫은 물류 회사의 창고였다. 창고는 웬만한 공장보다도 컸다. 수십 명의 사설 경비병들이 무장을 한 채 주위를 철통같이 지키고 있었다.

"저 안에 금괴를 보관해뒀나?"

고든이 건물을 보더니 어이없다는 듯 물었다. 그는 상원 의원과의 약속까지 취소하며 이곳에 왔다. 금괴 800톤의 위력이었다.

"등잔 밑이 어두운 법이니까요."

"사업 방식만큼이나 무모하군."

입구에 도착하자 크뢰멜이 얼굴을 내밀었다. 그러자 곧바로 철문이 열렸다. 세 사람을 태운 리무진은 창고 안으로 향했다. 창문은 모두 막혀 있었고 입구는 여러 겹의 보안 장치가 되어 있었다. 크뢰멜은 능숙하게 장치를 해제했다.

"들어가시죠."

크뢰멜이 안내하자 고든이 창고 안으로 들어갔다. 그는 여전히 반신반의하는 눈치였다. 창고 안은 축구장만큼 넓었다. 그런데 한가운데 강철로 된 또 다른 금고가 있었다. 금고는 화물 트럭 열 대를 세워놓은 것만큼 컸다.

"이 안입니다."

크뢰멜이 금고 문을 열고 안으로 들어갔다. 뒤를 이어 고든이 들어섰다. 전등을 켜자 내용물이 모습을 드러냈다.

"농담이 아니었군."

안에 있는 건 금괴의 산이었다. 눈부시게 빛나는 십이 킬로그램짜리 금괴가 가득 쌓여 있었다.

"여기 있는 건 일부입니다. 나머지는 코네티컷의 폐탄광 지하에 보관되어 있습니다."

크뢰멜이 말했다. 하지만 고든은 엄청난 양의 금을 보고도 놀라는 기색이 없었다.

"너희, 미국에 오기 전 아르헨티나에서 있었더군. 그전에는 벨기에 국적이었고. 하지만 내 생각은 달라. 너희 국적은 독일일 거야. 이 금에는 수많은 피가 묻어 있을 거고."

고든이 금괴 하나를 집으며 말했다.

"세상에 피 묻지 않은 금은 없습니다. 연방준비은행 지하에 있는 금도 마찬가지고요."

휘슬러가 말했다. 고든이 가소롭다는 듯 피식 웃었다.

"너희, 나치냐?"

휘슬러와 크뢰멜은 대답하지 않았다.

"그렇겠지. 나치 중에도 고위층이었을 거야. 히틀러와 식사를 같이 할 정도의."

고든은 한동안 금괴 더미를 응시했다.

"왜 연방준비은행을 노리는 거냐?"

고든이 날카롭게 물었다.

"우리는 세상의 중심의 일원이 되고 싶은 것뿐입니다. 당신들은 세상을 움직이는 사람들이고요."

고든이 매섭게 휘슬러를 노려봤다.

"너희가 자격이 있다고 생각하나?"

"당신들은 자격이 있다고 생각하십니까?"

휘슬러가 맞받아쳤다.

"당신들이 세상을 지배하게 된 이유는 하나입니다. 바로 자본. 그것이 자격을 결정합니다. 지금 당신이 보고 있는 금이 우리가 갖고 있는 전부라고 생각하면 오산입니다. 우리는 당신의 생각, 그이상입니다. 중요한 건 당신들도 우리를 비난할 만큼 순결하지 않다는 거죠. 당신들과 우리의 차이는 하나뿐입니다. 우리는 손에 피를 묻혔고 당신들은 돈으로 피를 샀다는 거죠."

고든이 휘슬러의 눈을 유심히 살폈다.

"당돌하군. 몇 살이지?"

"스물여덟입니다."

"스물여덟이라고 하기에 너무 많은 걸 알고 있는 눈이야. 정체가 뭐냐?"

휘슬러가 고든에게 한 발자국 다가섰다.

"스물여덟이라고 하기엔 너무나 많은 걸 봤죠. 당신이 상상할 수도 없을 만큼 무시무시한."

고든은 휘슬러의 기에 눌려 움찔 물러났다.

"우리는 당신이 연방준비은행 이사진에 불만이 있다는 걸 알고 있어요. 정확히 말하면 밀턴 프리드먼에게. 아무리 많은 걸 갖고 있어도 늘 더 많이 가진 자에게 억압받기 마련이죠. 그게 자본의 법칙이니까요. 당신이 밀턴을 제거하고 싶어 한다는 걸 알아요. 하지만 당신은 손에 피를 묻힐 용기가 없어요. 그걸 우리가 대신 해주려는 겁니다. 지금 우리는 당신에게 기회를 주는 거예요. 함께 새로운 세상을 만들 기회를."

고든은 제대로 뒤통수를 얻어맞은 표정이었다.

"적의 적은 동료란 건가."

"그런 셈이죠."

"밀턴에 관해 얼마나 알고 있나?"

"미국의 금융 시스템을 만든 윌리엄 프리드먼의 손자로 현재 프리드먼 은행의 회장입니다. 미국뿐 아니라 유럽, 심지어 일본마저 그의 손을 거치지 않은 은행이 없고 연방준비은행의 실질적인 주인이죠. 그리고 천하의 고든 체이서를 개처럼 부려먹는 유일한 인간이기도 합니다."

휘슬러가 대답했다.

"그래서 정확히 원하는 게 뭐냐?"

"우린 밀턴을 만나 거절할 수 없는 제안을 할 겁니다. 그래서 그가 갖고 있는 주식을 양도받을 겁니다."

"얼마나?"

"그가 갖고 있는 주식 전부를요."

"불가능해."

"말하지 않았습니까. 거절할 수 없는 제안을 할 거라고."

고든이 금괴를 제자리에 돌려놨다.

"너흰 밀턴에 관해 전혀 모르고 있어. 너희가 상대하려는 밀턴은 인간이 아니야. 미합중국 대통령도 절절매는 세계 유일한 존재야. 한마디로 괴물이지. 그에게서 연방준비은행 주식을 넘겨받는 건 신으로부터 면죄부를 받는 것보다 힘들어. 솔직히 말하면 너희는 금괴 800톤을 허공에 날린 거야."

고든이 냉소적인 미소를 지으며 말했다. 그러자 휘슬러가 대답했다.

"그건 우리가 알아서 하겠습니다."

그의 얼굴은 자신감을 넘어 확신에 차 있었다.

밀턴

사람들은 밀턴을 '금융계의 유령'이라고 불렀다.

이유는 간단했다. 그를 만난 사람이 손에 꼽을 만큼 적었기 때문이다. 연준위 이사진 외에 비서와 가사 도우미 정도만이 그를 가까이서 봤을 뿐이다. 심지어 이들 역시 그에 관해 발설하지 않겠다는 서약서에 서명을 한 후 만날 수 있었다. 덕분에 수많은 루머가 떠돌았다. 소문을 정리하면 대충 다음과 같다. 그는 뉴욕만큼 나이가 많으며 지구를 통째로 살 만큼 부자이고 악마처럼 탐욕스럽다. 어떤 이는 그를 '실재하는 악마'라고까지 했다. 그만큼 그는 무시무시한 존재로 여겨지고 있었다. 하지만 객관적으로 알려진 바는 명확했다. 그의 결정에 따라 미국의 돈이 움직였다. 그리고 연방준비은행의 실질적인 주인이었다.

그의 집은 롱아일랜드에서 가장 오래된 저택 중 하나였다.

1900년대 초 선조인 윌리엄 프리드먼이 지은 집으로 당시에는 미국에서 가장 큰 저택이었다. 휘슬러는 낡은 포드를 몰고 저택으로 들어섰다. 입구의 삼엄한 경비를 지나자 영국식 정원이 나타났다. 그 안쪽에 밀턴의 저택이 있었다. 저택이라기보다는 차라리 궁전에 가까운. 휘슬러는 차를 세우고 현관에 올라섰다. 초인종을 누르자 잠시 후 집사가 나타났다.

"휘슬러 씨?"

"네."

"기다리고 있었습니다. 이리로."

집사가 안내했다. 저택은 실로 어마어마했다. 화려한 미술품과 태피스트리, 크리스털 샹들리에…… 중세 귀족의 집에 온 듯했다.

"외람된 질문이지만 밀턴 씨에 관해 얼마나 알고 계신가요?"

복도를 걷던 집사가 물었다.

"알아야 할 만큼."

"그럼 당신이 여든아홉 번째 비서라는 것도 알고 계시겠군요."

"밀턴 씨가 아주 까다로운 분이라는 건 알고 있습니다."

집사가 멈춰 섰다.

"한 가지만 말씀드리죠. 밀턴 씨는 이제껏 당신이 모셨던 분과는 전혀 다른 분입니다. 까다롭다는 정도로는 충분치 않아요. 일흔네 번째 비서분은 자신의 방에서 자살을 했습니다. 어느 정도인지 이해하셨습니까?"

"충분히."

휘슬러가 대답했다. 그러자 집사는 의미심장한 미소를 지었다.

마치 어항 속 금붕어를 보는 대양의 청새치 같았다. 하지만 더는 말하지 않았다. 집사는 곧장 서재로 데리고 갔다. 서재에는 족히 수만 권의 책이 포위하고 있었다.

"여기서 기다리면 오실 겁니다."

이 말을 남기고 집사는 사라졌다.

휘슬러는 서재에 덩그러니 혼자 남았다. 백년의 세월이 묻어 있는 저택은 을씨년스러웠다. 어디에도 인기척이 느껴지지 않았다. 괘종시계의 추 흔들리는 소리만이 규칙적으로 들렸다. 그때였다.

아아악. 복도 저편에서 비명이 들렸다. 마치 누군가 고문을 당하는 듯 고통스러운 소리였다. 비명은 계속 이어졌다. 휘슬러는 호기심을 못 이기고 소리를 따라갔다. 비명은 복도 끝에 있는 방에서 비롯되고 있었다. 휘슬러는 발소리를 죽이고 다가갔다.

"날 죽일 셈이냐, 이 염병할 새끼. 네놈이 일부러 고통스럽게 하는 걸 내가 모를 것 같아. 끝나면 네놈을 갈아 마실 테다, 빌어먹을 자식."

누군가 비명을 지르며 욕을 해대고 있었다. 휘슬러는 조심스럽게 열쇠 구멍으로 안을 살폈다. 방안에는 백발이 성성한 노인이 간이침대에 누워서 물리치료를 받고 있었다. 그는 그 와중에 갖은 욕을 쏟아냈다. 치료사는 삼십 대의 건장한 남자였는데 욕지거리에도 아랑곳 않고 노인의 몸을 이리저리 비틀어댔다. 노인의 몸은 흉측하게 뒤틀려 있었다.

"밀턴……."

휘슬러 입에서 자연스럽게 새어 나왔다. 순간 노인이 인기척을 느끼고 돌아봤다. 작은 구멍을 사이에 두고 눈이 마주쳤다. 휘슬러는 부리나케 서재로 돌아갔다.

이윽고 치료가 끝나자 치료사가 방을 빠져나왔다. 그는 무덤덤하게 저택을 빠져나갔다. 늘 그래왔다는 듯. 잠시 후 휠체어를 타고 노인이 나타났다. 밀턴이었다. 그는 어린아이처럼 가냘팠는데 지옥을 헤쳐 나온 것처럼 지쳐 있었다. 하지만 눈빛만은 당장이라도 불을 뿜을 듯 이글거렸다. 면도날처럼 가냘픈 턱에 눈처럼 새하얀 얼굴. 그는 한동안 눈도 깜빡이지 않고 휘슬러를 응시했다. 마치 영혼을 스캔하듯.

"고든이 보낸 아이구나."

작고 가늘지만 천근 같은 목소리.

"애덤 휘슬러라고 합니다."

휘슬러가 정중하게 대답했다. 밀턴은 여전히 뚫어져라 보고 있었다.

"언밸런스하구나."

"무슨 말씀이신지……."

"균형이 맞지 않아. 부서진 시소처럼……."

밀턴의 눈이 푸른 서치라이트처럼 휘슬러를 뚫고 지나갔다. 휘슬러는 움찔 눈을 감았다. 들켜선 안 될 금고를 감추듯.

밀턴은 관심 없다는 듯 시선을 거두고 창가로 향했다.

"봤느냐?"

밀턴이 물었다.

"죄송합니다. 비명소리가 워낙 커서……."

"내 몸을 보니 어떻더냐?"

휘슬러는 잠자코 있었다.

"불쌍하더냐, 아님 흉측하더냐?"

"……."

"대답해라."

밀턴의 목소리가 저택에 메아리쳤다. 하지만 휘슬러는 조금도 주눅들지 않았다. 그는 메아리가 잦아들기를 기다렸다.

"측은했습니다."

휘슬러가 말했다.

"측은이라."

순간 밀턴의 얼굴이 일그러졌다. 주위가 모두 움츠러드는 느낌이었다. 그는 가운 주머니에서 뭔가를 꺼냈다. 리볼버 권총이었다. 밀턴은 탄창에 총알을 하나씩 밀어넣었다.

"인도에는 카스트라는 제도가 있다. 모두 네 계급으로 나뉘지. 최상층인 브라만, 크샤트리아, 바이샤, 그리고 노예 계급인 수드라. 그런데 최하층인 수드라에도 속하지 않는 인간이 있다. 불가촉천민이지. 불가촉천민이란 그림자만 스쳐도 오염된다고 여겨서 부르게 된 명칭이다. 그들은 밤에만 돌아다녀야 되고 신발조차 신을 수 없었어. 어느 시대, 어느 나라에도 그런 계급이 있다. 너는 어디에 속한다고 생각하느냐?"

"모르겠습니다."

휘슬러가 대답했다. 밀턴이 돌아봤다.

"흥미롭구나, 부서진 시소."

"뭐가 말입니까?"

"싸구려 양복에 중고 옥스퍼드 구두. 겉만 보면 브루클린 뒷골목에서 몸 팔던 창녀의 자식이야. 어미의 신음 소리를 들으면서 죽어라 공부한. 빌어먹을 시궁창을 떠날 날을 꿈꾸며."

밀턴이 다가왔다.

"문제는 그게 다 꾸민 거라는 거야."

휘슬러는 한 대 얻어맞은 듯 표정이 굳었다.

밀턴의 휠체어가 가까워졌다. 그는 정성스럽게 총알을 장전했다.

"중요한 건…… 왜 고든이 널 추천했을까."

이윽고 총알을 채우자 밀턴은 탄창을 끼웠다. 철컥.

"저는……."

휘슬러가 뭔가를 말하려 했지만 밀턴이 가로막았다.

"넌 불가촉천민으로 보이길 원했어. 이유야 어떻건."

밀턴이 탄창을 돌리자 좌르륵 소리를 내며 탄창이 돌아갔다.

"계급 상승을 하려면 여러 가지가 필요하다. 머리와 노력, 그리고 눈에 띄는 결과물. 하지만 가장 중요한 건 운이야. 불가촉천민이 브라만이 되려면 적어도 1000만 분의 1의 확률을 1로 바꿀 운이 있어야 할 거야."

밀턴이 휘슬러 이마에 총구를 겨눴다.

"이 총에는 여섯 발이 장전된다. 하지만 지금 탄창에는 세 발 들어 있어. 2분의 1 확률이지. 어떠냐? 해볼 테냐?"

밀턴이 총구를 바짝 드밀며 소리쳤다. 그는 허풍을 떠는 인간이 아니었다.

"이게 면접입니까?"

휘슬러가 물었다. 밀턴은 대답 대신 기묘한 미소를 지었다.

"그렇게 하시죠."

휘슬러가 똑바로 응시하며 말했다.

밀턴의 손가락에 힘이 들어갔다. 제아무리 휘슬러였지만 식은 땀이 흘렀다. 거대한 저택을 메우고도 남을 긴장감이 둘 사이에 흘렀다. 이윽고 철컥. 공이가 빈 탄창을 때렸다. 휘슬러의 입에서 가느다란 한숨이 흘러나왔다.

"돌아가라. 가서 고든에게 전해. 내가 죽어도 원하는 건 얻지 못할 거라고."

밀턴이 휠체어를 몰고 복도로 멀어져갔다.

"당신은 절 고용해야 합니다."

휘슬러의 목소리가 복도를 훑고 지나갔다. 밀턴의 휠체어가 멈췄다.

"제가 유일하게 당신을 고통으로부터 해방시킬 수 있는 사람이니까요."

잠시 정적이 흘렀다. 이윽고 밀턴의 웃음소리가 쩌렁하게 울려퍼졌다. 그의 웃음은 한참 동안 이어졌다.

"네놈이 무슨 수로 날 고통에서 해방시키겠다는 거냐? 전 세계 내로라하는 의사들도 어쩔 수 없는 나를."

"그건 절 고용하면 알게 될 겁니다. 만약 당신의 고통을 없애지 못하면 그땐 제 이마에 총알을 박아도 좋습니다."

휘슬러가 자신만만하게 말했다. 밀턴이 휘슬러의 눈을 뚫어지게 응시했다. 이제껏 보지 못한 새로운 종을 발견한 듯.

"넌 이제까지의 놈들과는 다르구나. 그래봐야 뻔하겠지만."

밀턴이 서재를 나섰다. 복도 저편으로 멀어져가는 그의 뒷모습이 저택만큼이나 노쇠해 있었다. 그가 사라지자 집사가 다가왔다.

"면접이 꽤나 요란하군요."

휘슬러가 말했다.

"당신은 통과했습니다. 아직도 밀턴 씨의 비서가 되고 싶으십니까?"

"물론입니다."

집사가 서류 한 장을 내밀었다.

"그렇다면 여기에 서명하십시오."

휘슬러가 서명을 하려 하자 집사가 말했다.

"서명하기 전 온전히 다 읽으시길 권합니다."

휘슬러는 펜을 거두고 서류를 읽었다. 고용 계약서였다. 하지만 단순한 계약서가 아니었다. 일반적인 내용 이외에 특이한 사항이 있었다. 그것은 일종의 침묵 서약이었는데 상상을 초월하는 조항이 들어 있었다.

"9항을 보시면 기밀 유지에 관한 내용이 있습니다. 기밀은 총 세 단계로 구분됩니다. 첫 번째는 동銅의 서약입니다. 가장 낮은 단계로 이를 발설할 시에는 파면과 함께 그에 상응하는 금액을 배상해야 합니다. 다음은 은銀의 서약입니다. 중급 기밀로 이를 발설할 시 파면과 배상은 물론이고 두 번 다시 전 세계 금융계에서 일을 할 수 없게 됩니다. 마지막 금金의 서약입니다. 일급 기밀로 이를 발설할 시에는 당신의 목숨을 임의로 제거할 수 있습니다."

집사의 설명대로였다.

"목숨을 제거한다……."

"그래도 서명하시겠습니까?"

휘슬러는 차분히 다른 조항을 살펴보았다.

"엄청난 규칙에 비해 월급은 쥐꼬리군요."

계약서에 명시된 연봉은 10만 달러가 채 되지 않았다. 집사가 미소를 지었다.

"어떡하시겠습니까?"

휘슬러는 펜을 들고 서명란에 사인을 했다. 그러자 집사가 계약서를 거둬들였다. 마치 영혼의 계약을 맺은 메피스토펠레스처럼.

"내일부터 출근하시면 됩니다. 2층에 거처할 방을 마련해놓겠습니다."

집사가 문까지 배웅하며 말했다.

"아까 밀턴 씨 총에 든 총알, 실탄입니까?"

휘슬러가 물었다. 집사가 기묘한 미소를 지으며 말했다.

"안녕히 가십시오."

문이 정중히 닫혔다.

휘슬러가 다시 초인종을 누른 건 오전 8시 반이었다.

"너무 일찍 왔나요?"

집사가 문을 열자 휘슬러가 물었다. 그는 양손에 여행용 가방을 들고 있었다.

"아니요, 너무 늦으셨습니다."

집사가 말했다.

"출근 시간이 몇 시입니까?"

"출근 시간은 따로 없습니다. 회장님이 부르시면 그게 출근 시간입니다."

"젠장!"

휘슬러는 가방을 팽개치고 달려갔다.

밀턴은 회의실에 있었다. 회의실은 웬만한 집보다 컸는데 이사회 열여섯 명이 앉을 수 있는 큼직한 회의 테이블이 중앙에 놓여 있었고 정면에는 수십 대의 텔레비전 브라운관이 가득 메우고 있었다. 브라운관에는 세계 각국의 환율, 주식, 선물 가격 등이 떠 있었다. 밀턴은 회의 테이블 상석에 앉아 있었다. 그는 눈을 감은 채 명상에 잠겨 있었다.

"늦어서 죄송합니다."

휘슬러가 헐레벌떡 들어서며 말했다. 밀턴이 아주 천천히 일 밀리미터쯤 고개를 돌렸다. 마치 모기가 날아들었다는 듯.

"부서진 시소…… 넌 이제부터 공기다. 인사도 필요 없고 질문도 해선 안 된다. 있어도 없는 거고, 없어도 있어야 한다."

휘슬러는 대답 대신 고개를 끄덕였다. 그리고 무無로 돌아갔다.

밀턴은 다시 명상에 잠겼다. 전투를 앞둔 장군처럼.

텔레비전 브라운관을 스치는 수많은 숫자들을 제외하면 쥐죽은 듯이 고요했다. 그렇게 얼마간 침묵이 흘렀다.

"회장님, 마이어 이사님이 참석하셨습니다."

교환수가 스피커를 통해 말했다.

"안녕하십니까, 회장님. 좋은 아침입니다."

스피커폰으로 이사가 인사를 건넸다.

"헌세커 이사님이 참석하셨습니다."

뒤를 이어 또 다른 이사가 등장했다.

"안녕하십니까, 회장님."

정각 9시가 되기 전 열여섯 명의 이사진이 모두 나타났다. 그중에는 고든 체이서도 있었다. 회의실 탁자에는 밀턴과 빈 의자 앞에 놓인 열여섯 개의 스피커폰이 일렬로 늘어서 있었다. 밀턴은 잠시침묵을 이었다. 존재를 과시하듯 묵직한 침묵.

"시작하지."

피아노 건반을 누르듯 밀턴이 나지막이 말했다.

"그럼 회의를 시작하겠습니다."

고든이 회의를 진행했다.

"오늘 급하게 회의를 소집한 건 급박한 현안이 생겼기 때문입니다. 회의를 시작하기 전 준비한 화면을 보시기 바랍니다."

앞에 놓여 있던 텔레비전 브라운관 중 하나에 화면이 떴다.

"이 화면은 어제 오후 워싱턴 보훈유공자협회 정기 모임에서 있었던 대통령 연설 중 일부입니다."

뒤를 이어 브라운관에 연단에 선 대통령의 모습이 나타났다. 대통령은 차분하지만 확고한 표정으로 단상에 서 있었다.

"이 자리에 계신 여러분은 이 나라를 만든 초석이었습니다. 여러분이 있었기에 이 나라가 위대해진 것입니다. 하지만 이 나라는 여러분이 생각하는 것처럼 공개적이고 자유롭지 않습니다. 이 나라에는 우리가 알지 못하는, 알아서도 안 되는 비밀들이 존재하며 전 세계적으로 치밀하게 뭉친 '비정한 음모'로부터 위협받고 있습니다. 비밀이란 용어는 우리처럼 자유롭고 개방된 사회에서는 혐오스러운 단어입니다."

연설은 십 분가량 이어졌다. 그사이 밀턴은 묵묵히 화면을 응시했다.

"우리는 이 위대한 나라의 국민으로서 본질적으로 비밀 사회, 비밀 선서, 비밀스러운 진행을 반대합니다. 따라서 제게 주어진 권한 내에서 이러한 것들을 허용하지 않을 것입니다."

연설이 끝나자 화면이 꺼졌다. 장내에는 다시 무거운 정적이 찾아왔다. 휘슬러는 대통령이 언급한 비밀 사회가 무엇을 의미하는지 잘 알고 있었다. 그것은 미국뿐만 아니라 세계를 움직이는 거대한 자본 집단이었다. 그 중심에 연방준비은행이 있었다.

"대통령이 얼마 전 CIA 군사 작전권을 제한하는 대통령령을 국무부에 상정시킨 모양입니다."

이사 중 한 명이 침묵을 깼다.

"베트남 병력 증원 법안도 거부할 생각인 것 같습니다. 믿을 만한 정보에 의하면 수석 보좌관에게 베트남에서 병력을 철수시킬 로드맵을 준비하라고 했답니다."

"그뿐이 아니에요. 차기 폭격기 사업도 사실상 무산됐어요. 내년 국방 예산에서 제외됐으니까요."

"쿠바 사태로 영웅이 되더니 기고만장하군."

"이건 우리에 대한 선전포고요."

밀턴은 눈을 감은 채 이들의 토론을 듣고 있었다.

예상은 했지만 실로 엄청난 말들이 오가고 있었다. 그것은 연방 준비은행의 본래 기능인 경제와 금융에 국한된 것이 아니었다. 권력의 근본에 관한 내용이었다. 대통령은 집권 초기부터 기득권 세력에 대한 견제 조치를 취하고 있었다. 기득권 세력이란 2차세계대전을 통해 어마어마하게 커진 CIA와 군수업체, 그리고 금융 세력이었다. CIA와 군수업체를 차례로 손본 대통령의 화살은 이제 권력의 핵심인 금융자본을 향하고 있었다.

"어쩌실 겁니까, 위원장님?"

고든이 물었다.

"조치를 취해야 합니다. 우리의 확고한 의지를 전해야 해요."

잠자코 듣고 있던 밀턴이 말했다.

"고든. 대통령에게 우리 집회에 참석하라는 초대장을 보냈나?"

"물론입니다."

고든이 대답했다.

"뭐라던가?"

"초대해줘서 감사하다고만 했습니다."

"감사하다……."

밀턴의 얼굴이 심하게 일그러졌다.

"그래서 네놈은 뭐라고 했나?"

고든이 머뭇거렸다.

"제 생각에 대통령은……."

"네놈 생각을 묻는 게 아니야. 넌 뭐라고 대답했느냔 말이야!"

밀턴의 고함이 쩌렁하게 울렸다. 순간 방안의 온도가 영하로 내려갔다.

"다음엔 제가 직접 대통령을 만나겠습니다. 그래서 반드시……."

"고든 체이서, 네놈은 당분간 회의에 참석하지 마라. 고든의 업무는 헌세커 이사가 대신한다."

이후 고든은 회의에서 제외됐다. 빙하기가 뒤를 이었다.

밀턴은 휠체어를 끌고 창가로 다가갔다. 창가에는 십일월의 차가운 햇살이 들이치고 있었다. 밀턴은 햇살을 맞으며 생각에 잠겼다. 침묵은 상당 시간 이어졌다. 누구도 방해할 수 없는 침묵이었다. 열여섯 명의 이사진은 밀턴이 돌아오길 조용히 기다렸다. 이윽고 10시를 알리는 괘종시계가 울렸다.

"지급준비율과 금리를 인상한다."

드디어 밀턴이 입을 열었다.

"더불어 재무부에서 요청하는 어떤 요구에도 응하지 않는다. 당분간 화폐 발행을 비롯한 어떠한 시장 개입도 철저히 금한다."

"몇 퍼센트나 올리실 겁니까?"

"열흘 후 최초 사 퍼센트를 인상한다. 이후 백악관의 행보를 봐서 추가 인상도 고려한다."

밀턴의 말에 장내가 웅성거렸다.

"위원장님. 열흘 안에 사 퍼센트가 인상되면 파장이 엄청날 겁니다. 아무리 대통령을 길들이기 위해서라 하더라도 시장이 감당할 시간을 줘야 합니다."

"그렇습니다. 가뜩이나 쿠바 사태로 한계에 달했는데 파격적인 금리 인상은 경제를 마비시킬 겁니다. 파산하는 국민이 수백만에 달할 거예요."

"엄청난 자살률은 덤이 되겠죠."

이사진들의 우려는 계속됐다.

"그만."

밀턴의 한마디에 장내는 정리됐다.

"유럽을 비롯한 금융계 동지들에게 전해라. 우리와 함께 모든 금리를 인상하라고. 또한 지시가 있을 때까지 미국 국채 매입을 금한다."

밀턴은 멈추지 않았다. 장내에 묘한 긴장감이 흘렀다.

"그렇게 되면 정부는 극도의 긴축정책을 펴게 될 겁니다. 지금 같은 하강 국면에 시스템의 뿌리가 흔들릴 수 있어요."

"미국뿐 아니라 전 세계가 금융 위기에 빠질 수 있습니다."

휘슬러는 이들의 대화에서 밀턴의 의중을 읽을 수 있었다.

밀턴은 모든 자본력을 동원하여 경제를 마비시킬 생각이었다.

당시 미국은 쿠바 미사일 사태로 인해 소련과 핵전쟁 직전까지 치닫고 있었다. 전쟁 공포로 인한 사재기 열풍이 일어 생필품은 바닥났고 경제는 곤두박질쳤다. 가뜩이나 경제가 안 좋은 마당에 급격한 금리 인상은 은행과 기업의 부실화로 이어질 수밖에 없었다. 그렇게 되면 수많은 은행과 기업이 도산해 실업률이 하늘을 찌를 게 분명했다. 거기에 미국 정부가 발행한 국채까지 동결하면 자금줄이 막힌 정부는 긴축정책을 쓸 수밖에 없었다. 그것은 자본시장의 붕괴로 이어져 최악의 상황을 맞을 수도 있었다.

1929년, 이와 흡사한 상황이 있었다.

"설마 다시 대공황을 조장하시려는 겁니까?"

이사 중 한 명이 조심스럽게 물었다. 밀턴이 대답했다.

"도산한 기업은 언제든 다시 세울 수 있다. 민초들이 길바닥에 나앉는다 해도 살아남을 놈은 살아남을 거야. 언제나 그래왔고 앞으로도 그럴 거야. 지금 중요한 건 힘의 과시다. 누구에게 힘이 있는지 깨닫게 해주는 게 중요해."

밀턴의 전략은 명료했다. 대통령 재임 선거가 코앞에 닥쳐 있었다. 경제가 무너지면 길바닥에 나앉은 국민들이 누굴 뽑을지는 불을 보듯 뻔했다.

"적절한 답이 올 때까지 모든 방법을 동원한다. 구체적인 절차는 알아서 진행해라."

밀턴은 확고했다.

"알겠습니다."

이사진이 동시에 대답했다.

"오늘 회의는 여기까지."

이사진이 모두 떠나자 밀턴이 교환수에게 말했다.

"앞으로 어떤 전화도 연결하지 마라. 핫라인을 제외하고."

"알겠습니다, 회장님."

짧은 회의였지만 밀턴은 힘들어 보였다. 그는 불치병을 앓고 있었다. 온몸의 근육이 서서히 굳어가는. 휘슬러는 석상처럼 그림자 속에 서 있었다.

"잠시 후면 핫라인으로 전화가 올 거다. 네가 받아라."

"네, 회장님."

이 말을 남기고 밀턴은 회의실을 나섰다.

전화가 울린 건 그로부터 채 한 시간도 되지 않아서였다.

"아메리칸 크레디트 은행의 코리건 회장님으로부터 핫라인 전화입니다."

교환수가 말했다. 핫라인 전화는 회의실 탁자 정중앙에 놓여 있었다. 붉은색 불이 깜빡이고 있었다. 휘슬러는 수화기를 들었다.

"밀턴 회장님 사무실입니다."

상대방은 잠시 머뭇거렸다.

"자넨 누군가?"

"새로운 비서입니다."

휘슬러가 대답했다.

"회장님은 안 계신가?"

"지금 자리를 비우셨습니다. 용건이 있으시면 저한테 말씀하시면 됩니다."

상대방은 다시 쉼표를 뒀다.

"언제쯤 돌아오시나?"

"오늘은 통화하실 수 없습니다."

작은 한숨 소리가 들렸다.

"이렇게 전하게. 금리 인상을 다음달로 연기하라고. 안 그랬다가는 엄청난 재앙이 닥칠 거라고."

"그렇게 전하죠."

휘슬러는 내용을 메모했다.

"그리고 이 말도 꼭 전하게. 이건 사업 동지가 아니라 오랜 친구로서 부탁이라고."

상대방의 목소리에서 절박함이 묻어났다.

"그러죠. 더 하실 말씀은……."

하지만 상대방은 이미 전화를 끊은 후였다.

그후로 내로라하는 금융계 인사들의 전화가 이어졌다. 그들의 통화 내용은 한결같았다. 휘슬러는 내용을 모두 기록했다. 이윽고 점심시간이 됐다.

"식사가 준비됐습니다."

집사가 문을 열며 말했다. 휘슬러는 집사를 따라 식당으로 향했다.

식당은 거대했다. 스무 명이 식사할 수 있는 긴 테이블 위 중간중간 은촛대가 장식되어 있었다. 하지만 준비된 식사는 2인분이었다. 상석에는 밀턴이 식사를 하고 있었다. 휘슬러의 식사는 구석에 놓여 있었다. 휘슬러는 자리에 앉기 전 메모지를 꺼냈다.

"회장님, 오전에 총 여섯 통의 핫라인 전화가 왔습니다. 첫 번째는 아메리칸 크레디트 은행의 코리건 회장님……."

"알고 있다. 식사나 해라."

밀턴이 수프를 마시며 말했다. 휘슬러는 메모지를 접고 자리에 앉았다. 넓은 식당에 두 사람의 식사 소리만이 울렸다. 밀턴은 반도 먹지 않고 포크를 내려놓았다. 집사가 준비된 약을 건네줬지만 밀턴은 마다했다.

"종이와 펜을 가져와."

집사는 수하를 시켜 종이와 펜을 가져왔다. 그러자 밀턴이 글을 쓰기 시작했다. 내용은 길지 않았다. 몇 마디가 전부였다. 편지는 봉투에 넣어 밀랍으로 봉인했다. 그리고 밀랍 위에 자신의 반지에 새겨진 문장을 찍었다. 그렇게 모두 여섯 장의 편지를 완성했다.

"이 편지를 전화했던 사람들에게 전해라."

이 말을 남기고 밀턴은 식당을 떴다.

식사를 마치자 휘슬러는 편지를 들고 저택을 나섰다.

현관을 나서려는 그의 앞에 집사가 다가왔다.

"이게 필요하실 겁니다."

집사가 내민 건 한 장의 명함이었다. 명함은 금으로 만들어졌는데 '연방준비은행'이라는 글자와 로고 이외에는 아무것도 적혀 있지 않았다. 휘슬러는 명함을 주머니에 넣고 저택을 나섰다.

현관에는 자동차가 준비되어 있었다. 1947년형 흰색 롤스로이스였다. 휘슬러가 차에 오르자 운전기사는 목적지도 묻지 않고 출발했다. 롤스로이스는 롱아일랜드 해변을 지나 뉴욕 시내로 들어섰다.

아메리칸 크레디트 은행은 연방준비은행 본사가 있는 로어맨해튼에 위치하고 있었다. 아메리칸 크레디트는 미국의 십 대 은행 중 하나였다. 석조로 된 본사 건물은 고대 신전을 연상시켰다.

"아메리칸 크레디트 은행입니다."

기사가 입구에 차를 멈추며 말했다.

은행 본사에는 수많은 사람들이 분주하게 움직이고 있었다. 휘슬러는 회장실이 있는 꼭대기 층으로 향했다. 엘리베이터 문이 열리자 비서실이 나타났다.

"어떻게 오셨습니까?"

비서 중 한 명이 묻자 휘슬러는 금 명함을 꺼냈다.

"밀턴 회장님의 심부름으로 왔습니다."

명함을 본 비서는 깍듯이 인사를 했다.

"잠시만 기다리십시오."

비서는 인터폰으로 회장과 연락을 취하더니 곧장 안내했다.

코리건 회장은 기다리고 있었다. 백발이 성성한 회장은 잔뜩 긴장한 얼굴이었다. 아메리칸 크레디트 은행은 종업원 사만 이천 명에 거래 고객만 삼천만 명에 달하는 거대 은행이었다. 그 은행의 총수가 어린아이처럼 떨고 있었다.

"자네가 새로운 비서로군. 앉지."

회장이 자리를 권했다.

"제가 온 이유는 이 편지를 전해드리기 위해서입니다."

그 말에 회장의 표정이 더욱 굳었다. 휘슬러는 가방에서 편지를 꺼내 건넸다. 회장은 바로 편지를 받아들지 못했다. 마치 죽음의 사자가 건넨 시한부 통지서라도 되는 듯. 멈춘 시간 속에서 두 사람은 편지를 사이에 두고 서 있었다. 이윽고 회장은 봉투에 찍힌 밀랍 문장을 확인하고는 받아들었다.

"그럼 저는 이만……."

볼일을 마친 휘슬러는 회장실을 나섰다. 그사이에도 회장은 편지를 열지 못한 채 굳어 있었다.

휘슬러는 편지의 내용이 궁금했다. 간단한 글 속에 백 년을 이어온 은행의 생사가 걸려 있는 게 분명했다. 짧은 시간이었지만 휘슬러는 연방준비은행, 정확히는 밀턴의 영향력이 얼마나 대단한지 알 수 있었다. 건물을 나온 휘슬러는 곧장 차에 올랐다.

"출발하겠습니다."

기사가 차를 움직이려던 순간이었다.

갑자기 와장창 하는 굉음을 내며 앞차 위로 뭔가가 떨어졌다.

차 천장이 움푹 팰 만큼 묵직한 물체였다. 주위 사람들이 비명을 질러댔다. 휘슬러는 차에서 내려 확인했다. 차 위로 떨어진 건 코리건 회장이었다. 피투성이로 변한 회장의 시신이 차 지붕에 널브러져 있었다. 주위는 일대 혼란이 벌어졌다. 경찰이 출동했고 사람들이 쑤군대며 모여들었다. 휘슬러는 인파를 헤치고 천천히 회장에게 다가갔다. 눈을 뜬 채 죽어 있는 회장의 손에는 편지 한 장이 들려 있었다. 밀턴의 편지였다. 휘슬러는 조심스럽게 회장의 손에서 편지를 빼냈다.

미안하네.

그것이 전부였다. 휘슬러는 회장의 손에 편지를 돌려놓은 후 차를 타고 그 자리를 떴다.

그후 휘슬러는 다섯 통의 편지를 전달했다. 모두 기라성 같은 은행의 회장들이었다. 그들은 하나같이 저승사자를 대하듯 휘슬러를 맞았다. 그리고 최후통첩장을 받듯 무겁게 편지를 받아들었다.

편지를 모두 전달한 휘슬러는 밀턴의 저택으로 돌아왔다.

밀턴은 자신의 방에 있었다. 방은 온통 커튼이 쳐져 있어 동굴처럼 어두웠다. 오래된 가구와 장식 때문인지 마치 뱀파이어의 관을 연상시켰다. 밀턴은 실낱같은 한줄기 빛 속에서 책을 읽고 있었다.

"다녀왔습니다, 회장님."

밀턴은 묵묵히 책에 몰두하고 있었다. 휘슬러는 어둠 속에서 대답을 기다렸다.

"뭐라더냐?"

문뜩 생각이 난 듯 밀턴이 물었다.

"특별한 말은 없었습니다. 코리건 회장님은 목숨을 끊으셨습니다."

휘슬러가 무덤덤하게 말했다.

"알았다."

그게 끝이었다. 마치 사슴 한 마리가 로드킬을 당한 듯.

비서로서의 업무는 많은 편은 아니었다.

밀턴은 간단한 회의를 마치자 자신의 방에 틀어박혔고 특별한 지시는 없었다. 휘슬러는 그제야 자신의 짐을 정리했다. 그의 방은 2층이었다. 저택은 모두 사 층으로 이루어져 있는데 정확한 개수를 알 수 없을 정도로 방이 많았다. 하지만 저택에 거주하는 사람은 집사와 요리사 등을 합쳐도 채 열 명이 되지 않았다.

"저녁 식사가 준비됐습니다."

집사가 인터폰으로 알려줬다.

휘슬러는 곧장 식당으로 향했다. 하지만 식탁에는 한 사람 분량의 식사만이 차려져 있었다.

"회장님은……."

"회장님은 안 오십니다."

집사가 메인 요리를 건네며 말했다. 드넓은 식당에는 휘슬러뿐이었다. 참으로 삭막한 저택이었다. 어디에서도 인간적인 냄새를 찾아볼 수 없었다. 심지어 일하는 사람들에게조차도. 이곳에 들어오기 위해선 감정이라는 장기를 제거해야 하는 모양이었다. 휘슬러는 묵묵히 식사를 했다. 그때였다. 비명소리가 들렸다. 밀턴이었다. 물리치료가 시작된 모양이었다. 그는 저택이 떠나가라 욕을 해대며 괴성을 질렀다. 비명은 식사가 끝날 때까지 이어졌다. 도살장에서 피로 범벅이 된 수플레를 먹는 기분이었다. 식사를 마치자 집사가 나타났다.

"식사는 어떤가요? 입에 맞나요?"

집사가 접시를 치우며 물었다.

"훌륭합니다. 회장님 상태는 어떤가요?"

밀턴이 묻자 집사는 무표정하게 바라봤다.

"입에 맞으신다니 다행입니다."

집사는 더이상 대꾸 없이 접시와 함께 사라졌다. 하지만 휘슬러는 알 수 있었다. 밀턴의 증세가 갈수록 심각해지고 있다는 걸. 밀턴은 루게릭병을 앓고 있었다. 온몸의 근육이 마비되어 결국 죽음에 이르는 불치병이다. 그는 벌써 이 년째 병마와 사투를 벌이고 있었다. 소문에 의하면 육 개월을 넘기지 못할 정도로 악화된 상태였다. 그것이 휘슬러에겐 결정적인 협상 도구였다.

방으로 돌아온 휘슬러는 수화기를 들었다. 크뢰멜에게 전해야 할 말이 있었다. 하지만 마지막 순간 도로 내려놓았다. 이곳은 비밀로 가득한 곳이었다. 도청 장치가 설치되어 있을 게 분명했다. 휘슬러는 조심스럽게 저택을 빠져나갔다.

낡은 포드를 몰고 한참을 달렸지만 공중전화는 보이지 않았다. 롱아일랜드의 대저택 촌에서 공중전화를 이용할 사람은 없었다. 결국 뉴욕 시까지 가서야 공중전화를 찾을 수 있었다. 길가에 차를 세운 후 곧바로 수화기를 들었다.

"여보세요?"

크뢰멜이었다.

"나다."

"잘 지내십니까?"

"그럭저럭."

"무슨 일이십니까? 이 밤에."

"두 번째 계획을 실행한다."

휘슬러가 낮은 목소리로 말했다.

"너무 이른 게 아닐까요?"

"아니. 지금이 두 번째 계획을 실행할 적기다. 준비는 됐겠지?"

"물론입니다. 계획을 실행하도록 하겠습니다."

"그리고 에니그마를 보내라. 앞으로 모든 연락은 에니그마로 한다."

"알겠습니다."

에니그마는 나치가 잠수함 부대와 교신하기 위해 개발한 암호기였다. 휘슬러는 전화를 끊자마자 저택으로 돌아왔다.

조심스럽게 자택에 들어선 휘슬러는 곧장 자신의 방으로 향했다. 방에는 집사가 기다리고 있었다.

"늦은 밤에 어딜 다녀오십니까?"

"낯선 동네라서 주변을 익히느라…… 그런데 무슨 일입니까? 늦은 밤에."

휘슬러가 불쾌한 듯 되물었다.

"이 저택에 들어오신 분은 외출 시 목적지와 만날 분의 인적 사항을 말해주셔야 합니다. 앞으론 규칙을 지켜주십시오."

"그러죠."

휘슬러가 점퍼를 벗으며 말했다.

"회장님께서 찾으십니다."

시계는 11시 30분을 가리키고 있었다.

밀턴의 방은 2층 맨 끝이었는데 저택에서 가장 컸다. 세 개의 문을 지나야 했고 마지막으로 거대한 호두나무 문이 버티고 있었다.

똑똑똑.

"들어와."

휘슬러는 천천히 문을 열고 들어섰다. 방은 낮에 봤을 때보다 크고 호화로웠다. 페르시아 황제가 썼을 법한 양탄자가 깔려 있고 베르사유 궁에서 가져온 듯한 가구들이 놓여 있었다. 밀턴은 벽난로 앞에 앉아 위스키를 마시고 있었다. 그에게 술은 치명적이었다.

"부르셨습니까?"

휘슬러가 말했다.

"서재에 가면 티즈데일의 시집이 있을 거다. 그걸 가져와라."

밀턴이 위스키를 마시며 말했다.

"알겠습니다."

휘슬러는 서재로 향했다.

서재에는 수만 권의 책이 벽면을 빙 둘러 꽂혀 있었다. 휘슬러는 책이 꽂힌 순서를 파악해야 했다. 다행히 순서는 간단했다. 저자명 알파벳순이었다.

"세라 티즈데일……."

미국의 시인이었다. 감미롭고 서정적인 시로 유명했다. 시집을 찾는 건 어렵지 않았다. 상당히 오래된 책에는 모서리에 세월의 흔적이 고스란히 남아 있었다.

"두세에게 보내는 소네트……."

시집은 초판본이었다. 휘슬러는 책을 들고 밀턴의 방으로 향했다.

밀턴은 여전히 벽난롯가에 있었다. 그는 타닥타닥 타고 있는 장작을 응시하고 있었다.

"가져왔습니다."

밀턴은 빈 잔에 술을 채웠다. 취기가 느껴졌다.

"읽어라."

"네?"

"귀가 먹었느냐? 읽으란 말이야."

한 번도 자정에 타인을 위해 시를 읽은 적이 없었다. 하지만 어쩔 수 없는 노릇이었다. 휘슬러는 시집을 펼치고 읽기 시작했다.

"엘레오노라 두세에게. 오, 눈물로 가득찬 아름다움, 모든 스치는 고뇌가 흔적을 남긴 곳에서, 은혜에 깊이를 허락하시길 기도합니다. 그것이 사라지기 전 보게 될 것은……."

"그만."

밀턴이 단호하게 말했다.

"네가 읽은 게 뭐냐?"

"시입니다."

"시가 뭐냐?"

"사람의 감정을 함축된 단어로 표현하는 겁니다."

"지금 네놈이 읽은 시에 감정이 느껴졌느냐?"

밀턴은 다시 잔을 비웠다.

"다시."

휘슬러는 심호흡을 하곤 시를 읽었다. 감정을 담아서.

"엘레오노라 두세에게. 오, 눈물로 가득찬 아름다움, 모든 스치는 고뇌가 흔적을 남긴 곳에서, 은혜에 깊이를 허락하시길 기도합니다……."

"그만!"

밀턴의 호통에 벽난로불이 흔들렸다.

"독일 놈들은 탱크나 만들 줄 알지 교양이라고는 없구나. 내 방에서 나가라."

휘슬러는 어쩔 수 없이 방을 나왔다. 닫히는 문틈으로 보이던 밀턴의 뒷모습이 어딘지 애잔해 보였다.

방으로 돌아온 휘슬러는 곰곰이 생각을 정리했다.

"독일 놈……."

밀턴은 휘슬러의 정체에 관해 알고 있는 듯했다. 그는 미국에 오기 전 국적을 벨기에로 바꿨다. 국적뿐만 아니라 출신과 과거도 모두 바꾼 상태였다. 완벽에 가까운 세탁이었다. 하지만 밀턴은 휘슬러가 본래 독일 출신인 것을 눈치채고 있었다. 철두철미하고 막강한 힘을 가진 사람이니 당연한 일인지도 몰랐다. 그가 어디까지 파악하고 있는지 알 수 없었다. 중요한 건 그럼에도 불구하고 밀턴이 휘슬러를 옆에 두고 있다는 것이었다. 또 한 가지 호기심을 끈 것은 시였다. 밀턴 같은 냉혈한이 서정시인의 사랑 노래를 읽다니 상상 못 할 일이었다. 휘슬러는 찬찬히 시를 읽어보았다. 사랑에 빠진 여인의 애절한 심정이 문구마다 녹아 있었다. 그런데 시를 다 읽고 나자 아련한 추억이 떠올랐다.

"챠퍼펠……."

휘슬러, 아니 히틀러는 지갑에 소중히 숨겨놓았던 사진을 꺼냈다. 에바 브라운의 사진이었다. '챠퍼펠'은 히틀러가 에바를 부르는 별칭이었다. 오스트리아 말로 '착한 소녀'라는 뜻이었다. 에바는 화창한 봄날 이른 수영복을 입은 채 해맑게 웃고 있었다. 찬란했던 순간이었다. 휘슬러는 그녀를 처음 만난 날을 떠올렸다.

에바를 만난 건 1929년 그의 전속 사진사였던 호프만의 스튜디오에서였다. 당시 에바는 꽃다운 스물세 살로 호프만의 사진 모델이었다.

그날 히틀러는 당 포스터에 쓸 사진을 찍기 위해 들렀다. 화창한 봄날이었다. 문을 열고 들어서는데 그녀가 있었다. 에바는 촬영 소품으로 쓸 꽃병에 꽃을 꽂고 있었다. 새하얀 백장미였다. 하지만 장미는 눈에 들어오지 않았다. 빛나는 에바의 금발 머리와 늘씬한 다리가 보일 뿐이었다. 히틀러는 문을 연 채 잠시 넋을 잃었다.

"오셨습니까?"

히틀러를 발견한 호프만이 인사를 건넸다.

"저 여자분은 누군가?"

히틀러가 물었다.

"새로 온 모델이자 비서입니다. 에바, 이리 와봐."

에바가 다가왔다.

"인사해. 히틀러 씨야."

호프만이 히틀러를 소개했다.

"안녕하세요, 히틀러 씨."

그녀가 봄 햇살보다 환하게 인사를 건넸다. 그것이 두 사람의 첫 만남이었다.

어느새 눈물이 고여 있었다. 그날 이후 히틀러는 거의 매일 스튜디오를 찾았다. 아무리 바빠도 단 십 분이라도 들렀다. 그러던 어느 날 에바가 쪽지 한 장을 건넸다. 그렇게 두 사람은 깊은 사이로 발전했다. 하지만 둘의 관계는 순탄치 않았다. 그녀는 세 번이나 자살을 시도했다. 모두 그의 잘못이었다. 히틀러는 그녀를 떠나려 했지만 그녀는 히틀러를 잊지 못했다. 그리고 결국 마지막까지 그의 곁을 지켰다. 아내로서.

"보고 싶구나, 챠퍼펠."

휘슬러는 눈물을 훔쳤다. 나이가 들수록 눈물이 잦아진다더니 사실이었다. 그의 몸은 이십 대였지만 그의 기억은 일흔이 넘었다. 휘슬러는 잠옷으로 갈아입고 침대에 누웠다.

"눈물로 가득찬 아름다움, 모든 스치는 고뇌가 흔적을 남긴 곳에서, 은혜에 깊이를 허락하시길 기도합니다."

방금 전 시의 첫 소절이었다. 에바에 대한 그리움이 떠오르자 구절구절 와닿았다.

"네놈도 사무친 게 있구나, 밀턴."

휘슬러는 시의 내용을 떠올리며 잠들었다.

다음날 아침. 휘슬러는 6시에 기상했다.

모든 준비를 마치고 7시 정각에 회의실로 출근했다. 하지만 어쩐 일인지 9시가 지나도록 밀턴은 나타나지 않았다. 갑자기 저택이 웅성거리기 시작했다. 하인들이 긴박하게 움직이고 집사가 어디론가 전화를 하고 있었다.

"무슨 일입니까?"

휘슬러가 물었다.

"회장님 상태가 악화됐습니다."

집사가 대답했다. 그는 곧바로 밀턴의 방으로 달려갔다. 휘슬러도 뒤를 따랐다. 밀턴은 자신의 침대에서 산소호흡기를 단 채로 의식을 잃은 상태였다. 휘슬러가 들어가려 하자 집사가 앞을 막았다.

"저희가 알아서 하겠습니다."

이윽고 문이 닫혔다. 안에서는 응급조치를 취하는 집사와 하인들의 소리가 들렸다. 문틈으로 죽음의 진액이 흘러나오고 있었다. 시간이 얼마 남지 않았다. 하지만 지금으로선 밀턴이 버티기를 빌 수밖에 없었다.

잠시 후 주치의가 도착했다. 그는 능숙하게 진단을 하고 주사약을 투여했다. 밀턴은 반나절이 지나도록 사경을 헤맸다. 그동안 휘슬러는 회의실에서 대기했다. 전화가 수십 통 울렸다. 모두 금융계의 큰손들이었다. 그중에는 일본 재무장관도 있었고 사우디 왕자도 있었다.

"회장님은 지금 전화를 받으실 수 없습니다. 저한테 말씀하시면 전해드리겠습니다."

그가 할 수 있는 전부였다. 모두 금리와 관련된 사항들이었다. 휘슬러는 내용을 모두 적었다. 그렇게 하루가 지나갔다.

휘슬러는 중간중간 밀턴의 안부를 물었지만 집사는 대답하지 않았다. 집사는 냉정하고 충성심이 강한 타입이었다.

이윽고 밤이 찾아왔다. 일과를 마친 휘슬러는 방에서 밀턴의 죽음 이후의 계획을 준비했다. 밀턴이 이대로 죽게 될 경우 계획을 수정해야만 했다. 연방준비은행의 권력 구조가 바뀌기 때문이다.

"이대로 끝장날 거냐, 밀턴."

그때 누군가 방문을 두드렸다. 집사였다. 그는 큼지막한 상자를 들고 있었다.

"소포가 도착했습니다."

집사가 상자를 내밀며 말했다.

"특이한 타자기더군요."

이 말을 남기고 집사는 방을 나섰다. 소포는 개봉된 상태였다. 소포까지 모두 검열하는 모양이다. 휘슬러는 내용물을 살폈다. 에니그마와 책 한 권이 들어 있었다. 크뢰멜이 보낸 것이었다.

집사는 에니그마를 타자기라고 생각한 모양이다. 그의 말대로 에니그마는 타자기 형태를 띠고 있었다. 자판을 이용해 암호화된 문장을 입력하면 회로를 지나며 램프에 불이 들어오게 만들어져 있었다. 그 내용은 암호 코드를 갖고 있지 않으면 해독할 수 없었다. 휘슬러는 함께 동봉된 책을 펼쳤다. 삼류 추리소설이었다. 내용은 중요하지 않았다. 소설을 펼치자 문장 중간중간 동그라미가 그려져 있었다. 크뢰멜이 전하려는 내용을 암호화하여 소설에 남겨놓은 것이었다. 휘슬러는 동그라미가 그려진 단어들을 나열한 후 에니그마에 입력했다. 그러자 해독된 내용이 나타났다.

두 번째 계획 실행중

그것이 전문의 내용이었다.

"제기랄. 하필이면 이 중요한 순간……."

휘슬러의 계획은 철저하게 밀턴에게 맞춰져 있었다. 두 번째 계획 역시 마찬가지였다. 휘슬러는 밀턴의 방으로 향했다.

그의 방 앞에는 하인들과 구급 요원이 대기하고 있었다. 집사의 모습은 보이지 않았다. 밀턴 옆을 지키고 있는 모양이었다. 오전에 들어간 의사는 아직도 치료중이었다. 그만큼 상황이 심각했다. 휘슬러는 하인들과 함께 복도에서 상황을 지켜봤다. 가뜩이나 무덤 같던 저택은 죽음의 정적에 휩싸여 있었다. 얼마나 지났을까. 괘종시계가 밤 9시를 알렸다. 댕…… 댕…… 댕……. 문이 열리며 의사가 나타났다.

"수고하셨습니다, 선생님."

집사가 의사를 배웅하며 말했다.

"병원에 입원하시는 게 좋을 거예요. 여기선 치료에 한계가 있어요."

의사가 말했다.

"말씀은 드려보겠지만 아마 안 가실 겁니다."

"그래도 일단 권해보세요."

이 말을 남기고 의사는 저택을 나섰다. 문밖까지 배웅했던 집사는 돌아오는 길에 휘슬러와 눈이 마주쳤다. 휘슬러는 묵묵히 고개를 끄덕였다. 수고와 다행이라는 의미였다. 집사도 고개를 끄덕여 답했다. 방으로 돌아온 휘슬러는 안도의 한숨을 쉬었다. 밀턴은 아직 살아 있다. 덕분에 계획을 예정대로 진행할 수 있었다. 휘슬러는 크뢰멜에게 편지를 썼다. 진부하리만치 예의 바르고 고루한 안부 편지였다. 편지에는 중간중간 단어에 밑줄이 그어져 있었다. 암호문이었다. 내용은 이러했다.

　　계획은 그대로 진행한다.

편지를 접으려던 휘슬러는 다시 펜을 들었다. 그리고 또 다른 암호문을 써넣었다.

추신: 밀턴의 과거에 대해 조사해봐라. 특히 여자 관계.

밀턴이 티즈데일에 집착하는 이유가 궁금했다.

편지를 봉투에 넣고 잠을 청하려던 순간이었다. 인터폰이 울렸다.

"여보세요?"

휘슬러가 대답했다.

"지금 내 방으로 오너라."

밀턴이었다.

"알겠습니다."

밀턴의 방으로 가던 휘슬러는 서재에 들렀다. 호기심을 곁들인 일종의 감이었다. 그는 티즈데일의 시집을 챙겨 방으로 향했다.

밀턴은 부서진 검처럼 침대에 누워 있었다. 얼굴은 반쪽이 됐고 양팔에 링거 선이 거미줄처럼 연결되어 있었다. 죽음의 문턱에 다다랐지만 그는 여전히 단단한 검이었다.

"위스키를 가져와라. 얼음을 넣어서."

휘슬러는 뻔한 조언을 하려다 도로 삼켰다. 그리고 위스키를 가져다주었다. 밀턴은 잔조차 들 수 없을 만큼 맥이 없었다. 간신히 한 모금을 삼킨 후 입을 열었다.

"서재에 가서……."

"가져왔습니다."

휘슬러가 시집을 들어 보였다.

"읽어라."

생명수를 삼키듯 위스키를 마시며 밀턴이 말했다.

휘슬러는 조심스럽게 시집을 펼쳤다. 그리고 눈을 감았다. 에바와 지냈던 일들이 순식간에 스쳐갔다. 찬란했던 첫 만남부터 처절했던 마지막 순간까지. 잠시 후 그의 눈가가 촉촉해졌다.

"뭘 하고 있는 거야? 읽으라니까."

불호령이 떨어졌지만 휘슬러는 개의치 않았다. 그는 심호흡을 하곤 에바를 어루만지듯 천천히 첫 구절을 읊었다.

"엘레오노라 두세에게. 오, 눈물로 가득찬 아름다움, 모든 스치는 고뇌가 흔적을 남긴 곳에서, 은혜에 깊이를 허락하시길 기도합니다. 그것이 사라지기 전 보게 될 것은, 마지막 포옹에 대한 희망과 두려움의 관문에서 불어왔던, 당신의 영광과 슬픔에 싸인 얼굴, 오랜 시간으로도 채워질 수 없는 갈망입니다. 당신의 슬픔으로 인한 쓰라림에도 전 연연하지 않을 겁니다⋯⋯."

휘슬러는 온 힘을 다해 첫 구절을 마쳤다. 방에는 장작 타는 소리만이 가득했다. 휘슬러는 밀턴을 바라봤다. 그의 낡은 심장이 떨리고 있다는 걸 느낄 수 있었다.

"왜 멈추느냐. 계속해."

휘슬러는 다음 구절을 펼쳤다.

"엘레오노라 두세에게. 당신의 아름다움은 신비한 멜로디 속에 있습니다. 그리고 당신의 모든 빛은 노래를 불어넣습니다⋯⋯."

시는 여인의 숨결만큼이나 감미로웠고 사랑의 상처만큼 슬펐다.

매 구절이 두 사람의 숨겨진 감정을 남김없이 밟고 지나갔다. 그리고 남은 자리에는 향수처럼 사라지고 없는 기억의 시든 꽃잎이 흩뿌려져 있었다.

"내 손을 잡으세요. 그녀는 그들의 심장을 빨아들이고 그들의 숨결을 날려버립니다. 나는 죽음의 달콤함을 알고 멸망하게 될지도 모릅니다."

마지막 구절이었다. 두 사람은 전쟁의 생존자처럼 서 있었고 밀턴의 술잔에는 술이 고스란히 남아 있었다. 밀턴의 떨림이 공기를 타고 전해졌다.

"됐다. 돌아가라."

밀턴이 술잔을 비우며 말했다. 휘슬러는 아무 말 없이 방을 빠져나왔다. 복도를 지나는 동안 휘슬러는 밀턴의 심연을 느낄 수 있었다. 천하의 밀턴도 죽음의 두려움 앞에 흔들리고 있었다. 죽음의 강에 발을 담그자 다이아몬드처럼 단단하던 심장이 해체되기 시작한 것이다. 그리고 심장 중앙에는 온갖 상처로 점철된 한 소년이 웅크리고 있었다. 휘슬러는 에바와 함께했던 마지막 순간을 떠올렸다. 두 사람은 소련군의 포격 속에서 결혼식을 올렸다. 그리고 그것이 첫날밤이자 마지막 밤이었다. 잠자리에 든 휘슬러는 잠을 이룰 수 없었다. 그는 악마 같은 밀턴에게 묘한 동질감을 느꼈다.

거절할 수 없는 제안

연준위의 발표 후 미국 정부는 패닉에 빠졌다.

갑작스러운 금리 인상으로 경제가 위축될 것이 불 보듯 뻔할 뿐만 아니라 화폐 발행을 통해 숨통을 트려고 했던 재무부의 제안도 모두 거절당했기 때문이다. 재무 장관은 여러 채널을 통해 밀턴과 접촉하려 했지만 소용없었다. 밀턴은 병가를 이유로 연락을 두절했다. 사실 밀턴은 한 통의 전화를 기다리고 있었다. 대통령이었다. 하지만 대통령으로부터 연락은 오지 않았다. 대신 예상치 못한 소식이 날아들었다.

일요일 오전이었다. 위기를 넘긴 밀턴은 조금씩 회복하고 있었다.

링거로 연명하던 그는 간단한 식사를 하고 휠체어를 타고 산책을 할 수 있게 되었다. 하지만 병의 특성상 언제 다시 위기가 닥칠지 모를 일이었다. 휘슬러는 모든 상황을 아침저녁으로 보고했다.

밀턴은 예상한 듯 특별한 지시를 내리지 않았다.

햇살 좋은 일요일 오전 8시 누군가 초인종을 눌렀다.

"안녕하십니까, 사울레스 어른. 이 아침에 무슨 일이십니까?"

집사가 문을 열며 물었다. 연방준비은행의 2인자 윌리엄 사울레스였다. 사울레스는 190센티미터가 넘는 훤칠한 키에 은발을 가지런히 기른 노신사로 뼛속까지 귀족이었다.

"회장님을 뵈러 왔네."

"계십니다만 아직 일어나시지······."

"급한 일이네."

사울레스는 다급함을 숨기지 않았다. 집사가 비켜섰다.

"침실에 계십니다."

사울레스는 곧장 밀턴의 침실로 향했다.

밀턴은 침대에 누워 있었다. 눈을 감은 채 가는 숨을 뱉는 모습이 힘겨워 보였다.

"밀턴, 내 말 들리나?"

사울레스가 조용히 물었다.

"아직 안 죽었어."

밀턴이 살며시 눈을 뜨며 말했다.

"자네가 여기까지 웬일인가? 3차세계대전이라도 일어난 겐가?"

사울레스는 잠시 쉼표를 찍었다.

"대통령이 강을 건넜네."

밀턴이 눈을 떴다.

"강?"

"돌아올 수 없는 강."

밀턴이 손짓을 하자 집사가 일으켜 세웠다.

"오랜만에 식사나 하지. 아침 메뉴가 뭔가?"

밀턴이 집사에게 물었다.

"오렌지 주스와 오트밀입니다. 의사 소견이 부드럽고 소화가 잘
되는⋯⋯."

"베이컨과 스크램블드에그로 하지."

"알겠습니다."

밀턴이 휠체어를 타며 말했다.

아침 식사는 곧바로 준비됐다. 두 사람은 나란히 앉아 식사를
했다.

밀턴은 베이컨과 달걀을 소중하게 음미했다. 마치 태어나 처음
맛보듯.

"세상에서 가장 맛있는 요리가 뭔지 아나, 윌리엄?"

밀턴이 물었다.

"글쎄."

"사경을 헤매다가 깨어나서 먹는 첫 끼니야. 메뉴는 상관없지.
뭘 먹어도 꿀맛인 거야."

밀턴은 큼지막한 베이컨을 물었다.

"지난 이 년간 열 번도 넘게 죽음의 문턱을 다녀왔어. 이젠 죽음
이 익숙할 때도 됐건만⋯⋯."

밀턴이 멍하니 허공을 응시했다.

"살고 싶어."

밀턴이 포크를 내려놓으며 말했다. 간단한 말이었지만 가장 애절한 말이었다.

"대통령이 뭐라고 했나?"

사울레스의 표정이 굳었다.

"대통령이 전쟁을 선포했어. 우리에게."

밀턴이 바짝 다가앉았다.

"어제 오후 새로운 대통령령에 서명을 했네. 제목은 '새로운 화폐 개혁안 11110호.'"

"새로운 화폐 개혁안?"

"내용은 이렇네. 금본위제를 바탕으로 한 현재의 화폐 외에 은본위제를 바탕으로 한 새로운 화폐를 생산한다. 새로운 화폐는 구화폐와 동등한 가치를 지닌다. 새로운 화폐의 모든 관리와 생산은 미국 재무부가 맡는다."

밀턴이 눈을 질끈 감았다.

"중요한 건 이 부분이야. 새로 생산된 화폐를 은행에 가져오면 언제든 그에 합당한 은을 바꿔주겠다는 거야. 그게 무슨 얘긴지 알겠나? 만약 이대로 새 화폐가 발행될 경우 우리 화폐는 도태될 거라는 거야. 연방준비은행은 사라지게 된다는 말이지. 우리도 함께."

이야기를 들은 밀턴의 손이 부르르 떨렸다.

"당장 이사회를 소집해."

"알았네."

사울레스가 일어서며 말했다.

"아니. 이사회 말고 최고위원회를 모으게."

"최고위원회라면……."

"연방준비은행의 설립자들 말일세."

사울레스가 사형 집행장을 건네받은 것처럼 무겁게 고개를 끄덕였다.

최고위원회 모임은 사흘 후로 잡혔다. 장소는 조지아 주의 지킬 섬이었다. 지킬 섬은 1910년 연방준비은행의 발원지였다. 당시 미국 재무 장관과 유럽 최고의 금융가이자 재력가였던 호크실드 가문, 밀턴의 조부이자 미국 최고의 은행 프리드먼 은행의 창시자 윌리엄 프리드먼 등 일곱 명이 지킬 섬에 모여 연방준비은행을 창설했다. 그후 이들이 모두 모인 적은 한 번도 없었다. 그로부터 반세기가 지난 후 이들의 후계자들이 모인 것이다.

대통령은 취임 전부터 미국의 화폐 발행권이 정부가 아닌 사기업, 다시 말해 연방준비은행에 의해 결정되는 것에 불만을 갖고 있었다. 미국의 경제를 정부가 제어할 수 없기 때문이다. 하지만 반세기 이상 지속된 연방준비은행의 권한을 쉽게 무너뜨릴 순 없다. 그래서 극단적인 방법을 고안한 것이다. 바로 '대통령령 11110호'였다. 상세한 내용은 복잡했지만 골자는 이러했다. 연방준비은행이 발행하는 지폐 외에 미국 정부가 독자적으로 지폐를 발행하겠다는 것. 주목할 점은 은본위제를 바탕으로 한 지폐의 발행이었다. 현재 연방준비은행의 지폐는 금본위제를 바탕으로 성립한다. 금본위제에서는 찍어내는 화폐의 양만큼 중앙은행에 금을 보유한다. 한마디로 백 달러짜리 지폐를 들고 은행에 가서 그에 상응하는 금으로 바꿔달라고 하면 언제든 바꿀 수 있다. 문제는 킹스턴 체제로 바뀌면서 금본위제가 폐지됐다는 것이다. 고로 연방준비은행은 금과 상관없이 마음대로 지폐를 찍어낼 수 있었다. 그런데 대통령이 발행하려는 새로운 지폐는 은본위제를 바탕으로 하고 있었다. 그것은 새로운 지폐의 신뢰도가 금본위제를 포기한 연방준비은행의 지폐와는 비교할 수도 없이 높다는 것을 의미했다. 그것은 연방준비은행의 존립을 흔들 만큼 강력했다. 만약 이 법령이 실행된다면 연방준비은행뿐만 아니라 유럽의 중앙은행들도 엄청난 타격을 입을 게 분명했다. 이들은 영국 중앙은행을 모태로 긴밀하게 연결되어 있었다. 최고위원회가 반세기 만에 모이는 이유였다. 하지만 이들 중 '대통령령 11110호'의 배후에 휘슬러가 있다는 걸 아는 이는 아무도 없었다.

휘슬러는 뉴욕의 월돌프 애스토리아 호텔로 향하고 있었다. 호텔의 펜트하우스에서는 월 스트리트의 실세들이 비밀리에 회동을 했다. 이들이 모인 목적은 대통령의 법안을 지원하기 위해서였다. 그런데 밀턴의 밀서를 든 휘슬러가 이들을 찾아갔다.

엘리베이터가 최상층에 도착하자 중무장한 경호원들이 휘슬러를 맞았다.

"제한 구역입니다. 돌아가세요."

경호원이 말했다. 그러자 휘슬러가 명함을 건넸다.

"연방준비은행의 밀턴 프리드먼 회장님의 심부름으로 왔습니다."

명함을 본 경호원은 잠시 머뭇거렸다.

"잠깐 기다리세요."

경호원은 명함을 들고 펜트하우스로 들어갔다. 그가 돌아오는 데는 오랜 시간이 걸리지 않았다.

"들어오시랍니다."

경호원이 길을 트며 말했다. 경호원이 명함을 돌려주자 휘슬러는 펜트하우스로 들어섰다.

휘슬러는 곧장 펜트하우스 회의실로 향했다. 회의실에 있던 십여 명의 사람들이 일제히 휘슬러를 바라봤다. 미국의 20대 은행의 대주주들이었다. 이들은 연방준비은행의 정책에 오래전부터 불만을 품고 있었다. 특히 독단적이고 제왕적인 밀턴에게 극도의 거부감을 갖고 있었다. 하지만 이제껏 제대로 된 목소리를 낼 수 없었다. 그만큼 밀턴의 힘은 강했다. 그런데 얼마 전 대통령령 11110호가 발령된 것이다. 이들은 곧바로 모임을 갖고 대통령령이 국회에서 인준을 받을 수 있도록 로비를 준비하고 있었다. 얼마 전 자살한 아메리칸 크레디트 은행의 코리건 회장의 죽음도 한몫했다. 사안이 중대한 만큼 이 모임에 관해 알고 있는 사람은 이들 이외에는 없었다. 그런데 적국의 수장 밀턴으로부터 밀서가 도착한 것이다. 회장들은 당혹감을 감추지 못했다. 그들은 한동안 말을 잊은 채 휘슬러를 바라봤다.

"밀턴의 심부름으로 왔다고?"

그들 중 한 명이 물었다.

"그렇습니다."

휘슬러가 편지 한 장을 꺼내며 말했다.

"이리 주게."

"회장님께서 직접 읽어드리라고 했습니다."

그러자 모두 긴장한 얼굴로 휘슬러를 바라봤다.

"내용을 읽어드리겠습니다."

휘슬러가 편지를 펼쳤다.

"친애하는 금융계 동지 여러분. 우리는 오랜 시간 금융계의 질서를 유지하기 위해 협력해왔습니다. 우리는 함께 전쟁을 헤쳐왔고 수많은 도전을 이겨냈습니다. 우리의 협력 관계는 단순히 현재에 있지 않고 우리의 선조들까지 이어져 있습니다. 그런데 얼마 전 우리의 질서를 무너뜨리려는 악의적인 집단이 등장했습니다. 이들은 평화롭고 민주적인 우리의 공생 관계를 무너뜨리고 자신들만의 새로운 질서를 강요하려 하고 있습니다. 하지만 우리는 지금까지 해왔던 대로 이 무모하고 야만적인 도전을 물리치고 질서를 유지할 것입니다. 이것은 단순한 의지가 아니며 반드시 이루어낼 현실임을 명심하길 바랍니다. 마지막으로 중국의 격언 하나를 전하겠습니다. 공자께서 말씀하시길, 과거를 잊은 자에게 미래는 없다."

내용을 모두 읽자 휘슬러는 편지를 도로 넣었다.

"이것이 밀턴 회장님의 전언입니다. 그럼 실례하겠습니다."

휘슬러는 깍듯이 인사를 한 후 회의실을 나섰다. 그때 회장 중한 명이 벌떡 일어서며 소리쳤다.

"가서 전해. 조만간 당신의 세상은 끝이 날 거라고."

휘슬러가 돌아봤다. 그는 발언한 회장의 눈을 똑바로 응시했다.

"그대로 전하겠습니다. 토씨 하나 빠뜨리지 않고. 그런데 누구의 전언이라고 할까요?"

회장이 움찔했다. 그는 잠시 머뭇거리다가 결심한 듯 말했다.

"나는 내셔널 파이낸스 은행의 회장 니컬러스 엘모어다."

그의 목소리가 작게 떨리고 있었다.

"알겠습니다. 니컬러스 회장님. 회장님의 말에 동의하시는 분, 더 없습니까?"

휘슬러가 장중을 둘러보며 물었다. 하지만 아무도 나서지 않았다.

"그럼 이만 실례하겠습니다."

이 말을 남기고 휘슬러는 방을 떠났다. 방문이 닫힐 때까지 그의 뒤에 불안한 시선이 따라붙었다.

로비에 도착한 휘슬러는 화장실에 들렀다. 그는 파기한 편지를 변기에 흘려보내고 정성스럽게 손을 닦았다. 그때 누군가 다가왔다.

"밀턴은 어떻습니까?"

크뢰멜이었다. 두 사람은 이곳에서 만나기로 약속되어 있었다. 휘슬러는 엿듣는 이가 없는지 확인했다.

"아무도 없습니다."

크뢰멜이 손을 씻으며 말했다.

"당황한 기색이 역력해."

휘슬러가 말했다.

"그럴 만하죠. 이 정도의 초강수는 예상치 못했을 테니까요."

"밀턴이 최고위원회를 소집했어. 조만간 대통령의 운명이 결정될 거야."

"고든도 마찬가지겠죠."

"세 번째 계획을 준비해. 조만간 때가 올 테니까."

"걱정 마십시오. 그리고 이거……."

크뢰멜이 봉투 하나를 건넸다.

"말씀하신 밀턴의 과거 자료입니다."

"수고했다."

두 사람은 악수도 나누지 않고 각자 화장실을 나섰다.

휘슬러는 아무 일 없었던 듯 롤스로이스에 올랐다. 롱아일랜드로 향하는 휘슬러의 얼굴에 오랜만에 미소가 떴다. 모든 게 그의 계획대로 돌아가고 있었다.

'대통령령 11110호'는 휘슬러의 두 번째 계획이었다.

휘슬러로부터 지시받은 크뢰멜은 곧바로 고든 체이서를 만났다.

"무슨 일인가?"

고든은 잔뜩 화가 나 있었다. 지난번 회의 때 밀턴으로부터 받은 모욕의 앙금이 아직 사그라지지 않았던 것이다. 이런 일이 처음은 아니었다. 밀턴은 고든을 무능력하다고 생각하고 있었다. 그리고 자신의 생각을 있는 그대로 표현했다. 무려 삼십 년 동안. 이제 고든의 분노는 한계치에 달해 있었다.

"저희 약속을 기억하십니까?"

크뢰멜이 물었다.

"나도 그 약속에 관해 듣고 싶어. 대체 뭘 하고 있는 건가. 이대로 그 영감탱이가 죽으면 아무런 소득이 없어."

분노에 치를 떨며 고든이 말했다.

"지금부터 제가 하는 말을 잘 들으십시오. 오래전부터 화폐 가치를 지닌 금속은 두 종류가 있습니다. 금과 은이죠. 그중에도 금은 희소가치가 높기 때문에 대부분의 나라에서 금본위제를 채택했죠. 하지만 너무 희귀한 탓에 현재 금본위제는 사라졌습니다. 때문에 화폐의 가치도 지속적으로 하락하고 있죠."

"지금 내 앞에서 경제 강의를 하겠다는 거냐?"

고든이 답답한 듯 말을 가로챘다.

"만약 은을 본위로 새로운 지폐가 생산된다면 두 지폐 중 어떤 지폐가 살아남을까요?"

"!"

"대통령은 오래전부터 연방준비은행의 화폐 발행권을 돌려받기를 원하고 있습니다. 지금 벌어지는 모든 상황은 밀턴과 대통령의 권력 싸움인 거죠. 하지만 이대로는 대통령이 이길 승산은 없어요. 그건 대통령도 잘 알고 있을 겁니다."

"뭘 얘기하고 싶은 거냐?"

크뢰멜이 바짝 다가왔다.

"대통령을 만나십시오. 그리고 제안을 하세요. 연방준비은행과 대결할 수 있는 새로운 화폐를 만들라고."

그것은 상상을 초월한 제안이었다.

"네놈들, 화폐를 만드는 것이 빵 찍어내는 것처럼 간단한 일인 줄 아느냐?"

"물론 아니죠. 제 말은 은을 본위로 한 화폐를 생산하라는 겁니다. 계획대로만 된다면 금본위제를 폐지한 연준위의 달러는 휴지로 변할 겁니다."

크뢰멜의 입가에 예리한 미소가 떴다. 고든은 한동안 머릿속으로 계산기를 두드렸다.

"하지만 은본위로 화폐를 생산하기에 정부의 은 보유량은 턱없이 부족해."

"지난번에 말씀드리지 않았나요? 저희가 갖고 있는 자산 중 금은 일부일 뿐이라고. 저희는 남미에 여섯 개의 은 광산을 가지고 있습니다. 거기서 생산되는 모든 은을 독점적으로 미 정부에 공급하겠습니다."

"이건 그렇게 단순한 게 아니야."

너무도 거대한 계획에 고든은 한 발자국 물러섰다. 그러자 크뢰멜이 말했다.

"시간은 우리 편이 아닙니다. 시간을 끌면 끌수록 밀턴이 승리할 확률은 높아져요. 그러니 당장 대통령을 만나십시오. 대통령이 이 계획을 들으면 반드시 반응할 겁니다. 중요한 건 새로운 화폐법안이 통과돼서 생산에 들어가면 화폐와 금리를 통제할 새로운 기구가 필요할 겁니다. 그 기구의 수장을 당신이 맡는다는 조건을 제시하세요."

그 말에 고든의 숨이 멈췄다.

"당신이 미국의 금융을 지배하게 되는 겁니다. 밀턴을 누르고. 알겠습니까, 고든 씨."

크뢰멜이 의미심장한 미소를 지으며 말했다.

고든이 대통령을 설득하는 데는 오랜 시간이 걸리지 않았다.

고든의 계획을 들은 대통령은 곧바로 태스크 포스 팀을 구성해 새로운 화폐 생산 법령을 준비했다. 그리고 그로부터 열흘 후 밀턴의 금리 인상과 시기를 맞춰 대통령령 11110호가 등장했다.

저택으로 돌아온 휘슬러는 보고를 위해 밀턴을 찾아갔다.

그런데 밀턴의 방 앞이 분주했다. 하인들은 구토물을 치우기 위해 오갔고 문은 굳게 닫혀 있었다.

"회장님이 또 쓰러지셨습니까?"

휘슬러가 하인 한 명에게 물었다. 하인이 고개를 끄덕였다. 휘슬러는 발길을 돌렸다. 시간이 얼마 남지 않았다. 밀턴은 죽음이 임박해 있었다. 만약 이대로 밀턴이 죽는다면 다음 계획을 실행하기 위해 얼마나 오랜 시간을 기다려야 할지 알 수 없었다.

"날 실망시키지 마라, 밀턴."

방으로 돌아온 휘슬러는 크뢰멜이 준 자료를 펼쳤다.

밀턴에 관해 알려진 것은 그다지 많지 않습니다. 과장되거나 부풀려진 소문이 대부분이었습니다. 그중 믿을 만한 정보만 보내드립니다.

밀턴은 본래 프리드먼 가문의 자손이 아니었습니다. 밀턴의 아버지 조지프 프리드먼은 자식이 없었습니다. 결혼을 두 번이나 했지만 자식을 얻지 못했죠. 외아들이던 조지프 프리드먼은 가업을 이을 아들이 필요했습니다. 그래서 사촌의 아들인 밀턴을 양자로 들이게 됩니다. 밀턴의 나이 스무 살 때 일입니다. 본래 밀턴의 집안은 평범한 가정이었습니다. 아버지는 외판원이었고 어머니는 초등학교 교사였습니다. 조지프 프리드먼이 밀턴을 선택한 이유는 영특함 때문이었습니다. 형편이 어려웠지만 밀턴은 예일대 경영학과를 전액 장학금을 받고 입학했습니다. 프리드먼으로 성을 바꾼 밀턴은 후계자 수업을 받게 됩니다. 와튼 비즈니스 스쿨을 졸업하고 옥스퍼드에서 경제학 박사 학위를 받았습니다. 그리고 곧바로 프리드먼 은행에 입사합니다…….

크뢰멜은 밀턴의 과거를 상세하게 조사했다. 하지만 휘슬러의 관심은 그의 연애사였다.

밀턴의 연인에 관해서 알려진 것은 없습니다. 그의 사생활은 철저히 비밀에 부쳐져 있기 때문입니다. 아래 내용은 소문에 근거한 내용임을 알려드립니다.

밀턴은 어린시절부터 여자와의 육체적 접촉에 극도의 혐오감을 갖고 있었습니다. 심지어 어머니가 키스하는 것조차 싫어했으니까요. 성인이 된 후에도 여자에 관심을 두지 않습니다. 그러던 밀턴은 프리드먼 가문에 입양되면서 큰 변화를 겪게 됩니다. 조지프 프리드먼 슬하에서 엄한 후계자 교육을 받던 밀턴은 기숙사에서 생활하며 친구도 없이 외로운 삶을 이어나가죠.

그러던 중 한 여인을 만납니다. 엘리너 홀리스터라는 여인이었습니다. 엘리너는 조지프 프리드먼의 첫 번째 부인 사라 프리드먼의 조카였습니다. 열두 살에 아버지를 잃고 홀어머니 밑에서 성장한 엘리너는 옥스퍼드로 유학을 갑니다. 그곳에서 밀턴을 만나게 됩니다. 외로웠던 두 사람은 가까워집니다. 둘은 서로가 첫사랑이었습니다. 그런데 소문에 의하면 두 사람의 사이는 상당히 기이했다고 전해집니다. 밀턴은 엘리너를 만날 때면 늘 채찍을 가지고 있었답니다. 그리고 두 사람이 관계를 맺을 때는 항상 비명과 채찍 소리가 울려 퍼졌다고 합니다. 어떤 이는 둘의 관계가 주인과 하녀 사이 같았다는 이도 있었습니다. 한마디로 둘은 사디즘과 마조히즘적인 사랑을 나눈 것으로 보입니다.

그렇게 두 사람은 이 년 가까이 지냅니다. 둘의 관계가 깨진 건 아버지 조지프 프리드먼 때문이었습니다. 조지프는 밀턴에게 은행을 물려받으려면 엘리너와 헤어지라고 요구합니다. 법적으로 근친상간이었으니까요. 그 말을 들은 밀턴은 냉정하게도 곧바로 엘리너와 헤어집니다. 그리고 두 번 다시 만나지 않습니다. 이후 옥스퍼드를 졸업한 밀턴은 약속대로 프리드먼 은행의 부사장으로 입사합니다. 그리고 얼마 후 엘리너는 자살합니다. 그후 밀턴은 결혼은 물론, 어떤 여자와도 관계를 가진 적이 없다고 합니다.

참고로 엘리너의 꿈은 시인이었답니다. 비록 꿈을 이루지는 못했지만.

내용을 모두 읽은 휘슬러는 자료를 불태웠다.

"엘레오노라 두세……."

티즈데일의 시에 등장하는 이름이었다.

"조카 엘리너 홀리스터…… 네놈은 나와 묘하게 얽히는구나, 밀턴."

타들어가는 편지를 보며 휘슬러가 읊조렸다. 그의 미간에는 아련한 추억의 고통이 묻어났다.

휘슬러, 아니 히틀러에게는 에바 브라운 이전의 여인이 있었다.

겔리 라우발이었다. 겔리는 히틀러의 조카였다. 당시 겔리는 미성년으로 비록 근친이었지만 두 사람은 사랑에 빠졌다. 겔리는 히틀러를 아저씨라고 부르며 따랐고 히틀러 역시 그녀에게서 안식을 얻을 수 있었다. 그만큼 순수하고 편안한 여인이었다. 하지만 이들의 관계는 기이하게 발전했다. 히틀러의 여성 혐오증 때문이었다. 히틀러도 어려서부터 여성에 대한 거부감이 있었다. 때문에 히틀러 역시 성장기에 여성을 가까이한 적이 없었다. 그런 히틀러가 마흔이 넘어 자신의 조카 겔리와 사귀게 된 것이다. 히틀러의 왜곡된 여성관으로 인해 겔리는 고통스러워했다. 히틀러는 겔리를 마음대로 휘둘렀고 결국 겔리는 자살하고 말았다. 자신의 총으로 가슴을 쏴서.

불에 탄 재를 보면서 휘슬러는 가슴을 움켜쥐었다. 갑자기 누군가 심장을 움켜쥐는 듯 고통스러웠다. 휘슬러는 가슴을 부여잡은 채 바닥에 쓰러졌다. 바닥에 웅크린 채 휘슬러는 밀턴의 가슴에 난 흉터를 떠올렸다. 묘하게도 두 사람의 흉터는 놀라우리만치 흡사했다.

그날 저녁 밀턴으로부터 호출이 왔다. 휘슬러는 곧장 그의 방으로 향했다. 방에는 구토와 오물 냄새가 섞인 구린내가 가득했다.

밀턴은 방 한가운데서 링거를 맞으며 누워 있었다. 그의 얼굴은 백지장처럼 창백했다. 먼발치에서도 죽음을 느낄 수 있을 정도로.

"내일 지킬 섬 모임에 간다. 준비해둬라."

밀턴이 들릴 듯 말 듯한 목소리로 말했다.

"괜찮으시겠습니까?"

밀턴이 돌아봤다.

"내가 첫날 뭐라고 했느냐, 부서진 시소."

"준비하겠습니다. 그리고 오늘 오전 주신 편지는 읽어드렸습니다. 내셔널 파이낸스 은행의 엘모어 회장님이 이렇게 전해드리라고 하시더군요. 이제 곧 회장님의 시대는 끝날 거라고."

밀턴이 미소를 지었다. 가소롭다는 듯.

"그 녀석은 여전히 앞뒤를 못 가리는구나. 알았다."

"그럼 쉬십시오."

휘슬러가 방을 나서려던 순간이었다.

"시집은 왜 들고 왔느냐?"

밀턴이 잡았다. 휘슬러는 문가에서 돌아봤다. 만약을 대비해 티즈데일의 시집을 갖고 있었다.

"혹시 몰라서 준비했습니다."

밀턴이 보일 듯 말 듯 미소를 지었다.

"너는 그 시가 무슨 시라고 생각하느냐?"

밀턴의 질문에 휘슬러는 잠시 생각을 했다.

"사랑의 시입니다."

밀턴이 가래 끓는 소리는 내며 웃었다.

"그 시는 집착에 관한 시다. 인간을 불행하게 만드는."

밀턴은 한동안 커튼 사이로 보이는 하늘을 바라봤다.

"경제학과를 나왔다고."

"네."

"연방준비은행에 얼마의 돈이 있는지 아느냐?"

"모릅니다."

"내가 부르는 만큼의 돈이 있다."

맞는 말이다. 연방준비은행은 달러를 찍어내는 공장이었다.

그리고 밀턴은 공장을 운영하는 공장장이었다.

"만약 사람들이 더이상 연방준비은행을 믿지 못하면 어떻게 되느냐?"

"그럴 일은 없습니다."

밀턴이 씩 웃었다.

"연방준비은행은 그림을 찍어내는 종이 공장에 불과하다. 그런데 어떻게 사람들은 그 종이를 이토록 간절히 바라게 됐을까."

밀턴이 잠시 쉬었다.

"허상을 심어줬기 때문이다. 그리고 그 허상에는 공포가 포함되어 있다. 우리가 세상을 지배하고 있다는 공포. 나는 그걸 운영하는 사람이다."

밀턴이 날카롭게 노려보며 말했다.

"너는 내가 말하는 공포가 뭔지 잘 알 텐데. 안 그러냐, 부서진 시소."

밀턴의 눈이 기묘하게 빛났다. 마치 휘슬러의 이면을 꿰뚫는 듯한.

"무슨 말씀인지 모르겠습니다."

휘슬러가 대답했다.

"나가라."

밀턴이 피곤한 듯 말했다. 휘슬러는 조용히 방을 나섰다.

복도를 지나는 휘슬러의 머릿속은 복잡했다. 밀턴은 휘슬러의 정체에 관해 상당 부분 알고 있는 게 분명했다.

"네놈은 내 제안을 거절할 수 없다. 내겐 돈으로 살 수 없는 유일한 무기가 있으니까."

밤이 찾아온 저택은 여전히 을씨년스러웠다. 하지만 처음처럼 낯설지는 않았다. 식사 시간이 지난 저택에는 인적이 없었다. 하인들은 모두 돌아간 후였다. 휘슬러는 방으로 돌아가지 않고 저택을 둘러보았다. 저택에 온 후 처음이었다. 저택 1층은 거실과 서재를 중심으로 길게 이어져 있었다. 그런데 서쪽 건물에 이르자 직각으로 이어진 또 다른 복도가 나타났다. 역시 텅 빈 방들이 연속되는 복도였다. 휘슬러는 천천히 복도를 지났다. 그렇게 백 미터가량을 가자 정면에 또 다른 문이 나타났다. 문은 다른 건물로 이어져 있었다. 밀턴의 방문처럼 호두나무로 된 거대한 문이었다. 그런데 문 위 대리석에 글자가 새겨져 있었다.

엘레오노라를 기리며

티즈데일의 시에 나온 이름이었다.

휘슬러는 호기심을 이기지 못하고 문고리를 돌렸다. 하지만 문은 굳게 잠겨 있었다. 그때였다.

"그곳은 출입 금지 구역입니다."

휘슬러가 놀라서 돌아보았다. 집사였다. 잠옷 차림의 집사가 손에 산탄총을 든 채 서 있었다.

"앞으로 이곳에 오지 마십시오. 여긴 프리드먼 가문 사람만이 출입할 수 있습니다."

"알겠습니다. 조심하죠."

휘슬러는 돌아서 복도를 빠져나왔다. 집사는 총을 든 채 휘슬러가 방에 들어갈 때까지 따라왔다. 문을 닫자 그제야 집사는 돌아갔다.

기묘한 저택이었다. 밀턴만큼이나 비밀로 가득한 곳이었다.

"엘레오노라를 기린다……."

휘슬러는 대리석에 적힌 글을 떠올리며 생각했다. 그곳이 밀턴의 숨겨진 심장이 묻힌 곳이라고.

뉴욕에서 지킬 섬까지는 꼬박 하루가 걸렸다.

몸이 불편한 밀턴은 자신의 요트를 타고 이동했다. 전용기를 타기에는 그의 상태가 몹시 안 좋았다. 지킬 섬에는 요트가 정박할 작은 항구가 있었다. 항구에는 리무진이 기다리고 있었다. 지킬 섬은 미국 대부호들의 여름 별장이 있는 곳으로 유명했다. 그중에도 밀턴이 향하는 별장은 일곱 명의 금융계 거물이 모여 연방준비은행의 초안을 잡은 곳이었다.

별장은 섬 가장 높은 곳에 위치하고 있었다. 꼬불꼬불한 비탈길을 오르자 그리스풍의 새하얀 저택이 나타났다. 입구에는 여러 대의 리무진들이 일렬로 주차되어 있었다. 밀턴이 차에서 내리자 서너 명의 하인들이 달려와 부축했다. 밀턴은 그들을 물리치고 휘슬러에게 휠체어를 맡겼다.

"부서진 시소."

밀턴이 휠체어를 세우며 말했다.

"네."

"이제 네가 들어설 곳은 신들의 정원이다. 거기서 나를 기다리는 사람들은 신에 가장 가까운 존재들이야. 고로 이곳에서 벌어지는 일들은 인간 세상에 알려져선 안 된다. 만약 이를 발설할 시에는 목숨을 내놓는 것으로 부족할 거야. 알아듣겠느냐?"

"명심하겠습니다."

말을 마치자 밀턴은 별장 정원으로 향했다.

정원은 밀턴의 말처럼 당장이라도 신이 내려올 듯 아름다웠다. 카펫처럼 가지런히 펼쳐진 잔디밭을 빙 둘러 각종 꽃들이 피어 있었고 그 너머에 푸른 대서양이 펼쳐져 있었다. 그 한가운데 생일 케이크처럼 새하얀 정자가 자리하고 있었다. 정자를 둘러싸고 있던 백색 무명천을 지나자 최고위원들이 나타났다. 그들은 모두 일곱 명이었는데 역시 새하얀 정장 차림을 하고 있었다. 그리고 일곱 쌍둥이처럼 흡사한 얼굴을 하고 있었다. 세계의 돈을 지배하는 사람들이었다.

"어서 오게, 밀턴. 몸도 안 좋은데 힘든 걸음 했구먼."

첫 번째 최고위원이 인사를 건넸다. 그는 이웃집 할아버지처럼 푸근한 인상이었다. 그의 입에서 구름처럼 담배 연기가 흘러나왔다.

"잘들 지내셨습니까?"

밀턴이 인사를 받았다. 오직 그만이 검은 옷을 입고 있었는데 천국에 초대된 지옥의 사자 같았다.

"전쟁 직전에 봤으니 근 이십 년 만이로군."

두 번째 신이 말했다.

"그렇군요. 다들 좋아 보이십니다."

하인이 차를 권했지만 밀턴은 손을 저었다. 이곳에서의 밀턴은 이제까지와는 사뭇 달랐다. 그는 오래된 스승을 만난 듯 깍듯했다. 이들은 서로의 안부를 물었다. 마치 신들의 동창회에 참석한 듯 화기애애한 모습이었다. 하지만 휘슬러는 이들의 대화를 알아들을 수 없었다. 어떤 이는 불어로 이야기했고 어떤 이는 러시아어를 사용했다. 심지어 히브리어를 쓰는 이도 있었다. 그들은 각자의 언어를 사용하고 있었지만 모두 한 언어를 쓰듯 완벽하게 소통하고 있었다. 그렇게 한동안 이들은 이질적이면서 평온한 대화를 이어갔다.

"미국에 문제가 생겼다고?"

이윽고 한 명이 물었다.

"그렇습니다."

밀턴이 대답했다.

"내용은 대충 전해 들었네."

"어린 친구가 당돌하더군. 그런 생각을 하다니."

"아직 세상을 이해 못 한 게야. 질서가 생기게 된 이치를 깨우치지 못한 거지."

"그 친구에게는 안타까운 일이야."

위원들은 덕담을 하듯 조용히 대화를 이어갔다.

밀턴은 이들의 대화를 잠자코 들었다.

"설득해봤겠지?"

한 명이 물었다.

"물론입니다. 하지만 단호했습니다."

밀턴이 대답했다.

"그렇군."

위원들은 잠시 침묵을 지켰다. 대서양의 시원한 바람이 이들을 지나쳤다.

"자네 생각은 어떤가?"

이번에는 밀턴이 침묵을 지켰다.

"다른 방도가 없을 듯합니다."

"음."

구름 위에 있던 신들이 조금은 지상에 가까워졌다.

"역시 그 수밖엔 없는 건가."

"잘 마무리지을 수 있겠지?"

이제껏 잠자코 있던 일곱 번째 위원이 물었다.

"물론입니다."

밀턴이 대답했다. 그러자 일곱 명의 위원들이 서로를 바라보았다. 그리고 묵언의 동의를 했다.

"뜻대로 하게."

첫 번째 위원이 미소를 지으며 말했다.

"감사합니다. 그럼 시행하겠습니다."

밀턴이 고개를 숙이며 말했다. 그는 곧장 별장을 빠져나가려 했다.

"그런데……."

위원 중 한 명이 붙잡았다.

"그 발상이 누구의 것인지 아나?"

밀턴이 돌아섰다.

"아직 조사중에 있습니다."

"제아무리 영민한 대통령이라 해도 단숨에 그런 발칙한 생각을 할 순 없어. 배경에 뭔가 있어. 자네가 생각지 못한 묵직한 게."

일곱 번째 위원이 날카롭게 말했다.

"대통령을 처리하는 건 중요한 게 아니야. 그림자 속에서 조종을 하는 녀석이 있어. 녀석을 처리해야 해."

여섯 번째 위원이었다.

"녀석은 자네 생각보다 영리하고 강력해. 그리고 우리가 알지 못하는 세력을 가지고 있어. 녀석을 함께 해결하지 않으면 후일 문제가 될 수 있어."

신들의 정원 주위로 검은 구름이 몰려들었다.

"곧 밝혀내겠습니다. 시간을 주십시오."

"명심해. 새로운 세력을 반드시 해결해야 해."

밀턴은 무겁게 고개를 끄덕이고 떠났다. 그 모습을 위원들이 무표정한 얼굴을 응시했다.

별장을 빠져나온 밀턴은 기진맥진했다. 가뜩이나 안 좋은 몸에 최고위원을 만나느라 긴장한 탓이었다. 최고위원들은 밀턴을 긴장시킬 만큼 무서운 존재였다. 요트에는 주치의가 대기하고 있었다. 주치의는 곧바로 산소호흡기를 물리고 약을 투여했다. 휘슬러는 그 모습을 묵묵히 지켜봤다. 그의 뇌리에는 최고위원들의 마지막 말이 맴돌고 있었다. 그들은 대통령의 배후에 또 다른 세력이 있다는 걸 눈치채고 있었다. 뿐만 아니라 배후 세력이 언젠가 자신들에게 위협이 되리란 걸 직감했다. 어쩌면 그 배후가 휘슬러라는 걸 알지도 모르는 일이었다. 그들의 정보력은 상상을 초월했다. 하지만 어차피 상관없는 일이었다. 언젠가는 정면으로 맞닥뜨려야만 할 상대다. 그 시기가 조금 당겨진 것뿐이다.

"고든에게 전화를 넣어라. 할말이 있다."

정신을 차린 밀턴이 말했다. 휘슬러는 위성 전화를 이용해 고든을 연결했다.

"회장님, 고든 체이서 이사입니다."

휘슬러가 위성 전화를 건네줬다.

"무슨 일이십니까, 회장님?"

고든은 긴장한 기색이 역력했다.

"지금부터 내가 하는 말을 잘 들어라. 너에게 중요한 임무를 주겠다. 이것은 우리의 생존과 관련된 중대한 일이다. 만약 이번 임무를 제대로 수행하지 못할 시 너의 모든 지위를 박탈할 뿐만 아니라 금융계에서 두 번 다시 발을 붙일 수 없게 될 것이다. 알겠느냐?"

밀턴은 위협적이었다.

"알겠습니다. 대체 어떤 임무입니까?"

고든이 떨리는 목소리로 물었다.

"대통령을 암살해라."

천근같은 정적이 흘렀다. 고든은 대답을 못 하고 침묵을 지켰다.

"뿐만 아니라 대통령의 배후에서 대통령령 11110호를 주도한 세력이 누군지 알아내라. 그리고 함께 제거해라. 알아들었느냐?"

수화기에선 고든의 떨리는 숨소리만이 전해졌다.

"알아들었느냔 말이야!"

밀턴의 고함소리가 선내에 울려 퍼졌다. 그제야 정신이 든 고든이 대답했다.

"알겠습니다."

밀턴은 이내 전화를 끊었다. 방안에는 여전히 무거운 침묵이 흘렀다.

"부서진 시소, 너는 대통령의 배후에 누가 있다고 생각하느냐?"

밀턴이 정적을 깨며 물었다.

"저같이 하찮은 놈이 어떻게 알겠습니까."

휘슬러가 슬쩍 비켜섰다.

"대답해보거라."

밀턴이 다시 물었다.

"한 가지 분명한 건…… 대통령을 움직일 만큼 막강한 존재입니다. 그리고……."

"그리고?"

"이제 막 성장하기 시작한 새로운 세력입니다. 최고위원들조차 눈치 못 챈……."

"새로운 세력이라……."

밀턴은 잠자코 눈을 감았다. 마치 허망한 메아리를 들은 듯.

"질문을 해도 되겠습니까?"

휘슬러가 물었다.

"해보거라."

"왜 고든 이사를 택하셨습니까? 이렇게 중대한 일에."

밀턴이 말했다.

"늑대를 잡으려고 숲을 뒤지는 건 어리석은 짓이야. 가장 어린 양을 무리에서 떼어놓아야 한다. 그러면 어린 양은 어미를 찾아 밤새 울 거야. 늑대는 그 소리를 듣고 나타나지. 그때 늑대를 잡는 거다."

강한 약물이 링거를 타고 밀턴의 핏속으로 스며들었다. 병이 밀턴을 삼키지 않으면 약물이 그를 죽음으로 몰 수 있었다.

"네가 말했던 나의 구원은 어떻게 됐느냐?"

밀턴이 문득 생각난 듯 물었다.

"만약 날 구원하지 못하면 네 목숨을 내놓겠다고 하지 않았느냐."

"얼마 후면 알게 되실 겁니다."

휘슬러가 대답했다.

"시간이 얼마 남지 않았다."

이 말을 끝으로 밀턴은 잠이 들었다.

저택으로 돌아온 휘슬러는 식사도 거른 채 사색에 잠겼다. 밀턴의 배후에 연방준비은행을 설립한 거대 자본 세력이 있다는 건 이미 알고 있던 사실이었다. 그들은 이데올로기와 국적을 떠나 돈의 흐름을 관리하고 통제하는 그림자 정부였다. 미국 역시 그들의 손아귀에서 자유롭지 않았다. 그들은 휘슬러의 궁극적인 목표였다. 연방준비은행은 징검다리에 불과했고 '대통령령 11110호'도 이들을 끌어내기 위한 미끼였다.

문제는 이들이 휘슬러의 존재를 눈치채고 있다는 것이었다. 이들에게 정체가 드러나는 건 시간문제였다. 결정을 내려야 할 순간이었다. 이윽고 휘슬러는 수화기를 들었다. 그리고 크뢰멜에게 전화를 걸었다. 저택의 모든 전화기는 도청되고 있었다. 신호가 가더니 크뢰멜이 나타났다.

"무슨 일이십니까?"

크뢰멜이 물었다.

"세 번째 계획을 실행한다. 지금 당장."

이 말을 남기고 휘슬러는 수화기를 내려놓았다. 그는 곧장 방을 나섰다. 그가 향한 곳은 저택 복도 끝 비밀의 방이었다. 늦은 밤 저택은 쥐죽은듯이 고요했다. 오직 그의 발소리만이 울려 퍼질 뿐이었다. 복도를 돌아서 한참을 가자 출입이 통제된 호두나무 문이 나타났다. 문 위에는 "엘레오노라를 그리며"라는 문구가 선명했다. 문은 여전히 굳게 잠겨 있었다.

휘슬러는 주저 않고 지렛대를 문틈으로 밀어넣어 제쳤다. 우지끈하는 둔탁한 소리를 내며 자물쇠가 부서졌다. 끼이익. 휘슬러는 조심스럽게 문을 열고 비밀의 방으로 들어섰다. 칠흑 같은 어둠 너머에 상당히 넓은 공간이 펼쳐져 있었다. 휘슬러는 벽을 더듬어 전등 스위치를 찾았다. 하지만 아무리 뒤져도 스위치는 없었다. 대신 촛대가 걸려 있었다. 휘슬러는 촛대에 불을 붙였다. 주홍색 불빛이 동그랗게 주위를 둘러쌌다. 휘슬러는 촛대를 들고 방안을 비췄다. 그러자 방안 정경이 모습을 드러냈다.

"예상대로군."

무덤이었다. 네모반듯한 대리석 묘비가 방 한가운데 있었고 누군가를 매장한 봉분이 화강암으로 덮여 있었다. 주위 벽에는 성당을 연상시키는 스테인드글라스가 무덤을 빙 둘러 싸고 있었고 성인들의 석상이 무덤을 굽어보고 있었다. 척 보기에도 소중한 사람의 무덤이라는 걸 알 수 있었다.

시를 사랑한 엘리너 홀리스터, 여기 잠들다.

그것이 묘비명이었다. 밀턴의 첫사랑이자 마지막 사랑인 엘리너의 무덤이었다.

"이것이 너의 심장이구나, 밀턴."

그때였다. 철컥. 누군가 뒤에서 총을 겨눴다. 휘슬러는 천천히 돌아섰다.

"이제야 본색을 드러냈구나, 부서진 시소."

밀턴이었다. 그가 휠체어에 탄 채 총을 겨누고 있었다.

* * * * *

같은 시각. 크뢰멜은 고든의 저택에 도착해 있었다. 요새를 연상시키는 입구에는 중무장한 경비원 두 명이 지키고 있었다. 십이 에이커에 달하는 저택은 높은 콘크리트 벽으로 둘러싸여 있었다. 경비가 크뢰멜의 밴을 발견하고 다가왔다.

"무슨 일로 오셨습니까?"

"멘슨 앤드 휘슬러 투자은행의 크뢰멜이오. 급한 일로 고든 회장님을 만나러 왔소."

경비는 곧장 크뢰멜의 신원을 확인했다. 잠시 후 허락이 떨어지자 철창문이 열렸다. 교도소를 연상시킬 만큼 묵직한 문이었다. 저택으로 들어서려는데 다른 경비원이 저지했다.

"동승하신 분들은 누굽니까?"

밴에는 크뢰멜 외에 세 명의 남자들이 있었다.

"우리 회사 이사들이오."

크뢰멜이 대답했다. 경비는 더이상 묻지 않고 비켜섰다.

사실 그들은 은행 직원들이 아니었다. 휘슬러가 키우는 개인 용병이었다. 수많은 살인 경험이 있는. 하지만 그것을 알아볼 사람은 없었다.

저택에 들어선 크뢰멜은 서슴지 않고 집안을 뒤졌다. 평생을 독신으로 산 고든의 저택에는 집사 외에 아무도 없었다. 용병들 중한 명이 잠이 든 집사를 제압했다. 나머지는 커튼을 모두 치고 입구를 잠갔다. 고든은 지하 사우나 룸에 있었다.

"이 늦은 밤에 무슨 일이냐? 새로운 지폐에 내 얼굴을 넣기로한 거냐?"

땀에 흠뻑 젖은 고든이 물었다. 그는 이제 곧 세상을 손에 넣을듯 자신만만했다.

"새로운 지폐 따윈 없다, 고든."

크뢰멜이 눈짓을 하자 수하들이 고든을 끌어냈다.

"이게 무슨 짓이야?"

수하들은 강제로 고든을 끌어내 의자에 앉혔다.

"머리가 어떻게 된 거 아니야, 크뢰멜? 내가 누군 줄 알고."

크뢰멜이 탁자에 걸터앉으며 말했다.

"선택권을 주겠다."

크뢰멜이 신호를 주자 수하 한 명이 주머니에서 뭔가를 꺼내 탁자 위에 놓았다. 권총과 약물이 든 주사기였다.

"넌 내일 모든 신문의 1면 기사로 나갈 거야. 제목은 둘 중 하나. 연방준비은행 상임 이사 고든 체이서, 약물 과다로 인해 사망. 혹은, 고든 체이서, 우울증으로 인한 총기 자살. 자, 어떤 제목이 맘에 드느냐?"

크뢰멜의 입가가 차갑게 올라갔다.

* * * * *

휘슬러는 총을 보고도 당황하지 않았다. 그는 밀턴이 오길 기다리고 있었다.

"늦은 시간에 소란을 일으켜서 죄송합니다. 하지만 이 안에 뭐가 있는지 궁금해서 참을 수가 있어야죠."

휘슬러가 촛불을 비추며 말했다.

"네놈들이 대통령의 배후에 있다는 건 알고 있었다. 금시장을 농락해서 고든을 매수했다는 것 역시. 나치 잔챙이들."

밀턴이 든 총구가 흔들렸다. 그는 총을 제대로 들고 있지 못할 만큼 악화되어 있었다. 반면 휘슬러는 여유롭게 묘비를 응시하고 있었다.

"이 방에 들어오기 전 흥분이 되더군요. 과연 천하의 밀턴이 고이 숨겨놓은 게 뭘까. 하지만 엘리너의 무덤이란 걸 알고 나자 안심이 됐습니다. 밀턴 프리드먼에게도 심장이 있구나."

휘슬러가 묘비를 애처롭게 쓰다듬었다. 순간 탕! 밀턴이 총을 발사했다. 총알은 간발의 차이로 휘슬러의 귓가를 스쳐갔다.

"더러운 손 치워라, 역겨운 나치 새끼."

휘슬러가 천천히 고개를 돌렸다.

"그렇다면 왜 당신 비서로 들어왔는지도 알겠군요."

휘슬러가 밀턴을 향해 한 발자국 나아갔다.

"연방준비은행을 손에 넣으면 미국을 맘대로 주무를 수 있으리라 생각하느냐? 오만방자한 것들."

"그런데 왜 절 고용하셨습니까?"

휘슬러는 천천히 밀턴에게 다가갔다. 다시 탕! 총알이 발사됐다. 휘슬러의 발치에서 연기가 일었다.

"서라."

하지만 휘슬러는 멈추지 않았다.

"제 제안 때문이겠죠. 당신을 구원할 수 있다는. 벼랑 끝에 선 당신은 지푸라기라도 잡아야 했으니까요. 전 느낄 수 있습니다. 당신이 얼마나 살고 싶은지. 매일 밤 살려달라고 울부짖고 있다는 사실도."

"서라니까! 이 나치 새끼!"

방아쇠를 당겼지만 탄창이 비었다. 밀턴은 다시 총알을 장전했다. 하지만 손이 떨려 탄환을 떨어뜨리고 말았다. 휘슬러는 어느새 밀턴 앞에 서 있었다. 그는 허리를 굽혀 총알을 집었다. 그리고 밀턴에게 건네주었다.

"미안하지만 연방준비은행은 관심 없습니다. 그건 계획의 일부에 불과하니까요."

"계획?"

"자, 이제 당신에게 정식으로 제안을 하겠습니다."

휘슬러가 무릎을 꿇어 밀턴과 눈높이를 맞췄다.

"우선 당신의 골칫거리들을 처리해드리죠. 대통령을 비롯한 대통령령 11110호와 관련된 사람들을 모두 말입니다. 물론 그중에는 고든도 포함됩니다."

밀턴이 시니컬한 미소를 지었다.

"대통령은 더이상 쓸모가 없다는 거냐? 착각을 하고 있구나. 여긴 유럽의 전쟁터가 아니다. 여긴 미국이야. 네놈들이 무슨 수로 대통령을 없애겠다는 거냐?"

그러자 휘슬러가 복도에 있던 전화기를 들었다. 그리고 어디론가 전화를 걸었다.

* * * * *

고든의 서재 전화가 울렸다. 크뢰멜은 곧바로 수화기를 들었다.

"네, 총통."

"준비는 끝났나?"

휘슬러가 물었다. 크뢰멜은 고든을 쓱 쳐다봤다. 공포에 전 고든이 바들바들 떨고 있었다.

"명령만 내리십시오."

"고든을 바꿔라."

크뢰멜이 전화기를 들고 고든에게 다가갔다.

"받아보시오."

수화기를 건네자 고든이 떨리는 손으로 받아들었다.

"여……보세요?"

* * * * *

고든의 목소리를 확인한 휘슬러가 말했다.

"고든 씨, 당신과 통화하고 싶어 하는 사람이 있소."

휘슬러가 수화기를 밀턴에게 내밀었다.

"무슨 짓을 하는 거냐?"

밀턴이 물었지만 휘슬러는 무표정하게 수화기를 들고 있었다. 밀턴은 차갑게 노려보다가 수화기를 받아들었다.

"고든…… 네 이놈…….."

밀턴의 목소리를 들은 고든은 사시나무 떨듯이 떨었다.

"회장님, 제 말을 들어보세요. 이건 전부 놈들의 음모입니다. 나치 놈들이 꾸민 짓이에요. 우리를 속인 거라고요."

"네놈 목소리조차 역겹구나."

이 말을 남기고 밀턴은 수화기를 돌려줬다. 수화기에선 고든의 절규하는 목소리가 들렸다.

"어쩔까요?"

크뢰멜이 물었다. 휘슬러는 밀턴을 바라봤다.

하지만 밀턴은 대답하지 않았다. 더이상 관심 없다는 듯.

"없애라."

휘슬러가 말했다.

"알겠습니다."

이윽고 고든의 애걸하는 목소리가 들리더니 잠시 후 탕! 총소리가 울려 퍼졌다. 그제야 휘슬러는 수화기를 내려놓았다.

"대통령은 곧 처리하겠습니다. 대통령령에 관련된 사람들과 함께. 물론 당신들과는 아무런 상관없는 사건이 될 겁니다."

휘슬러가 차분히 말했다.

"네놈들, 다시 전쟁을 일으키려는 거냐?"

"전쟁이라……."

휘슬러는 말을 곱씹었다.

"난 원래 꿈꾸던 계획을 실행하려는 것뿐이다."

휘슬러가 독일어로 대답했다. 그러자 숨겨왔던 히틀러의 말투가 드러났다. 밀턴은 휘슬러를 뚫어지게 응시했다.

"자본을 통해 세계를 지배하려는 거로군."

휘슬러의 눈가가 가늘게 찢어졌다.

"난 너희 같은 자본가들을 혐오한다. 목적도 이념도 없이 맹목적으로 돈을 긁어모으는 것들. 걸신이 들린 것처럼 닥치는 대로 먹어치우는 식충들. 내가 꿈꾸는 세상에 너희 같은 것들은 없다."

겉모습은 앳되지만 휘슬러의 눈빛은 깊이를 알 수 없을 만큼 복잡했다.

"대체 네놈은 누구냐?"

밀턴이 혼란스러운 눈으로 물었다.

"이제야 제대로 된 질문을 하는구나, 밀턴."

휘슬러가 밀턴의 코앞에 얼굴을 바짝 디밀었다.

"내 제안을 기억하느냐? 너를 죽음에서 구원하겠다고 했던."

안개가 낀 듯 뿌연 밀턴의 눈앞에 휘슬러의 푸른 눈동자가 마주하고 있었다.

"과연 내 제안은 진실일까? 전 세계 최고의 의사들도 구하지 못한 네 목숨을 구할 수 있다는 게 사실일까?"

어리고 맑은 휘슬러의 눈동자에선 묘하게도 아무런 깊이를 느낄 수 없었다.

"그 해답은 바로 내 정체에 달려 있다. 과연 나는 누굴까, 밀턴 프리드먼?"

죽음을 앞둔 밀턴이 휘슬러의 푸른 눈 속으로 빨려들었다.

에바

윙…… . 녹음기가 돌아가고 있었다. 그 외의 공간은 시간을 건너뛴 흥분으로 채워져 있었다. 바우만은 테이블 중앙의 얼룩을 웜홀이라도 되는 양 뚫어지게 응시하고 있었다.

"나는 모든 방법을 동원해 휘슬러를 찾았지만 놈은 유령처럼 사라져서 나타나지 않았소. 크뢰멜 역시 평범하게 회사를 운영할 뿐 특이한 점을 찾을 수 없었소. 하지만 뭔가 엄청난 일이 벌어질 거라는 걸 알 수 있었소. 린츠 마을에서 벌어진 살육, 나치 전범들의 모임. 폭풍 전야 같았지. 문제는 언제 무슨 일이 벌어질지 알 수 없다는 거였소. 그런데 엉뚱한 데서 실마리가 풀리기 시작했소."

철컹. 문이 열리며 교도관이 들어왔다.

"면회 시간 끝났습니다."

어느새 한 시간이 훌쩍 지났다. 바우만은 아무런 반항도 하지 않고 교도관을 따라 일어섰다.

"잠깐만요!"

크리스틴이 앞을 막았다.

"이분은 내일이면 생을 마감해요. 이대로 데려가면 사건의 진상
은 영원히 묻힌다고요. 그걸 원해요?"

크리스틴이 한쪽 벽면에 설치된 감시 카메라를 보며 소리쳤다.
렌즈 너머에는 FBI 요원이 있었다.

"시간을 더 줘요."

크리스틴이 단호하게 말했다. 잠시 후 교도관의 무전기로 지시
가 왔다. 교도관은 면회실 밖에서 대화를 나누더니 돌아왔다.

"한 시간 연장해주겠소. 그거면 되겠소?"

"일단은."

크리스틴이 대답했다. 교도관은 바우만의 손에 채웠던 수갑을
벗겼다. 방에는 다시 두 사람만이 남았다.

"자, 얘기해봐요. 실마리가 뭐였죠?"

크리스틴이 녹음기를 켜며 말했다.

"휘슬러의 행방을 놓친 지 넉 달가량 지난 어느 날이었소."

* * * * *

바우만은 하루도 빼지 않고 멘슨 앤드 휘슬러 은행 본사 앞을
지키고 있었다. 댈러스 경찰에도 휴직 신청을 한 상태였다. 그만큼
휘슬러는 그의 인생에서 중요한 인물이었다.

날이 어둑어둑 저물고 있었다. 바우만은 킁킁대며 겨드랑이 냄새를 맡았다. 빨래를 못 해 온몸에서 땀내가 났다. 하지만 한순간도 긴장을 늦출 수 없었다. 언제 휘슬러가 나타날지 모를 일이었다.

바우만은 방금 전 사 온 핫도그를 입속으로 밀어넣으며 시간을 확인했다. 밤 9시를 향해 바늘이 움직이고 있었다. 하지만 크뢰멜의 사무실은 환하게 불이 켜져 있었다.

"네놈이 주식 분석하는 건 아닐 테고, 대체 무슨 꿍꿍이냐."

바우만은 온몸에 들러붙은 피곤을 떼어내려 기지개를 켰다.

그 순간 크뢰멜의 사무실 불이 꺼졌다. 그리고 잠시 후 크뢰멜이 건물 현관에 나타났다. 그는 자신의 리무진을 둔 채 택시를 잡았다. 그는 어딜 가든 리무진으로 이동했다.

바우만은 시동을 걸고 크뢰멜이 탄 택시를 뒤쫓았다. 가는 내내 크뢰멜의 얼굴이 어두웠다. 유령 회사의 회계 문제가 아닌 건 분명했다. 낌새가 느껴졌다. 늦은 시간에도 뉴욕의 거리는 차로 붐볐다. 바우만은 크뢰멜을 놓치지 않기 위해 바짝 따라 붙었다. 크뢰멜이 향한 곳은 첼시 지역에 있는 작은 카페였다. '문라이트'라는 이탈리안 카페였는데 유명한 곳은 아니었다.

크뢰멜은 카페 건너편에서 내렸다. 언제부턴가 비가 부슬부슬 내리고 있었다. 바우만은 거리를 둔 채 차를 세웠다. 그런데 어쩐 일인지 크뢰멜은 카페로 들어가지 않고 비를 맞으며 바라만 보았다. 카페는 늦은 시간에도 손님으로 북적였다. 크뢰멜은 미동도 않고 카페의 누군가를 응시하고 있었다.

"뭘 하는 거냐?"

바우만은 크뢰멜의 시선이 닿는 곳을 살폈다. 그가 보고 있던 사람은 카페의 종업원이었다. 대학생 정도로 보이는 평범한 여성이었다. 크뢰멜은 십 분가량 웨이트리스를 바라보다가 돌아갔다.

"저 여자를 보려고 여기까지 온 거야?"

바우만은 크뢰멜을 쫓으려다 말고 차에서 내렸다. 확인할 필요가 있었다. 바우만은 곧장 카페로 들어갔다. 카페는 아담했다. 이탈리아풍 소품들이 깔끔하게 장식되어 있었고 분위기도 아늑했다. 바우만은 창가에 자리를 잡았다. 잠시 후 웨이트리스가 다가왔다.

"어서 오세요. 뭘 드릴까요?"

상냥한 목소리였다. 주문을 하려던 바우만은 돌처럼 굳고 말았다. 이제 갓 스무 살이 됐을 법한 웨이트리스는 유명한 여인과 빼다박은 듯 닮아 있었다. 바로 히틀러의 애인 에바 브라운이었다. 금발의 머리부터 갸름한 턱선까지.

"손님?"

기다리던 웨이트리스가 다시 물었다. 그제야 바우만은 정신을 차리고 주문을 했다.

"커피 주시오."

"알겠습니다."

웨이트리스가 메뉴판을 치우며 말했다.

"그런데 저기……."

"네?"

"혹시 누구 닮았다는 말 안 들어요?"

"글쎄요. 흔한 얼굴이라."

"이름이 뭐죠?"

"조애나예요."

웨이트리스가 환하게 웃자 에바가 환생한 듯한 착각을 불러일으켰다. 커피가 나오기 전까지 바우만은 웨이트리스를 유심히 살폈다. 그녀는 상냥하고 활기찬 성격이었다. 손님들에게는 늘 미소로 대답했고 주인과도 사이가 좋아 보였다. 그녀를 보며 바우만은 확신했다. 그녀가 휘슬러를 찾을 열쇠라는 것을.

* * * * *

휘슬러는 크뢰멜의 집으로 돌아왔다. 밀턴의 밑에서 일한 지 채한 달이 지나지 않아서 목적을 달성한 것이다.

정체를 밝혔지만 밀턴은 순순히 믿지 않았다. 예상한 반응이었다.

하지만 잠시 후 뇌수술을 집도했던 요제프 멩겔레가 등장해 준비된 필름을 보여주자 모든 게 바뀌었다. 그것은 히틀러의 뇌를 현재의 몸으로 이식하는 과정을 담은 영상이었다. 멩겔레는 수술 과정을 모두 16밀리미터 필름에 녹화해두었다. 무려 열 시간에 걸친 수술 과정을 밀턴은 숨소리도 내지 않고 지켜봤다. 이윽고 필름이 끝나자 밀턴이 입을 열었다.

"나도 가능하겠는가?"

그의 목소리가 떨리고 있었다.

"물론입니다. 이미 회장님의 신체와 가장 흡사한 젊은 몸을 수소문해놓았습니다."

멩겔레가 대답했다.

"부작용은?"

"보다시피."

휘슬러가 자신의 몸으로 대답을 대신했다.

"물론 초반에는 경련과 편두통 등 약간의 부작용이 있습니다. 하지만 시간이 지나면 완화됩니다."

멩겔레가 설명했다. 밀턴은 믿을 수 없다는 듯 휘슬러에게 다가 갔다. 그리고 그의 머리와 몸을 더듬었다. 휘슬러는 묵묵히 그의 손을 받아주었다. 한동안 휘슬러의 몸뚱이를 만지던 밀턴이 물었다.

"대가로 뭘 바라느냐?"

"당신이 갖고 있는 연방준비은행의 주식."

휘슬러가 준비한 계약서를 펼쳤다. 밀턴은 조금의 망설임도 없이 계약서에 서명했다. 그에게 다른 선택은 남아 있지 않았다.

집으로 돌아온 휘슬러는 지체 않고 측근들을 집합시켰다. 요제프 디트리히, 프란츠 할더, 그리고 루돌프 융이었다. 뉴저지 모텔에서 만났던 직속 부하들이었다.

"이제부터 대통령 암살 작전을 진행한다. 작전 지휘는 크뢰멜 장군이 맡도록 한다."

"알겠습니다."

"작전명은 정하셨습니까?"

할더가 물었다.

"작전명은 '긴 칼의 밤'이다."

부하들이 의미심장한 미소를 지었다.

'긴 칼의 밤'은 1934년 6월 30일 히틀러가 자신의 정적이었던 나치 돌격대장 에른스트 룀을 비롯한 여든다섯 명을 처형하고 정권을 장악한 사건이다. 그 사건으로 히틀러는 나치뿐만 아니라 독일을 손에 넣고 총통이 되었다. 그로부터 삼십 년이 지난 지금 휘슬러는 미국에서 또 다른 정적 제거를 준비하고 있었다. 이번 대상은 미국 대통령이었다.

모든 것이 계획대로 진행되고 있었다. 하지만 휘슬러의 마음 한 구석에는 늘 빈자리가 있었다. 그럴 때면 지갑에 있는 사진 한 장을 꺼냈다. 결혼식 날 찍은 에바 브라운의 사진이었다. 그녀가 죽은 지 이십 년이 지났지만 휘슬러, 아니 히틀러는 아직도 그녀를 잊지 못하고 있었다.

"거사가 코앞에 닥쳤습니다. 그때까지 외출을 삼가시는 게 좋겠습니다."

크뢰멜은 오른팔답게 신중했다.

하지만 휘슬러는 이제 스물여덟이었다. 뇌는 일흔이 넘었지만 육체에서는 호르몬이 뿜어져 나오고 있었다.

집에 있는 동안 휘슬러는 미국에 관한 책을 읽고 TV를 봤다. 대중매체를 통해 본 미국은 흥미로움 그 자체였다. 새로운 문화가 넘쳐났고 젊은이들은 록 음악에 열광했다. 독일에서는 상상도 못 했던 신세계였다. 1960년대 미국은 풍요와 자유가 넘쳤고 기존 질서에 대한 반항으로 가득차 있었다. 이십 대 휘슬러 역시 비틀스와 존 웨인의 서부 영화에 푹 빠졌다. 그는 부하들을 시켜 록큰롤 음반을 사들였고 영화 잡지를 구독했다. 그러는 사이 차츰 미국 대중문화에 빠져들었다.

결국 휘슬러는 크뢰멜의 조언을 뿌리치고 뉴욕 시내로 향했다.

그는 늦도록 뉴욕의 주말을 만끽했다. 최신 영화를 감상하고 피자를 먹었다. 맥주를 마시며 양키스 경기를 관람했고 공연장에서 젊은이들과 함께 소리쳤다. 그날도 센트럴파크에서 열린 비치보이스 공연을 보고 나오는 길이었다. 밤 10시가 넘었지만 뉴욕은 이제 기지개를 켠 듯 화려했다.

"크뢰멜이 난리 났겠군. 아쉽지만 슬슬 돌아갈까."

택시를 잡으려던 순간이었다. 한 여인이 시선에 들어왔다.

그녀는 작은 카페에서 테이블을 정리하고 있었다. 그녀의 얼굴을 보는 순간 휘슬러는 망치로 뒤통수를 얻어맞은 듯 얼어붙었다. 그녀는 자신이 그토록 사랑했던 에바 브라운이었다. 눈부신 금발과 푸른 눈, 작고 붉은 입술. 틀림없는 에바였다. 하지만 그건 불가능한 일이었다. 그녀는 자신이 건넨 독약을 마시고 저세상으로 갔으니까. 그런데 어떻게……. 휘슬러는 귀신에 홀린 듯 카페로 향했다. 그리고 카페 입구에 서서 멍하니 그녀를 바라봤다. 휘슬러의 시선을 느낀 그녀가 웃으며 다가왔다.

"앉으시겠어요?"

이럴 수가. 목소리마저 똑같다니.

"손님."

그제야 휘슬러는 정신을 차렸다.

"아, 네."

휘슬러는 그녀가 권하는 테이블에 앉았다. 늦은 시간이라 다른 손님은 없었다.

"곧 닫을 시간이라 커피 외에는 안 되는데 괜찮으시겠어요?"

"이름이 뭐죠?"

휘슬러가 떨리는 목소리로 물었다.

"조애나예요."

"조애나…… 예쁜 이름이군요. 당신…… 제가 아는 누구와 많이 닮았어요."

"흔한 얼굴이라 가끔 그런 말을 들어요."

조애나가 활짝 웃었다. 주마등처럼 에바와 지냈던 순간들이 스쳤다.

"아니요. 당신은 흔하지 않아요. 아주 특별해요."

조애나가 고개를 갸웃했다.

"우리…… 만난 적 있나요?"

"왜 그걸 묻죠?"

"그냥…… 어디선가 본 것 같아서요."

두 사람은 시간이 멈춘 듯 서로를 바라봤다.

"우리는 아주 오래전, 아주 먼 곳에서 만났을지도 몰라요."

그날 이후 휘슬러는 매일 카페를 찾았다.

언제나 한적한 밤 9시 이후 들렀다. 처음 얼마 동안은 말없이 식사를 했다. 늘 같은 자리에 앉아 같은 메뉴를 시켰다. 그러자 언제부턴가 조애나가 알아보기 시작했다.

"오늘도 링귀니 파스타?"

조애나가 메뉴판을 건네는 대신 물었다.

"네."

"저희 가게, 다른 메뉴도 맛있는데."

"추천해봐요."

"라자냐도 맛있고 라비올리도 맛있어요."

"그럼 오늘은 라비올리로 부탁해요."

"좋은 선택이에요."

그렇게 조금씩 조애나와 가까워졌다.

휘슬러는 그녀를 관찰했다. 그러던 중 흥미로운 사실을 발견했다.

조애나는 당황하면 눈을 깜빡이는 버릇이 있었다. 놀랍게도 에
바 역시 똑같은 버릇이 있었다. 뿐만 아니었다. 조애나는 노란색을
좋아했다. 늘 노란색이 들어간 옷을 입었다. 노란색 티셔츠를 입거
나 스커트, 운동화를 즐겼다. 다른 색으로 코디한 날에는 노란 스
카프라도 걸쳤다. 에바도 노란색을 즐겨 입었다. 어떤 날은 머리에
서 발끝까지 온통 노란색으로 입은 날도 있었다. 그럴 때면 병아리
라고 놀리곤 했다. 물론 다른 점도 있었다. 사치스럽고 장난기 많
던 에바에 비해 조애나는 소박하고 감성적이었다. 손님이 없는 시
간이면 늘 책을 읽거나 음악을 들었다. 낙엽에 시를 적기도 했다.
휘슬러는 그런 조애나가 맘에 들었다. 그렇게 한 달가량 지난 어느
날이었다. 다른 날과는 달리 오후 2시에 카페를 찾았다.

"오늘은 일찍 오셨네요?"

조애나가 메뉴판을 주며 물었다.

"날씨가 좋아서요."

"오늘 멋진걸요. 데이트?"

휘슬러는 한창 유행하던 데님과 재킷을 입고 있었다.

"조애나, 혹시 사진 좋아해요?"

"아주 좋아해요. 그렇지 않아도 며칠 후 앙리 브레송의 작품전이 열리는데 가보려고요."

조애나의 말에 휘슬러가 미소를 지었다.

"왜요?"

조애나가 갸웃했다. 그러자 휘슬러가 표 두 장을 테이블에 놓았다. '브레송 작품전' 입장권이었다.

전시관은 관람객들로 넘쳐났다. 일요일이었고 워낙 유명한 작가전이었기 때문이다. 두 사람은 차례를 기다려 입장했다. 브레송의 유명 작품들이 미로 같은 전시실을 따라 걸려 있었다. 조애나는 오랜만에 외출하는지 상기되어 있었다.

"언젠가 여유가 되면 사진을 공부하고 싶어요. 사진은 그림과는 다른 매력이 있어요. 뭐랄까……."

조애나가 마땅한 단어를 찾지 못했다.

"찰나를 프레임 안에 가둔 듯한."

휘슬러가 말을 이었다.

"그래요. 찰나를 가둔 느낌이에요."

휘슬러는 조용히 조애나와 보폭을 맞췄다. 조애나는 놀이터에 온 어린아이처럼 전시장을 누볐다. 그러던 중 한 사진 앞에 멈췄다.

"전 이 사진이 제일 맘에 들어요."

그녀를 멈추게 만든 건 '결정적 순간'이라는 사진이었다. 브레송의 대표작 중 하나였다. 사진 앞에서 두 사람의 시간도 함께 멈췄다.

"기억 하나를 액자로 만든다면 어떤 기억을 고를래요?"

휘슬러가 사진을 보며 물었다.

"글쎄요."

조애나는 잠시 생각에 잠겼다.

"만약 그럴 수 있다면 이 시간을 고를래요."

조애나가 지갑에서 사진 한 장을 꺼내 보여줬다.

어린 조애나가 아버지와 함께 소방차를 닦는 모습이었다. 사진 속에서 그녀는 소방관 모자를 쓰고 있었다.

"우리 아빠예요. 소방관이셨죠. 사람은 왜 시간이 지나서야 그때가 아름다웠다는 걸 깨닫게 될까요?"

조애나가 추억에 빠져 물었다.

"인간은 오지 않을 미래를 꿈꾸며 사는 어리석은 존재니까요."

"당신은 어떤 기억을 멈추고 싶어요?"

조애나가 물었다.

"지금 이 순간."

휘슬러는 다음 그림으로 발길을 옮겼다.

"카페에 온 첫날 그랬죠. 내가 아는 누구를 닮았다고. 그게 누구죠?"

그러자 휘슬러가 돌아봤다.

"전생을 믿어요?"

"아니요. 당신은요?"

"당신을 본 순간 믿기로 했어요."

"?"

휘슬러가 조애나를 향해 한 발자국 다가섰다.

"우린 전생에 사랑했던 사이였어요. 어쩌면 다음 생에도."

두 사람은 그렇게 둘만의 결정적인 순간을 마주하고 있었다.

그날 이후 두 사람은 정기적으로 데이트를 했다. 뉴욕에서 외롭게 지내던 조애나도 휘슬러에게 빠져들었다. 오히려 휘슬러처럼 잘생기고 훌륭한 청년이 왜 자신처럼 평범한 여자를 좋아하는지 의심이 들 정도였다. 휘슬러는 에바가 좋아했던 향수를 선물하고 원피스를 사줬다. 그것은 일종의 실험이었다. 외모가 똑같은 조애나가 취향마저 에바와 같다면 환생은 실재할지도 모를 일이었다.

놀랍게도 조애나는 휘슬러의 모든 선물을 무척 좋아했다. 채 한 달도 지나지 않아 두 사람은 깊은 사랑에 빠졌다. 그러던 어느 날이었다.

네오나치 지도층이 모여 거사를 논의하고 있었다.

"대통령이 재선 유세를 위해 다음주 텍사스 댈러스로 향한다는 첩보입니다. 그날을 작전일로 잡는 게 좋을 듯합니다."

루돌프 융이 말했다.

"말씀하셨던 군대는 조직이 끝났습니다. 작전에 참여할 대원도 뽑아두었고요. 명령만 내리시면 됩니다."

크뢰멜이 말했다. 하지만 휘슬러는 딴 생각을 하고 있었다.

"총통!"

크뢰멜이 소리쳤다. 그제야 휘슬러가 정신을 차렸다.

"응?"

"작전 개시일과 대원 선발이 끝났습니다. 총통의 허가가 필요합니다."

"그렇게 하도록 해. 이제 됐나?"

"작전에 투입될 대원들을 만나보시겠습니까?"

"자네가 알아서 잘 뽑았겠지. 오늘은 여기까지 하지."

말을 마치자 휘슬러는 회의실을 떴다. 크뢰멜은 불안한 눈빛으로 휘슬러를 따라갔다.

"할말이 남았나?"

크뢰멜이 사진 한 장을 건네줬다. 조애나와 즐거운 시간을 보내는 휘슬러의 모습이었다.

"날 미행한 건가?"

"어쩔 수 없었습니다. 제 조언을 무시하고 매일 외출하셨으니까요."

"네가 상관할 일이 아니다."

휘슬러가 불쾌한 듯 말했다.

"벌써 잊으신 겁니까, 그날의 치욕을? 벙커에서 소련 놈들의 포탄 소리를 들으며 죽음을 맞이했던 순간을 잊으셨습니까? 미국 놈들이 조국을 유린하고 동지들을 목매단 걸 잊으신 겁니까?"

"잊지 않았다."

"그런데 이런 중대한 시점에 왜 이러시는 겁니까?"

휘슬러는 대답하지 않았다.

"저희가 적국까지 와서 계획을 준비한지 십 년이 됐습니다. 그

사이 수많은 위험이 있었지만 저희는 이겨냈습니다. 이제 새로운 시대가 시작될 순간입니다. 저를 비롯한 동지들은 모든 걸 바쳤습니다. 목숨도 내놓을 수 있습니다."

"알고 있다니까!"

"다시 믿음직한 지도자로 돌아오시리라 믿습니다."

이 말을 남기고 크뢰멜은 방을 나섰다.

바우만의 예상은 적중했다.

조애나의 카페 앞에서 잠복을 한지 일주일도 지나지 않아 휘슬러가 나타났다. 휘슬러는 완전히 미국 젊은이로 다시 태어나 있었다. 그는 한창 유행하던 헤어스타일에 찢어진 청바지와 컨버스 운동화를 걸치고 있었다. 그를 히틀러의 분신이라고 믿을 사람은 없었다. 휘슬러는 조애나의 일이 끝나자 함께 카페를 나섰다. 바우만은 조용히 둘의 뒤를 밟았다. 두 사람은 연인으로 발전해 있었다. 휘슬러는 여느 미국 청년처럼 스스럼없이 거리에서 키스를 나눴고 데이트를 즐겼다. 그런 휘슬러를 보며 바우만은 분노가 끓어올랐다. 자신의 부모를 비롯해 수많은 사람들을 살육한 전범이 행복한 삶을 누리고 있다니 참을 수가 없었다.

"네놈이 시시덕대는 것도 오늘이 마지막이다."

바우만은 권총을 장전하고 차에서 내렸다.

휘슬러와 조애나는 극장으로 들어가고 있었다. 바우만은 총을 허리춤에 숨기고 뒤를 쫓았다. 상영 영화는 〈웨스트 사이드 스토리〉였다. 얼마 전 상영해서 크게 흥행한 뮤지컬이었다. 하지만 재

상영관이라 객석은 한산했다. 두 사람은 팝콘과 음료수를 산 후 자리에 앉았다. 스크린이 잘 보이는 중앙이었다. 바우만은 조심스럽게 휘슬러 뒷자리로 향했다. 운 좋게 주위엔 관객이 없었다. 더할 나위 없는 상황이었다. 휘슬러와 조애나는 즐겁게 대화를 나누며 영화가 시작되기를 기다렸다. 바우만은 휘슬러의 뒤통수를 응시하며 때를 기다렸다. 그렇게도 간절히 찾던 휘슬러 아니, 히틀러가 손을 뻗으면 닿을 거리에 있었다. 심장이 터질 듯이 펌프질하고 있었다. 바우만은 숨소리를 죽이고 휘슬러를 관찰했다.

"당신을 위해 준비한 게 있어."

휘슬러의 목소리가 고스란히 들렸다.

"뭔데요?"

조애나가 팝콘을 먹으며 물었다. 휘슬러가 작은 선물 상자를 건네줬다. 조애나는 그 자리에서 상자를 열었다.

"어머 세상에."

카메라였다.

"이제 당신이 하고 싶은 일을 해. 내가 도와줄게."

조애나는 어쩔 줄을 몰라 했다. 그녀는 달려들어 키스 세례를 퍼부었다. 바우만은 뒷자리에서 조용히 지켜보았다. 휘슬러의 행복한 모습 너머로 아우슈비츠에서 죽어간 부모와 동생의 모습이 오버랩됐다. 그들은 단지 유태인이라는 이유로 개처럼 죽었다. 바우만은 목까지 치미는 울분을 억누르며 영화가 시작되기를 기다렸다.

이윽고 조명이 꺼지고 영화가 시작됐다. 휘슬러와 조애나는 서로를 끌어안은 채 영화를 보았다. 바우만은 조심스럽게 권총을 꺼내 소음기를 장착했다. 휘슬러는 아무런 의심 없이 영화에 빠져들었다. 바우만은 노리쇠를 장전하고 신중하게 휘슬러의 뒤통수에 총구를 겨눴다. 음악이 고조되며 장내가 달궈지고 있었다. 바우만은 방아쇠를 움켜줬다. 이제 당기려던 순간이었다. 조애나가 휘슬러의 어깨에 머리를 기대어 살며시 휘슬러를 바라봤다. 그녀는 진심으로 휘슬러를 사랑하고 있었다.

바우만은 순간 주저했다. 조애나가 보는 앞에서 차마 방아쇠를 당기기 힘들었다.

그때였다. 젊은 두 연인이 옆자리로 다가왔다. 바우만은 총구를 거뒀다. 그리고 극장을 빠져나갔다. 밖으로 나온 바우만은 바닥에 주저앉아 구토를 했다. 빈속이라 누런 신물만 쏟아졌다.

"병신 같은 놈! 왜 당기질 못한 거냐?"

바우만의 눈에서 피 같은 눈물이 흘러내렸다. 이 순간을 위해 얼마나 오랜 시간을 준비했던가. 그런데 마지막 순간 조애나라는 작은 연민이 그의 손을 붙들었다. 후회한들 소용없었다. 다음 기회를 노리는 수밖에 없었다.

바우만은 휘슬러가 나오길 기다렸다. 이윽고 영화가 끝나자 휘슬러가 나타났다. 두 사람은 저녁을 먹기 위해 인근 식당으로 향했다. 바우만은 조심스럽게 뒤쫓았다. 기회를 잡으려 했지만 저녁 시간이라 인파로 북적였다. 두 사람이 식당으로 들어가려던 순간이었다. 리무진 한 대가 두 사람 앞을 가로막았다. 크뢰멜이었다.

그는 시위를 하듯 차문을 연 채 기다렸다. 휘슬러는 마지못해 차에 올랐다. 그 모습을 조애나가 의아하게 바라보았다. 휘슬러가 타자 리무진은 곧바로 출발했다. 바우만은 다시 차로 돌아가 시동을 걸었다. 그는 리무진을 쫓으려다가 차를 멈췄다.

"이제 어쩔 거냐?"

핸들에 얼굴을 묻으며 중얼거렸다. 휘슬러가 향하는 곳은 뻔했다. 그들의 철옹성이었다. 오늘은 틀린 것이다. 다음 기회가 언제 올지 알 수 없었다. 바우만은 멀어져가는 리무진을 허탈하게 바라봤다. 그런데 한 가지 의문이 들었다. 휘슬러만 죽으면 모든 것이 끝날까. 아니다. 이미 미국 전역에는 나치가 뿌리를 내리고 있었다. 뿌리가 어디까지 뻗어 있을지 상상도 할 수 없었다. 최선의 방법은 놈들의 정체와 계획을 세상에 알리는 것이다. 휘슬러는 그후에 죽여도 늦지 않는다. 문제는 놈들의 계획을 어떻게 알아내느냐였다. 놀랍게도 해결책은 바로 앞에 있었다. 저만치 휘슬러와 헤어진 조애나가 지하철역으로 향하고 있었다.

그로부터 일주일 후, 바우만은 카페 앞에서 조애나가 퇴근하기를 기다렸다. 조애나는 11시가 넘어서야 일이 끝냈다. 바우만은 곧장 그녀를 따라갔다. 조애나의 집은 두 블록 건너 작은 아파트였다. 그녀는 마트에 들러 식료품을 샀다. 바우만은 참을성 있게 장보기를 기다렸다. 이윽고 물건을 다 산 조애나는 집으로 향했다. 그녀는 우울해 보였다. 가는 내내 주변을 살폈고 누군가를 기다리는 듯했다. 아파트 입구에 도착했을 때였다.

"전화가 안 오나요?"

조애나가 깜짝 놀라 돌아봤다. 바우만이었다.

"누구시죠?"

"당분간 연락은 안 올 겁니다."

극장 데이트 이후 휘슬러는 연락을 끊고 잠적했던 것이다. 조애나가 우울해했던 건 그 때문이었다.

"누구냐고 묻잖아요?"

바우만이 경찰 신분증을 보여줬다.

"경찰이 무슨 일이죠?"

"얘기 좀 하죠, 조애나 양."

바우만은 인근 공원으로 향했다. 인적이 없는 걸 확인하자 바우만이 휘슬러의 사진을 꺼냈다.

"이 사람, 알죠?"

"이 사람이 무슨 문제라도 일으켰나요?"

"두 사람, 친구 이상이던데."

"당신이 상관할 문제가 아니에요."

조애나가 단호하게 말했다.

"그 사람은 평범한 사람이 아니오."

"연쇄살인범이라도 된다는 건가요?"

"연쇄살인범이면 다행이지. 휘슬러는 수백만 명의 목숨을 앗아간 인간이오. 당신 아버지를 포함해서."

조애나의 표정이 굳었다.

"그게 무슨 말이에요? 당신이 우리 아버지를 어떻게 알죠?"

"지금부터 내가 하는 얘기를 잘 들어요, 조애나. 이 이야기에 과장이나 거짓은 눈곱만큼도 없어요."

바우만은 차분히 지금까지 이야기를 들려줬다. 히틀러의 뇌 이식수술부터 린츠에서 있었던 살인 사건까지. 이야기를 들은 조애나가 코웃음을 쳤다.

"지금 그 말을 믿으란 거예요? 어이가 없군요. 전 가겠어요."

조애나가 냉정하게 돌아섰다. 당연한 반응이었다. 바우만이 그녀를 붙잡았다.

"보여줄 게 있어요. 따라와요."

"안 따라가면 연행이라도 할 건가요?"

조애나가 뿌리치며 말했다.

"인간 대 인간으로 부탁하는 거요. 잠깐이면 됩니다."

바우만은 간절했다.

"어디죠?"

"바로 이 앞이오."

조애나는 마지못해 따라갔다.

바우만이 데려간 곳은 조애나의 집 건너편 아파트였다. 바우만은 조애나를 감시하기 위해 그곳에 방을 빌렸다.

"누추하지만 들어오시오."

조애나가 잔뜩 경계하며 들어섰다. 방에는 아무런 가구도 없었다. 바닥에 펼쳐진 낡은 침낭과 재떨이가 전부였다. 조애나는 창밖을 살폈다.

"제 집이 바로 보이네요. 언제부터 감시했죠?"

"일주일 됐소. 어쩔 수 없었소."

"뭘 보여주겠다는 거죠?"

바우만이 벽에 늘어져 있던 커튼을 젖혔다. 그러자 가려져 있던 것들이 드러났다. 그것은 이제까지 바우만이 모은 자료들이었다.

복원한 아우슈비츠의 뇌 이식수술 자료, 수술에서 살아남은 세 명의 소년(마지막에 휘슬러의 사진도 있다), 휘슬러의 아르헨티나 신분증 사본, 휘슬러의 미국 비자 사진, 그리고 린츠에 관한 기사 등등. 자료를 본 조애나의 표정이 굳었다. 바우만이 기다렸다는 듯 녹음기를 틀었다.

"우리 마을은 원래 평화로운 곳이었네. 백 년 넘게 더불어 살아온 사람들이라 가족 같은 사이였지. 그런데 놈이 온 후 모든 게 변했네. 애덤이 온 건 지금으로부터 일 년 전일세."

린츠 이장의 목소리였다. 조애나는 혼란스러운 얼굴로 녹음 내용을 들었다. 이장의 증언은 십 분가량 이어졌다.

"여섯 명이 목숨을 잃었네. 이 마을이 생긴 이래 처음 벌어진 살인이었어. 대체 놈의 정체가 뭐요? 어떤 놈이기에 이런 엄청난 일을 벌이고 다니냔 말이오!"

철컥. 바우만이 녹음기를 껐다.

"이건 휘슬러가 린츠에서 실험을 하면서 남긴 기록이오. 일종의 실험 노트지."

바우만은 린츠 이장에게 받은 휘슬러의 일지를 보여줬다. 페이지를 넘기던 조애나의 손이 떨리고 있었다. 시한폭탄이 든 상자를 개봉하듯. 이윽고 마지막 장을 덮은 조애나의 눈이 갈피를 못 잡고 있었다. 바우만이 준비한 카운터펀치를 날렸다.

"이 여자가 누군지 아시오?"

바우만이 건넨 건 한 장의 사진이었다.

사진을 본 조애나의 얼굴이 창백해졌다. 그것은 히틀러와 함께 찍은 에바 브라운의 사진이었다. 사진 속의 에바는 조애나와 쌍둥이처럼 똑같았다.

"그 여인은 히틀러의 부인 에바 브라운이오. 1945년 4월 28일 히틀러와 함께 자살했지."

사진은 조애나를 충격에 빠뜨리기에 충분했다. 그녀는 극도로 혼란스러워 보였다.

"휘슬러, 아니 히틀러는 당신이 과거 사랑했던 부인과 똑같아서 접근한 거요."

"말도 안 돼. 저 여자가 누구든 나와는 상관없어요."

조애나가 울부짖었다.

바우만이 반대편 커튼을 젖혔다. 거기에는 에바 브라운과 조애나의 사진이 나란히 붙어 있었다. 사진 속의 두 사람은 이십 년 간격을 두고 똑같은 원피스와 구두를 신고 있었다. 마치 같은 옷을 입은 채 환생한 듯.

"이래도 못 믿겠소?"

"난 가겠어요. 더이상 헛소리 듣고 싶지 않아요."

조애나가 집을 뛰쳐나갔다.

바우만이 곧바로 뒤를 쫓았다. 비록 부정했지만 조애나는 패닉 상태였다. 그녀는 혼이 나간 사람처럼 차도로 뛰어들었다. 반대편에서 차가 달려왔다.

"조심해요!"

바우만이 간신히 조애나를 구해 건너편으로 인도했다.

"이거 놔요! 두 번 다시 찾아오지 말아요."

조애나가 뿌리치고 집으로 들어가려던 순간이었다.

"이게 뭔지 아시오?"

바우만이 자신의 팔뚝을 보여줬다. 팔뚝에는 아우슈비츠에서 새겨진 번호가 문신되어 있었다.

"이건 나치가 유태인에게 부여한 수인 번호요. 우리는 개 목줄이라고 부르지. 나는 2차세계대전 당시 아우슈비츠에서 복역했소. 그곳에서 내 동족의 시체를 소각하는 일을 했소. 하루에만도 수백 명의 시체를 불태웠지. 그중에는 내 부모와 여동생도 있었소. 자기 부모 시체를 자기 손으로 불태우는 기분이 어떤지 아시오?"

조애나의 눈동자가 허공을 헤매고 있었다.

"당신 아버지가 2차세계대전 때 전사한 걸 알고 있소. 그루뱅 전투에서. 놈이 바로 당신 아버지를 죽음으로 몬 장본인이오. 놈은 2차세계대전 때 못 이룬 계획을 완성하려 하고 있어요. 이 나라를 몰락시키고 그 위에 자신이 꿈꾸는 새로운 제국을 만들 거요. 그걸 막아야 해요. 그게 당신 아버지의 죽음을 헛되지 않게 만드는 길이오."

"당신이 나라면 그 말을 믿겠어요?"

조애나가 날카롭게 물었다.

"물론 못 믿겠죠. 하지만 사실이오."

바우만이 메모지를 꺼내 뭔가를 적기 시작했다.

"놈은 엄청난 일을 준비하고 있소. 상상도 못 할 일을 말이오.

당신과 연락을 끊은 건 바로 그 때문이오."

이윽고 내용을 모두 쓰자 조애나에게 내밀었다.

"이대로 적어서 휘슬러에게 편지를 보내면 연락이 올 거요. 반드시. 그럼 내 말이 사실인지 아닌지 알게 될 거요."

메모지에 적힌 건 누군가의 편지였다.

오늘도 답장이 오지 않을까 두렵습니다. 누가 나를 도와주길. 모든 상황이 너무 어둡습니다. 편지를 쓰지 말걸 그랬나 봐요. 불확실한 지금 상황이 갑작스러운 이별보다 더 두렵습니다. 신이시여, 도와주소서. 오늘 당신의 답장을 받아야 합니다. 내일이면 늦습니다. 이미 알약 서른다섯 알을 준비했어요. 이번에는 죽어도 확실히 해야 합니다. 누군가 전화라도 걸어준다면 좋으련만.

"이게 뭐죠?"

내용을 읽은 조애나가 물었다.

"그건 에바 브라운이 히틀러와 헤어진 직후 쓴 편지요. 그 편지를 히틀러에게 보낸 후 자살을 시도했지. 결국 그 일로 히틀러는 에바에게 돌아왔소. 중요한 건 그 편지 내용을 알고 있는 사람이 이 세상에 열 명도 되지 않는다는 거요. 히틀러의 측근 몇 명과 아디헌터들뿐이오. 그러니 만약 반응한다면 놈이 히틀러라는 증거요. 무슨 말인지 알겠죠?"

바우만이 의미심장하게 미소를 지었다.

"확신이 들면 나를 찾아오시오. 절대 나를 만났다는 걸 발설해선 안 돼요. 절대."

바우만이 돌아섰다.

조애나는 편지를 쥔 채 혼란 속에 서 있었다.

"그리고……."

바우만이 길을 건너다 말고 말했다.

"그 편지, 어디서 났느냐고 물으면 이렇게 답하시오. 리무진을 타고 왔던 사람이 줬다고."

이 말을 남기고 바우만은 사라졌다.

* * * * *

이야기가 진행될수록 바우만은 점점 늙어갔다. 마치 죽음을 향해 달려가는 자명종 시계처럼.

"나는 휘슬러가 편지에 반응하리라고 확신했소. 그리고 내 예상은 적중했지."

"편지를 본 휘슬러가 당신 존재를 눈치챌 수도 있잖아요? 그럼 그간의 노력이 수포로 돌아갈 수도 있었을 텐데."

크리스틴이 물었다.

"물론 그랬지. 하지만 달리 방법이 없었소. 놈의 계획을 알아내려면 조애나의 도움이 절실했고 조애나의 믿음을 얻어야 했으니까. 모험을 하는 수밖에."

바우만은 이야기를 계속했다.

* * * * *

편지의 위력은 강력했다.

이 주간 전화도 않던 휘슬러가 나타난 것이다. 그는 조애나의 아파트 입구에서 기다리고 있었다.

"오랜만이네요."

조애나가 냉랭하게 말했다. 휘슬러는 다짜고짜 조애나를 끌고 집으로 들어갔다. 그는 화가 나 있었다.

"화를 낼 사람은 나 아닌가요?"

조애나가 말했다. 그러자 휘슬러가 편지를 꺼냈다.

"이거 어디서 났어?"

"왜요? 나도 자살할까 봐요?"

"어디서 났느냐고 묻잖아!"

휘슬러는 서슬이 퍼랬다. 하지만 조애나는 조금도 주눅들지 않았다.

"나한테 접근한 게 그 여자를 닮았기 때문인가요?"

"누가 그런 말을 한 거야? 누가 이 편지를 줬냐고?"

휘슬러가 조애나의 팔을 낚아채며 소리쳤다.

"옷이랑 구두까지 똑같더군요. 날 그 여자로 만들 생각이었어요? 인형처럼?"

순간 휘슬러가 조애나의 따귀를 때렸다. 조애나는 뺨을 움켜쥔 채 바닥에 뒹굴었다. 방안에 조애나의 흐느낌이 울려 퍼졌다.

그제야 휘슬러는 진정했다. 그는 한동안 할말을 찾았다.

"그녀를 어떻게 알게 됐는지 모르지만 이미 저세상 사람이야. 왜 죽은 사람과 당신을 비교해."

휘슬러가 부드럽게 말했다.

"아직 대답하지 않았어요. 내가 그 여자를 닮아서 접근했느냐고요?"

조애나가 다그쳤다. 휘슬러가 조용히 다가왔다.

"그래. 처음엔 당신이 그녀와 닮아서 다가갔어. 하지만 당신과 함께 있으면서 모든 게 바뀌었어. 작은 벌레도 함부로 죽이지 않는 당신, 낙엽을 책갈피로 쓰는 당신, 맑은 날이면 손으로 해를 잡으려는 당신…… 난 그런 당신을 사랑한 거야. 그러니 바보 같은 생각하지 마."

휘슬러가 조심스럽게 안았다. 조애나는 힘껏 뿌리치려 했지만 휘슬러는 놓아주지 않았다. 그리고 이내 조애나의 몸부림이 사라졌다. 그 모습을 바우만이 건너편 아파트에서 지켜보았다. 하지만 이내 두 사람은 커튼 뒤로 사라졌다.

한 시간가량 사랑을 나눴지만 닿아 있던 둘의 살에는 어색한 떨림이 남아 있었다.

"그 편지…… 누가 준 거지? 말해줘. 아주 중요한 일이야."

휘슬러가 조애나의 등을 쓰다듬으며 물었다. 조애나는 대답하지 않았다.

"조애나……."

휘슬러가 다시 물으려던 순간이었다.

"우리 아빠에 관해 얘기한 적 있나요?"

조애나가 물었다.

"아니."

"아빠는 소방관이었어요. 열아홉 살 때부터 시작해서 평생을 소방관으로 살았죠. 천직이었어요. 아빠가 살린 사람들이 마흔 명이 넘죠. 전 학교가 파하면 늘 아빠 소방서로 갔어요. 거기서 아빠랑 같이 소방차를 닦기도 하고 아빠 친구들이랑 농구도 하고 놀았죠. 제 인생에서 가장 행복했던 순간이었죠.

그런데 전쟁이 났어요. 아빠는 곧바로 자원했지요. 전 가지 말라고 밤새도록 울었어요. 그러자 아빠가 말했어요. 조애나, 불속에서 사람들이 죽어가면 소방관은 어떻게 해야 하지? 목숨이 위험해도 들어가서 살려야 하는 거야. 지금 먼 나라에서 불이 났어. 많은 사람이 불속에 갇혀서 도와주길 기다리고 있지. 아빠가 가서 구해줘야 해. 그게 아빠 일이니까. 그 말을 남기고 아빠는 떠났어요. 그리고 영영 안 돌아왔죠. 지금도 아빠의 마지막 모습이 선명해요."

조애나는 휘슬러를 바라봤다. 그의 눈동자에 작은 파문이 일고 있었다.

"그런데 어느 날 길을 걷다가 불을 낸 방화범을 만난다면······ 어떻게 해야 할까요? 벌을 내려야 할까요, 아니면 용서해야 할까요?"

휘슬러가 침대에서 일어났다. 그는 망연하게 창밖을 바라봤다.

"그건 너한테 달렸어. 죽이든 살리든. 어차피 뭘 선택하든 후회할 테니까."

조애나는 담담하게 듣고 있었다.

"조애나. 그 편지…… 누가 준 거지?"

조애나가 대답했다.

"리무진을 타고 왔던 사람이요."

"크뢰멜……."

휘슬러가 한숨을 내쉬었다.

"뭐라고 하면서 주던가?"

"당신의 전부인이라고만 했어요. 그게 다예요."

휘슬러는 곧장 옷을 추슬렀다.

"언제 다시 볼 수 있죠?"

"당분간 만날 수 없어. 중요한 일이 있어. 몇 주면 정리될 거야. 그때 같이 떠나자."

이 말을 남기고 휘슬러는 사라졌다.

문을 두드렸지만 아무도 나타나지 않았다. 바우만은 이미 떠나고 없었다. 조애나는 발길을 돌렸다. 그때 한 꼬마가 다가왔다. 꼬마는 뭔가를 내밀었다.

"이게 뭐야?"

조애나가 물었지만 꼬마는 건네주고 사라졌다. 그것은 메모지였다.

52번가 마빈스 그릴

조애나는 곧장 택시를 잡았다.

마빈스 그릴은 허름한 뒷골목에 자리잡은 식당이었다. 늦은 시간이라 가게는 한가했다. 구석에 취객이 졸고 있을 뿐이었다. 조애나는 입구가 잘 보이는 자리에 앉았다. 십 분이 지나도 바우만은 나타나지 않았다. 시계는 자정을 가리키고 있었다. 일어서려던 순간이었다.

"확신이 든 모양이군요. 날 찾아온 걸 보니."

바우만이었다. 그는 뒷문을 통해 가게로 들어왔다. 여전히 주위를 경계하고 있었다.

"번거롭게 해서 미안하오. 미행이 있는지 확인해야 했소."

바우만이 자리에 앉으며 말했다. 조애나의 표정이 어두웠다.

"당신 말을 믿는 건 아니에요."

"그런데 왜 날 찾아왔죠?"

조애나는 대답하지 않았다. 대신 종이 한 장을 내밀었다.

"이게 뭐죠?"

"그 사람 주머니에 있던 거예요. 이게 내가 해줄 수 있는 전부에요. 앞으론 찾아오지 말아요. 내 집을 몰래 지켜보지도 말고."

이 말을 남기고 조애나는 떠났다.

바우만은 봉투를 열었다. 안에는 구겨진 메모지 한 장이 있었다.

154, 92, 334, 221, 16, 137······

종이에는 번호가 가득 적혀 있었다. 바우만은 한동안 번호의 정체를 고민했다.

"에니그마!"

유명한 나치의 암호기. 가능성이 있었다. 바우만은 곧장 뉴저지에 있는 전쟁 박물관으로 향했다.

그곳은 전쟁에서 남편과 자식을 잃은 미망인이 운영하는 개인 박물관이었다. 전사자를 기리고 나치의 잔혹성을 알리기 위해 지어진 곳이었다. 그곳 소장품에는 나치의 귀중한 장비가 있었다. 에니그마 머신도 그중 하나였다.

늦은 시각 박물관은 굳게 닫혀 있었다. 경찰 배지를 보이자 문을 열어줬지만 소장품을 마음대로 사용할 순 없었다. 바우만은 박물관장에게 전화를 걸어 사정을 설명했다. 다행히 관장은 꽉 막힌 사람이 아니었다. 경비원 입회하에 에니그마를 사용할 수 있도록 허락했다. 경비원이 에니그마를 가져오자 바우만은 곧바로 번호를 입력했다. 처음 사용하는 것이었지만 방법은 알고 있었다.

"154…… 92…… 334……."

번호를 누르자 반대편에 알파벳이 찍히기 시작했다. 그렇게 한참을 누르자 비밀 메시지가 모습을 드러냈다. 바우만은 서둘러 내용을 확인했다.

린든 슐레진저, 마이크 케인스, 헨리 가드너, 존 F. 케네디

그것이 비밀 메시지의 내용이었다. 바우만은 명단의 사람들을 유심히 살폈다. 그들은 현직 각료와 저명한 경제학자들이었다. 린

든 슐레진저는 백악관 경제 수석 보좌관이었고 마이크 케인스는 노벨상을 수상한 경제학자였다. 헨리 가드너는 미국 최대의 투자 은행 채프먼 트러스트 은행의 CEO였다. 그리고 마지막으로 대통령의 이름이 있었다.

"대체 뭘 하려는 거냐?"

바우만은 이들의 공통점을 찾기 위해 두뇌를 풀가동했다. 그러자 얼마 전 봤던 뉴스의 한 장면이 떠올랐다. 대통령이 새로 상정한 법안을 직접 설명하던 그 자리에는 명단의 사람들이 모두 있었다.

"대통령령 11110호?"

명단의 사람들은 새로운 화폐 개혁안을 만든 사람들이었다. 불길한 예감이 명단의 얼굴 위에 드리워져 있었다.

계산하는 자

"잠깐만요."

크리스틴이 말을 가로막았다.

"그 명단, 1963년도 케네디 대통령 암살 사건 때 함께 사망한 사람들이에요. 알고 있어요?"

크리스틴의 입술이 파르르 떨렸다. 2차세계대전 직후 베를린에서 시작된 이야기는 대륙을 건너 대통령 암살 사건으로 이어지고 있었다.

"조애나가 건네준 명단은 분명 케네디 대통령이 추진했던 화폐 개혁안의 초안을 작성했던 사람들이었소. 난 휘슬러가 왜 이들을 주목하고 있는지 알아야만 했소. 하지만 당시 내 힘으로는 알아낼 방법이 없었지. 그래서 고민 끝에 나의 태생을 이용하기로 했소. 유태인들 사이에 암암리 전해지는 네트워크에 접근하기로 한 거요."

* * * * *

바우만이 찾아간 곳은 맨해튼 5번가였다.

'다이아몬드 거리'로 더 알려진 그곳은 미국에서 유통되는 다이아몬드의 구십 퍼센트 이상이 거래되고 있었다. 그리고 상권을 쥐고 있는 이들이 유태인이었다. 6번가로 뻗은 도로 양편은 다이아몬드를 파는 상점들로 가득했다. 인근 건물에는 원석을 세공하는 작업장들이 들어차 있었다. 이곳이 번창하게 된 건 2차세계대전 후유럽의 딜러와 장인 들이 이민 오면서부터였다. 여기서 팔려 나가는 다이아몬드만 연간 200억 달러로 전 세계 시장 절반을 차지하고 있었다. 이곳에 정착한 유태인들은 '다이아몬드 딜러 클럽DDC'과 '미국 다이아몬드 제조 및 수입 협회DMIA'를 설립하여 그들만의 사회를 형성했다. 이들은 엄청난 자금을 기반으로 정부와 정계에 네트워크를 가진 덕분에 접근할 수 없는 정보를 공유할 수 있었다. 바우만은 그것을 이용하려는 것이었다. 문제는 이들이 외부인을 철저히 배척한다는 것이었다. 하지만 바우만에게는 이들을 설득할 무기가 있었다.

바우만은 '다이아몬드 딜러 클럽'이 있는 건물로 들어갔다.

건물 지하에는 경매장이 있었는데 매일 가공된 다이아몬드를 소매상들에게 경매하고 있었다. 이곳에서 다이아몬드를 구입할 수 있는 사람은 클럽 회원뿐이었다. 그만큼 폐쇄적인 곳이었다.

"회원이십니까?"

바우만이 입구에 들어서자 경비가 앞을 막았다.

"회원은 아니오."

바우만이 경찰 배지를 보여줬다.

"죄송합니다만 여긴 회원만 들어갈 수 있습니다. 경찰이라도 영장이 없으면 안 됩니다."

"아주 중요한 일이오. 어떤 사람만 만나면 되오."

"죄송합니다."

경비원은 완강했다.

"당신은 유태인이오?"

"그렇습니다."

"그럼 이게 뭔지 알겠군."

바우만이 팔뚝의 문신을 보여줬다. 나치가 새긴 유태인 수인 번호였다. 문신을 보자 경비원의 얼굴에 작은 떨림이 일었다.

"경찰로서가 아니라 같은 민족으로서 부탁하오."

경비원은 망설였다. 그는 책임자가 아니었다. 그때 저만치 경비 데스크에 앉아 있던 남자가 다가왔다. 척 보기에도 경비 책임자였는데 오십 대였다.

"어느 수용소에 있었습니까?"

책임자가 물었다.

"아우슈비츠요."

"그 지옥에서 용케 살아남으셨군요."

초면의 두 사람이 공감의 미소를 지었다.

"누구를 만나러 오셨습니까?"

"앨버트 샤피로 씨를 만나러 왔소."

책임자의 표정이 굳었다. 앨버트 샤피로는 다이아몬드 협회 회장으로 유태인 사회에서 가장 힘 있는 인사 중 한 명이었다.

"성함이……."

"오토 바우만이오. 댈러스 경찰청 소속이오."

"바우만 형사님. 샤피로 씨는 쉽게 만날 수 있는 분이 아닙니다. 무슨 일인지는 모르겠지만 약속을 잡아야 해요."

예상된 일이었다.

"알겠소. 그럼 경매라도 구경할 수 있게 해주시오."

책임자는 잠시 고민을 한 후 입구를 열어주었다.

"삼십 분 드리겠습니다."

"그거면 충분하오."

바우만은 경매장으로 발길을 옮겼다.

경매장은 화려하지 않았다. 소매상들이 빼곡히 앉아 있었고 단상의 경매사가 다이아몬드를 소개하고 있었다. 경매에 참석한 사람들은 한 명도 빠짐없이 유태인 전통 모자인 키파를 쓰고 구레나룻을 치렁치렁 기르고 있었다.

"다음 상품은 아르헨티나산으로 색상 등급은 H, 투명도 등급은 VS1입니다. 1캐럿에서 5캐럿까지 있으며 무게는 총 360그램입니다."

경매 보조가 상품 다이아몬드를 들고 소매상들 앞을 지나갔다. 소매상들은 날카롭게 다이아몬드를 살폈다. 바우만은 이들 틈에 끼여 기회를 엿보고 있었다.

"퀄리티는 GIA에서 보증합니다. 그럼 경매를 시작하겠습니다.

22만 달러부터 시작합니다. 22만 달러 계십니까?"

구매 의사가 있는 소매상들이 팻말을 들었다. 경매는 질서 있게 진행됐다. 팻말에는 H, J, G 등 알파벳이 그려져 있었다. 회원 가문의 이니셜이었다. DDC의 회장 앨버트 샤피로의 대리인도 참석했을 게 분명했다. 바우만은 잠시 경매를 지켜보다가 앞으로 나아갔다. 단상을 향해 성큼성큼 발을 내디뎠다. 드디어 단상에 도착하자 서슴지 않고 올랐다.

"당신 뭐요? 내려가요."

경비원이 막으려 하자 바우만은 경찰 배지를 보여줬다. 경비원이 머뭇거리는 사이 바우만은 진행자를 밀치고 단상을 차지했다. 낯선 사람의 등장에 경매장이 웅성댔다. 그때 바우만이 마이크에 대고 말했다.

"난 오토 바우만이라고 하오. 댈러스 경찰청에 근무하고 있소. 내가 여기 온 건 앨버트 샤피로 회장을 만나기 위해서요. 하지만 워낙 바쁜 분이라 약속을 잡지 않으면 만날 수 없다더군요. 그래서 여기 선 거요. 당신들 중 샤피로 회장의 대리인이 있다는 걸 알고 있소. 그분에게 내 말을 전하시오. 당신이 히틀러의 행적을 쫓고 있다는 걸 알고 있소. 나 역시 평생 히틀러를 추적했소. 그리고 지금 놈이 어디 있는지 정확히 알고 있소. 만약 놈의 행적을 알고 싶으면 날 찾아오시오. 당신이라면 내가 어디 있는지 정도는 알아낼 수 있을 거요. 기다리고 있겠소."

말을 마치자 바우만은 단상을 내려왔다.

부슬부슬 비가 내렸다.

묵고 있는 호텔까지는 다섯 블록을 지나야 했다. 바우만은 묵묵히 비를 맞으며 호텔로 향했다. 경매장을 나선 지 사십 분 만이었다.

"오토 바우만 형사님?"

호텔 입구에는 검은 리무진이 서 있었다.

"그렇소만."

리무진 기사가 차문을 열고 기다렸다.

"타시죠."

바우만은 말없이 리무진에 올랐다.

널찍한 뒷좌석에는 은발의 노신사가 앉아 있었다. 바우만은 그가 누군지 알고 있었다.

"생각보다 빨리 오셨군요, 샤피로 회장님."

노신사가 미소를 지었다. 그는 유태인 사회의 저명인사였지만 키파를 쓰고 있지 않았다. 말끔한 양복에 짧은 머리였다.

"요란한 소동을 피우셨더군요, 바우만 형사님."

"죄송합니다. 하지만 다른 방도가 없었어요."

리무진은 조용히 어디론가 움직이고 있었다.

"아우슈비츠에 계셨다고요."

"이 년 삼 개월 있었죠. 회장님은 테레진 수용소에 계셨더군요."

"나도 이 년 넘게 있었다오. 얼마 전 다녀왔는데 아파트가 들어섰더군. 삼천 명이 넘게 죽었는데 아무도 기억하는 사람이 없었소."

두 사람 사이에 잠시 침묵이 흘렀다. 마치 묵념을 하듯.

"히틀러의 행적을 알고 계시다고."

회장이 침묵을 깼다. 그는 사비를 털어 히틀러를 추적하고 있었다. 유태인 재력가들 중 히틀러를 쫓는 이들이 상당수 존재했다.

"그렇습니다."

"히틀러가 죽지 않았다는 걸 어떻게 알았소? CIA에서도 1급 비밀에 속하는데."

"저는 아디헌터였습니다. 이제는 유일한 아디헌터죠."

"아디헌터……."

회장은 아디헌터의 존재를 알고 있는 듯했다.

"원하는 게 뭐요? 돈?"

"정보가 필요합니다."

"말해보시오."

"얼마 전 놈의 행적을 추적하다가 알게 된 정보가 있습니다."

바우만은 에니그마로 해석한 내용을 건네줬다. 회장은 유심히 명단을 살폈다.

"그들이 누군지 아시겠습니까?"

바우만이 물었다.

"이번에 발표된 대통령령 11110호를 만든 사람들이군요."

"놈이 뭔가를 꾸미고 있습니다. 놈의 계획을 알아내기 위해선 대통령령 11110호와 어떤 연관이 있는지 알아야 합니다. 제가 지금까지 알아낸 모든 걸 알려드리겠습니다. 대신 회장님께선 놈과 대통령령 11110호 사이에 어떤 이해관계가 있는지 알아봐주십시오."

회장은 잠시 창밖을 바라보며 생각을 정리했다.

"당신이 알고 있는 내용을 먼저 나에게 넘기시오. 내용을 본 후 판단하겠소."

회장이 칸막이를 두드리자 리무진이 멈췄다. 바우만은 차에서 내렸다. 차는 호텔 앞에 도착해 있었다.

"그런데…… 놈을 찾아서 어쩔 셈이오?"

회장이 차창 너머로 물었다.

"죽일 생각입니다."

회장 입가에 미소가 떴다.

"맘에 드는 대답이군. 곧 연락하겠소."

리무진이 출발했다.

연락이 온 건 사흘 후였다.

바우만은 호텔 인근 식당에서 아침을 먹고 있었다.

"바우만 형사님?"

누군가 다가왔다.

"그렇소만."

"샤피로 회장님의 전갈입니다."

남자는 봉투 하나를 놓고 사라졌다.

바우만은 부리나케 봉투를 개봉했다.

상원 의원 에번 매케인 후원회 모임

후원회 파티 초대장이었다. 개최일은 오늘이었다.

"젠장. 정장도 없는데."

바우만은 방금 나온 아침을 고스란히 남겨둔 채 식당을 나섰다.

후원회 파티 장소는 플라자 호텔이었다.

1층 연회장에 뉴욕 최고의 명사들이 모여 있었다. 바우만은 처음 입은 턱시도의 옷매무새를 다듬었다.

"초대장을 보여주십시오."

말끔한 정장을 차려입은 직원이 묻자 바우만은 초대장을 건네줬다.

"감사합니다."

무사통과였다. 널따란 연회장에는 턱시도와 드레스를 입은 유명 인사들이 다과를 즐기고 있었다. 단상에는 "미국을 더욱 위대하게"라고 쓴 플래카드가 걸려 있었다. 바우만은 곧바로 샤피로 회장을 찾았다. 그를 찾는 건 어렵지 않았다. 회장은 한 무리의 명사들에 둘러싸여 담소를 나누고 있었다. 바우만이 조심스럽게 다가갔다. 샤피로 회장은 사람들에 둘러싸여 한동안 알아보지 못했다. 결국 바우만이 손을 흔들고 나서야 만날 수 있었다. 회장은 테라스로 향했다.

"자료는 살펴보셨습니까?"

바우만이 물었다.

"그러니까 애덤 휘슬러라는 사람이 히틀러다?"

"그렇습니다."

"그걸 입증할 증거는 어디에도 없던데. 입건조차 할 수 없는 수

준이더군요. 안 그런가요, 바우만 형사?"

회장의 말대로였다. 휘슬러가 히틀러라는 증거는 전무했다. 추론 가능한 정황만 있을 뿐이었다.

"만약 증거를 원한다면 증인이 있습니다. 수술을 집도한 요제프 멩겔레죠. 놈을 생포한다면 얘기는 달라집니다."

"멩겔레가 어디 있는지 모르지 않소? 놈을 생포한다 해도 증언할 리 없고."

"저는 약속대로 모든 자료를 보여드렸습니다. 그리고 전 확신합니다. 휘슬러가 아돌프 히틀러라고. 자, 이제 남은 건 회장님의 판단입니다. 대답해주십시오. 그가 히틀러라고 생각하십니까?"

회장은 대답 대신 묘한 미소를 지었다.

"나를 따라오시오. 소개시켜주고 싶은 사람이 있소."

회장은 바우만을 데리고 연회장으로 들어갔다. 그는 인파를 헤치고 나가더니 한 남자에게 다가갔다.

"안녕하시오, 멘슨 씨."

회장이 남자의 어깨를 두드리자 남자가 돌아봤다.

"이게 누구십니까? 샤피로 회장님 아니십니까?"

남자가 반갑게 악수를 건넸다. 남자의 얼굴을 본 바우만은 얼음처럼 굳고 말았다. 그는 데미안 크뢰멜이었다.

"회사가 번창하고 있다는 소식 들었습니다. 축하합니다."

회장이 악수를 받았다.

"위대한 미국 덕분이죠. 하하하. 그런데 여긴 어쩐 일로. 회장님은 민주당 지지자 아니셨나요."

파티 호스트인 매케인 의원은 공화당 소속이었다.

"소개시켜드릴 사람이 있어서요. 바우만 씨, 인사하세요. 이분은 멘슨 앤드 휘슬러 은행의 데미안 멘슨 대표십니다. 대표님, 이쪽은 제 친구이자 경찰인 오토 바우만 형사입니다."

회장이 두 사람을 소개했다.

"반갑습니다. 바우만 형사님. 어떤 부서에 근무하시죠?"

크뢰멜이 악수를 청하며 물었다. 하지만 바우만은 아직도 얼어붙어 있었다.

"바우만 형사."

회장이 불렀다. 그제야 바우만은 정신을 차렸다.

"네?"

"어떤 부서에 근무하시느냐고요."

크뢰멜이 웃으며 말했다.

"수사과에 근무하고 있습니다. 댈러스 경찰청 소속이죠."

"댈러스? 멀리서 오셨군요. 뉴욕엔 무슨 일로 오셨나요?"

"그게……."

바우만은 머뭇거렸다. 용의자가 수사 목적을 묻다니.

"희대의 살인범을 추적중이시죠. 그렇죠, 형사님?"

샤피로 회장이 대신 대답했다.

"네, 맞습니다."

바우만이 어정쩡하게 맞장구를 쳤다.

"어떤 살인범인지 궁금하네요. 연쇄살인범?"

크뢰멜이 물었다.

"그렇다고 할 수 있죠."

"몇 명이나 죽였나요? 다섯 명? 아님 열 명?"

크뢰멜이 큰 소리로 웃었다. 바우만은 대답하고 싶었다. 수백만 명을 죽인 살인범이라고. 그리고 네놈은 공범이라고. 하지만 그럴 수 없었다.

"공동 대표인 휘슬러 씨는 언제쯤 뵐 수 있나요? 저희 다이아몬드 산업에도 엄청난 투자를 하시는데 얼굴 정도는 알아야 하는 거 아닌가요?"

회장이 끼어들었다.

"그렇지 않아도 소개해드리려고 했습니다. 이쪽으로."

크뢰멜은 회장과 바우만을 데리고 어디론가 향했다.

그가 향한 곳은 1층 레스토랑이었다. 그곳에는 많은 사람들이 식사를 하고 있었는데 중앙 단상에서 누군가 피아노를 치고 있었다. 연주곡은 쇼팽의 녹턴이었다. 누군가는 감미롭게 건반을 두드렸다. 사람들 귓가에 닿을 듯 말 듯 부드럽게. 크뢰멜은 조심스럽게 피아니스트에게 다가갔다.

"으흠."

크뢰멜이 인기척을 냈다. 그러자 피아니스트가 연주를 멈췄다. 그리고 돌아봤다. 연주자는 휘슬러였다.

"인사 나누시죠. 저희 은행 공동 대표이신 애덤 휘슬러 씨입니다. 이쪽은······."

"다이아몬드의 대부 앨버트 샤피로 씨죠. 반갑습니다."

휘슬러가 손을 내밀었다.

"이렇게 젊은 분일 줄 몰랐습니다, 휘슬러 씨."

"보기보단 나이가 꽤 있답니다."

"저희 사업에 투자해주셔서 감사합니다."

"다이아몬드 산업은 금만큼이나 확고한 시장이죠. 저희에게도 좋은 기회라고 생각하고 있습니다. 그런데 이분은……."

휘슬러가 바우만을 발견하고 물었다.

"이분은 오토 바우만 형사입니다. 희대의 살인범을 쫓고 계시다는군요."

크뢰멜이 대신 대답했다.

"아…… 경찰. 안녕하세요."

휘슬러가 악수를 청했다. 하지만 바우만은 악수를 받지 않았다. 본능적으로 거부하듯. 휘슬러를 정식으로 대면한 건 이번이 처음이었다. 바로 눈앞에 히틀러가 서 있었다. 자신을 응시하며. 바우만의 눈빛이 이글거렸다. 당장이라도 총을 쏠 듯한 기세였다. 그때 샤피로 회장이 살며시 어깨를 잡았다. 그제야 바우만은 마음의 총을 거두고 손을 잡았다. 메인 이벤트 전 카메라 앞에서 포즈를 취하는 복서처럼.

"우리 만난 적 있나요, 형사님?"

휘슬러가 고개를 갸웃했다.

"그럴지도 모르죠."

바우만이 짧은 악수를 마치며 대답했다. 두 사람 사이에 기묘한 눈싸움이 벌어지고 있었다.

"전 선약이 있어서 이만 실례하겠습니다."

눈빛을 먼저 거둔 건 휘슬러였다. 그는 사라졌다.

"사람들 앞에 나서는 걸 별로 안 좋아한답니다. 이해하십시오. 그럼 또 뵙죠."

크뢰멜은 연회장으로 돌아갔다. 피아노 단상에는 두 사람만이 남았다.

"자네 진심으로 휘슬러가 히틀러라고 생각하는군."

회장이 정적을 깼다.

"생각이 아니라 저놈이 히틀러입니다."

바우만의 손이 아직도 떨리고 있었다.

"사업가가 가장 꺼리는 상대가 누군지 아나? 갑자기 혜성처럼 등장해선 마구 사들이는 사업가지. 돈의 출처도, 배후도 알 수 없어. 저 둘이 그런 인간이야."

회장이 장난처럼 건반을 두드렸다.

"좀 걷지."

회장이 먼저 로비를 빠져나갔다.

센트럴파크는 여유로웠다. 비가 그친 후라 공기도 상쾌했다.

"휘슬러는 연방준비은행을 접수하려 하고 있네."

회장이 아이스크림을 먹으며 말했다.

"연방준비은행?"

"믿을 만한 정보에 의하면 연방준비은행의 일인자 밀턴 프리드먼을 포섭한 모양이야. 조만간 연방준비은행의 지분을 상당 부분 인수할 거라더군."

"그게 대통령령 11110호와 무슨 상관입니까?"

"상관이 있지. 대통령령이 시행되면 연방준비은행이 갖고 있는 화폐 제조권을 미 정부가 가져오게 될 테니까."

"!"

"그래. 연방준비은행은 사라지게 되는 거야. 영원히."

잔디밭에서 아이들이 평화롭게 축구를 하고 있었다.

"반드시 대통령령을 철회시켜야겠군요."

"방법은 두 가지지. 국회 인준을 막던가. 아니면……."

"대통령을 암살하거나."

바우만이 끼어들자 회장이 씩 웃었다. 그는 주머니에서 봉투 하나를 꺼냈다.

"대통령은 조만간 선거 캠페인을 시작할 거야. 이건 대통령이 선거 운동을 위해 방문할 도시들과 스케줄이네."

바우만은 스케줄을 살폈다. 대부분 텍사스를 비롯한 남부 지역이었다.

"대통령은 지지율이 낮은 남부를 돌 거야. 만약 내가 휘슬러라면 그때를 노리겠네."

회장은 돌아섰다.

"놈을 해치우면 시체는 내가 갖겠네."

"놈의 시체로 뭘 하려는 겁니까?"

회장이 씩 웃었다.

"박제로 만들어 거실에 걸어둘 거야. 행운을 비네."

이 말을 남기고 회장은 사라졌다.

"들으면서도 믿기지가 않는군요. 케네디 대통령 암살 배후에 히틀러가 있었다니."

크리스틴이 나지막이 말했다.

"그렇게 단순히 말할 순 없소. 암살에는 이미 많은 세력들이 개입되어 있었으니까. 히틀러는 그저 작은 불씨를 던진 것뿐이지. 잔뜩 쌓여 있던 짚더미에."

늙은 바우만이 대답했다.

"많은 세력? 연방준비은행 외에 또 다른 세력이 있었다는 건가요?"

바우만은 대답 않고 하던 말을 이었다.

"회장으로부터 대통령의 선거 일정을 받은 나는 암살에 가장 적합한 장소를 분석하기 시작했소. 결과는 댈러스였소. 다른 도시는 모두 실내에서 캠페인이 진행됐지만 댈러스는 달랐소. 무개차를 타고 거리를 지나는 행사가 포함되어 있었던 거요. 경호 팀에서 위험하다며 만류했지만 대통령이 밀어붙인 행사였소. 댈러스는 공화당의 텃밭으로 대통령의 지지율이 가장 낮은 도시였소. 대통령령 11110호를 통과시키기 위해 국민의 압도적인 지지율이 필요했던 대통령이 무리수를 둔 거지.

이제 남은 건 암살범을 찾아내는 거였소. 당시 유일한 단서는 린츠에서 맞닥뜨렸던 연쇄살인범의 한마디였소. 히틀러가 새로 만든 부대. 바로 연쇄살인범 부대였소. 놈은 연쇄살인범을 살인 병기로 훈련시키고 있었소. 부대원 중 암살범을 선출할 게 분명했지. 하지만 부대원의 명단을 구할 수 없었소. FBI도 잡지 못한 연쇄살인범들을 무슨 수로 찾아낸단 말이오. 한마디로 장님이 모래밭에서 바늘을 찾는 격이었지. 게다가 경찰이나 FBI의 도움도 기대할 수 없었소."

"대통령 암살 계획을 알고도 경찰에 안 알렸다는 건가요?"

"당신이 경찰이라면 히틀러가 대통령을 암살할 거란 말을 믿겠소?

"그래도 알렸어야죠."

"그랬다면 오히려 내가 FBI의 감시를 받았을 거요. 어쨌건 고민을 하던 내 눈앞에 지푸라기 하나가 떠올랐소."

* * * * *

1963년 뉴욕 할렘의 뒷골목은 지옥을 연상시켰다.

약에 전 사람들이 비틀거리고 여기저기 갱들의 총성이 울렸다. 대로에선 인종차별에 반대하는 시위대가 고함을 쳤고 중무장한 경찰들이 바리케이드를 치고 있었다. 돌멩이에서도 희망의 파편 쪼가리 하나 찾을 수 없었다.

젊은 바우만은 할렘 가장 깊숙한 곳으로 발걸음을 옮겼다. 그곳은 경찰도 혼자 들어갈 수 없었다. 그가 향하는 곳은 흑인 갱단의 본거지였다. 그가 목숨을 내놓고 여기 온 것은 누군가를 만나기 위해서였다. 몇 번의 시비가 있었지만 경찰 배지가 간신히 힘을 발휘했다. 하지만 이번은 만만치 않아 보였다.

"하얀 시체가 걸어오네. 어떻게 죽여줄까, 화이트 보이."

집채만 한 흑인이 중기관총을 드밀며 물었다. 뒤이어 덩치들이 몰려들었다. 모두 금목걸이에 중기관총을 들고 있었다. 식은땀이 온몸을 적셨다.

"경찰이다. 비켜."

바우만이 배지를 보여주었다. 하지만 덩치들은 꿈쩍도 않았다.

"이제 하얀 경찰 시체가 되겠네. 친구들이 말 안 해주던가? 여긴 너 같은 삐리들이 기웃거릴 데가 아니라고."

덩치가 노리쇠를 당기며 소리쳤다. 당장이라도 쏠 기세였다.

"난 지옥 같은 아우슈비츠에서도 살아남았다. 그까짓 장난감엔 눈도 깜짝 않아."

"뒤지려고 환장을 했구나, 화이트 보이."

덩치가 방아쇠를 당기려던 순간이었다.

"여기도 아우슈비츠에서 살아남은 친구가 있는 걸로 아는데. 야닉 빈터라고. 여기선 마법사 빈터라고 불린다던가."

덩치가 멈칫했다.

"빈터는 왜?"

"그 친구, 나한테 빚이 있거든."

야닉 빈터는 체코의 무기 설계자였다. 유명한 ZH-29 반자동소총을 개발한 사람으로 성공한 사업가였다. 하지만 2차세계대전 후 체코가 공산화되자 모든 재산을 몰수당하고 막노동자로 몰락했다.

탄광을 전전하던 야닉은 미국으로 밀항을 결심했다. 힘겹게 기회를 잡은 야닉은 갖은 고생 끝에 샌프란시스코 항에 도착했다. 하지만 배에서 내리기도 전 이민국에 검거되고 말았다. 당시 밀항자는 자국으로 추방하는 게 일반적이었다. 추방될 경우 총살될 건 불 보듯 뻔했다. 바우만이 그를 만난 건 이민국 재판에서였다. 바우만은 야닉의 통역이었다. 재판에서 야닉은 울면서 호소했지만 추방은 확정적이었다.

보고만 있을 수 없었던 바우만은 재판부에 호소문을 제출한다. 구구절절한 사연 속에는 무기 제조가로서의 활약도 포함되어 있었다. 놀랍게도 호소문이 위력을 발휘하여 야닉은 추방을 면했다. 목숨을 구한 야닉은 바우만의 손을 잡고 약속했다. 언젠가 반드시 은혜를 갚겠다고. 그런데 시간이 흐른 어느 날 바우만은 수배자 명단에서 그의 이름을 발견했다. 불법 무기 제조업자 '야닉 빈터'.

야닉을 만나기 위해선 꽤 까다로운 절차를 거쳐야 했다.

무기를 몰수당했고 갱 부두목과 두목의 허락을 받아야만 했다. 마지막으로 야닉의 확인이 있은 후에야 그의 거처로 향할 수 있었다. 야닉은 그만큼 갱단에 중요한 존재였다. 그가 이 바닥에 나타난 후 갱단의 판도가 바뀌었기 때문이다. 야닉은 단순한 권총을 연발 기관총으로 변신시켰고 담배 케이스를 폭탄으로 바꿨다. 그를 가진 갱단은 단숨에 지역을 장악할 수 있었다. 덕분에 야닉은 엄청난 돈방석에 앉았고 메이저리그 선수 못지않게 유명해졌다.

야닉의 거처는 할렘 한복판에 있는 성당이었다. 성당 뒤편 사제관 지하로 내려가자 두툼한 목제 문이 나타났다. 문에는 다음과 같은 성경 구절이 적혀 있었다.

나에게 능력을 주시는 자 안에서 모든 걸 할 수 있으리라.

똑똑. 문이 열렸다.

장발에 콧수염을 기르고 금테 안경을 낀 남자. 야닉이었다.

"바우만!"

야닉이 다짜고짜 끌어안았다.

"어서 들어와, 내 형제."

바우만은 방으로 들어섰다. 지하실은 널찍했다. 그리고 의외로 쾌적했다. 한 켠에는 당시 유행하던 큼직한 물침대가 출렁댔고 고급 오디오와 미니바가 설치되어 있었다. 벽에는 포르노 배우들의 사진과 무기 설계도가 벽지처럼 붙어 있고 비치보이스의 음악이 신나게 흘렀다. 반대편에는 용접기와 기계 공구 등이 공장처럼 가득 들어차 있었고 작업중인 무기들이 널려 있었다.

"이게 얼마 만이지? 오 년? 아니 칠 년인가. 간만에 만났는데 한잔해야지. 뭐 줄까? 마티니? 테킬라? 뭐든 말만 해. 다 있으니까."

야닉은 신나서 칵테일을 만들었다.

"술은 됐어."

"왜? 신성한 성당이라 껄쩍지근해? 신 따위 개나 줘버리라고 해. 신부도 돈이면 껌뻑 죽는다고. 돈이면 신도 살 수 있는 세상이야. 아, 자네 신자였나?"

"신 같은 건 수용소에서 버렸어. 그래도 이건 좀……."

바우만이 포르노 포스터를 보며 중얼댔다.

"어떻게 지냈어? 직급이 뭐야? 경위? 경감? 설마 아직도 말단 형사는 아니지?"

야닉이 술을 마시며 떠들어댔다.

"기껏 살려놨더니 한다는 짓이 불법 무기업자야."

"이게 어때서? 어차피 누군가 만들 걸 내가 만드는 것뿐이야."

"네가 이런 놈인 줄 알았으면 죽도록 내버려뒀을 거야."

바우만이 매섭게 쏘아붙였다. 그러자 야닉이 술잔을 내려놓고 개조중인 권총 한 자루를 들었다.

"콜트 45 권총이야. 1926년에 만들어져서 2차세계대전에서 쓰였지. 단순하고 신뢰할 수 있는 권총이지만 반동이 커서 명중률이 떨어지고 일곱 발밖에 장전할 수 없어. 한마디로 전시용이지."

야닉은 권총에 개조한 탄창을 끼웠다.

"그런데 여기에 서른다섯 발짜리 탄창을 끼우고 어깨 지지대를 연결하면……."

드르륵. 야닉이 포르노 스타 사진을 향해 총을 발사했다. 사진은 순식간에 구멍투성이로 변했다.

"비로소 진정한 무기가 되는 거야. 이게 내가 가진 능력이야. 무능한 무기를 강력하게 만드는 것. 그리고 세상은 둘 중 하나야. 날 필요로 하는 곳은 아군. 내가 불필요한 곳은 적군. 난 날 필요로 하는 곳으로 왔을 뿐이야."

"네가 필요한 사람이 되는 건 언제?"

야닉이 피식 웃었다.

"아우슈비츠까지 갔던 친구가 낭만적이군. 난 최고와 최악을 모두 경험했어. 죽음의 문턱도 여러 번 밟았고. 거기서 내가 본 건 죽음과 생존뿐이었어. 누군가의 죽음 따윈 중요치 않아. 어차피 희생은 늘 있으니까. 그것이 적군의 총탄이건, 아군의 총탄이건."

"그 총탄에 내 부모와 동생이 죽었지."

바우만이 차갑게 말했다.

"날 찾아온 이유가 뭐야? 잡으러 온 건 아닌 것 같고. 빚을 받으러 왔군."

야닉이 화제를 돌렸다.

"그래."

"뭐가 필요해?"

"사람을 찾아야 해."

"어떤?"

"대통령 암살범."

바우만은 자초지종을 설명했다. 이야기를 듣는 야닉의 표정이 묘하게 일그러졌다. 촛불에 녹아내리는 촛농처럼.

"내가 듣기로 갱단은 갱단만의 정보망이 있다더군. FBI나 경찰이 알 수 없는 내용도 알 수 있다고. 특히 살인범에 관해서는. 그렇다면 연쇄살인범에 관한 정보도 있지 않을까?"

야닉은 미간을 주물렀다.

"자넨 여전히 골치 아픈 인생을 사는군. 차라리 이틀 안에 백만 달러를 만들어놓으라거나 해외로 도피할 비행기를 마련해달라고 해. 그게 훨씬 현실적이니까."

"쉽지 않은 부탁이라는 거 알아."

"대체 대통령을 살려서 뭘 어쩌려는 거야? 대통령이 누가 되든 어차피 가진 놈은 살고 없는 놈은 빌어먹다 죽는 거야. 그게 역사야. 우리 같은 놈들은 배부르고 등 따시면 되는 거라고."

"그렇게 히틀러가 총통이 됐고 수천만 명을 죽였어. 대답이나 해. 알아낼 수 있어, 없어?"

야닉이 깊은 한숨을 쉬었다.

"갱이라 해도 연쇄살인범 리스트를 알 수는 없어. 게다가 연쇄살인범 부대라니 들은 적도 없다고."

"한 번이라도 필요한 사람이 될 줄 알았는데 아니군."

바우만이 잔뜩 실망해선 돌아섰다. 문을 나서려는 순간이었다.

"체스터 킹 정신병원에 가면 존 바라는 사람이 있어."

바우만이 멈칫했다.

"정신분열증 환자야. 한때는 프린스턴 대학에서 수학을 강의했던 교수로 천재 소리 좀 들었던 양반인가 봐. 그런데 삼 년 전 FBI에 체포됐어. 죄명은 살인. 여덟 명을 죽인 연쇄살인범이었던 거야. 모두 젊은 여인들로 그중에는 제자도 포함되어 있었대. 증거도 확실해서 사형이 확정적이었지. 그런데 마지막 순간 FBI가 정신병으로 위장해서 사형을 면하게 돼. 근데 그 이유가 흥미로워. 존 바가 연쇄살인마를 찾아내는 능력이 있다는 거야. 그리고 놀랍게도 실제로 네 명의 연쇄살인범을 잡았어."

"존 바?"

들어본 적이 있었다. 뉴스에도 언급된 사람이었다.

"대체 어떤 방법으로 연쇄살인범을 알아낸다는 거지?"

"소문에 의하면 이상한 수학 공식을 사용한대. 운명을 계산하는 공식이라나. 하지만 구체적인 건 아무도 몰라."

"어디라고 했지?"

"체스터 킹 정신병원. 놈에게 정보를 얻으려면 선물을 가져가야 해."

"선물?"

"그래. 놈이 혹할 만한 걸로."

바우만은 고맙다는 인사도 않고 방을 빠져나갔다.

병원은 숲 한가운데 자리하고 있었다.

울창한 잣나무 숲을 지나자 흰 화강암으로 지어진 빅토리아 양식의 건물이 나타났다. 얼핏 보면 괴짜 백만장자의 저택 같았다.

입구를 통과하는 건 간단했지만 존 바를 만나는 건 쉽지 않았다. 그가 있는 곳은 심각한 환자들이 머무는 병동으로 병원장의 허가가 있어야 했다. 게다가 그는 FBI 특별 감시하에 있었다. 바우만은 경찰에서 배운 모든 방법을 총동원하여 간신히 면담 허가를 받을 수 있었다.

병동은 가장 안쪽에 위치해 있었다. 책임 간호사의 안내를 받아 도착한 곳은 쾌적한 감옥이었다. 병실은 복도를 따라 일렬로 늘어서 있었는데 철문으로 단단히 봉쇄되어 있었다. 존 바의 방은 가장 안쪽이었다.

"최대한 짧게 끝내는 게 좋을 겁니다. 안 그랬다가는 당신 영혼을 뽑아 먹을 테니. 그리고 아무것도 줘선 안 돼요. 삼십 분 후에 오겠습니다."

간호사가 철문을 열어주며 말했다.

바우만은 조심스럽게 방안으로 들어섰다. 방은 한 사람이 생활하기에 적당한 크기였다. 간단한 가재도구와 침대가 있었고 구석에 변기와 세면대가 놓여 있었다. 철창으로 가려진 TV에서는 한창유행하는 남녀 데이트 프로그램이 흘러나오고 있었다.

방에는 청소부로 보이는 남자가 걸레질하고 있었다. 육십 대 초반의 남자로 어디에서나 볼 수 있는 얼굴이었다. 하지만 청소부 외에는 아무도 없었다.

"실례합니다. 존 바를 찾는데요."

청소부가 돌아봤다.

"그거 아시오? 얼마 전 3M에서 놀라운 발명품을 선보였다는 거."

엉뚱한 대답에 바우만은 고개를 갸웃했다.

"스카치테이프……. 대체 왜 그런 이름을 지은 건지 이해할 수 없어요. 접착제 성분은 시아노아크릴레이트인데 말이오. 차라리 시아노 테이프라고 했으면 어땠을까. 시아노아크릴레이트는 공기중의 수분을 만나면 순식간에 플라스틱으로 변하죠. 그래서 두 물체를 연결하는 거예요. 중매쟁이처럼."

"이봐요. 난 존 바를 만나러 왔어요. 그는 어디 있느냔 말이오."

"잠깐."

청소부가 갑자기 시계를 가리켰다.

"31…… 32…… 33……."

그때였다. 쿵하며 천장에서 큼지막한 물체가 떨어졌다.

바우만은 깜짝 놀라 물러섰다. 천장에서 떨어진 물체는 사람이었다. 온몸에 테이프를 둘둘 감은 채 남자가 바둥대고 있었다.

"삼십 초라. 공식에 따르면 시아노아크릴레이트는 밀리그램당 120그램을 지탱할 수 있어요. 저 영감 몸무게가 72킬로그램이니까 적어도 일 분은 버텨야 했는데. 희석한 모양이군. 고소하면 십만 달러는 너끈히 받을 수 있겠는데."

청소부가 떨어진 남자를 바라보며 중얼댔다. 바우만은 서둘러 남자의 입과 몸에서 테이프를 떼어냈다. 그러자 남자가 대뜸 청소부의 멱살을 잡았다.

"이 빌어먹을 자식. 날 천장에 매달아 놔? 넌 독방 한 달이야!"

"그러게 내 공식에 손대지 말랬잖아."

"네놈 공식 따위 어떻게 되던 관심 없어, 이 살인마 자식!"

"당신이 존 바?"

청소부처럼 보인 남자가 바로 존 바였다.

"당신은 뭐야? 이 방엔 어떻게 들어왔어?"

떨어진 남자가 바우만에게 말했다.

"난 댈러스 경찰청 소속 오토 바우만이오. 존 바 씨에게 용무가 있어서 왔소."

"용무가 뭔진 모르지만 나중에 오시오. 지금은 이 미친놈을 손봐줘야 하니까."

바우만이 남자의 팔을 붙잡았다.

"아주 중요한 용무요, 대통령의 목숨이 달린."

그 말에 남자가 얼어붙었다.

존 바는 한참 동안 벽을 보고 있었다. 마치 명상을 하듯.

대머리가 시원하게 벗겨진 존 바는 영락없는 시골 수학 선생이었다. 어딜 봐도 연쇄살인마 같은 풍모는 보이지 않았다.

"듣자 하니 당신한테 특별한 능력이 있다던데."

존 바가 손을 들어 말을 막았다.

"펜, 있소?"

"펜?"

"뭐든 상관없소. 쓸 수 있는 거면."

바우만은 주머니를 뒤졌다.

"볼펜이 있는데."

"그거면 되오. 주시오."

"당신한테 아무것도 주지 말라던데."

그러자 존 바가 물끄러미 바라봤다.

"왜? 볼펜으로 당신을 죽이기라도 할까 봐?"

바우만이 펜을 넘겨줬다.

"연쇄살인범을 찾을 수 있다고 들었소."

존 바는 벽에 뭔가를 적기 시작했다.

"연쇄살인범과 대통령의 목숨이라. 마치 푸앵카레의 추측 같군."

'푸앵카레의 추측'은 수학자들이 풀지 못한 7대 수학 난제 중 하나였다.

"이 펜은 본래 어떤 모양이었을까. 완벽한 구의 형태였을 것이다. 그렇다면 이 컵은? 구멍이 하나 있으니 도넛 모양이었겠지. 그럼 대통령은?"

존 바는 알 수 없는 말을 중얼대며 벽면 가득 수학 공식을 적었다.

"헛소리를 들으러 온 게 아니오. 난 당신이 연쇄살인범을……."

"대통령은 본래 어떤 모양이었을까."

어느새 존 바의 공식은 벽면 하나를 가득채우고 있었다.

바우만은 한숨을 쉬었다.

"믿은 내가 바보지. 연쇄살인범을 잡는 수학자라니."

바우만은 방을 나서려 했다. 순간 존 바의 공식이 답에 이르렀다.

"대통령 역시 구의 형태였을 거야. 히틀러처럼 말이지."

바우만은 멈춰 섰다. 순간 존 바가 등호를 긋고 답란에 '히틀러'
를 적었다.

"지금 뭐라고 했소?"

"히틀러나 대통령 둘 다 본래 구의 형태였다고 했소. 한마디로
인간의 본성은 같다는 거지."

"왜 히틀러를 이야기한 거요? 난 언급한 적이 없는데."

바우만이 물었다. 그러자 존 바가 돌아봤다. 그의 눈빛에 매서운
서릿발이 서려 있었다.

"왜냐면 당신이 찾는 연쇄살인범은 단순한 살해범이 아니니까.
히틀러처럼 수만, 수십만을 살육하려는 괴물이니까."

바우만은 망치로 얻어맞은 듯 굳어 있었다.

"대체 그걸 어떻게 안 거요? 정말 그 공식으로 놈을 찾을 수 있
는 거요?"

바우만이 벽면 가득 적힌 공식을 보며 물었다.

"내가 그걸 답하기 전에 당신은 내게 줄 게 있을 텐데."

바우만은 그제야 '선물'을 떠올렸다.

"미안하지만 선물은 준비 못 했소. 워낙 급한 일이라. 범인을 찾아주면 반드시 사례하겠소."

존 바가 가소롭다는 듯 혀를 찼다. 쯧쯧쯧.

"세상에는 룰이라는 게 있어. 만유인력의 법칙과 비슷한 거지. 중력이 큰 물체를 당기려면 그보다 큰 질량의 뭔가가 있어야 하는 거야."

그는 다시 벽에 공식을 쓰기 시작했다. 더이상 관심 없다는 듯.

"미안하지만 지금은 가진 게 없소. 하지만 약속하겠소. 다음에 올 땐 반드시……."

순간 존 바가 말을 잘랐다.

"그건 뭐지?"

존 바가 바우만의 팔을 가리키며 물었다.

"뭐 말이오?"

"오른팔 문신."

존 바가 가리킨 건 아우슈비츠에서 새긴 문신이었다.

"이건 유태인 수용소에서 나치가 새긴 수인 번호요."

존 바의 눈이 반짝였다.

"아우슈비츠라. 그곳은 지옥이라 들었는데. 거기 있었단 말이지."

"그렇소. 지옥에서 살아남은 백이십 명 중 한 명이오."

존 바가 다가왔다.

"당신이 원하는 범인을 찾아주지. 대신 그 문신을 줘."

"좋소. 다음에 올 때 이 문신을 떼서 가져오겠소."

"아니, 지금 당장."

존 바가 씩 웃으며 말했다. 그의 미소엔 살인자의 향취가 흠뻑 묻어 있었다. 바우만은 잠시 망설였다.

"정말 놈을 찾을 수 있는 거지? 만약 날 가지고 논 거라면……."

"정확히 같은 양의 내 살점을 주지."

바우만이 날카롭게 노려봤다. 이윽고.

"기다려."

바우만은 방을 나섰다. 그는 본관 의무실로 향했다.

의무실에는 병원 주치의가 서류 작업을 하고 있었다.

"간단한 외과 수술 할 수 있죠?"

"뭐요?"

주치의가 황당한 듯 물었다. 바우만이 경찰 배지를 책상에 내려 놨다.

"촌각을 다투는 일이니 이걸 떼줘요. 당장."

바우만이 소매를 걷으며 말했다.

자초지종을 들은 의사는 바우만을 수술실로 데려갔다. 바우만은 마취약이 채 퍼지기도 전에 수술을 재촉했다. 간단한 수술이었지만 워낙 피부가 얇은 곳이라 쉽진 않았다. 다행히 삼십 분도 되지 않아 수술은 끝났다.

"당분간 그 팔로 심한 운동을 해선 안 됩니다. 하루 세 번 항생제를 먹어야 하고요."

문신을 알코올이 든 약병에 담아주며 의사가 말했다.

"고맙습니다."

"대체 어떤 살인범이기에 이렇게까지 해서 잡으려는 겁니까?"

의사가 어이없다는 듯 물었다.

"내 부모를 비롯해 수백만 명을 죽인 놈입니다."

넋이 나간 의사를 남겨둔 채 바우만은 수술실을 나섰다.

존 바는 음악을 들으며 방안을 서성거렸다. 바흐의 피아노곡이었다. 그는 연주자라도 된 듯 허공의 건반을 두드리고 있었다.

"약속대로 가져왔소."

바우만이 약병을 들어 보이며 말했다. 팔뚝의 붕대 위로 흥건히 피가 묻어났다.

"자, 이제 당신 차례요. 내가 찾는 사람에 대해 말해보시오."

존 바는 알코올 속에서 일렁이는 살점을 흥미로운 듯 바라봤다.

"당신 말고 날 찾아온 사람이 있었어. 똑같은 질문을 하기 위해."

"!"

"이십 대 중반의 남자였지. 금발에 푸른 눈. 보고 있으면 빠져들듯 아름다운 눈이었어. 그는 말없이 내 방을 거닐었지. 마치 자기집 정원에 온 듯이 말이야. 그러더니 문득 생각난 듯 말하는 거야. 군대를 만들고 있다고. 그런데 병사를 못 찾겠다고. 당신만이 찾아줄 수 있다고. 그래서 물었지. 어떤 병사들을 찾느냐고. 그러자 이렇게 말했어. 나 같은 부류의 사람이라고."

"애덤 휘슬러!"

바우만이 탄식하듯 중얼댔다.

"이름은 몰라. 묻지도 않았고 말해주지도 않았으니까. 하지만 한 가지는 알 수 있었어. 그 녀석도 같은 부류라는 걸. 아니, 나와는 비교도 안 되는 레벨이었어. 히틀러가 부활했다면 그놈 같았을 거야. 그런 느낌은 난생처음이었지."

"그래서 어쨌소?"

바우만이 바짝 긴장해서 물었다.

"똑같은 질문을 했지. 선물을 준비했느냐고."

존 바가 씩 웃었다.

"그랬더니 이렇게 말했지. 자기가 준비한 선물은 보여줄 수 없다고. 그래서 다시 물었어. 그래도 선물에 이름은 있을 것 아니냐고. 그러자 말했어. 자유라고."

"자유?"

"날 이곳으로부터 자유롭게 해주겠다. 내가 하고 싶은 일을 마음껏 하게 해주겠다. 밝은 햇빛 아래서."

존 바가 주머니에서 뭔가를 꺼냈다.

"그날이 오기 전까지 이걸 갖고 있으라고 했어."

오래된 훈장이었다. 평범한 훈장은 아니었다. 히틀러가 평생을 아끼던 철십자 훈장이었다. 1차세계대전 참전 당시 받았던.

"그래서 어떻게 했지? 알려줬소?"

존 바가 히틀러의 훈장을 가슴에 달았다.

"본래 외상은 사절인데 말이야. 그 친구 묘하게 신뢰가 가더라고. 그리고 나한텐 일종의 죄책감이 있었거든. 뭐랄까. 동지들을 적군에게 팔아넘기는 앞잡이 같다고나 할까. 그런데 그 동지들로 이루어진 군대를 만든다잖아. 이보다 흥미로운 일이 어디 있겠어. 그래서 알려줬지."

바우만은 그제야 휘슬러가 FBI도 찾지 못한 연쇄살인범들의 명단을 구했는지 알 수 있었다. 하지만 그 명단이 실제 연쇄살인범인지는 확인할 수 없었다. 그때 문득 얼마 전 만났던 누군가가 떠올랐다.

"명단에 오티스라는 이름도 포함되어 있소?"

그것은 일종의 테스트였다. 오티스는 린츠에서 바우만을 죽이려 했던 살인마로 휘슬러의 부대원이었다. 만약 그를 안다면 존 바의 능력은 사실일 가능성이 있었다.

"오티스 툴을 만났군. 내가 추천한 놈이야. 거칠지만 집요한 놈이지."

바우만은 움찔했다. 존 바는 가짜가 아니었다. 적어도 오티스 툴을 찾아낼 정도로.

"내게는 FBI 녀석들이 가져다준 전국의 연쇄살인범 용의자 명단이 있었다. 당시 FBI가 체포하지 못한 연쇄살인범은 총 열두 명이었어. 십 년이 넘도록 해결 못 한 사건도 있었지. 멍청한 것들. 명단은 삼백 명이나 됐어. 나는 단 일주일 만에 진범을 골라냈다. 모두 일곱 명이었지. 하지만 그중 네 명만 FBI에 넘기고 나머지 세 명은 비밀에 부쳤어."

"이유가 뭐요?"

"보험이랄까. 패를 전부 보여주면 유사시에 쓸 무기가 없잖아. 얼마 후 알려준 네 명은 체포됐더군. 뉴스에도 대문짝만하게 났으니 자네도 봤을 거야."

존 바가 벽에 붙은 신문 기사를 가리켰다.

펜실베이니아를 공포에 떨게 한 연쇄살인범 체포
서른 명의 여성을 살해한 범인은 놀랍게도 초등학교 교사
'연쇄살인의 귀공자'로 불리던 게리 리지웨이, 사형선고

"저 살인마를 당신이 알려줬다고?"

바우만이 믿을 수 없다는 듯 물었다.

"믿지 못하는군. 기대도 안 해. 어차피 설명해줘도 너희 같은 돌대가리들은 이해할 수 없을 테니까."

존 바가 흐드러지게 기지개를 켰다.

"방법에는 관심 없다. 그래서 휘슬러에게 넘겨준 명단이 누구냔 말이야!"

바우만의 목소리가 방안에 울려 퍼졌다. 존 바가 무표정한 얼굴로 바라봤다.

"앨릭스 코튼, 조시 해런, 그리고 오티스 툴."

바우만은 명단을 수첩에 받아 적었다. 오티스 툴은 린츠에서 자살했으니 남은 용의자는 둘이었다

"그 외에 또 무슨 얘기를 나눴소?"

"부대를 만들기엔 인원이 너무 적은 거 아니냐고 하니까 이러더군. 전쟁은 숫자로 하는 게 아니라고. 단 세 명이 일개 연대를 궤멸시킬 수도 있다고. 2차세계대전이라도 참전한 듯한 말투더군. 어린놈이 말이야."

불행 중 다행이었다. 용의자가 수십 명이라면 암살을 막는 건

불가능하다.

"앨릭스 코튼, 조시 해런……."

만약 존 바의 명단이 사실이라면 둘 중 한 명이 대통령을 암살할 게 분명했다. 오티스 툴은 그가 보는 앞에서 자살했으니.

대통령 재선 캠페인은 내일 시작이었다. 그중 암살 예상지인 댈러스를 방문하는 날은 11월 22일, 삼 일 후였다. 시간이 없었다.

"만약 날 갖고 논 거라면 톡톡히 대가를 치르게 될 거요. 명심하시오."

바우만이 매섭게 쏘아붙이곤 방을 나서려 했다.

"아, 한 가지."

존 바가 문득 생각난 듯 말했다. 바우만이 돌아봤다.

"그 젊은이가 떠나기 전에 물었어. 그 부대로 뭘 하려는 거냐고. 그러자 이러더군. 역사를 바꿀 거라고. 그리고 얼마 후면 첫 번째 작전이 실행될 거라고. 작전명은 '긴 칼의 밤'이라더군."

"긴 칼의 밤?"

바우만이 메아리처럼 되뇌었다.

긴 칼의 밤

용의자를 골라내는 건 간단했다.

앨릭스 코튼과 조시 해런 중 댈러스행 비행기 표를 끊은 건 한 명뿐이었다. 조시 해런. 목표는 정해졌다. 암살을 막고 휘슬러, 아니 히틀러의 숨통을 끊으면 되는 것이다. 바우만은 조시 해런과 같은 비행기를 예약했다. 11월 21일 댈러스행 아메리칸 에어라인.

해런은 삼십 대 중반의 평범한 외판원이었다. 뉴저지 베드타운을 전전하며 다용도 채칼 등 잡다한 물건을 팔고 있었다. 독신에 변변한 친구 한 명 없었다. 한마디로 전형적인 아웃사이더였다.

"저런 자가 연쇄살인범이라니. 세상이 미쳐가는군."

바우만은 건너편 좌석에서 해런을 감시했다. 가는 동안 특별한 점은 없었다. 콜라를 일곱 번 주문했고 식사가 덜 데워졌다고 불평한 것이 전부였다. 하지만 긴장을 감추진 못했다. 집행을 앞둔 사형수처럼 손을 주물러대며 연신 콜라를 마셨다. 작은 수첩에 뭔가를 계속 적고 수학 공식을 외우듯 중얼댔다. 그렇게 네 시간이 흘러 댈러스에 착륙했다. 공항을 빠져나온 해런은 택시를 잡았다. 바우만은 곧바로 다음 택시에 올랐다.

"저 택시를 쫓아가요."

원래 순서였던 손님이 욕을 해댔지만 기사는 개의치 않고 해런의 택시를 뒤쫓았다. 트리니티 강을 건넌 택시는 댈러스 시내로 들어섰다. 막히는 웨스트엔드 지역을 지나 해런이 멈춘 곳은 딜리 광장이었다. 대통령이 무개차를 타고 퍼레이드를 벌일 장소였다.

"지나서 내려줘요."

택시 기사는 적당한 거리를 두고 차를 멈췄다.

햇살이 쏟아지는 광장은 십일월인데도 무더웠다. 광장 여기저기는 내일 퍼레이드를 대비해 경찰들이 경호 준비에 한창이었다. 경찰차와 경호 차량이 일정한 간격을 두고 경계를 했고 경찰견이 폭발물을 찾았다. 해런은 관광객처럼 선글라스를 낀 채 사진기로 주변을 찍었다. 바우만은 거리를 두고 해런을 쫓았다. 십 분가량 광장을 서성이던 해런은 한 건물 앞에 멈춰 섰다. 텍사스 주 교과서 창고였다. 육 층짜리 붉은색 벽돌 건물로 저격을 하기에 최적의 장소였다.

"거기냐, 일을 치를 장소가?"

바우만이 중얼댔다. 해런은 건물을 한 바퀴 둘러보며 출구와 경비 등을 눈여겨봤다. 건물 안으로 들어가지는 않았다. 장소 물색을 마친 해런은 인근 공중전화 부스로 향했다. 누구와 연락을 하는진 몰랐지만 통화는 간단했다. 지시를 받듯 몇 번 고개를 끄덕이더니 수화기를 내려놓았다. 그리고 광장을 떴다.

두 번째로 향한 곳은 업타운에 있는 한 식당이었다. 흔한 동네 식당으로 몇몇 노인들이 식사를 하고 있었다. 해런은 구석에 앉아 누군가를 기다렸다. 바우만은 건너편 카페에서 일거수일투족을 지켜봤다. 누군가가 나타난 건 삼십 분가량 지난 후였다. 파란색 쉐보레를 타고 등장한 그는 처음 보는 인물이었다. 하지만 한눈에 이곳 토박이라는 걸 알 수 있었다. 수북한 콧수염에 카우보이모자를 쓰고 있었다. 두 사람은 안면조차 없는 듯했다. 콧수염 남자는 대뜸 뭔가를 건네주고 식당을 나섰다.

"심부름꾼이군."

콧수염 남자가 사라지자 해런도 곧장 일어섰다. 그리고 남자가 타고 온 파란색 쉐보레를 몰고 떠났다. 바우만은 서둘러 택시를 잡았다. 하지만 빈 택시가 보이지 않았다. 바우만은 도로 한복판에서 손님이 탄 택시를 가로막았다.

"죽으려고 환장했어!"

택시 기사가 고함을 질렀다.

"경찰이오. 긴급 상황이니 다른 차를 잡아요."

바우만은 타고 있던 손님을 끌어내고 택시에 올랐다.

"저기 파란색 쉐보레를 쫓아요."

해런이 향한 곳은 클라이드 워런 공원 옆 작은 호텔이었다.

저격 장소에서 두 블록 떨어진 곳이었다. 해런은 차를 맡기기 전 트렁크에서 뭔가를 꺼냈다. 큼지막한 가죽가방이었다.

"저격용 소총인가."

가방을 꺼낸 해런은 로비로 들어섰다. 시간 차를 두고 바우만도 뒤를 따랐다. 해런이 이름을 대자 카운터 직원이 방 열쇠를 내주었다. 미리 예약을 한 모양이었다. 해런은 곧장 방으로 향했다. 엘리베이터 문이 닫히자 바우만은 카운터로 다가갔다.

"어서 오십시오."

직원이 인사를 건넸다. 바우만은 경찰 배지를 카운터에 내려놨다.

"방금 전 남자, 몇 호실이오?"

"그게……."

당황한 직원이 머뭇거렸다. 바우만이 배지를 다시 들어 보였다.

"안경 낀 범생이 말이오."

"오즈월드 씨요. 405호입니다."

바우만은 곧바로 엘리베이터로 달려갔다. 마침 엘리베이터가 도착했다. 4층을 누르려던 바우만은 멈칫했다. 그는 엘리베이터를 보내고 카운터로 돌아갔다.

"방금 오즈월드라고 했나?"

바우만이 직원에게 물었다.

"네."

"조시 해런이 아니라 오즈월드라고?

바우만이 다시 물었다.

"네, '리 하비 오즈월드'라는 이름으로 예약하셨습니다."

직원이 예약자 명단을 보여주며 말했다. 분명 명단에는 "리 하비 오즈월드"라고 적혀 있었다. 바우만은 다른 예약자들을 살폈다. 하지만 조시 해런이란 이름은 없었다. 뻔한 수법이었다. 암살 후 흔적을 안 남기려는 속셈이었다. 그런데 왜 하필 선택한 이름이 리 하비 오즈월드일까. 바우만은 4층으로 향했다.

객실은 양편으로 늘어서 있었다. 바우만은 405호의 인기척을 살폈다. 문 너머로 샤워하는 소리가 들렸다. 해런이 있다는 걸 확인하자 바우만은 호텔을 빠져나왔다. 그리고 반대편 건물로 향했다. 옥상에 올라간 바우만은 망원경으로 405호를 살폈다. 침대 위에 가죽가방이 덩그러니 놓여 있었다. 잠시 후 샤워를 마친 해런이 물기를 닦으며 나타났다.

"가방에 든 게 뭐냐?"

망원경에 바짝 대고 바우만이 중얼댔다. 그러자 해런이 들은 듯 가방을 여는 것이었다. 예상대로 가방에 담긴 건 저격용 소총이었다. 해런은 분해된 소총을 능숙하게 조립했다. 최신형 저격 소총이 모습을 드러냈다.

"이제 네놈은 빼도 박도 못한다, 조시 해런."

소총을 확인한 바우만은 건물을 빠져나왔다. 그리고 인근 공중전화 부스로 달려갔다. 다이얼을 돌리자 신호가 갔다. 이윽고.

"윈첼 반장입니다."

"반장님, 저 오토입니다."

바우만의 목소리는 다급했다.

"이게 누구야. 바우만 형사님 아니신가. 다짜고짜 휴직서를 던진 분이 웬일이셔?"

반장이 비아냥댔다.

"급히 보고드릴 게 있습니다."

"지금 어디 있는 거야? 뭔 일인진 모르지만 대충 마쳤으면 빨리 복귀해! 내일 대통령이 오는 바람에 온통 난리야."

바우만은 잠시 운을 뗐다.

"듣고 있는 거야?"

"반장님. 제가 댈러스 경찰청에서 근무한 지 십이 년 됐습니다."

"그런데?"

"반장님과 일한 지도 십이 년 됐고요. 지난 십이 년간 제가 한 번이라도 거짓 보고를 올린 적 있었나요?"

바우만이 차분하게 물었다.

"무슨 뜬금없는 소리야? 몇 달 만에 전화해선."

"대답해주세요."

"없어. 왜?"

"그렇죠. 저는 단 한 번도 거짓말을 한 적이 없습니다. 경찰이 된 후에도, 그전에도. 그리고 이제부터 제가 하는 말도 거짓이 아닙니다. 그러니 잘 듣고 현명하게 판단해주세요."

바우만은 차근차근 지금까지 있었던 일들을 설명했다. 린츠에서 있었던 일과 애덤 휘슬러에 관해. 그리고 연방준비은행과 대통령령 11110호에 관해. 대통령 암살에 관해. 중간중간 동전이 떨어지면 보충했다. 긴 이야기였지만 반장은 끊지 않고 들었다. 이윽고 이야기가 끝났다.

"내일 오후 1시 대통령을 태운 무개차가 딜리 광장에 도착하면 조시 해런이란 자가 대통령을 암살할 겁니다. 텍사스 주 교과서 창고 건물에서."

반장은 잠시 할말을 잊었다. 그럴 만한 내용이었다.

"대통령 암살……."

반장이 가까스로 입을 열었다.

"네. 지금 놈이 묵는 호텔 건너편 옥상에 있습니다. 전 이제부터 모든 방법을 동원해서 놈을 막을 겁니다. 그러니 반장님도 할 일을 하세요. 제가 믿을 사람은 반장님밖에 없습니다."

이 말을 남기고 바우만은 전화를 끊었다. 수화기 저편에서 바우만을 부르는 소리가 들렸지만 소용없었다.

그날 밤 바우만은 맞은편 건물 옥상에서 밤을 지새웠다.

어둠이 내리고 서쪽 하늘이 붉게 물들도록 해런의 방을 지켜봤다.

방에 들어온 해런은 꼼짝하지 않았다. 저녁 식사도 룸서비스로 해결했다. 텔레비전을 틀어놓았지만 보지 않고 소총을 손질했다. 예수가 열두제자를 고르듯 총알을 골랐고 기름걸레로 약실을 닦았다. 조립을 마치면 가늠쇠를 정렬했다. 그렇게 서너 번을 반복했다. 그 모습이 제단을 닦는 성직자 같았다. 총기 손질을 마친 후 침대에서 가부좌를 튼 채 명상을 했다. 겉보기엔 평온해 보였지만 옥상까지 심장박동 소리가 들릴 정도로 긴장된 모습이었다. 그리고 9시 반이 되자 알람을 맞춘 후 잠자리에 들었다. 한동안 뒤척였지만 이윽고 잠에 빠졌다. 그제야 바우만은 한숨을 돌렸다. 배에서 꼬르륵 소리가 났다. 하루 종일 먹은 거라곤 기내식 샌드위치가 전부였다. 하지만 식욕이 없었다. 이제 시계는 밤 11시를 가리키고 있었다. 해런은 깊이 잠들어 있었다. 바우만은 다시 한번 해런을 확인한 후 옥상을 떴다. 남은 일이 있었다. 그것은 어쩌면 자신의 목숨과도 연관된 일이었다.

건물을 나선 바우만은 대로 한복판에 서서 주위를 둘러봤다.

자정이 다 된 시각의 댈러스는 을씨년스럽기까지 했다. 인적이 드문 대로 한복판에서 바우만은 정체불명의 시선을 찾고 있었다. 그들은 모습을 드러내진 않지만 늘 지켜보고 있었다. 바우만은 어둠 속에 웅크린 채 날카롭게 자신을 지켜보는 시선을 향해 소리쳤다.

"당신들이 보고 있다는 걸 알고 있소. 난 지금 도움이 필요하오. 간절히."

어둠 속에 바우만의 목소리가 메아리쳤다. 하지만 아무도 나타나지 않았다. 바우만은 잠시 어둠을 응시하며 서 있었다.

"지금은 안 나타나지만 내일은 당신들 역할을 하리라 믿소. 내일은 당신들이나 내게 두 번 다시 오지 않을 기회니까."

이 말을 남기고 바우만은 다시 건물 안으로 들어갔다. 그가 사라지자 어둠 속에 움직임이 있었다. 길고양이 울음처럼 작고 날카로운.

불길한 예감에 바우만은 눈을 떴다.

온몸이 묶인 채 낭떠러지로 떨어지는 기분이었다. 잠에서 깬 바우만은 시간을 확인했다. 오전 10시 40분. 잠깐 눈을 붙인다는 게 깊이 잠들어버린 것이다.

"이런 제길!"

부리나케 해런의 방을 살폈다. 침대에 해런이 보이지 않았다. 욕실을 살폈지만 역시 없었다. 바우만은 황급히 호텔로 달려갔다.

"405호 손님, 어디 갔소?"

카운터 직원에게 다짜고짜 물었다.

"방금 전 체크아웃하셨는데요."

"빌어먹을!"

일생일대의 순간, 잠 때문에 용의자를 놓치다니.

바우만은 자책했다. 하지만 소용없었다. 한 가지 다행인 건 놈의 목적지를 알고 있다는 것이었다. 딜리 광장 교과서 창고. 바우만은 죽을힘을 다해 달렸다.

광장에는 이미 대로를 따라 저지선이 늘어서 있었다. 경찰들은 정렬한 채 경호 준비를 하고 있었다. 오전인데도 대통령을 보려는 인파가 모여들고 있었다. 저격 예정 장소인 교과서 창고까지는 오백 미터가량 거리가 있었다. 시계는 11시 10분을 가리켰다. 대통령 도착 시각까지 한 시간 십 분 남아 있었다. 시간은 충분했다. 바우만은 인파를 뚫고 창고를 향해 달렸다. 그렇게 백여 미터가량을 달려갔을 때다. 인파 속에 바우만을 응시하는 시선이 있었다. 시선은 기다리고 있었던 듯 정확히 쫓아왔다. 바우만은 달리며 시선의 주인을 확인했다. 시선은 길 건너편 인파 속에서 비롯되고 있었다. 목말을 탄 어린아이 뒤편의 남자. 한 손에는 작은 성조기를, 다른 손에는 낡은 다이어리를 들고 있었다. 남자를 본 바우만은 그 자리에 멈춰 서고 말았다. 그는 다이아몬드의 대부 샤피로 회장이었다.

"당신이 왜 여기……."

그때 회장이 다이어리를 들어 보였다. 그것은 놀랍게도 바우만의 사건 수첩이었다. 바우만은 서둘러 재킷 안주머니를 뒤적였다. 하지만 어디에도 수첩은 없었다. 서둘러 나오다가 흘린 모양이었다. 그렇다 해도 왜 회장이 그의 수첩을 갖고 있는 걸까. 바우만은 서둘러 길을 건넜다. 인파를 뚫고 샤피로 회장을 향해 다가갔다. 회장은 그 자리에서 자라난 것처럼 멈춰 있었다. 한 손에 수첩을 든 채. 드디어 회장이 있던 곳에 도착했다.

"당신이 어떻게 여길……."

회장은 보이지 않았다. 텍사스 햇살에 증발한 듯. 주위를 둘러봤지만 없었다. 바우만은 자신의 눈을 의심했다. 순간 저만치 우편함 위에 놓여 있는 수첩이 눈에 띄었다. 바우만은 확인했다. 그의 수첩이었다. 그런데 중간중간 페이지가 사라지고 없었다. 중요한 단서가 적힌 페이지였다.

"제장!"

뭔가 이상했다. 왜 뉴욕에 있어야 할 회장이 댈러스까지 날아와 감시한 걸까. 왜 수첩을 훔치고 단서가 적힌 페이지를 빼돌린 걸까. 그때였다.

"시민 여러분, 대통령의 도착 시간이 삼십 분가량 앞당겨졌습니다. 이제부터 저지선을 넘어선 안 됩니다. 경찰의 지시에 따라주시기 바랍니다."

확성기를 매단 경찰차가 소리쳤다. 그와 함께 경찰 병력이 도로에 배치되고 있었다. 바우만은 시간을 확인했다.

11시 25분. 사십 분가량 남아 있었다. 서둘러 저격 장소로 달려갔다. 저지선을 넘으려 하자 경찰이 앞을 가로막았다.

"방송 못 들었어요? 건널 수 없어요. 대통령이 지나갈 때까지 기다려요."

경찰은 단호했다. 그는 바우만을 알아보지 못했다. 댈러스에서 바우만을 모르는 경찰은 흔치 않았다. 바우만이 배지를 보여줬다.

"신참인가?"

배지를 본 경찰이 물러섰다.

"그렇습니다."

"윈첼 반장님은 어디 계시지?"

"누구요?"

신참은 다른 경찰서 소속이었다.

"서부 경찰서 지원 팀은 어딨지?"

"엘름 스트리트를 봉쇄하고 있을 겁니다."

엘름 스트리트면 두 블록 위였다. 시간이 없었다. 신참이 차고 있는 무전기가 보였다.

"그것 좀 빌리세."

바우만이 다짜고짜 무전기를 빼앗더니 주파수를 맞췄다.

"오토 바우만 형사다. 서부 경찰서 누구든 좋으니 응답하라."

치이익. 잡음만 들릴 뿐이었다.

"여긴 오토 바우만. 누구든 대답하라고!"

그때였다.

"바우만? 자네가 여긴 웬일이야? 휴직했다더니."

동료 형사였다.

"윈첼 반장님으로부터 특별한 지시 없었어? 대통령 암살에 관한⋯⋯."

동료 형사가 잠시 침묵을 지켰다.

"너, 윈첼 반장님과 통화한 적 있어?"

"왜? 무슨 일이야?"

불안한 정적이 이 초간 이어졌다.

"반장님⋯⋯ 오늘 아침, 댁에서 시체로 발견됐어."

청천벽력 같은 대답이었다. 광장 인파만큼 많은 생각들이 스치고 지났다. 그때였다. 또 다른 시선이 느껴졌다. 시선은 저만치 인파 속에 웅크리고 있었다. 시선의 주인을 알아본 바우만의 얼굴이 백지장처럼 변했다.

"존 바?"

시선의 주인은 놀랍게도 존 바였다. 병원에 있어야 할 존 바가 하와이안 셔츠를 입은 채 바라보고 있었다. 눈이 마주치자 여유롭게 인사를 보냈다. 샤피로 회장과 존 바, 그리고 윈첼 반장의 죽음. 바우만은 본능적으로 사건이 예상치 못한 방향으로 전개되고 있다는 걸 알았다. 바우만은 무전기를 들었다.

"내 말 잘 들어. 잠시 후면 대통령 암살 시도가 있을 거야. 바로 이 광장에서. 이 사실을 대통령 경호실에 알려. 그리고 어떻게든 광장 진입을 막아. 알았어? 만약 막지 못하면⋯⋯."

바우만은 말을 마무리짓지 못했다.

"그게 무슨 소리야? 바우만!"

동료 경찰이 소리쳤지만 바우만은 대답하지 않았다. 그는 무전기를 신참 경찰에게 돌려줬다.

"자네도 눈 똑바로 뜨고 경호해. 이제 엄청난 일이 벌어질 테니까."

이 말을 남기고 바우만은 존 바를 향해 달려갔다.

바우만을 발견한 존 바가 인파 속으로 달아나기 시작했다.

인파는 점점 늘어나 발 디딜 틈도 없었다. 그 사이를 존 바는 물고기처럼 유유히 빠져나갔다. 바우만은 안간힘을 쓰며 뒤쫓았다.

하지만 밀려드는 인파에 결국 놓치고 말았다.

경찰들의 경계가 더욱 삼엄해졌다. 대통령을 태운 무개차가 다가오고 있었다. 이제 채 삼십 분도 남지 않았다.

"해런만 막으면 돼."

바우만은 곧장 교과서 창고로 달렸다.

창고는 평일인데도 문이 닫혀 있었다. 바우만은 서둘러 입구로 향했다. 입구를 지켜야 할 경비가 보이지 않았다. 이상했다. 저멀리 환호성이 들려왔다. 대통령이 다가오고 있었다. 바우만은 서둘러 창고 안으로 들어섰다. 드넓은 창고 안에는 교과서들이 빼곡히 들어차 있었다. 저격에 적당한 장소는 옥상이었다. 바우만은 조심스럽게 계단을 올라갔다. 2층…… 3층…… 4층.

4층에 도착한 순간 인기척이 들렸다. 바우만은 반사적으로 총구를 겨눴다. 교과서 더미 너머에 수상한 그림자가 있었다. 바우만은 조심스럽게 다가갔다. 그러자 그림자가 달아나는 것이었다. 바우만은 날쌔게 뒤를 쫓았다. 그림자는 교과서 더미 사이로 이리저리 달아났다.

하지만 능숙한 바우만을 따돌리기에는 역부족이었다. 바우만이
몸을 날려 그림자를 덮쳤다.

"꼼짝 마! 조시 해런, 너를 체포한다."

순간 그림자가 고개를 돌렸다. 바우만이 움찔 물러섰다.

"조애나?"

그는 다름 아닌 휘슬러의 애인, 조애나였다. 그녀가 떨리는 눈빛
으로 쳐다보았다.

"여기서 뭐하는 거요? 왜 여기 있는 거요?"

조애나가 대답했다.

"미안해요. 어쩔 수 없었어요……."

그녀의 눈에서 눈물이 흘러내렸다.

"미안하다니 대체 뭐가……."

그때 등뒤에 누군가 나타났다.

"여기까지 오다니 대단하군, 바우만 형사. 아니, 아디헌터의 막
내 오토라고 해야 정확하겠군."

차갑고 날카로운 목소리. 바우만은 반사적으로 돌며 총을 겨눴다.
순간 어둠 속에서 총알이 날아왔다. 총알은 정확히 바우만의 손
등을 스치고 지나갔다. 덕분에 바우만은 총을 놓치고 말았다. 저만
치 누군가가 총을 겨누고 있었다. 조시 해런이었다. 목소리의 주인
이 천천히 다가왔다. 한 발자국…… 두 발자국……. 드디어 스며
든 햇살에 얼굴이 드러났다. 그는 히틀러의 오른팔 데미안 크뢰멜
이었다. 흰색 정장을 말끔히 차려입은 크뢰멜이 내려다봤다.

"이리 와요, 조애나."

크뢰멜이 손을 뻗자 조애나가 잡았다.

그제야 바우만은 스스로 함정에 걸어 들어왔다는 걸 깨달았다.

"이유가 뭐요, 조애나? 왜 놈의 편을 든 거요? 당신 아버지를 죽인 살인마인데."

바우만이 허탈하게 일어섰다. 크뢰멜이 대신 대답했다.

"그분은 계획했을 뿐, 누구도 살해한 적이 없으시다."

"개소리!"

바우만의 고함이 창고에 울려 퍼졌다.

"사람들을 전쟁터로 몰고 수천만을 살해한 놈이 살인마가 아니라고? 개가 웃겠군."

바우만이 매섭게 노려봤다.

"그 전쟁은 일어날 수밖에 없었다. 익을 대로 익은 멜론 같은 거지. 누군가 따지 않으면 땅에 떨어져 썩는 거야. 그분은 그저 떨어지기 전 수확한 것뿐이다."

"대단한 멜론이군. 그 염병할 멜론 때문에 수천만 명이 죽었으니."

"이해를 바라진 않는다. 이해할 수도 없을 테고."

크뢰멜이 손수건으로 땀을 닦았다.

"여긴 노예들이나 살 곳이구나. 따라와라."

해런이 바우만을 밀쳤다.

"어딜 가는 거냐?"

"그분이 널 보고 싶어 하신다."

크뢰멜이 향한 곳은 창고 옥상이었다.

옥상은 사막처럼 황량했다. 반달 모양의 벽 너머로 광장이 내려다보였다. 누군가 소총을 광장을 향해 겨누고 있었다. 바우만은 단번에 그를 알아볼 수 있었다. 휘슬러였다. 그가 금발을 휘날리며 저격용 스코프를 응시하고 있었다. 그 옆에 또 다른 누군가가 있었다. 갓 스무 살을 넘겼을 법한 남자는 평범한 청년으로 보였다.

"이 자리가 좋겠다. 각도와 시야, 모두 훌륭해."

휘슬러가 청년에게 총을 넘겨주며 말했다.

"네, 알겠습니다."

청년이 총을 건네받으며 대답했다.

"내가 한 말 기억하나?"

"물론입니다."

"방아쇠를 당기기 전까진 모든 걸 계산하지만……."

"마지막 순간엔 바람에 몸을 맡긴다."

두 사람은 형제처럼 말을 주고받았다.

"이번 일만 성공하면 넌 제3제국 최초의 영웅으로 기록될 거야."

휘슬러가 청년의 어깨를 다독였다. 그 모습이 전장의 병사를 독려하는 히틀러를 연상시켰다.

"꼭 성공해서 기대에 보답하겠습니다."

청년은 한껏 흥분해 있었다.

크뢰멜이 바우만을 끌고 다가갔다.

"총통, 녀석을 데려왔습니다."

휘슬러가 돌아봤다. 그는 복잡한 눈빛으로 한동안 바라봤다.

"바우만 씨, 당신을 여기서 보니 감회가 새롭군."

"네놈이 가는 곳이라면 지옥이라도 쫓아갈 수 있다, 아돌프 히틀러."

바우만이 이글거리는 눈으로 쏘아붙였다.

"아돌프……. 오랜만에 들어보는 이름이군."

휘슬러가 감상에 젖은 듯 이마를 문질렀다.

"아우슈비츠에 있었다고."

"1943년 7월부터 1945년 11월까지 복역했습니다. 죄수 번호는 236 8943."

크뢰멜이 수첩을 보며 대답했다.

"내 이름은 오토 바우만이다. 236 8943이 아니라. 그리고 난 복역한 게 아니라 무고하게 감금되었던 거야, 이 버러지만도 못한 놈들아."

바우만이 치를 떨었다.

휘슬러가 어이없다는 듯 바라봤다.

"정말 너희가 무고하다고 생각하나?"

"그걸 말이라고 하나?"

"그럼 대답해봐라. 왜 너희가 전 세계 어느 나라에서도 환영을 받지 못하고 배척받는지. 왜 시민권을 받고 그 나라의 자본으로 부를 이루고도 섞이지 않는지."

바우만이 가소롭다는 듯이 미소를 지었다.

"그게 내 부모가 개처럼 죽어야 하는 이유야? 수백만 동포들이 짐승처럼 벌거벗겨진 채 죽어야 하는 이유야? 너야말로 대답해봐라. 정말 우리가 죽을죄를 지었다고 생각하나?"

바우만이 응수했다. 두 사람은 일 미터도 안 되는 거리에 있었지만 그 사이에는 지옥의 강만큼 깊은 심연이 존재했다. 그때였다. 사람들의 환호성이 들렸다.

"대통령이 왔습니다."

총을 겨누고 있던 청년이 소리쳤다. 그러자 휘슬러가 청년의 어깨를 잡았다.

"이 친구는 제3제국 최초의 돌격대원인 리 하비 오즈월드다. 이 이름을 잘 기억해둬라. 훗날 모든 역사책에 기록될 이름이니."

휘슬러가 말했다. 그러자 자리에 있는 모든 사람들이 그의 이름을 외쳤다.

"리 하비 오즈월드!"

환호성이 점점 가까워졌다. 이제 대통령을 태운 무개차가 광장으로 들어서고 있었다.

"준비됐나, 오즈월드."

휘슬러가 물었다.

"넷!"

저격용 소총을 겨누며 오즈월드가 말했다.

"지금까지 했던 대로 하면 된다. 긴장을 풀고 연습하듯 편안하게."

오즈월드가 호흡을 가다듬었다. 그리고 천천히 방아쇠에 손가락을 걸었다.

대통령의 무개차가 사정거리 안에 들어왔다. 광장을 가득 메운 시민들이 열광하고 있었다. 대통령은 영부인과 함께 시민들을 향해 손을 흔들었다. 바우만의 이마에서 식은땀이 흘러내렸다. 그는 당장이라도 달려들고 싶었지만 꼼짝할 수 없었다. 드디어 대통령이 조준경 중심에 잡혔다. 순간 오즈월드가 방아쇠를 당겼다.

철컥! 어쩐 일인지 총성이 울리지 않았다. 다시 방아쇠를 당겼지만 총탄은 발사되지 않았다. 오즈월드는 서둘러 탄창을 확인했다. 탄창은 비어 있었다.

"대체 왜?"

오즈월드가 이해할 수 없다는 듯 휘슬러를 바라봤다.

휘슬러가 미소를 지었다.

"넌 충분히 훌륭했다, 오즈월드."

"전 오늘을 위해 열심히 훈련했습니다."

"물론 알고 있다. 하지만 네 임무는 따로 있다."

그때였다. 어디선가 총성이 울렸다. 탕! 뒤이어 사람들의 비명이 광장을 뒤덮었다. 탕! 탕! 탕! 연이어 세 발의 총탄이 발사됐다. 아비규환으로 변한 광장 한가운데 대통령이 피투성이로 변했다. 오즈월드 외에 다른 저격수가 있었던 것이다.

"오즈월드, 네 임무는 이제부터다."

대통령의 죽음을 직접 목격하자 오즈월드는 얼음처럼 굳어 있었다.

"오즈월드……."

휘슬러가 부드럽게 불렀지만 듣지 못했다.

"오즈월드!"

고함을 치자 그제야 오즈월드가 쳐다봤다.

"가라, 어서 달아나."

하지만 당황한 오즈월드는 어쩔 줄을 모르고 있었다.

"달아나라고, 이 등신아!"

그제야 오즈월드가 주춤주춤 달아나기 시작했다.

"내가 했던 말 기억하지?"

오즈월드가 돌아봤다. 그의 얼굴은 두려움에 일그러져 있었다.

"절대 우리에 관해 발설해선 안 돼. 그게 영웅의 길인거야."

오즈월드가 고개를 끄덕였다. 그리고 사라졌다.

광장은 비명과 사이렌 소리로 뒤섞여 아수라장이었다. 바우만은 넋이 나간 채로 그 광경을 지켜보고 있었다.

"네놈이 또다시 일을 벌였구나, 히틀러."

휘슬러도 무표정하게 현장을 바라보고 있었다.

"이런 짓을 벌이고도 살아남을 수 있으리라 생각하나?"

바우만의 눈에서 눈물이 흘러내리고 있었다. 휘슬러가 돌아봤다.

"지금 걱정해야 할 건 네 목숨인 거 같구나, 유태인."

이 말을 남기고 휘슬러는 옥상을 떴다. 그의 경쾌한 발자국 소리가 계단 저편으로 멀어져갔다. 바우만은 끝까지 그 소리를 응시했다.

"좋은 구경거리를 본 거로 만족해라. 어차피 넌 아우슈비츠에서 죽어야 할 목숨이었어."

크뢰멜이 손짓을 하자 조시 해런이 방아쇠에 힘을 줬다. 드디어 총알이 발사되려던 순간이었다. 퓩!

바우만은 반사적으로 눈을 감았다. 하지만 아무 일도 벌어지지 않았다. 뒤를 이어 다시 퓩 하는 총소리가 들렸다. 역시 그의 몸에는 이상이 없었다. 바우만은 천천히 눈을 떴다. 바닥에 쓰러져 있는 조시 해런과 크뢰멜의 시체가 보였다. 두 사람 모두 뒤통수에서 피를 흘리고 있었다.

"우리는 본래 타국의 일에 끼어들어선 안 되오."

반대편 계단에서 누군가 나타났다. 린츠에서 만났던 모사드 요원이었다.

"기왕 처리할 거면 휘슬러도 함께 처리할 것이지. 왜 이제야 나타난 거요?"

바우만이 포박을 풀며 말했다.

"휘슬러가 히틀러라는 명확한 증거가 없소. 상부의 지시도 없었고."

"그런데 왜 날 구해준 거요?"

"이 일은 당신이 한 거요. 스스로 목숨을 구하기 위해서."

요원은 시체를 확인했다. 한때 제3제국의 최고 간부였던 크뢰멜은 비참하게 꼬꾸라져 있었다.

"편리하군."

바우만이 말했다.

"다시 한번 말하지만 우린 이번 사건과 아무런 연관이 없소. 이자리에도 없었던 거지. 하지만 당신은 다르지. 이 나라의 국민이자 경찰이니까."

모사드 요원이 의미심장하게 말했다.

"뭘 말하고 싶은 거요?"

바우만이 물었다. 요원이 봉투를 건네며 씩 웃었다.

"지금 휘슬러가 어디에 있는지 알고 싶지 않소?"

봉투에는 초대장이 들어 있었다.

슈테르네케르브로이 모임

주제: 새로운 도약을 위한 연대

11월 22일 오후 2시. 인디고 댈러스 호텔 스카이라운지

나치 추종자들의 모임이었다.

대통령 암살과 새로운 나치의 결성을 축하하는 자리였다.

봉투를 든 바우만의 손이 떨리고 있었다.

"만찬장에 도착하면 화장실 맨 끝 칸 변기 수조 뚜껑을 열어봐요. 총 한 자루가 있을 거요. 우리가 도와줄 수 있는 건 여기까지요. 행운을 비오."

팀장이 말했다.

"행운은 필요 없소. 이날을 위해 살아왔으니까."

바우만이 초대장을 품속에 넣으며 말했다.

최근 지어진 호텔은 화려했다. 하지만 방금 전 대통령 암살 사건으로 로비는 장례식장 같았다. 모두 침통하게 TV를 보는 가운데 어떤 이는 흐느껴 울고 있었다. 바우만은 지체 않고 스카이라운지로 향했다.

파티장 경비는 엄청났다. 금속 탐지기가 설치되어 있었고 경비들은 모두 중무장하고 있었다.

"초대장을 보여주십시오."

경비가 정중하게 물었다. 바우만이 초대장을 꺼내주자 초대장을 받던 경비가 멈칫했다. 손등의 총상 때문이었다.

"현장을 뛰다 보면 이런 일은 비일비재하죠."

배지를 보이니 경비가 경계를 풀었다.

"고생이 많으시군요, 형사님."

파티는 이미 시작되었다. 시내가 내려다보이는 파티장에는 내로라하는 인사들이 모두 모여 있었다. 상, 하원 의원, 시장, 기업 총수, 할리우드 배우까지. 한마디로 미국을 움직이는 인물들이 한자리에 있었다.

"망조로군."

초상집으로 변한 미국과 이곳은 전혀 다른 세계였다.

바우만은 휘슬러를 찾았지만 보이지 않았다.

"샴페인 드시겠습니까?"

웨이터가 돌아다니며 샴페인을 나눠주고 있었다.

"지금 무슨 일이 벌어졌는지 알고는 있는 거요?"

바우만이 어이없다는 듯 물었다.

"무슨 일이 벌어졌습니까?"

진심으로 모르는 눈치였다. 한숨이 흘러나왔다.

"화장실이 어디요?"

바우만은 곧장 화장실로 향했다. 마지막 칸 변기 수조 뚜껑을 열자 비닐봉지에 든 권총이 있었다. 요원의 말대로였다. 바우만은 탄창을 확인한 후 뒤춤에 찔러 넣었다. 그때였다.

"신사 숙녀 여러분, 오늘의 주인공이 오셨습니다. 지금의 미국을 있게 만든 장본인, 연방준비은행의 밀턴 프리드먼 회장님이십니다."

소개가 끝나자 우레 같은 박수가 터져 나왔다.

바우만은 서둘러 파티장으로 돌아갔다.

잠시 후 휠체어를 탄 밀턴이 등장했다. 비록 고급 정장을 입고 있었지만 밀턴은 미라에 가까웠다. 죽음의 기색이 역력했다. 하지만 어쩐 일인지 얼굴에는 희색이 돌았다. 마치 불로초라도 손에 넣은 듯. 그가 모임의 주최자라니 나치와 손을 잡은 게 분명했다.

하지만 바우만은 밀턴에게는 관심이 없었다. 그의 목표는 휠체어를 밀고 있는 젊은이였다. 턱시도를 말끔하게 차려입은 휘슬러가 손자처럼 휠체어를 밀고 있었다. 그는 밀턴을 단상으로 안내했다. 밀턴이 오르자 진행자가 마이크를 넘겨줬다. 파티장의 모든 시선이 밀턴에게 몰려들었다.

"분에 넘치는 찬사에 감사하오. 내 나이 어느덧 구십을 바라보고 있어요. 새로움을 논하기엔 늦은 나이라고 할지도 모르겠소. 하지만 내가 여기까지 늙은 몸을 끌고 온 건, 이제 새로운 시대가 도래하고 있다는 걸 알리기 위해서요. 그리고 이 자리에 참석하신 여러분이야말로 새로운 시대를 만들어나갈 주인공이오. 만약 내가 새로운 몸을 갖게 되서 새 인생을 살 수만 있다면 여러분과 함께할 것이오. 그래서 이 자리에서 선언하오. 내가 가진 전 재산과 권리를 새로운 시대를 위해 헌납할 것을."

박수가 터져 나왔다.

"함께 새로운 미래를 만들어갑시다."

밀턴이 잔을 들자 모두 뒤따랐다. 그림자처럼 옆을 지키던 휘슬러도 잔을 들었다.

"우리의 밝은 미래를 위하여 건배!"

밀턴이 외치자 모든 사람들이 '건배'를 소리쳤다. 휘슬러도 뒤따라 잔을 비웠다. 하지만 단 한 사람, 잔을 들지 않은 사람이 있었다. 그는 샴페인 잔 대신 뒤춤에 있던 묵직한 쇠뭉치를 꺼냈다. 그리고 소리쳤다.

"아돌프 히틀러! 너를 내 부모와 형제, 그리고 인류의 이름으로 처단한다."

이윽고 총탄이 발사됐다. 탕! 탕! 탕!

* * * * *

면회실에는 비장감마저 감돌았다.

늙은 바우만은 그때의 흥분이 남았는지 숨을 몰아쉬고 있었다.

"정리를 하면 육 년 전 케네디 대통령 암살 배후에 히틀러가 있었다는 거군요."

크리스틴이 확인을 했다.

"그렇소."

크리스틴의 입에서 한숨이 새어 나왔다.

"믿지 못하겠지만 사실이오."

"한 가지…… 요원이 말하길 당신이 사람을 죽인 건 이번이 처

음이라고 했어요. 그런데 육 년 전 댈러스에서 휘슬러라는 청년을
살해한 적이 있군요."

바우만은 생각에 잠겼다.

"요원들의 말은 사실이오."

"하지만 지금 휘슬러를 저격했다고 했잖아요?"

크리스틴이 물었다.

"그렇소. 분명히 총탄 세 발을 놈의 가슴에 명중시켰소."

"암살에는 실패했군요."

"아니, 분명히 성공했소. 놈은 그 자리에서 즉사했어요."

"그런데 어떻게 이번이 처음이죠?"

바우만이 대답을 하려던 순간이었다.

문소리를 내며 교도관들이 들어왔다.

"면회 시간 다 됐습니다."

크리스틴은 아쉬움을 삼켰다.

"내일 아침 일찍 올게요."

바우만이 고개를 끄덕였다. 교도관은 바우만을 데리고 방을 나
섰다.

"필요한 거 없어요? 마지막으로 먹고 싶은 거라든가……."

내일은 사형 집행일이었다. 하지만 바우만은 아무 욕망도 없다
는 듯 미소를 지었다. 방문이 닫히려던 순간이었다. 문득 생각난
듯 바우만이 돌아봤다.

"미드타운 이스트 34번가에 가면 '챠퍼펠'이라는 독일식 바가
있어요. 거기에 '기억상실증'이라는 칵테일이 있는데 그걸 한 잔

마시고 싶소."

"알았어요."

이 말을 남기고 바우만은 사라졌다.

그날 밤 크리스틴은 한잠도 잘 수 없었다.

바우만의 이야기는 너무도 사실적이었고 뇌리에서 떠나지 않았
다. 그의 말을 인정할 수밖에 없었다. 크리스틴은 본능적으로 이
이야기에 끌리고 있었다.

부활

교도소를 나온 크리스틴은 곧장 미드타운으로 향했다.

바우만의 마지막 소원을 들어주기 위해서였다. 바는 34번가 대학 건물 근처에 있었다. 워낙 작은 바라 못 보고 지나칠 수도 있었지만 운 좋게 찾았다. 챠퍼펠이라는 이름의 바는 독일 향취가 물씬 났다. 수제 맥주가 유명했지만 이곳에서만 파는 독특한 칵테일도 인기가 좋았다. 저녁 시간 바는 사람들로 넘쳤다.

"뭐 드릴까요?"

크리스틴을 발견한 바텐더가 물었다.

"칵테일을 주문하고 싶은데요."

그러자 바텐더가 기다리라는 신호를 보냈다.

"한스! 자네 손님이야!"

학생들에 둘러싸여 있던 다른 바텐더가 다가왔다. 그는 삼십 대

초반의 남자였는데 히피 타입이었다. 팔뚝에는 큼지막한 문신이 있었고 청바지도 여기저기 찢어져 있었다.

"뭘 드릴까요, 프로일라인(아가씨)?"

말투에서 독일 억양이 묻어났다.

"기억상실증이라는 칵테일이 있다고요. 그걸 주세요."

그러자 바텐더가 빤히 바라보았다. 그의 눈동자는 신비로운 회색이었다.

"누구 부탁이죠?"

바텐더가 물었다.

"내 친구요."

"그 친구 이름이 오토 바우만인가요?"

"어떻게 알았죠? 바우만 씨가 부탁한 걸?"

크리스틴이 물었다.

"왜냐면 그 칵테일을 좋아한 사람은 바우만 씨뿐이니까요."

바텐더가 칵테일을 만들기 시작했다.

"바우만 씨와는 어떻게 아는 사이죠? 친구는 아닌 것 같고."

바텐더는 능숙하게 여러 가지 술과 음료를 섞었다.

"같이 일하는 사이라고 해두죠."

"어떻게 지내시나요? 요즘 뜸하시던데."

"좋은 상황은 아니에요."

바텐더가 멈칫했다.

"무슨 일이 있나요?"

크리스틴은 잠시 망설였다.

"아주 안 좋은 상황이라고 해두죠."

바텐더의 얼굴이 어두워졌다.

"그분은 좋은 사람이에요. 지나치게 사람을 믿는 게 흠이지만. 그러니 잘해주세요."

바텐더가 완성된 칵테일을 병에 담았다.

"친했던 모양이군요."

"자주 오셨죠. 혼자 술을 마시고 있을 때면 세상 짐을 모두 짊어진 사람 같았어요. 그러다 알게 됐죠. 독일어를 쓰는 같은 유럽 출신이란 걸."

"당신도 독일 사람인가요?"

"전 오스트리아 사람이에요. 오스트리아 린츠."

"아……. 린츠."

크리스틴이 칵테일을 챙겼다.

"얼마죠?"

"아니요. 이건 제가 사는 겁니다. 대신 전해주세요. 힘내시라고."

"그러죠."

크리스틴은 곧바로 바를 나섰다.

크리스틴이 교도소에 도착한 시간은 8시 45분이었다.

면회는 9시 30분에 시작한다. 그녀는 정장을 입고 있었다. 한 손에는 칵테일이 든 병을 든 채. 철컹. 정확히 9시 반에 면회실 문이 열렸다. 교도관과 함께 나타난 바우만은 말끔했다. 이발한 머리는 깔끔했고 상큼한 스킨 냄새가 풍겼다.

"안녕하시오, 크리스틴 양."

바우만이 방끗 웃었다.

"안녕하세요, 바우만 씨."

크리스틴이 인사를 받았다.

"정장이 잘 어울리는군요."

"당신도 머리 자른 게 잘 어울려요."

두 사람은 평범하게 덕담을 주고받았다. 하지만 한구석에 치울
수 없는 슬픔이 있었다.

"형 집행 시간까진 두 시간 남았습니다. 그전에 면회를 끝내주
세요."

교도관이 냉정하게 말했다.

"알았으니까 나가요."

크리스틴이 짜증 섞인 목소리로 말했다. 교도관이 사라지자 무
거운 정적이 흘렀다.

"아, 어제 부탁한 거 가져왔어요."

크리스틴이 병을 꺼냈다.

"고맙소."

크리스틴이 칵테일을 마티니 잔에 따라주었다. 에메랄드빛 알
코올이 아침 햇살에 일렁였다.

"바텐더가 전해달라더군요, 힘내라고."

바우만이 미소를 지었다.

"한스 말이군요. 괜찮은 젊은이죠."

바우만이 멍하니 잔을 바라봤다.

"마지막으로 고향을 보고 싶었는데."

바우만이 칵테일을 단번에 들이켰다.

"어디까지 했죠?"

"휘슬러를 저격하는 데까지."

바우만은 잠시 칵테일을 음미했다.

"놈을 저격한 후 나는 그 자리에서 체포됐소. 나는 모든 죄를 인정했소. 검사가 이유를 물었지만 나는 대답하지 않았소. 판결을 받는 데는 한 달도 채 걸리지 않았소. 본래 종신형을 선고받아야 마땅했지만 경찰로 봉사한 노고가 참작돼서 십오 년 형을 선고받았소. 나는 곧바로 포츠워스 교도소에 수감되었지. 지루한 감방 생활이 시작된 거요. 교도소 생활은 힘들었지만 상관없었소. 평생의 업을 이루었기 때문이오. 비록 갇혀 있었지만 나는 평화로웠소. 그렇게 육 년이란 세월이 흘렀소."

* * * * *

바우만은 죄수복을 입은 채 배식을 하고 있었다.

점심 메뉴는 마카로니 앤드 치즈와 호밀빵이었다. 죄수들은 식판을 들이밀 때마다 "많이"라고 말했지만 어림없었다. 바우만은 어느새 최고참에 속했다. 워낙 온화한 성품이라 죄수뿐만 아니라 간수들 사이에서도 평판이 좋았다. 배식이 끝날 무렵이었다.

"오토 바우만."

간수가 불렀다.

"네."

"따라와라."

바우만이 배식하다 말고 달려갔다.

간수가 데려간 곳은 소장실이었다. 육 년간 생활하면서 한 번도 가본 적 없는 방이었다.

"기다리신다. 들어가봐."

간수가 말했다. 바우만은 영문도 모른 채 문을 두드렸다.

"들어와."

바우만은 조심스럽게 문을 열었다.

방에서는 소장이 골프 연습을 하고 있었다.

"자네가 오토 바우만인가?"

"그렇습니다만. 무슨 일이신지······."

소장이 친 공이 컵을 비켜갔다.

"원래 경찰이었다지?"

"네."

"고위층에 발이 넓은 모양이야?"

"무슨 말씀이신지······."

소장이 책상에 있던 서류 한 장을 건네줬다.

"법무부에서 사면 통지서가 왔네."

* * * * *

"나는 갑자기 사회로 복귀하게 됐소. 이유를 물었지만 아무도 아는 이가 없었소. 그저 누군가 나를 좋게 봤다는 말만 해줄 뿐이었소. 사회로 돌아온 나는 한동안 여기저기를 여행했소. 적은 금액이었지만 저축한 돈도 있었고 추적해야 할 히틀러도 이제는 없으니까. 그렇게 육 개월이 지나서 나는 다시 댈러스로 돌아왔소. 그리고 슈퍼마켓에서 잡일을 하며 일상생활로 돌아갔지. 그러던 어느 날 문득 궁금해졌소."

"휘슬러의 무덤."

크리스틴이 말을 이었다.

"그렇소. 내가 죽인 휘슬러, 아니 히틀러의 무덤을 보고 싶었소. 그래서 과거 동료를 찾아갔소. 그런데……."

* * * * *

바우만은 입구에 펄럭이는 성조기를 보며 미소를 지었다.

육 년이라는 시간이 흘렀지만 경찰서는 변한 곳이 없었다. 삐걱대는 문과 휘어진 난간도 예전 그대로였다. 유일하게 변한 것은 경찰이었다. 많은 경찰들이 들락거렸지만 바우만을 알아보는 이는 한 명도 없었다. 경찰서는 언제나처럼 복작댔다. 연행자들이 고성을 질러댔고 신고를 받은 경찰들이 출동을 했다. 바우만은 일반인과 마찬가지로 순서를 기다렸다. 이윽고 차례가 왔다.

"무슨 일로 오셨죠?"

민원 담당 경찰이 무뚝뚝하게 물었다.

"육 년 전 살해된 피해자의 무덤을 찾고 있습니다."

"무덤요?"

경찰이 이상한 듯 물었다.

"네. 애덤 휘슬러라는 사람입니다. 당시 나이는 28세."

"피해자와는 어떤 사이죠?"

"살해범이오."

"지금 장난하자는 거요?"

"장난이 아닙니다. 어떻게 설명해야 할지 모르겠는데……."

바우만은 적당한 말을 찾고 있었다. 그때였다.

"바우만?"

익숙한 목소리였다. 같이 근무했던 동료 형사였다.

두 사람이 향한 곳은 경찰 휴게실이었다.

동료 형사가 커피를 가져다주었다.

"여전히 흙탕물 맛이군."

바우만이 커피를 한 모금 머금으며 말했다.

"어디 가겠나, 싸구려 커피가."

"한 명도 모르겠더군. 자네 말곤."

"육 년 전 사건 이후 많이 잘렸지. 일부는 다른 도시로 전출됐고."

두 사람은 비겁하게 살아남은 패잔병처럼 커피를 마셨다.

"그런데 무슨 일인가? 복직이라도 하려고?"

"무덤을 가보려고. 내가 죽였던 녀석……."

동료 경찰의 표정이 굳었다.

"애덤 휘슬러 말인가?"

"어디 묻혀 있지? 걱정 마. 무덤을 파헤치진 않을 테니까."

"자네 모르고 있었군."

"?"

* * * * *

크리스틴이 남은 칵테일을 잔에 부었다.

"무슨 일이 있었던 거죠?"

바우만이 마지막 잔을 비웠다.

"놈의 시신이 없어진 거요. 분명 놈은 사망했소. 당시 검시 기록
에도 나와 있었소. 총상에 의한 과다 출혈 사망. 그런데 검시가 끝
난 후 사라진 거요. 연기처럼."

"설마!"

"나치의 잔병들이 놈의 시신을 훔쳐간 거지."

떨리는 빈 잔과 함께 이야기는 또 다른 국면을 맞고 있었다.

* * * * *

당시 사건 기록을 모두 살펴봤지만 시신의 행방을 찾을 수 없었
다. 말 그대로 연기처럼 사라졌다. 불길한 예감이 해일처럼 일었
다. 사건이 종결되기는커녕 오히려 시작되는 기분이었다. 바우만
은 백방으로 뛰어다녔지만 시신은 흔적조차 찾을 수 없었다. 그렇
게 한 달가량이 흘렀다.

지친 바우만은 힘겹게 아파트 현관으로 들어섰다. 그의 머릿속은 또다시 히틀러로 가득차 있었다. 놈은 죽이고 또 죽여도 되살아나는 악귀 같았다. 놈을 처치할 수 있는 방법은 세상에 존재하지 않는 것만 같았다. 허탈감에 온몸이 녹아내리는 기분이었다. 그는 버릇처럼 우편함을 열어보았다. 몇 장의 고지서가 들어 있었다.

바우만은 대충 훑어보았다. 전기료 고지서, 광고 전단, 가스비 고지서 등등. 그런데 편지 한 장이 눈에 띄었다.

바우만은 편지를 개봉했다.

고인의 명복을 빌며 다음 장소에서 장례식을 거행할 예정이니 참석해주시면 감사하겠습니다.

부고였다. 사망한 사람의 이름은 '조지프 저멀린 Joseph Gemelen' 이었다. 기억을 더듬어보았지만 그런 사람은 알지 못했다. 바우만은 수신인을 살폈다. 분명 자신에게 배달된 부고장이었다.

"내가 출소한 걸 어떻게 알았지?"

바우만은 편지를 던져놓고 샤워를 했다.

보일러가 고장나서 찬물이 쏟아졌지만 교도소에 비하면 천국이나 다름없었다. 샤워를 마치고 나온 바우만은 침대에 누웠다.

나치가 시신을 훔쳐간 게 사실이라면 이유는 뻔했다. 완전히 뇌사하기 전에 이식을 하려는 것이었다. 이미 한 번 성공했는데 두 번 성공하지 못하리란 법은 없었다. 만약 그렇다면 그간의 노력이 수포로 돌아가는 것이다.

"지독한 나치 새끼들."

히틀러를 추적한지 어언 이십 년이었다. 그런데 히틀러는 또다시 부활하려 하고 있었다. 자괴감이 들었다. 아무런 의욕도 삶의 의지도 들지 않았다. 그때였다. 방금 전 버린 부고장이 눈에 들어왔다. 그런데 구겨진 부고장의 이름이 엇갈려 전혀 다른 단어를 형성하는 것이었다. 순간 뇌리를 스치는 이름이 있었다. 그는 모든 계획의 중심에 있으면서도 한 번도 모습을 드러내지 않은 인물이었다. 바우만은 다시 부고장을 들었다. 그리고 스펠링의 순서를 바꾸어보았다. 그러자 놀라운 이름이 나타나는 것이었다.

Joseph Gemelen - Josef Mengele

"요제프 멩겔레!"

히틀러의 뇌를 이식한 천재 외과의였다.

그것은 누군가 보낸 요제프 멩겔레의 사망 부고였던 것이다. 부고장을 보낸 사람이 누군지는 자명했다. 모사드였다.

바우만은 부고장에 적힌 장례식 장소를 확인했다.

메릴랜드 우드윅 41-12

바우만은 곧장 우드윅으로 차를 몰았다.

우드윅은 볼티모어 남쪽에 있는 작은 도시였다.

한때 인근 제철 공장 때문에 모여든 인부들로 성황을 이뤘던 곳
이었다. 하지만 공장이 문을 닫자 대부분의 사람들이 떠나고 지금
은 텅 비어 있었다. 바우만은 차를 몰고 중앙 대로를 지났다. 인적
이 드문 도심에는 폐점한 가게들만이 늘어서 있었다. 바우만은 곧
장 주소지로 향했다.

도착한 곳은 우드윅 외곽 베드타운이었다. 찍어낸 듯 똑같은 집
들이 일렬로 늘어서 있었다. 공장 직원들이 살던 곳이었는데 이제
는 모두 떠나고 폐가만이 즐비했다. 주소지는 베드타운 한복판에
자리잡고 있었다. 그런데 장례식으로 복작대야 할 집은 한가했다.

"장례식이 끝난 건가."

바우만은 차를 세우고 집으로 향했다. 집안을 살펴봤지만 어쩐
일인지 인기척이 없었다. 마치 오랫동안 비워놓은 것처럼. 장례식
을 치른 흔적도 없었다. 벨을 눌러보았지만 응답이 없었다. 바우만
은 조심스럽게 창문을 열고 집안으로 들어갔다.

내부는 그야말로 평범했다. 미국 어디서나 볼 수 있는 서민들의
집이었다. 어디에도 나치의 흔적은 찾아볼 수 없었다. 심지어 독일
에 관한 물건조차 없었다. 오히려 지나치게 미국적이었다. 일부러
미국적인 걸 골라놓은 듯. 바우만은 인내심을 갖고 집안을 둘러봤
다. 작은 서재가 있었다. 책장도 모자라 바닥 가득 책들이 쌓여 있었
다. 그런데 책들 중 시선을 끄는 것들이 있었다. 의학 서적이었다.

Anatomie(해부학)

독일어 의학책이었다. 바우만은 내용을 살폈다. 모두 외과 수술에 관한 내용들이었다. 가늘게나마 연결되어 있었다. 바우만은 다른 방으로 발걸음을 옮겼다. 침실이었다. 문을 조심스럽게 열고 조심스럽게 방으로 들어섰다. 침대를 보고 바우만은 멈칫했다. 누군가 반듯하게 누워 있었다. 마치 잠이 든 듯 이불을 덮은 채 눈을 감고 있었다. 하지만 잠이 든 게 아니란 걸 한눈에 알 수 있었다. 자물쇠로 잠근 듯 굳게 눈을 감은 채 미동도 하지 않았다. 바우만은 다가가 얼굴을 살폈다.

"요제프 멩겔레!"

그것은 아우슈비츠에서 수많은 생체 실험을 주도했던 요제프 멩겔레의 주검이었다. 죽음의 천사라 불리던 그도 세월을 빗겨갈 순 없었다. 백발이 성성했고 얼굴은 온통 주름투성이였다. 그는 죽은 지 꽤 된 것처럼 보였다. 바우만은 시신 여기저기를 살폈다. 살해당한 흔적은 없었다. 총상도 타박상도 보이지 않았다. 침대 옆에 여러 개의 약이 놓여 있었다. 모두 심장약이었다. 그는 오랫동안 심장병으로 고생한 모양이었다.

"역시 세상은 불공평하군. 천하의 살인마한테 이렇게 평온한 죽음이 내리다니."

바우만은 다시 집안을 둘러보기 시작했다. 특별한 것은 없었다.

"뭔가 있다. 저놈이 축구나 보고 얌전히 살 놈이 아니야."

아니나 다를까 계단 아래 비밀 문이 보였다. 지하실로 이어진 문이었다. 바우만은 조심스럽게 지하로 발을 내디뎠다. 지하에는 널찍한 어둠이 기다리고 있었다. 불을 켜자 이제까지와는 전혀 다른 공간이 펼쳐졌다. 그곳은 간이 수술실이었다. 중앙에 두 개의 수술용 침대가 놓여 있었고 주위에 수술용 장비들이 둘러싸고 있었다. 수술용 조명에서부터 심박기까지 갖추어져 웬만한 수술이 가능해 보였다. 얼마 전 시술을 했는지 도구들이 널브러져 있었고 쓰레기통에는 피 묻은 거즈가 잔뜩 있었다.

수술대 너머에는 칸막이가 설치되어 있고 작은 책상이 놓여 있었다. 바우만은 책상으로 향했다. 책상에는 죽기 직전 작성한 듯한 다이어리 한 권이 펼쳐져 있었다. 바우만은 다이어리를 읽기 시작했다. 모두 독일어였다. 그런데 펼친 장부터 놀라운 내용이 적혀 있었다.

이곳도 안전하지 못하다. 놈들이 쫓아오지 못할 곳으로 떠나야 한다. 총통의 목숨을 두 번이나 구한 내가 총통에게 쫓기는 신세가 되다니. 예상을 했어야 했는데. 남아프리카가 좋을 것 같다. 거기까지 놈들이 쫓아올 순 없을 거야.

그것은 멩겔레의 일기였다.
"총통에게 쫓긴다?"
바우만은 다이어리의 앞쪽을 펼쳐 이전 내용을 읽어보았다.

크뢰멜, 그놈이 내 뒤통수를 친 게 분명하다. 더이상 내가 필요 없다 이건가. 총통은 지나치게 놈을 신뢰한다. 뱀 같은 놈. 살려두기엔 내가 너무 많은 걸 안다고 꼬드겼겠지. 총통을 만나 직접 얘기를 해야 한다. 내가 아직 필요하다는 걸 설득해야 해. 놈이 나를 치기 전에 내가 놈을 먼저 제거해야 한다. 더 늦기 전에.

"멩겔레는 나치를 피해 도망 다니고 있었어."

나치 사이에 내분이 일어난 것이 분명했다.

대통령 암살 사건을 통해 세력을 키운 나치 사이에 분열이 일어난 것이다. 놈들은 2차세계대전 직전에도 권력 다툼을 통해 집권에 성공했다. 집권 후에는 내부의 적을 숙청하고 권력을 더욱 공고히 다졌다. '긴 칼의 밤'이 바로 그것이었다. 놈들은 이번에도 어김없이 내부 세력을 정리하고 있었다. 요제프 멩겔레는 그중 제거 1순위였던 것이다. 그는 히틀러를 되살려낸 일등 공신이었지만 이제는 필요 없는 존재가 된 게 분명했다. 게다가 새로운 히틀러의 모든 비밀을 알고 있었다. 비밀이 새어 나가는 것을 두려워한 히틀러가 멩겔레를 제거한 것이다.

바우만은 다른 문서들을 뒤지기 시작했다.

"여기서 시술한 게 틀림없어. 반드시 있을 거야."

그가 찾는 건 히틀러의 두 번째 뇌 이식수술에 관한 내용이었다.

책장에 꽂혀 있던 것들은 잡다한 노트들이었다. 대부분 수술에 관한 메모로 알아볼 수 없는 그림과 독일 의학 용어로 채워져 있었다. 그런데 그중 눈에 띄는 것이 있었다.

성공적인 수술 사례

멩겔레가 미국에 온 이후 수술을 한 사례를 구체적으로 기록한 것이었다. 바우만이 찾던 내용이었다. 그는 서둘러 내용을 살폈다. 안에는 수술한 대상의 이름과 구체적인 수술 과정이 적혀 있었다. 그런데 수술 대상들이 상상을 초월했다. 전 대통령을 비롯한 정치인에서부터 헨리 포드 같은 기업인, 유명 연예인, 그리고 연방준비은행의 밀턴 프리드먼까지. 미국을 이끄는 지도층이 대다수 포함되어 있었다. 그들 역시 저주받은 기술을 이용해 새로운 몸으로 태어나길 바랐던 것이다. 하지만 성공한 사람은 단둘뿐이었다. 그중 한 명은 밀턴 프리드먼이었다. 그리고 나머지 한 명은 바우만이 그토록 찾던 사람이었다.

총통의 두 번째 이식. 애덤 스펜서

* * * * *

"애덤 스펜서?"
경악한 크리스틴의 목소리가 울려 퍼졌다. 그는 바로 바우만이 브로드웨이 극장에서 저격한 소년이었다.
"수술 당시 소년의 나이는 무려 열두 살. 그 어린아이의 몸을 이용해 두 번째 부활한 거지. 악마보다도 더 끈질긴 놈이었소."
바우만이 치를 떨었다.
"나는 곧바로 애덤 스펜서를 찾기 시작했소. 놈을 찾는 건 그다지 어려운 일이 아니었소. 워낙 유명했기 때문이오. 열여섯 살에 스탠퍼드 대학에 조기 입학한 천재 소년. 이번에는 절대 실패해선 안 됐소. 난 완벽한 기회를 기다렸소. 그러던 중 놈이 열일곱 번째 생일에 브로드웨이 극장에서 뮤지컬을 본다는 사실을 알았소."

* * * * *

브로드웨이 극장 귀빈석.

뉴욕 뒷골목을 배경으로 한 무대에는 배우들의 노랫소리가 고조되고 있었다. 뒷골목을 지배하는 두 갱단이 이제 막 맞붙으려는 순간이었다. 음악이 서서히 절정으로 치닫고 있었다. 귀빈석의 문이 은밀하게 열렸다. 그리고 어둠으로 얼굴을 가린 바우만이 물처럼 스며들었다. 무대 조명에 반사된 그의 눈은 분노로 이글대고 있었다. 이십 년간 억누른 분노는 임계점에 다다랐다. 그의 손에는 권총이 들려 있었다. 이 사실을 모르는 소년은 여유롭게 뮤지컬을 즐기고 있었다. 바우만이 총알을 장전했다. 순간 무대에 불이 들어왔다.

"뭐, 뭐예요?"

소년이 바우만을 발견하곤 소리쳤다. 그러자 바우만이 비장하게 총을 겨눴다. 총구에서 오랫동안 삭힌 분노가 흘러내리고 있었다.

"아돌프 히틀러. 너를 내 부모와 형제, 그리고 인류의 이름으로 처단한다!"

탕…… 탕…… 탕…… 탕!

네 발의 총알은 모두 소년의 몸에 명중했다. 아직 한 발이 남아 있었다. 바우만은 소년의 이마에 총구를 겨눴다. 그리고 발사했다. 탕. 총알은 정확히 미간을 관통했다. 사방에서 비명이 터져 나왔다. 공연은 중단되고 경비원들이 달려왔다.

"당장 총을 버리고 손들어! 어서!"

경비원들이 총을 겨누며 소리쳤다. 바우만은 저항 없이 총을 버렸다. 그리고 순순히 포박되었다. 하지만 그의 얼굴은 어느 때보다 평온했다.

* * * * *

면회실 공기가 후끈하게 달아올랐다. 한 편의 거대한 연극이 막을 내린 듯 흥분과 긴장이 대기를 메우고 있었다.

"여기까지가 내 이야기요."

이야기를 마친 바우만은 노인으로 변해 있었다.

"자, 이제 말해보시오, 크리스틴. 내가 거짓을 말하고 있소?"

바우만이 물었다. 하지만 크리스틴은 대답할 수 없었다. 바우만이 참을성 있게 기다렸다.

"거짓이라고 생각지 않아요. 그렇다고 사실이라고 말할 수도 없군요. 모든 내용을 확인하기 전에는. 하지만 한 가지는 분명해요. 이 모든 게 사실이라면 신문이 만들어진 이후 최고의 특종이라는 거. 자, 이제 내가 질문할 차례예요."

"말해보시오."

"내가 어떻게 했으면 좋겠어요?"

크리스틴이 단호하게 물었다.

"세상에 이 내용을 알려주시오. 신문, 잡지, TV, 무엇이든 상관없소. 이 사실을 사람들에게 알려주시오. 그게 내가 바라는 전부요."

그것이 바우만의 유언이었다.

"최선을 다하죠."

잠시 머뭇거리던 크리스틴이 말했다.

"그걸론 부족해요. 당신의 약속이 필요해요."

바우만은 간절했다. 이제 그의 시간은 얼마 남아 있지 않았다.

"알았어요. 약속하죠."

그제야 바우만은 안심하는 듯했다.

연극이 끝난 면회실에는 정적이 흘렀다. 더이상 물을 것도, 할말도 남아 있지 않았다. 두 사람은 생의 마지막 노을을 보듯 서로를 바라보고 있었다. 잠시 후 문이 열리며 교도관들이 들어왔다.

"오토 바우만, 시간이 됐소."

집행 시간이었다. 이전과는 달리 바우만은 곧바로 일어나지 못했다. 마지막 남은 삶의 집착이었으리라.

"내 얘기를 끝까지 들어줘서 고맙소, 크리스틴."

이 말을 남기고 바우만은 돌아섰다.

"바우만 씨……."

크리스틴이 불렀다. 그러자 바우만이 멈췄다.

"나는……."

크리스틴이 뭔가 말하려 했지만 말을 이을 수 없었다.

"당신은 좋은 기자요, 크리스틴. 다시 기사를 써요."

바우만이 미소를 지었다. 그리고 방을 나섰다.

죽음을 향해 걸어가는 그의 발소리가 복도에 울려 퍼졌다. 방안에는 여운처럼 그의 슬픈 미소가 떠다니고 있었다.

귀신나방

오전 11시 14분⋯⋯. 바우만은 세상을 떴다.

사용된 약물은 포타슘 클로라이드였고 비교적 평온하게 눈을 감았다. 집행에 참석한 가족이나 친구는 없었다.

"방금 전 사망했습니다."

교도관이 알려줬다.

크리스틴은 차마 집행을 참관하지 못하고 면회실에서 기다리고 있었다. 그것이 그에 대한 마지막 예의 같았다.

"알았어요. 고마워요."

크리스틴은 바로 자리를 뜨지 못했다. 방금 전까지 바로 앞에서 이야기하던 사람이 더이상 존재하지 않는다는 게 믿기지 않았다.

그의 마지막 말이 뇌리에 맴돌았다.

'당신은 좋은 기자요, 크리스틴. 다시 기사를 써요.'

크리스틴은 석상이 일어나듯 힘겹게 방을 나섰다. 그의 말대로 이제 움직여야 할 시간이었다.

문 앞에 FBI 요원이 서 있었다. 그는 서류 한 장을 건넸다.

"이게 뭡니까?"

"바우만에게 들었던 얘기를 발설하지 않겠다는 서약서입니다."

"난 바우만과 약속을 했어요. 이 사실을 세상에 알리겠다고."

"그런 일은 없을 겁니다."

"만약 서명을 안 한다면?"

요원은 무표정한 얼굴로 서약서를 내밀었다. 그런 일은 일어나지 않을 거라는 듯. 크리스틴은 어쩔 수 없이 서명을 했다. 그녀는 단 한 번도 자신의 말을 어긴 적이 없었다. 하지만 이번에는 처음으로 약속을 깰 심산이었다.

크리스틴은 피곤한 몸을 이끌고 집으로 돌아왔다.

계단을 오르는 발이 천근처럼 느껴졌다. 힘겹게 도착한 집 앞에 누군가 서성이고 있었다.

"크리스틴 하퍼드 씨?"

우체국 직원이었다.

"그런데요?"

"안 계셔서 세 번이나 다시 왔어요. 여기 서명해주세요."

영수증에 서명을 하자 직원은 큼지막한 소포를 건넸다.

발신인: 오토 바우만

바우만은 또 다른 선물을 준비해두었다.

아마도 자신이 사망하면 배달되도록 해놓은 모양이었다. 크리스틴은 서둘러 소포를 집안으로 옮겼다. 문을 굳게 잠근 후 창밖을 살폈다. 그를 미행하는 그림자는 보이지 않았다.

그제야 크리스틴은 소포를 개봉했다.

예상대로 상자 안에는 그동안 모아온 바우만의 증거들이 들어 있었다. 연합군 본부 시절의 기록과 생체 실험 보고서 복사본, 린츠 이장의 말을 녹음한 테이프, 요제프 멩겔레의 다이어리 등등. 바우만은 증거마다 꼼꼼히 제목과 날짜를 표시해놓았다.

"FBI가 열받겠군."

크리스틴은 밤새도록 증거들을 살폈다.

증거는 상당한 양이었다. 수십 권의 메모가 적힌 다이어리와 사진첩, 그리고 백여 개의 녹음 테이프 등이었다. 커피를 여섯 잔째 마셨을 때 동이 텄다.

"바우만의 이야기는 사실이었어."

크리스틴이 멩겔레의 다이어리를 접으며 중얼댔다.

하지만 애덤 휘슬러와 애덤 스펜서가 히틀러라는 걸 증명하기엔 부족했다. 증거를 더 채워야만 했다. 이제 시작이라고 해도 과언이 아니었다. 기사를 내보내는 데 몇 달, 혹은 몇 년이 걸릴 수도 있다. 하지만 크리스틴은 오랜만에 열정이 솟구쳤다. 비록 가설에 불과하다 하더라도 이 내용을 신문에 싣는다면 세상은 발칵 뒤집어질 게 분명했다. 그런데 발목을 잡는 부분이 있었다.

첫 번째는 누가 바우만을 석방했느냐였다. 절차 없이 살인범을 사면할 수 있는 사람은 많지 않았다. 바우만도 누가 자신을 석방했는지 몰랐다. 대체 누가 어떤 의도로 바우만을 풀어준 걸까.

두 번째 석연찮은 부분은 부고장이었다.

바우만이 보낸 증거물 중에는 실제 부고장도 포함되어 있었다. 하지만 발신인란은 비어 있었다.

이 두 가지를 해결하지 않고는 기사를 시작할 수 없었다.

크리스틴은 이 년 만에 처음으로 짐을 쌌다. 그리고 뉴욕을 떠났다.

그녀는 향한 곳은 의문의 시작점, 요제프 멩겔레의 집이었다.

바우만의 말대로 우즈윅은 죽은 도시였다.

중심가에는 셀 수 있을 정도로 사람 수가 적었고 집들은 비어 있었다. 버림받은 개들이 떼 지어 몰려다녔고 폐차가 길가에 즐비했다. 몇 대의 차들이 지나갔지만 모두 마을을 통과하는 차들이었다.

크리스틴은 부고장의 주소로 차를 몰았다.

요제프의 집은 마을 한복판에 있었다. 찍어낸 듯 똑같은 집들은 모두 폐가였고 사람이라곤 코빼기도 볼 수 없었다.

크리스틴은 주소지 앞에 차를 멈췄다.

주인을 잃은 집은 모서리부터 서서히 부식되고 있었다.

크리스틴은 집안을 살펴봤다. 예상대로 인기척은 없었다.

조심스럽게 문고리를 돌렸다. 대문은 열려 있었다. 삐걱. 기분 나쁜 소리와 함께 집안으로 들어섰다. 그런데 집은 텅 비어 있었다.

가구는 물론이고 깨진 유리잔 하나 없었다. 바닥에는 가구를 끌어낸 흔적들이 여기저기 남아 있었다.

"다녀간 지 얼마 안 됐어."

자국에 내려앉은 먼지가 엷었다. 크리스틴은 우선 침실로 향했다. 침실 역시 텅 비어 있었다. 굴러다니는 신문지 쪼가리가 전부였다.

워싱턴 포스트, 1964년 2월 19일 자

오 년 전 신문이었다. 뭔가 이상했다. 독거인의 죽음은 시에서 관리한다. 하지만 시신 이외의 물건은 함부로 건드릴 수 없다. 그게 법이었다. 그런데 시신뿐만 아니라 집기도 모두 사라진 것이다.

크리스틴은 지하실로 향했다. 지하실도 마찬가지였다. 두 개의 수술대만 덩그러니 놓여 있었다. 멩겔레의 다이어리가 있던 책상과 책장은 흔적도 남아 있지 않았다.

"장례식 없는 부고장…… 보라는 듯 놓여 있던 멩겔레의 시신…… 그리고 텅 빈 집……."

지나치게 인위적이었다. 크리스틴은 부고장을 보낸 사람과 요제프의 시신을 은닉한 사람이 동일 인물이라는 데 한 표를 던졌다.

그녀는 곧장 이웃집으로 달려갔다. 앞집 문을 두드렸지만 비어 있었다. 옆집도 마찬가지였다. 크리스틴은 계속해서 사람을 찾았다. 블록 전체가 비어 있었다. 하지만 포기할 수 없었다.

"한 집이라도 남아 있겠지."

크리스틴은 계속해서 대문을 두드렸다. 한참을 두드리던 문이 드디어 열렸다. 희망이라고는 찾아볼 수 없는 눈빛의 오십 대 여인.

"뭐요?"

담배를 문 여인은 야구방망이를 들고 있었다.

"12번지요. 푸른 대문 집 말입니다. 언제부터 비어 있었죠?"

여인이 알게 뭐냐는 듯 문을 닫으려 했다.

"중요한 일입니다."

크리스틴이 문을 잡았다.

"이 동네에 남은 집은 우리뿐이오."

"이 집들, 언제부터 비어 있었죠?"

"적어도 오 년은 됐을걸."

"12번지는 석 달 전까진 사람이 살았던 걸로 아는데요?"

여인이 한심하다는 듯 바라봤다.

"주위를 둘러봐. 전기 끊어진 지 일 년이 넘었어. 사람 구경한 게 언젠지 기억도 안 난다고."

쾅. 문이 닫혔다.

온몸에 소름이 돋았다. 사건은 마지막 단계에서 일그러지고 있었다. 그녀의 예상대로 요제프 멩겔레의 죽음은 만들어진 것이었다. 누군가 멩겔레의 주검을 옮겨놓고 자연사를 가장한 것이다. 그리고 바우만에게 부고장을 보냈다.

크리스틴은 공중전화를 찾았다. 오랫동안 끊었던 인맥과 통화를 하기 위해서였다. 시내에 도착해서야 전화를 찾을 수 있었다.

"뷰캐넌 경위요."

퉁명스럽지만 푸근한 남자 목소리.

"안녕, 마크. 나 크리스틴이야."

"크리스틴 하퍼드? 이게 얼마 만이야. 죽은 줄 알았잖아. 그동안 뭘 한 거야?"

"부탁할 게 있어."

크리스틴이 말을 잘랐다.

"여전하군, 단도직입적인 건. 뭔데?"

"석 달 전 브로드웨이 극장에서 살해당한 소년이 있어. 애덤 스펜서라고. 그 소년의 검시 결과를 보고 싶어."

"곤란한 부탁도 여전하군. 다시 일을 시작한 거야?"

크리스틴은 한숨을 쉬었다.

"보여줄 수 있어, 없어? 그거나 말해."

"일단 와."

크리스틴은 뉴욕 검시소로 핸들을 틀었다.

검시소는 신참 시절 자주 왔던 곳이었다.

지어진 지 백 년이 넘은 건물은 허드슨 강물 소리까지 겹쳐 더욱 스산했다. 불 꺼진 건물 입구에 뷰캐넌 형사가 기다리고 있었다. 넉넉한 뱃살에 덥수룩한 수염을 기른 뷰캐넌은 차라리 빵집 주인이 어울렸다.

"때려쳤다더니 다시 맘 잡은 거야?"

뷰캐넌이 커피를 건넸다.

"아직 몰라."

크리스틴은 곧장 검시소에 들어섰다. 입구부터 약품 냄새가 물씬 났다.

"부인이랑은 잘 지내?"

크리스틴은 익숙하게 기록실로 향했다.

"헤어진 지 한참 됐어."

기록실은 잠겨 있었다. 뷰캐넌이 열쇠를 꺼냈다.

널따란 방안은 금속 캐비닛으로 가득했다.

"애덤 스펜서라고 했지. 어디보자. 석 달 전이니까……."

기록을 찾는 데 오래 걸리지 않았다.

"무슨 일인데 오밤중에 난리야?"

뷰캐넌이 기록을 넘겨주며 물었다.

크리스틴은 대꾸도 않고 기록을 살폈다.

초반 몇 장은 지나쳤다. 그녀가 찾는 건 뇌수술에 관한 기록이었다. 뒤적이던 크리스틴의 손이 멈췄다. 스펜서의 두부 검시 기록이었다.

근래 뇌수술을 받은 흔적이 역력함. 흥미로운 사실은 나이에 비해 지나치게 많은 뇌 주름이 확인된다는 것임. 개인적 경험으로 볼 때 피해자의 뇌는 예순 살 이상으로 추정됨.

바우만의 주장은 사실이었다.

지금까지 단서를 종합해보면 애덤 스펜서는 히틀러가 두 번째로 뇌를 옮긴 대상이 분명했다. 하지만 확실한 증거가 필요했다.

크리스틴은 바우만의 수첩을 펼쳤다. 그리고 히틀러와 소년의 신체적 특징을 비교했다. 수첩에는 놀라울 정도로 자세히 기록되어 있었다. 뇌 용량, 혈액형, 신체 사이즈, 수술 경력, 복용약 등등.

크리스틴은 사소한 것도 놓치지 않고 짚어나갔다. 뇌 용량이 몇 그램 차이 났지만 그 외는 대부분 일치했다. 그런데 크리스틴의 시선이 멈춘 곳이 있었다. 혈액형이었다. 두 사람 모두 A형이었지만 미묘한 차이가 있었다.

"스펜서는 RH- A형이야. 하지만 히틀러는?"

수첩에 기록된 히틀러의 혈액형은 RH+ A형이었다. 비록 같은 A형이었지만 RH-와 RH+는 전혀 다른 혈액형이다. 한마디로 수술은 불가능했다.

"그렇다면 바우만이 살해한 소년은……."

요제프 멩겔레가 수술에 성공한 사람은 둘뿐이었다. 히틀러와 밀턴 프리드먼. 크리스틴은 밀턴의 기록을 살폈다. 그런데 밀턴의 혈액형을 확인한 크리스틴의 동공이 흔들렸다.

밀턴 프리드먼 : 혈액형 RH- A

크리스틴은 다른 특징도 확인했다. 모든 게 일치했다.

크리스틴은 들고 있던 수첩을 떨어뜨렸다.

"애덤 스펜서는 히틀러가 아니라 밀턴 프리드먼이었어!"

이십 년에 걸쳐 완성된 퍼즐은 마지막 조각에서 무너져 내렸다.

크리스틴은 다시 상황을 정리해보았다.

"익명의 누군가가 바우만을 사면했다……. 뒤이어 날아든 한 장의 부고장……. 요제프 멩겔레의 죽음과 지하 수술실의 기록들……. 하지만 기록들은 모두 조작된 것이었고 복수에 눈이 먼 바우만은 애덤 스펜서를 히틀러로 오해해 살해했다. 그렇다면 누가 이 모든 걸 배후에서 조작했을까. 이런 일을 계획할 사람은 단 한 사람!"

히틀러다.

육 년 전 저격을 받은 히틀러는 간신히 목숨을 구하고 새로운 몸으로 갈아타게 된다. 그러면서 더욱 확실한 신변 위장을 계획한 것이다.

"그런데 요제프 멩겔레는 왜 죽었지?"

추리하던 크리스틴의 얼굴이 백지장으로 변했다.

"이젠 새로운 히틀러를 알고 있는 사람은 한 명도 없어! 히틀러 자신 이외에는."

오른팔이었던 크뢰멜도 죽고 요제프 멩겔레도 사라진 지금 히틀러의 정체를 아는 사람은 남아 있지 않다.

"바우만마저도 사형됐고 이제 유일하게 남아 있는 건?"

순간 자료를 넣어둔 상자가 뇌리를 스치고 지나갔다.

크리스틴은 황급히 검시소를 뛰쳐나갔다. 그리고 한달음에 자신의 아파트로 향했다.

그녀는 날듯이 계단을 올라 집에 들어섰다.

집은 엉망이었다. 누군가 침입했던 것이다.

"바우만의 기록!"

크리스틴은 증거물이 들어 있던 상자를 찾았다. 하지만 사라지고 없었다. 크리스틴은 맥없이 주저앉았다.

이제 이 세상에 히틀러에 관한 증거는 존재하지 않았다. 이십 년에 걸친 바우만의 노력이 물거품이 된 것이다. 목숨까지 바쳤지만 허사였다. 갑자기 공포가 몰려왔다. 유일하게 남은 건 크리스틴뿐이었다. 그녀만이 모든 비밀을 알고 있었다.

크리스틴은 창밖을 살폈다. 놈들이 감시하고 있을 게 뻔했다. 그녀는 서둘러 집을 빠져나갔다. 정문도 위험해서 비상용 계단을 이용했다. 밤 12시가 넘은 소호 거리는 황량했다. 일단 안전한 곳을 찾아야 했다. 서둘러 주위를 두리번거렸지만 지나는 택시가 없었다.

"결국 바우만이 히틀러를 도와준 꼴이 된 거야."

그녀의 생각대로였다. 히틀러는 바우만을 역이용해 세상으로부터 사라진 것이다. 순간 뒷덜미에 소름이 돋았다. 저만치 지켜보는 그림자가 있었다. 크리스틴은 달리기 시작했다. 어두운 소호의 뒷골목을 미친듯이 달렸다. 저만치 택시가 보였다.

"택시!"

크리스틴은 헐레벌떡 택시에 올랐다.

"어디로 갈까요?"

"일단 출발해요! 어서!"

택시가 움직였다. 크리스틴은 뒤를 살폈다. 그림자는 더이상 보이지 않았다. 하지만 안심할 수 없었다. 택시는 거리를 정처 없이 달렸다.

"목적지를 말해줘야죠."

택시 기사가 백미러를 힐끔거리며 물었다. 당장 떠오르는 친구가 없었다. 오랜 시간 은둔한 대가였다. 그때 문득 떠오르는 장소가 있었다.

"미드타운 웨스트 34번가로 가요."

택시 기사가 핸들을 돌렸다.

크리스틴이 향한 곳은 바우만의 단골 바였다.

저만치 보라색 네온사인이 오아시스처럼 반짝이고 있었다.

챠퍼펠

"여기 세워줘요. 잔돈은 가지세요."

크리스틴이 택시 문을 열며 말했다.

"챠퍼펠이 무슨 뜻인지 아쇼?"

택시 기사가 대뜸 물었다.

"착한 소녀. 독일인인가요?"

"오스트리아요. 그런데 챠퍼펠에는 또 다른 뜻이 숨어 있어요."

"뭐죠?"

"가장한 마녀."

이 말을 남기고 택시는 사라졌다.

뭔가 묘한 여운이 남는 말이었다. 하지만 여운을 즐길 시간이 없었다. 주위를 둘러봤지만 다행히 수상한 시선은 없었다. 크리스틴은 바로 들어갔다.

바는 아직 영업중이었다. 손님은 몇 되지 않았고 마일스 데이비스의 〈페이퍼 문〉이 흐르고 있었다.

"또 오셨네요."

지난번 바텐더였다. 그는 자욱한 담배 연기 속에서 잔을 닦고 있었다. 익숙한 바 풍경이 안도감을 주었다.

"지난번에 사 갔던 칵테일 하나 만들어줘요. 이름이 뭐였더라……."

"기억상실증."

크리스틴은 바에 자리를 잡았다.

"닫을 시간이지만 딱 한 잔만 만들어드리죠."

바텐더가 능숙하게 칵테일 셰이커를 들었다.

그때 누군가 들어왔다. 화들짝 놀란 크리스틴이 입구를 살폈다.

취객이었다.

"스토커라도 쫓아오나 보죠?"

바텐더가 칵테일 셰이커에 음료를 부으며 말했다.

"바우만 씨는 어떤가요?"

크리스틴은 침묵을 지켰다.

"뭔가 안 좋은 일이……."

"오늘 저세상으로 가셨어요."

셰이커를 돌리던 바텐더의 손이 멈췄다.

"그랬군요."

〈페이퍼 문〉이 끝나고 〈카인드 오브 블루〉가 이어졌다.

마일스 데이비스의 트럼펫 소리가 무거운 분위기를 어루만져주었다. 이윽고 칵테일이 완성됐다.

"기억상실증입니다."

바텐더가 칵테일을 잔에 따라주었다.

"오늘이야말로 기억상실증이 필요하네요."

크리스틴이 한 모금 입에 물었다. 시원한 알코올이 식도를 타고 위를 적셨다. 나쁘지 않았다.

"마치 사막을 건너온 사람 같군요."

바텐더가 물었다.

"사막뿐 아니라 히말라야를 넘고 요단강을 건넌 기분이에요."

"굉장한 모험이네요. 듣고 싶은데요."

바텐더가 잔을 조명에 비추며 물었다.

"아주 긴 이야기예요. 말해도 믿지 못할 거고."

"말해봐요. 어려 보이지만 산전수전 다 겪은 몸이랍니다."

크리스틴이 피식 웃었다.

"당신은 히틀러가 아직도 살아 있다면 믿겠어요?"

크리스틴이 단숨에 잔을 비웠다.

"살아 있다면 할아버지겠군요."

"할아버지라……. 한 잔만 더 만들어줘요."

간절히 알코올이 필요했다. 바텐더가 칵테일을 만들기 시작했다.

"얘기해봐요. 재밌으면 이 술은 제가 사죠."

화려한 손기술과 함께 칵테일이 익어갔다.

"젠장. 어차피 공중으로 날아간 이야긴데……. 하지만 한 가지는 확실해요. 아주 재밌을 거예요, 바텐더 씨."

"제 이름은 한스예요."

"그래요. 한스. 지금부터 내가 하는 이야기를 잘 들어요. 한 남자가 평생을 바쳐 완성한 이야기니까."

크리스틴이 이야기를 시작했다.

바우만을 만나기 위해 교도소에 간 일부터 오늘 있었던 사형 집행까지. 히틀러에 관한 모든 것과 대통령 암살 이야기까지 남김없이 털어놨다. 주인의 목숨까지 삼킨 이야기는 역사의 강물처럼 격렬하면서도 애절했다. 바텐더는 차분히 이야기를 들었다. 드디어 이야기가 끝났다.

"자, 얘기해봐요, 한스. 지금까지 내가 한 얘기가 허구일까요, 아님 사실일까요?"

크리스틴이 물었다. 바텐더가 묘한 미소를 지었다. 그리고 다시 칵테일을 만들기 시작했다.

"저도 재밌는 얘기 하나 해드릴까요?"

"내 얘기를 믿지 못하는군. 그럴 수밖에. 나라도 못 믿을 테니."

칵테일 만드는 소리만이 바의 벽을 타고 울렸다.

"어디 한번 들어보죠. 얼마나 재밌는 얘긴지."

크리스틴이 턱을 괴며 말했다. 그러자 바텐더가 입을 열었다.

"귀신나방이라고 들어본 적 있어요?"

순간 크리스틴은 숨을 멈췄다.

"지금 뭐라고 했어요?"

짤깍짤깍. 칵테일 셰이커 흔드는 소리가 이어졌다.

"귀신나방이라는 나방이 있습니다. 이놈은 인적이 드문 산속, 벼락을 맞고 부러진 나뭇둥걸에 서식하죠. 전 세계적으로 버마 북쪽 산림 지역에서만 발견되는 희귀종이랍니다. 그런데 사람들은 이놈을 끔찍하게 생각해요. 왜냐면 몰골이 흉측하거든요. 날개는 지저분하고 더듬이는 소름 끼칠 만큼 커다랗죠. 몸에서는 찐득한 점액질이 연신 흘러내려요.

귀신나방에게는 신비한 습성이 있습니다. 귀신나방은 우기에 산란을 해요. 산란기가 되면 변신을 하는데 날개를 덮고 있던 지저분한 갈색은 비단처럼 반짝이는 보랏빛으로 바뀌죠. 생애 최고의 아름다움을 뽐내던 귀신나방은 산란을 시작한답니다. 그리고 이때 녀석의 괴이한 능력이 나타나죠. 산란을 마친 귀신나방은 하늘이 먹구름으로 뒤덮이면 숲속을 분주하게 날아다니기 시작합니다. 정말 굉장한 광경이에요. 보랏빛 요정들이 추는 춤처럼 아름답죠.

그렇게 무리 지어 날던 귀신나방은 천둥이 가까워오면 약속이나 한 듯 한 나무에 내려앉는답니다. 그러면 놀랍게도 그 나무에 벼락이 치는 거예요. 꽈르릉. 녀석들은 벼락을 예측할 수 있는 능력을 지녔고 마지막 순간 죽음을 향해 비행하는 거죠. 그리고 얼마 후 우기가 끝나면 아침 햇살과 함께 부화한 유충들이 나타난답니다. 녀석들은 어미가 생을 마감했던 나뭇둥걸로 모여들어요. 그리고 그곳에 둥지를 틀죠. 또다시 반복될 생애 가장 아름다운 죽음을 준비하며."

드디어 셰이커를 흔들던 손이 멈췄다. 그와 함께 주위의 시간도 멈췄다.

잠시 후 기억상실증을 담은 푸른 액체가 잔 위로 쏟아졌다.

하지만 크리스틴은 칵테일에는 관심이 없었다.

"자, 한 가지 물어보죠. 과연 귀신나방이라는 나방이 정말 있을까요?"

바텐더가 칵테일 잔을 내려놓으며 물었다.

크리스틴은 대답하지 못했다. 말을 잊어버린 것처럼.

"이건 제가 사죠. 당신 얘기 재밌었거든요. 퇴근 시간이 돼서 전이만. 안녕히 가세요, 크리스틴 양."

이 말을 남기고 바텐더는 바를 나섰다.

크리스틴은 얼어붙은 채 칵테일을 바라보았다.

수많은 생각이 뇌리를 스쳤다. 귀신나방에 대해 아는 사람은 모두 죽고 없었다. 베를린 벙커에서 함께 피로연을 열었던 나치의 측근들도, 히틀러의 오른팔인 크뢰멜도, 그리고 유일한 아디헌터 바우만마저도 사라지고 없었다. 그런데 어째서 저 청년이 귀신나방에 관해 알고 있는 걸까.

"린츠에서 온 청년…… 칵테일…… 귀신나방……!"

크리스틴은 벌떡 일어나서 바텐더를 쫓아갔다.

"이봐!"

크리스틴이 헐레벌떡 바를 박차고 나섰다.

자정이 넘은 거리에는 어둠을 머금은 안개가 끼어 있었다. 인적도 없었고 지나는 차도 없었다. 바텐더는 두터운 안개를 담요처럼 덮은 채 사라지고 없었다. 저멀리서 휘파람 소리가 들렸다.

휘이익—휘리리릭—. 군가였다. 아주 낯설지만 어디선가 들어본 듯한. 휘파람 소리는 점점 멀어지더니 이윽고 흩어졌다.

안개 낀 거리에는 크리스틴만이 홀로 남았다.

기억상실증이라는 칵테일에 취한 채.

GHOST
MOTH

귀신나방

1판 1쇄 2018년 9월 5일
1판 8쇄 2024년 11월 6일

지은이 장용민

책임편집 임지호
편집 지혜림 이송
표지 디자인 고은이 **본문 디자인** 이원경 **표지 그림** Yazan Obeidat
저작권 박지영 형소진 최은진 오서영
마케팅 정민호 서지화 한민아 이민경 왕지경 정경주 김수인 김혜원 김하연 김예진
브랜딩 함유지 함근아 박민재 김희숙 이송이 박다솔 조다현 정승민 배진성
제작 강신은 김동욱 이순호 **제작처** 한영문화사

펴낸곳 (주)문학동네 **펴낸이** 김소영
출판등록 1993년 10월 22일 제2003-000045호

주소 10881 경기도 파주시 회동길 210
문의 031-955-8892(편집) 031-955-2696(마케팅) 031-955-8855(팩스)
전자우편 elixir@munhak.com **홈페이지** www.elmys.co.kr
인스타그램 @elixir_mystery **X(트위터)** @elixir_mystery

ISBN 978-89-546-5284-1 (03810)